Eine unperfekte Liebe

Liebesroman

MARTINA GERCKE

Impressum

Eine unperfekte Liebe ©2020 by Martina Gercke
Herstellung und Verlag: BoD – Books on Demand, Nor-
derstedt

Bibliografische Information der Deutschen Nationalbibliothek: Die Deutsche Nationalbibliothek verzeichnet diese Pub-
likation in der Deutschen Nationalbibliografie; detaillierte
bibliografische Da-ten sind im Internet über dnb.dnb.de abruf-
bar.
ISBN: 9783752690309

Für Hannah Antonia,

du bist unser ganzes Glück.

1

Katie

»Das ist nicht dein Ernst!« Hallie sah mich mit einem Ausdruck völligen Entsetzens an.

»Warum nicht?« Ich zuckte mit den Achseln. »Ich bin sechsunddreißig Jahre alt. Meine biologische Uhr tickt.«

Sie schürzte die vollen Lippen. »Du klingst wie Mum.«

Ich pikste mit dem Zahnstocher in die Olive und schob sie mir in den Mund. »Ich weiß. Aber wenn wir mal ganz ehrlich sind, dann hat sie recht«, sagte ich genüsslich kauend. »Ich habe die letzten fünfzehn Jahre damit verbracht, anderen Menschen ein gemütliches Heim einzurichten. Es ist an der Zeit, endlich auch mal an mich zu denken.«

»Prinzipiell hast du recht, aber muss es denn gleich ein Baby sein?« Hallie wiegte den Kopf hin und her, als würde es sich dabei um eine Melone handeln, die sie auf ihren Schultern balancierte. »Wie wäre es mit einer schönen Urlaubsreise?« Sie lächelte mir aufmunternd zu.

»Sag mal, hast du einen Knall?« Ich tippte mir mit dem Finger gegen die Stirn. »Du kannst doch nicht ernsthaft einen Urlaub mit einem Baby vergleichen.«

»Nein, natürlich nicht. Aber du könntest es doch erst einmal mit einem Urlaub versuchen, bevor du in die Babyplanung gehst.

Außerdem …« Sie beäugte mich neugierig. »Wer soll denn der Vater dieses Kindes sein?«

Ich lächelte geheimnisvoll. »Der wird sich schon finden.«

Hallie runzelte die Stirn. »Hast du jemanden in Aussicht? Jemanden, den ich kenne?«

Sie ließ den Blick über die Gäste des Pubs gleiten, als könnte sich der Vater meiner potenziellen Kinder darunter befinden.

»Nicht direkt«, gab ich zögerlich zu. Ich nahm mein Martini-Glas und kippte den restlichen Inhalt in einem Zug runter.

»Okay.« Irgendwie schien meine letzte Aussage sie nicht wirklich zu beruhigen. »Definiere *nicht direkt*.«

Ich leckte mir nervös über die Lippen. Der Besitzer des *Lion Inn* tauchte vor uns hinter dem Tresen auf. Guter Mann.

»Kann ich euch zwei Hübschen noch etwas zu trinken bringen?« Glen deutete auf unsere leeren Martini-Gläser.

Ich schenkte ihm ein breites Lächeln. »Noch mal das Gleiche.«

Glen schüttelte den Kopf. »Ich werde nie verstehen, wie ihr das Zeug trinken könnt.«

»Musst du ja auch nicht. Hauptsache, du mischst die Martinis so, wie du es immer tust«, erwiderte ich augenzwinkernd. Das *Lion Inn* war so etwas wie unser zweites Zuhause. Hallie und ich kamen oft nach Feierabend hierher, um uns in ungezwungener Atmosphäre zu unterhalten. Bei schönem Wetter saßen wir meist draußen, aber heute jagten dunkle Wolken über den Himmel und es sah aus, als könnte es jeden Moment regnen.

»Frauen! Ich werde sie nie verstehen.« Glens Mundwinkel zuckten. »Aber du weißt ja, für dich tue ich fast alles.«

»Alles, was ich von dir will, sind zwei Martinis«, rief ich ihm lachend hinterher.

»Auch wenn es nicht so aussieht, deine Worte verletzen meine empfindsame Männerseele.« Glens muskulöser Körper verschwand hinter dem Tresen. Er hatte mir schon mehr als einmal zu verstehen gegeben, dass er ein Auge auf mich geworfen hatte. Ich mochte den hochgewachsenen Barkeeper, aber er war definitiv nicht mein Typ.

»Sag mal, läuft da was zwischen euch beiden?«, murmelte Hallie misstrauisch.

»Nicht in diesem Leben. Wobei …«, ich lehnte mich ein Stück über den Tresen, um ein Auge auf Glen zu werfen, der sich gerade bückte und uns sein wohlgeformtes Hinterteil präsentierte, »gutes Genmaterial hat er ja.«

Hallie, die meinem Blick gefolgt war, kicherte. »Du bist wirklich schrecklich.«

»Ich sage nur, wie es ist. Bei der Auswahl des zukünftigen Vaters meiner Kinder sollte ich jeden Aspekt in Betracht ziehen. Du willst doch auch hübsche Nichten und Neffen.«

»Oha, jetzt bist du schon in der Mehrzahl.« Hallie winkte Glen zu. »Bring mir lieber einen Schnaps. Wer weiß, was noch alles kommt.«

»Haha. Sehr witzig.«

Glen kam zu uns und stellte zwei Martini-Gläser auf den Tisch. Hallie reichte er wortlos ein bis zum Rand gefülltes Schnapsglas.

»Danke.« Mit einem Zug kippte sie den klaren Inhalt runter. »Brrr.«

»Was war das? Das Zeug schmeckt wie Putzmittel.«

»Betriebsgeheimnis«, erklärte Glen breit grinsend.

»Ich kann nur hoffen, dass das Zeug nicht blind macht.«

»Meinen Augen hat es bisher nicht geschadet.« Glen starrte auf mein Dekolleté.

Ich wedelte mit der Hand in der Luft. »Hey, lass das! Sonst fühle ich mich genötigt, dir eine zu knallen, und das wäre wirklich schade, denn dann kannst du uns keine Drinks mehr mixen.«

Seufzend wandte Glen sich ab.

»Noch mal zurück zu deinem Kinderwunsch«, nahm Hallie den Gesprächsfaden wieder auf. »Du willst wirklich ein Baby?«

»Also wenn du möchtest, kann ich es dir auch schriftlich geben.« Ich seufzte. »Ja. Ich meine es ernst damit, Hallie. Ich wünsche mir nichts mehr im Leben als ein Baby. Jedes Mal, wenn ich in einen Kinderwagen schaue, überfällt mich der Drang, den kleinen Wurm hochzunehmen und zu knuddeln.«

»Wirklich?«

»Hallie!« Ich setzte meinen Ältere-Schwester-Blick auf. »Ich bin ein absoluter Familienmensch und wollte schon immer Kinder. Leider war keiner meiner Männer bereit dafür. Mittlerweile bin ich seit drei Jahren Single und glücklich damit. Ich habe meinen Frieden damit gemacht. Aber bedeutet das auch, dass ich deshalb auf eine Familie verzichten muss?«

»Schon gut. Überzeugt!« Sie hob beschwichtigend die Hand. »Aber mal ehrlich, findest du das nicht ein wenig …« Sie leckte sich über die Lippe. »… egoistisch?«

Ich seufzte erneut. »Oh Gott, du hast recht. Ich klinge wie eine dieser modernen Karrierefrauen. Aber das ist es nicht. Mit einem Kind würde mein größter Wunsch in Erfüllung gehen, und ich habe Angst, dass ich den Zeitpunkt verpasse, wenn ich noch länger warte. Weißt du, ich beschäftige mich nicht erst seit gestern mit dem Gedanken. Wenn ich nachts wach liege, stelle mir vor, wie es wäre, wenn ich ein Baby hätte. Ist das wirklich so schlimm?«

Hallie sah mich schräg an. »Nein, natürlich nicht.«

»Na siehst du.« Ich zögerte kurz. »Wenn alles nach Plan geht und die Schwangerschaft normal verläuft, kann ich noch bis zur Geburt voll arbeiten. Wenn das Baby da ist, nehme ich mir eine längere Auszeit, damit ich mich ganz um den kleinen Wurm kümmern kann. Ich habe in den letzten Jahren einiges beiseitegelegt, sodass ich mir finanziell keine Sorgen machen muss. Ich möchte schließlich kein Kind bekommen, um gleich wieder zu arbeiten. Irgendwann muss ich mich natürlich wieder um meinen Job kümmern, aber bis dahin habe ich genügend Zeit, eine zuverlässige Nanny zu finden.«

»Du könntest Mum bitten, dir zu helfen, wenn das Baby da ist.«

Das Bild unserer Mum tauchte in meinem Kopf auf. »Reden wir von derselben Mutter? Mum würde niemals ihren Job aufgeben. Außerdem möchte ich sie damit nicht belasten.«

Hallie grinste schief. »Mhm, da hast du auch wieder recht. Aber wie hast du dir die Betreuung des Babys vorgestellt? Das ist schließlich kein Püppchen, das du in die Ecke stellen kannst.«

»Ich verdiene genug, dass ich mir eine Wohnung, ein Auto und eine Nanny leisten kann. Ich sehe also nicht, wo das Problem ist.«

»Klingt für mich trotzdem ein bisschen wie Katies Märchenstunde.« Hallie sah mich mit ernster Miene an.

»Was meinst du denn damit?«, entgegnete ich entrüstet.

Meine Schwester seufzte hörbar. »Du hast noch nicht einmal einen geeigneten Vater an der Hand und redest schon von Schwangerschaft. Fang doch erst einmal mit dem richtigen Kerl an.«

»Ich brauche keinen Mann, um schwanger zu werden.«

Hallies Augenbraue schnellte nach oben. »Hat Mum nicht das Gespräch mit den Bienchen und der Blume mit dir geführt?«

»Das ist nicht witzig«, brummte ich düster. »Das war die schlimmste Stunde meines Lebens. Ich glaube, das ist einer der Gründe, warum ich noch nie einen wirklichen Orgasmus hatte.« Der letzte Satz war mir rausgerutscht.

Hallie sah mich fassungslos an. »Was?!«

»Ich hatte noch nie einen Orgasmus. Jetzt ist es raus.«

»Oh mein Gott! Weiß Mum davon?«

»Untersteh dich, mit ihr darüber zu sprechen«, sagte ich entschieden.

»Das ist ja schrecklich.«

»Irgendwie schon. Aber ich habe es akzeptiert. Seitdem lebe ich ganz gut damit. Ich sage nur, selbst ist die Frau. Überhaupt finde ich, dass die ganze Sexsache zu wichtig genommen wird.«

»Also, ich weiß nicht …« Sie musterte mich eindringlich. »Sag mal, stehst du vielleicht auf Frauen?«

»Das Gleiche hat Susan Miller auch gesagt und mich geküsst.« Ich verzog das Gesicht bei dem Gedanken an diesen feuchten Kuss. »Ist nicht mein Ding. Ich finde Sex mit Männern gut, auch wenn ich keinen Orgasmus habe.«

Hallie prostete mir zu. »Gut zu wissen.«

»Trotzdem möchte ich ein Baby.«

»Ohne Mann kein Baby.«

»Stimmt.« Glen baute sich vor mir auf. »Also ich würde mich zur Verfügung stellen.«

Ich tippte ihm mit dem Zeigefinger gegen die Brust. »Möchtest du der Vater meiner Kinder werden?«

Ein Anflug von Panik huschte über sein Gesicht. »Wer hat denn was von einem Baby gesagt? Ich rede von Sex.«

»Also, wenn du schon lauschst, dann hör wenigstens richtig zu«, schnaubte ich. »Ich suche einen Dad, keinen Lover.«

Glen hob die Hände. »Dann bin ich raus! Sorry, Katie.«

»Männer! Da sieht man es mal wieder. Sobald es ernst wird, kneifen sie.«

»Du solltest keinen Martini mehr trinken«, meinte Glen mit dem Blick auf mein Glas. »Der bekommt dir nicht.« Ohne ein weiteres Wort wandte er sich einem anderen Gast zu.

»Katie.« Hallie legte ihre Hand auf meinen Arm. »Kann es sein, dass du dich da in etwas verrannt hast?«

»Nein, habe ich nicht.« Ich verschränkte die Arme vor der Brust. »Ich habe schon bei der Samenbank angerufen und –«

»Was?!« Hallie starrte mich mit dem Ausdruck der völligen Fassungslosigkeit an.

Die Gespräche im Pub erstarben. Alle Blicke richteten sich auf uns.

»Ähm.« Ich leckte mir nervös über die Lippen. »Es wäre schön, wenn du nicht den gesamten Pub an meinen Plänen teilhaben lassen würdest.«

»Ups.« Sie hielt sich die Hand vor den Mund. »Sorry.« Sie senkte die Stimme. »Du willst wirklich einen Samenspender für dein Kind suchen?«

»Natürlich!«, erwiderte ich mit dem Brustton der totalen Überzeugung. »Wir leben schließlich im 21. Jahrhundert. Eine Frau muss nicht mehr warten, bis ihr Märchenprinz auf einem weißen Ross vorbeigeritten kommt, um sie zu heiraten …«

»Seit wann hast du aufgehört, an die Liebe zu glauben?«, unterbrach Hallie mich.

»Das eine hat nichts mit dem anderen zu tun. Du weißt doch selbst am besten, wie es ist. Ich liebe meinen Job, aber genau das ist der Punkt. Ich bin so mit Organisieren beschäftigt, dass ich keine Zeit habe, Männer kennenzulernen, und auch keine Lust. Tinder. Dating-Plattformen. Blind Dates. Ich habe alles ausprobiert, um herauszufinden, dass das nichts für mich ist. Jedes Date war eine Enttäuschung, die ich mir in Zukunft ersparen möchte. Wenn der Traummann kommt, dann bin ich bereit. Aber ich möchte in meiner Entscheidung für ein Baby nicht von einem Mann abhängig sein. Du weißt selbst, wie viele Ehen unserer Freunde unglücklich oder geschieden sind.« Ich schüttelte energisch den Kopf. »Ich möchte mein Glück nicht dem Zufall überlassen. Und genau das bietet mir die Samenbank.«

»Okay. Das muss ich erst einmal verdauen.« Hallie sah mich mit einer Mischung aus Bewunderung und Fassungslosigkeit an. »Hast du schon mit Mum und Dad darüber gesprochen?«

»Nein, natürlich nicht. Es war schon schwer genug, es dir zu erzählen«, erwiderte ich und konnte selbst die Panik in meiner Stimme hören. »Die erfahren es noch früh genug.«

»Das kann ich verstehen.« Hallie hob ihr Glas. »Dann würde ich sagen, darauf stoßen wir an. Auf dein Baby.«

»Auf mein Baby.«

Klirrend stießen unsere Gläser aneinander.

2

Katie

Mit einem Glas Rotwein in der Hand setzte ich mich im Schneidersitz auf mein Sofa. Sofort wurde ich von den kuscheligen Kissen eingeschlossen, die ich zuhauf darauf verteilt hatte. Mein Apartment in Notting Hill war mein Rückzugsort, den ich ganz nach meinem Geschmack eingerichtet hatte. Schlicht und doch gemütlich.

Entschlossen nahm ich den Laptop und legte ihn auf meine gekreuzten Oberschenkel. Mein Herz pochte wie verrückt, als das Display aufleuchtete und das Introfilmchen der Samenbank abspielte.

Hastig nahm ich einen tiefen Schluck aus meinem Glas. Meine Hände waren feucht vor Aufregung. Im Hintergrund lief ein Song aus meiner Playlist »The Sound of Clouds«. Die Flammen der Kerzen auf dem Couchtisch flackerten vor sich hin.

Ich hatte beschlossen, den Vater meines zukünftigen Kindes in einer angenehmen Atmosphäre kennenzulernen. Schließlich musste ich mich auf mein Gefühl verlassen, und das funktionierte nur, wenn ich von vornherein positiv gestimmt war. Ich atmete tief durch, dann klickte ich auf den Homebutton. Die Seite auf dem Display wechselte. Gierig flogen meine Augen über den Text.

Alle unsere Samenspender werden nach einem sorgfältigen Screening-Verfahren ausgesucht, um den höchstmöglichen Standard für Sie und Ihr Baby zu garantieren.

Na, das klang doch schon mal vielversprechend.

Unsere Samenspender haben einen Persönlichkeitstest absolviert, der Ihnen helfen soll, den richtigen Vater für Ihr Baby zu finden. Dieser Test zeigt vier Persönlichkeitstypen auf: den Praktischen, den Beschützer, den Idealisten und den Rationalen. Dazu fügen wir noch eine persönliche Einschätzung der Kandidaten und unserer Psychologen hinzu. Bei uns haben Sie außerdem die Möglichkeit, die potenziellen Kandidaten nach ihren äußerlichen Merkmalen wie Augen- und Haarfarbe auszusuchen.

Na, wer sagt's denn. Zufrieden nahm ich einen weiteren Schluck Rotwein. Vor meinem geistigen Auge spielte sich eine Auswahl meiner Lieblingsschauspieler ab. Matthew Goode war schon immer ein Typ gewesen, den ich gemocht hatte, vor allem seit ich ihn in der Serie *The Discovery of Witches* gesehen hatte. Wenn ich schon die Wahl hatte, dann wollte ich meinem Baby die besten genetischen Voraussetzungen mitgeben.

Nachdenklich betrachtete ich die Auswahlkriterien. Ich hatte eine Vorliebe für helle Augen. Entschlossen drückte ich den Button für grüne Augen. Bei der Haarfarbe musste ich nicht lange überlegen. Auf jeden Fall dunkel. *Herkunft?* Ich überlegte einen Moment. Eigentlich war es mir egal.

Ich drückte die Enter-Taste. Mein Puls schnellte in die Höhe, als eine Liste von Männernamen vor mir auftauchte. Fotos waren leider nicht dabei. Hinter jedem Namen stand eine kurze Personenbeschreibung, gefolgt von der persönlichen Einschätzung und der der Samenspenderbank. Größe, Alter, Gewicht, Hobbys und Beruf waren ebenfalls aufgelistet.

Neugierig las ich den ersten Eintrag:

Damian
Größe: 1.86 m
Gewicht: 101 kg
Was? Nein. Ein übergewichtiger Vater war nicht gerade das, was mir vorschwebte, wenn ich es mir schon aussuchen konnte. Groß und sportlich durfte er ruhig sein – schließlich ging es um das Erbgut meines Babys, und da durfte man als Frau im Gegensatz zum wahren Leben, wo ich Männer in allen Größen und Gewichtsklassen gedatet hatte, schon etwas wählerisch sein. Mein Blick wanderte zum nächsten Profil.

Leo
Größe: 1.93 m
Gewicht: 90 kg
Das passte. Gespannt las ich weiter.

Augenfarbe: Grün
Hobbys: Tennis, Volleyball, Klettern und Tauchen
Leo beschreibt sich selbst als humorvoll, offen und willensstark.

Eindruck des Teams: Ein ruhiger, offener Mensch, der gut zuhören kann.

Leo möchte gerne Spender sein, da er Menschen helfen möchte, die sich ein Kind wünschen.

Das klang doch schon mal sehr vielversprechend. Ich leckte mir mit der Zungenspitze über die Unterlippe, während ich mir in meinem Kopf ein Bild des Mannes malte. *Nicht schlecht.* Zumindest würde ich Leo in die engere Auswahl packen.

Mein Blick fiel auf die Uhr. Angesichts der schier unendlichen Liste an möglichen Kandidaten würde es eine Weile dauern, bis meine Entscheidung gefallen war. Ich trank einen weiteren Schluck Rotwein und lehnte mich zurück. Ein bisschen kam ich mir wie Alice im Wunderland vor – nur dass ich mich im

Gegensatz zu ihr in der Wirklichkeit und nicht in irgendeiner Fantasiewelt befand.

Ich hielt die Luft an, während ich meine Auswahl bestätigte und damit das Schicksal meines ungeborenen Kindes besiegelte. Ein leises *Pling* verkündete mir, dass mein Wunsch abgeschickt worden war. Wie gebannt starrte ich auf den Bildschirm. Ein Pop-up-Fenster tauchte vor mir auf.

Herzlichen Glückwunsch zu Ihrer vortrefflichen Wahl. Wir werden uns in Kürze mit Ihnen bezüglich des Termins in Verbindung setzen.

Mein Handy klingelte. Ich zuckte ertappt zusammen. Mums Gesicht leuchtete mir vom Display entgegen. Manchmal war es wirklich unheimlich, mit welchem Gespür für den falschen Moment sie sich bemerkbar machte. Das war schon der Fall gewesen, als ich ein Teenager war. Wann immer ich einen neuen Freund nach Hause gebracht hatte, war Mum genau in dem Moment in mein Zimmer gestürmt, wenn der Junge mich küssen wollte.

»Hi, Mum.« Der Rotwein hatte meine Zunge schwer gemacht.

»Hallo, Süße. Ich wollte nur mal hören, wie es dir geht«, flötete sie durch den Lautsprecher. »Du hast dich ja schon eine Ewigkeit nicht mehr gemeldet.«

Ich blickte irritiert auf das Display. »Ähm, Mum, wir haben vorgestern miteinander telefoniert.«

»Sage ich doch, eine halbe Ewigkeit. Aber du hast meine Frage gar nicht beantwortet.«

»Es geht mir gut. Ich habe viel zu tun«, erklärte ich, ohne den Blick vom Bildschirm meines Laptops zu nehmen, wo gerade die

Nachricht aufpoppte, dass die Samenspende am angegebenen Datum bei meinem Gynäkologen eintreffen würde. Ich schluckte. Ein nervöses Zittern breitete sich in meinem Magen aus. »Und bei dir?«

»Hast du getrunken?« Misstrauen waberte wie schlechter Mundgeruch durch den Hörer.

»Zwei Gläser Rotwein«, erwiderte ich offen, um weitere Diskussionen zu vermeiden, in denen sie mich einer Lüge überführen würde.

»Aha.« Es war immer wieder erstaunlich, wie Mum es schaffte, mit ein paar Silben klarzumachen, was sie dachte. »Mir geht es fantastisch«, nahm sie zu meiner Erleichterung den Gesprächsfaden wieder auf. »Ich war gestern bei Steven, und der hat wahre Wunder mit meinem Gesicht bewirkt.« Ich konnte förmlich sehen, wie sie strahlte. Seit meine Mutter die fünfzig überschritten hatte, galt ihr Hauptaugenmerk nebst ihren Patienten der Verdrängung des Alters.

»Das freut mich zu hören. Trotzdem fände ich es schön, wenn sich meine Mutter nicht in einen laufenden Zombie verwandeln würde und ihre Mimik behält.«

»Da mach dir keine Sorgen. Mit meiner Mimik ist alles in Ordnung. Wobei Steven meinte, dass mir so ein kleiner Schuss Botox in meine Stirn nicht schaden könnte.«

»Mum, du siehst toll aus, auch ohne Botox. Du hast das nicht nötig.« Mum mit ihrer positiven Ausstrahlung war zeitlebens mein Vorbild gewesen. Sie war zusammen mit Hallie mein Fels in der Brandung. Wenn es im Leben mal schieflief, dann war sie immer für mich da gewesen und hatte mich in allem unterstützt. Nur aus meinem Liebesleben hatte ich Mum bewusst herausgehalten, um nicht in die Rolle einer ihrer Patienten gedrängt und mit guten Ratschlägen überschüttet zu werden.

»Das ist leicht gesagt, wenn man sechsunddreißig ist«, konterte sie hörbar angefasst. »Wir sprechen uns noch mal, wenn du in mein Alter kommst.« Ich seufzte hörbar. »Geht es dir gut, meine Große?« So nannte sie mich, wenn sie sich Sorgen um mich machte.

»Es geht mir prima … wirklich«, setzte ich mit Nachdruck hinterher.

»Gut. Weißt du, als Mutter macht man sich so seine Gedanken, wenn die älteste Tochter mit sechsunddreißig Jahren noch immer keinen Mann an ihrer Seite hat.« Sie machte eine Pause. »Du würdest mir doch sagen, wenn etwas nicht stimmt.«

»Was meinst du mit *nicht stimmen*?«, hakte ich nach.

»Liebling, ich habe dir immer gesagt, dass ich in jeder Hinsicht offen bin, und wenn eine meiner Töchter homosexuell ist, dann ist das kein Problem für mich.« Ihre Stimme hatte diesen typisch einladend weichen Ton, den sie immer bekam, wenn sie mir oder Hallie ein Geheimnis entlocken wollte.

»Mum, ich verspreche dir, sollte ich jemals meine geschlechtlichen Präferenzen ändern, bist du die Erste, die davon erfährt.« Irgendwie schien meine Familie es nicht für möglich zu halten, dass ich auch ohne Mann glücklich war, und betrieb Ursachenforschung. Grauenvoll. Das würde sich hoffentlich ändern, sobald ich schwanger war.

»Gut. Aber was ist es dann? Es kann doch nicht sein, dass du bei deinem wirklich netten Aussehen immer noch Single bist.«

Ich beschloss, nicht weiter auf das ›nette Aussehen‹ einzugehen. »Ich bin selbstständig und arbeite dementsprechend viel. Ich habe einfach keine Zeit, auf irgendwelche komischen Dates zu gehen, und ich möchte es auch nicht. Wenn mich ein Mann will, dann wird er mich auch so finden.«

»Dann solltest du dir die Zeit nehmen«, beharrte Mum.

»Bitte, können wir diese Diskussion lassen? Wir beide wissen, wohin das führt.« Ich konnte mir das laute Seufzen nicht verkneifen. Gleichzeitig beschloss ich, Mum auf keinen Fall und unter keinen Umständen von meinen Babyplänen zu erzählen. Das konnte nur in einer verbalen Katastrophe ihrerseits enden. Wenn die Zeit gekommen war, würde sie es noch früh genug erfahren. Bis dahin wollte ich meine Ruhe haben.

»Wenn du unbedingt wieder einmal den Tatsachen aus dem Weg gehen möchtest. Bitte.« Ich könnte förmlich sehen, wie sie ihren roten Mund spitzte und mir vorwurfsvolle Blicke durch das Handy schickte. »Ich weiß nur nicht, was ich Lucy sagen soll. Weißt du, sie fragt immer nach, wie es dir geht.«

»Dann sag ihr einfach, wie es ist. Meinetwegen brauchst du nicht lügen. Außerdem glaube ich nicht, dass sich die Verwandtschaft besonders für mein Liebesleben interessiert.«

»Das sagst *du*. Jedes Mal, wenn ich mit meiner Schwester spreche, gibt sie damit an, wie glücklich sie ist, dass sie bereits ein Enkelkind hat.«

Ich horchte auf. »Wünschst du dir denn Enkel?«

»Natürlich wünsche ich mir Enkel von meinen Traumtöchtern! Vielleicht nicht gleich, aber irgendwann schon. Im Moment fühle ich mich noch ein wenig zu jung dafür.«

Mein Blick wanderte zum Display, wo die Spermabestellung noch immer aufleuchtete. Ein leichtes Gefühl von Panik kroch in mir hoch. Hatte ich das Richtige getan?

»Mum, ich sage es nur ungern, aber du bist bereits dreiundsechzig. Wann denkst du denn, dass es passen würde?«, wechselte ich in die Angriffsstrategie über.

»Ich weiß gar nicht, was diese Diskussion soll. Da keine meiner Töchter in einer festen Beziehung ist, brauche ich mir diesbezüglich schließlich keine Gedanken zu machen. Oder gibt es da etwas, was du mir erzählen möchtest?« Durch ihre Arbeit als Paartherapeutin war sie ziemlich abgebrüht und schaffte es immer wieder, mich ins offene Messer rennen zu lassen.

Ich seufzte zum gefühlt hundertsten Mal. »Nein, schon gut.«

»Wunderbar. Du hast gar nichts von deiner Arbeit erzählt.«

»Zurzeit arbeite ich an einem Apartment in Notting Hill. Die neuen Besitzer möchten es neu gestalten.«

»Ich bin immer noch überrascht, dass Menschen Geld dafür bezahlen, dass du ihnen ihre Wohnung einrichtest.«

»Du würdest dich wundern. Weißt du, die meisten meiner Kunden sind erfolgreiche Geschäftsleute, denen einfach die Zeit fehlt oder das nötige Gespür. Der aktuelle Kunde ist der Geschäftsführer einer großen Investmentfirma.«

»Das klingt nach einer guten Bezahlung.« Ich konnte das Lächeln in ihrer Stimme hören.

»Ja, absolut. Ich kann nicht klagen.« Tatsächlich zahlte mir der Kunde ein horrendes Geld, damit ich seine Wohnung in einen modernen Traum verwandelte. Ich gähnte laut. »Ich glaube, ich muss ins Bett.«

»Was hast du denn gemacht, dass du müde bist?«

Den Vater meines Kindes rausgesucht. Allein bei dem Gedanken wurde mir heiß und kalt.

»Wie gesagt, ich habe im Moment viel zu tun«, log ich stattdessen und war froh, dass Mum mich nicht sehen konnte. Sie hatte einen eingebauten Lügendetektor und sah es immer sofort, wenn ich nicht bei der Wahrheit blieb. Ein Umstand, der dazu geführt hatte, dass ich nur sehr selten log und nur Fremden gegenüber.

»Na, dann will ich dich nicht von deinem wohlverdienten Schlaf abhalten«, sagte sie milde.

»Danke. Ich hab dich lieb, Mum.«

»Ich dich auch, mein Schatz«, erwiderte sie und legte auf.

Erleichtert sank ich in mir zusammen. Mein Blick fiel wieder auf das Profil auf meinem Bildschirm. Ich nahm das Rotweinglas ein wenig trotzig in die Hand. »Auf dich, Leo!«

3

Katie

Ich stellte die Vase mit den Lilien auf den großen hellen Esstisch. Mit ein paar geübten Handgriffen arrangierte ich die langstieligen Blumen so, dass sie zu allen Seiten gleich aussahen.

Heute war Abnahmetermin, da musste alles perfekt sein. Schließlich hatten die Kunden einen ordentlichen Preis dafür gezahlt, dass ich dem in die Jahre gekommenen Apartment einen neuen Anstrich verpasste. Ich trat einen Schritt zurück, um das Blumenarrangement mit etwas Abstand zu begutachten. Tatsächlich unterstrichen die eleganten weißen Blüten den puren Look, den sich die Besitzer für ihr Apartment gewünscht hatten.

Ich umrundete den Esstisch und ging die wenigen Schritte bis zum Wohnzimmer. Auch hier dominierte die Farbe Weiß und bildete einen schönen Kontrast zu dem geölten Eichenparkett, das sich durch das Apartment zog. Die hohen Decken verliehen dem Ganzen eine zusätzliche Größe. Ich hatte bewusst auf Vorhänge verzichtet, damit die Aussicht bestehen blieb und nicht durch Stoff unterbrochen wurde. Ein Experiment, zugegebenermaßen, aber da der Raum von außen praktisch uneinsehbar war, gab es kein Problem. Wenn man auf dem Sofa saß, hatte man nun eine uneingeschränkte Sicht über die Dächer von Notting Hill. Ich hatte den Zeitpunkt der Abnahme bewusst um die Mittagszeit gewählt, damit das Ehepaar Styles bei der finalen Abnahme die optimalen Bedingungen hatte. Um diese Zeit des Tages fiel die Sonne durch die Fenster und tauchte den Raum in warmes goldenes Licht.

Mein Blick wanderte zu dem großen Bild, das ich in letzter Minute in Hallies Galerie ausgesucht hatte. Es war eines von ihren Arbeiten. Ein kleines Meisterwerk, bei dem es Hallie gelungen war, das Licht und die Farben einer Dünenlandschaft einzufangen, als würde man mittendrin stehen. Das Bild passte perfekt an die freie Wand gegenüber der bodentiefen Fenster, sodass sich darin die Farben des Zimmers widerspiegelten und es gleichzeitig eine ungeheure Ruhe ausstrahlte, wenn man es betrachtete. Benjamin Styles, der Besitzer des Apartments, hatte sich mir bei unseren Gesprächen als rastloser und leicht reizbarer Mann präsentiert. Vielleicht würde dieses Bild eine positive Wirkung auf ihn haben.

Eines der Kissen war leicht zerknautscht. Rasch machte ich mich daran, es aufzuschütteln. Vorsichtig strich ich mit der flachen Hand über den weichen Stoff. Das Sofa hatte ein Vermögen gekostet, aber Geld spielte in diesen Kreisen keine Rolle. Ich nickte zufrieden. So würde es gehen. Fehlte nur noch ein wenig Musik im Hintergrund. Ich schaltete die Anlage ein. Sekunden später ertönte ein leichter Sommersong aus winzigen Boxen, die auf stylischen Ständern in den Ecken des Zimmers standen. Gut so.

Eine Kleinigkeit fehlte noch, um das Wohlfühl-Feeling abzurunden. Ich zog das kleine Fläschchen aus meiner Handtasche. Ich hatte das Spray extra für diese Zwecke gekauft. Ich gab drei Sprühstöße in die Luft. Ein zarter Duft nach weißem Tee und Magnolie breitete sich in dem Raum aus. Ich hatte die Erfahrung gemacht, dass die Mischung sowohl weiblichen als auch den männlichen Kunden gefiel. Die meisten meiner Kollegen unterschätzten die Wirkung eines angenehmen Duftes und setzten auf pure Argumentation. Etwas, das mich von meinen Berufsgenossen unterschied. Meine Stärke waren die subtilen Dinge, die eine Wohnung zu etwas Besonderen machten. Ein angenehmer Geruch setzte Botenstoffe im Hirn eines Menschen frei, die ein wohliges Gefühl vermittelten. Kaffeeduft gehörte ebenso dazu wie der Geruch von frisch gebackenem Brot oder Blumen. Das war der Punkt, wo ich ansetzte, um die Kunden auf der emotionalen Ebene zu erreichen. Letztendlich war das Gefühl entscheidend, und da spielte es keine Rolle, ob man es mit einem Geschäftsmann oder mit einer Hausfrau zu tun hatte.

Es klingelte an der Haustür. Das mussten die Styles sein! Jetzt würde sich zeigen, ob sich meine Arbeit der letzten Wochen auszahlen würde. Beschwingt ging ich zum Eingang. Bevor ich öffnete, strich ich ein letztes Mal meine cremefarbene Bluse über dem schwarzen Rock glatt. Ich hatte bewusst auf High Heels verzichtet, um den empfindlichen Boden nicht zu ruinieren, und stattdessen Pumps mit einem breiten Absatz angezogen. Ich war nicht gerade groß und hohe Schuhe taten der Länge meiner Beine gut. Meine Haare hatte ich locker zu einem Knoten am Hinterkopf zusammengebunden. Auf Schmuck hatte ich bis auf ein Paar dezenter Ohrstecker verzichtet. *Bescheidenheit ist eine Tugend*, hatte Granny immer gesagt. Ein Motto, nach dem sie selbst gelebt und das sie an ihre Familie weitergegeben hatte.

Bevor ich den Knopf zur Türöffnungsautomatik drückte, warf ich einen Blick auf den kleinen Monitor der Überwachungskamera. Einbrüche waren in dieser Gegend nicht selten, und die meisten meiner Kunden setzten auf Sicherheit.

Wie zu erwarten war, stand das Ehepaar Styles vor der Tür. Benjamin Styles war Ende vierzig und leitete ein erfolgreiches

Start-up-Unternehmen. Er hatte sich aus ärmlichen Verhältnissen hochgearbeitet und war mit Erfolg belohnt worden. Mittlerweile zählte seine Firma zu den profitabelsten Englands. Ich hätte ihn nicht als gutaussehend bezeichnet, aber attraktiv traf es ziemlich gut. Seine Frau Maria war eine zierliche Person Anfang vierzig, die ihren Mann vergötterte. Die beiden hatten sich auf einer Party kennengelernt. Maria war damals mit einem gemeinsamen Bekannten verlobt gewesen. Sie arbeitete als Redakteurin einer bekannten Zeitschrift und war dementsprechend wortgewandt. Die Presse hatte sich überschlagen, als die Affäre zwischen den beiden bekannt geworden war. Man hatte gemunkelt, dass Maria ihren Mann wegen des Geldes geheiratet hatte, aber auf mich machten sie den Eindruck eines glücklichen Paares, das die wenige Zweisamkeit, die ihnen ihre Jobs boten, genoss. Die Wohnung in Notting Hill war ihr persönlicher Rückzugsort, um dem stressigen Alltag zu entfliehen.

Ich hatte es mir zur Gewohnheit gemacht, mich über meine Auftraggeber genau zu informieren, bevor ich mich in die Arbeit stürzte. Je mehr ich von meinen Kunden wusste, umso besser konnte ich mich in ihre Psyche hineindenken. Für eine Einrichtungsplanerin gab es nichts Schlimmeres, als am Geschmack der Auftraggeber vorbei zu agieren. Die Zusammenarbeit mit den Styles war angenehm gewesen, da sie mir freie Hand gelassen hatten.

Ich nahm einen tiefen Atemzug, dann drückte ich den Knopf. Ein leises Summen verkündete das Öffnen der Tür.

»Ich hätte nicht gedacht, dass es so schön werden würde.« Maria Styles strahlte mich an. »Sie haben wahre Wunder gewirkt. Wenn ich daran denke, wie die Wohnung vorher ausgesehen hat und wie sie jetzt wirkt … Unglaublich! Findest du nicht auch, Benjamin?«

Tatsächlich war das Apartment in einem ziemlich schlechten Zustand gewesen, als ich es das erste Mal betreten hatte. Braune Teppichböden, vergilbte Wände und die Einrichtung ein wahr gewordener Albtraum aus Eiche rustikal. Allein bei dem Gedanken daran lief mir eine Gänsehaut über den Rücken.

Benjamin nickte. »Ja, ich kann meiner Frau nur zustimmen. Die Einrichtung trifft genau meinen Geschmack. Besonders gut gefällt mir auch Ihre Idee mit den elektrischen Fensterblenden.«

»Das freut mich.« Ich hatte die Blenden in letzter Minute einbauen lassen, ohne mir vorher die Genehmigung einzuholen. Man hatte mir zwar freie Hand in der Gestaltung gelassen, aber wenn es um feste Einbauten ging, fragte ich für gewöhnlich lieber nach. In diesem Fall hatte ich mich auf mein Gefühl verlassen.

Benjamin deutete auf Hallies Bild im Wohnzimmer. »Wo haben Sie das aufgetrieben?«

Ich zögerte einen winzigen Moment. »Meine Schwester hat eine kleine Galerie in Soho. Als ich letzte Woche bei ihr war, hing es dort und ich musste sofort an Sie denken. Das Bild ist eine Leihgabe mit der Option, es zu kaufen. Natürlich nur, wenn Ihnen der Preis zusagt.«

»Ihre Schwester hat eine Galerie? Das ist interessant.« Benjamin fuhr sich mit der Hand über das Kinn.

»Genaugenommen ist das Bild von ihr«, korrigierte ich mich. »Sie hat Kunstgeschichte und Kunst studiert und sich letztes Jahr mit der Galerie selbstständig gemacht.«

Mr und Mrs Styles tauschten einen kurzen Blick. »Bitte sagen Sie Ihrer Schwester, dass sie soeben neue Interessenten für ihre

Fotokunst gefunden hat. Und das Bild bleibt selbstverständlich hängen.«

Ich atmete erleichtert aus. Hallie würde ausflippen, wenn sie hörte, dass die Styles' ihre Kunst gekauft hatten, mit der Aussicht auf weitere Käufe. Dank der angeschlagenen wirtschaftlichen Lage saß den Leuten das Geld nicht mehr so locker wie noch vor ein paar Jahren. Es war nicht leicht, als Galeristin zu überleben.

Maria trat einen Schritt näher an das Bild und betrachtete es in aller Ruhe. »Wie mir scheint, sind Sie eine ziemlich künstlerische Familie.«

»Nicht ganz. Meine Mutter ist Paartherapeutin und mein Dad arbeitet als Sozialpädagoge.«

»Eine interessante Kombi«, bemerkte sie.

Ich lächelte. »Das kann man laut sagen. Ich würde es eher als explosive Mischung bezeichnen. An Gesprächsstoff hat es in der Familie jedenfalls nie gemangelt.« Beide lachten über meinen kleinen Scherz. Ich rieb mir die Hände. »Tja, das wäre es dann.«

»Darüber würden wir gerne mit Ihnen sprechen«, sagte Maria geheimnisvoll. Benjamin nickte. »Wir wollten erst einmal abwarten, wie die Zusammenarbeit mit Ihnen läuft, und ich übertreibe nicht, wenn ich behaupte, dass wir äußerst zufrieden mit Ihrer Arbeit sind. Stimmt's, Darling?« Sie warf ihrem Mann einen fragenden Blick zu.

»Absolut. Sehr zufrieden sogar.«

»Deshalb wollten wir Sie fragen, ob Sie im kommenden Halbjahr Kapazitäten hätten, um auch das Büro meines Mannes zeitgerecht zu gestalten. Der alte Kasten könnte ein Make-over gut gebrauchen. Eigentlich hatte ich gedacht, diese Arbeit zu übernehmen.« Sie machte eine kurze Pause. »Aber jetzt, wo ich Ihre Arbeit sehe, muss ich mir eingestehen, dass ich da nicht mithalten kann.« Ihr Mann tätschelte ihre Hand.

»Es wäre mir eine Freude«, sagte ich strahlend. Unkompli- zierte Kunden, wie es die beiden waren, fand man nur selten.

»Dann haben wir einen Deal. Meine Sekretärin wird sich in den nächsten Tagen mit Ihnen in Verbindung setzen, um einen Termin zur Besichtigung zu verabreden.« Benjamin reichte mir die Hand. »Sie haben es geschafft, mir und meiner Frau ein ge- mütliches Zuhause zu bereiten. Ich weiß gar nicht, wie wir Ihnen dafür danken sollen.«

»Sie haben mich mehr als fürstlich bezahlt und Ihre zufriede- nen Gesichter dazu sind mir genug.« Ich erwiderte seinen Hän- dedruck. »Ich bin froh, dass Sie zufrieden sind. Ein Zeichen, dass ich meinen Job gut gemacht habe.«

Dank der Einnahmen für den Auftrag hatte ich mein finanziel- les Polster weiter vergrößern können und mir so etwas Luft für die Monate nach der Schwangerschaft verschafft. Es konnte je- doch nicht schaden, schon mal vorzusorgen. Ich griff nach mei- ner Handtasche, die ich neben mir auf den Küchentresen abge- stellt hatte.

»Dann bleibt mir nichts weiter, als Sie Ihrem Schicksal zu überlassen.« Ich hängte mir die Tasche über die Schulter. »Meine Nummer haben Sie. Bitte scheuen Sie sich nicht, mich bei Fragen anzurufen.«

»Das werden wir. Bis bald, Katie«, verabschiedete sich Benja- min. Seine Frau schenkte mir ein warmherziges Lächeln.

Gut gelaunt ging ich nach draußen. Es war noch immer ange- nehm warm. Die Sonne blitzte zwischen den Häusern durch, und ein strahlend blauer Himmel spannte sich über den Dächern von Notting Hill.

Ich warf einen Blick auf meine Uhr. Es war bereits Nachmit- tag. Die Abnahme hatte länger als geplant gedauert. Ich könnte noch bei Hallie vorbeischauen und ihr die gute Nachricht vom

Verkauf des Bildes persönlich überbringen. Kurzentschlossen hob ich die Hand. »Taxi!«

»Was treibt dich denn hierher?« Hallies Kopf tauchte hinter dem Empfangstresen auf. Außer mir war kein Kunde in der Galerie.

»Ich war gerade in der Nähe und dachte mir, ich schaue mal bei meiner Schwester vorbei.« Ich setzte ein Lächeln auf, von dem ich dachte, es würde mir diesen Mona-Lisa-geheimnisvoll-Blick verleihen.

»Du verschweigst mir doch was?« Hallie schüttelte den Kopf, und ihre glatten braunen Haare wippten vergnügt hin und her. Ich fand, dass meine kleine Schwester mal wieder absolut hinreißend aussah in ihrem modernen Leo-Muster-Rock und der schwarzen Bluse dazu. Ich selbst war, was Mode anbelangte, nicht ganz so experimentierfreudig und bevorzugte etwas sportlich-klassischere Bekleidung.

»Ich habe es verkauft«, jubilierte ich. Geheimnisse waren noch nie mein Ding.

»Was?«

»Na dein Bild! Das mit der Dünenlandschaft.«

Hallies Augen weiteten sich. »Nicht dein Ernst?«

»Doch. Ist das nicht toll?«

»Toll? Das ist der Knaller!« Sie stürmte mit ausgebreiteten Armen auf mich zu. »Mein erstes eigenes Werk, und du hast es verkauft.«

»Hey«, sagte ich lachend. »Du erdrückst mich noch.«

»Aber nur, weil ich dich so sehr liebe.« Hallie gab mir einen Kuss.

»Ich habe dir doch gesagt, dass du Talent hast.«

»Ja, du hast immer an mich geglaubt.« Sie strahlte. Ihre Augen schimmerten. »Und sie haben wirklich den vollen Preis bezahlt?«

»Jeden Cent. Das Geld müsste spätestens heute Abend auf deinem Konto sein.«

Hallie wirbelte mich herum. »Oh mein Gott! Ich bin reich.«

»Na ja, reich vielleicht nicht, aber dein Sparkonto ist definitiv um ein paar tausend Pfund angewachsen.«

»Das müssen wir feiern.« Sie stürmte in die kleine Küche, die seitlich versteckt nur wenige Schritte vom Tresen entfernt war.

»Was hast du vor?«, rief ich ihr hinterher.

Sekunden später tauchte ihr Kopf im Türrahmen auf. »Sekt und Gläser holen!«

»Du bist echt 'ne Marke.« Ich schüttelte lachend den Kopf. »Was ist, wenn jetzt noch ein Kunde kommt?«

»Den lade ich auf ein Gläschen ein. Das ist das Schöne, wenn man sein eigener Boss ist. Ich kann tun und lassen, was ich will.« Sie kam mit einer Flasche und zwei Gläsern zurück. »Erzähl mal, wie war die Abnahme? Hat ihnen alles so gut gefallen wie mein Bild?« Mit einem lauten Knall flog der Korken in die Luft. Sekt sprudelte über den Flaschenhals. »Ich liebe diesen Sound.« Hallie strahlte.

»Da bin ich ganz bei dir.« Ich erzählte ihr von dem Treffen mit den Styles'.

»Ich habe mein Bild verkauft, und du hast einen Folgeauftrag. Ich würde sagen: Läuft bei uns«, frohlockte Hallie. Gluckernd lief die goldgelbe Flüssigkeit in die Gläser.

»Noch habe ich ihn nicht in der Tasche.«

»Hey, ein wenig Optimismus würde dir guttun.« Sie reichte mir ein Glas. »Auf die Greenwood-Sisters!«

»Auf die Greenwood-Sisters.« Ich nahm einen tiefen Schluck. Prickelnd lief die eiskalte Flüssigkeit die Kehle hinunter.

Hallie leckte sich über die Lippen. »Ahhh. Es geht doch nichts über einen guten Schluck Sekt.«

»Der ist aber auch lecker.«

»Lass uns hinsetzen.« Sie deutete auf die kleine Sitzecke unter einem ihrer Bilder, wo sie normalerweise die Verhandlungen führte. »Mir tun die Füße vom langen Stehen weh.«

»Alles klar.« Ich ließ mich auf den weichen Sessel fallen.

»Hat Rachel dich eigentlich erreicht?«

»Nee, warum?« Ich sah zu ihr hoch. Rachel war eine Freundin aus der Nachbarschaft meines Elternhauses. Seit ich nach Notting Hill gezogen war, trafen wir uns nur noch selten.

»Sie hat uns zu ihrem Junggesellinnenabschied eingeladen.«

»Wirklich?« Ich hätte mich fast verschluckt. »Ich habe seit einer Ewigkeit nichts mehr von ihr gehört. Du etwa?«

»Nein. Aber sie wollte uns noch eine schriftliche Einladung schicken.« Hallie grinste. »Lynn, Susan und Laura kommen auch.«

»Die Geister unserer Jugend«, bemerkte ich trocken. »Das ist ja wie ein Klassentreffen.« Die verschiedenen Gesichter unserer gemeinsamen Schulfreundinnen tanzten durch meinen Kopf.

»Ehrlich gesagt habe ich keine große Lust. Es hat schließlich einen Grund, dass ich schon seit Jahren keinen Kontakt mehr mit der alten Truppe habe, bis auf Rachel.«

»Ach komm schon. Das wird bestimmt lustig, alle mal wiederzusehen.«

»Ich bin mir da nicht so sicher.«

»Bei meinem letzten Junggesellinnenabschied mussten wir als Nonnen verkleidet durch die Pubs ziehen.« Ich schüttelte mich bei dem Gedanken an jenen desaströsen Abend, wo wir nach gefühlt hundert Pubs und ebenso vielen peinlichen Situationen völlig fertig ins Bett gefallen waren.

»Ich werde auf keinen Fall als Nonne durch London laufen.«
Ich gab ihr einen Stups. »Spießerin!«

»Das sagt die Richtige«, spöttelte Hallie.

»Hey, nicht frech werden auf den billigen Rängen.« Mein Blick fiel nach draußen. Die letzten Tage waren ungewöhnlich kalt und regnerisch für die Jahreszeit gewesen. Heute hingegen präsentierte sich Soho im strahlenden Sonnenschein. Kleine Gruppen von Touristen schlenderten die Hauptstraße entlang und bewunderten dabei die Auslagen der Schaufenster. Trotz des Ansturms der letzten Jahre hatte Soho seinen ursprünglichen Charakter bewahrt und große Kaufhausketten und Supermärkte erfolgreich abgewiesen. Stattdessen fand man hier kleine Geschäfte und Galerien, die sich entlang der Straße reihten.

»Also gut, wenn du unbedingt willst, dann komme ich mit«, sagte Hallie seufzend und holte mich aus meinen Gedanken. »Aber du musst dafür sorgen, dass mein Glas niemals leer ist.«

»Das lässt sich einrichten.« Mein Handy klingelte. Die Nummer meines Frauenarztes tauchte auf dem Display auf. Augenblicklich rutschte mein Herz in die Hosentasche. Ich räusperte mich unbehaglich. »Guten Tag, Dr. Stevens.«

Hallies Augenbraue schnellte nach oben. Ihr Blick brannte auf meinem Gesicht. Hastig wandte ich mich ab. Nach unserem letzten Gespräch hatte ich nicht mehr über meine Pläne mit der Samenspende gesprochen.

»Ms Greenwood. Es gibt erfreuliche Nachrichten, Ihre Spermaproben sind heute bei uns eingetroffen«, scholl es laut an mein Ohr. »Laut des Hormonstatus, den wir von Ihnen haben, wäre noch diese Woche eine günstige Zeit zur Insemination. Haben Sie Ihre Temperatur gemessen?«

Hallies Augen weiteten sich auf eine unnatürliche Größe, wie ich es noch nie zuvor bei ihr gesehen hatte. Wärme breitete sich auf meinen Wangen aus. »Ja, ähm, habe ich. Heute Morgen war sie bei 37,2 Grad.«

»Sehr gut. Ich würde vorschlagen, dass Sie morgen zu uns kommen, damit wir die Behandlung vornehmen können«, fuhr Dr. Stevens fort.

»Natürlich.« Mein Herz schlug bis zum Hals.

»Dann sehen wir uns um 15:00 Uhr. Und denken Sie daran, genügend Zeit mitzubringen. Die Behandlung hängt maßgeblich davon ab, wie Sie sich danach verhalten. Keine großen Unternehmungen, und sorgen Sie für genügend Schlaf die nächsten Tage. Je besser es Ihnen geht, umso höher sind die Chancen, dass wir erfolgreich sind.«

»Ja, natürlich. Vielen Dank.« Ich legte auf.

Hallie starrte mich fassungslos an. »Du willst es tatsächlich tun!« Ich nickte stumm. Meine Beine fühlten sich an, als wären sie mit Pudding gefüllt. Hastig stürzte ich den Rest Sekt runter. »Katie, du bist verrückt. Wann wolltest du mir davon erzählen?«

»Ich habe es dir bereits erzählt, aber du hast so …«, ich suchte nach den richtigen Worten, »abweisend geklungen.«

Sie schüttelte den Kopf. »Ich habe einfach nicht gedacht, dass es dir wirklich ernst ist. Ein Baby … Wahnsinn.«

Tränen hatten sich in meine Augen geschlichen. »Ich habe Angst vor diesem Schritt, aber gleichzeitig weiß ich, dass es das Richtige ist. Ich sehne mich nach einem Baby. Kannst du das verstehen?« Ich sah meiner Schwester fest ins Gesicht.

»Hey, ich bin immer für dich da, und wenn es das ist, was du dir wünschst, dann stehe ich zu hundert Prozent hinter dir.«

Ich nahm sie in den Arm. »Danke, Hallie.«

»Bitte dank mir nicht dafür, dass ich das Selbstverständlichste auf der Welt tue.« Sie schüttelte den Kopf. »Ab jetzt bist du in der Sache nicht mehr alleine. Wir stehen das gemeinsam durch.«

»Das musst du aber nicht …«

Sie hob die Hand. »Untersteh dich.« Ich lächelte unter Tränen.

»Und morgen geht es los?«

Ich nickte und erzählte ihr von dem Ablauf der Samenspende.

»Ich komme natürlich mit!«, sagte sie bestimmt, als ich mit meinen Ausführungen fertig war.

»Das musst du nicht.« Ich legte meinen Kopf schräg und sah ihr in die Augen. Alles, was ich darin sah, war pure Zuneigung.

»Aber ich würde mich freuen. Ich habe nämlich ganz schön Schiss. Dabei sind die Chancen, dass es auf Anhieb klappt, eher gering. Die meisten Frauen brauchen mehrere Anläufe, bis sie schwanger sind. Vielleicht bin ich ja unfruchtbar.«

»Wie kommst du denn auf die Idee?«

Ich zuckte mit den Schultern. »Weißt du, ich war nie sonderlich vorsichtig. Hinzu kommt, dass ich die Pille nicht vertrage und nach der Temperaturmethode verhütet habe. Es hätte also durchaus die Möglichkeit bestanden, schwanger zu werden. Oliver hatte richtig Angst deshalb und hat höllisch aufgepasst.«

Letztendlich war seine übertriebene Eifersucht der Grund für unsere Trennung gewesen.

»Blödsinn. Da würdest du laut Mum komplett aus der Art geraten sein.« Hallie grinste. »*Wir Greenwood-Frauen denken mit unserer Gebärmutter*«, äffte sie Mum nach. »*Anders kann ich mir nicht erklären, dass ich auf euren Vater reingefallen bin.*« Ich lachte laut auf. Hallie hatte schon immer die Gabe gehabt, andere Menschen perfekt zu imitieren. Mum war ihre Paraderolle.

»Hoffentlich. Na und wenn es tatsächlich hinhaut und ich schwanger bin, gibt es eine Menge zu regeln.« Ich knabberte nachdenklich an meiner Unterlippe.

»Darüber habe ich mir auch Gedanken gemacht. Vor allem was die Betreuung des Babys anbelangt. Ich bin dann schließlich die

Tante des Kindes und habe auch eine gewisse Verantwortung meiner Nichte gegenüber.«

»Deiner Nichte. Wie das klingt!« Ich konnte mir ein Lächeln nicht verkneifen angesichts der Ernsthaftigkeit, mit der Hallie sprach.

»Ja, du wirst schon sehen. Auf jeden Fall habe ich mir überlegt, dass ich die Galerie an zwei Tagen in der Woche nur halbtags öffnen könnte. Dann hätte ich die Chance, mich um das Baby zu kümmern, und du kannst deinem Job nachgehen.«

Tränen traten in meine Augen, und mein Herz war kurz davor, vor lauter Liebe zu meiner Schwester überzulaufen. »Das kann ich unmöglich annehmen. Du hast die Galerie gerade eröffnet. Du kannst es dir nicht leisten, sie an zwei Tagen zuzumachen.«

»Hey, darf ich dich daran erinnern, dass ich gerade unter die Großverdiener gegangen bin?«, tadelte sie mich grinsend. »Außerdem ist mir Geld nicht so wichtig, wenn ich dir dafür helfen kann.«

»Ach Hallie. Wenn du nicht gleich aufhörst, fange ich an zu weinen«, schniefte ich. »Danke für dein Angebot, aber ich muss eine Lösung finden, die auf Dauer Bestand hat. Kinder brauchen eine feste Bezugsperson.«

»Hmm. Ich bin jedenfalls für dich und das Baby da.« Sie drückte meine Hand. »Und du bist dir zu hundert Prozent sicher?«

»Nein«, gab ich zu. »Ich scheiß mir vor Angst fast in die Hose, aber auf der anderen Seite freue ich mich wahnsinnig auf morgen. Vielleicht geht mein langgehegter Wunsch endlich in Erfüllung und ich werde Mutter.«

»Ich mich auch.« Hallie legte die Hand auf meinen flachen Bauch. »Wer hat schon das Vergnügen, bei der Zeugung seines Neffen dabei zu sein?«

»So wie du es sagst, klingt es komisch«, erwiderte ich lachend. »Die ganze Situation ist komisch, also entspann dich.« Sie gab mir einen Kuss. »Dabei fällt mir ein, du hast mir noch gar nicht von dem Vater erzählt. Wie sieht er aus, was macht er, welche Hobbys hat er? Ich will schließlich wissen, mit wem ich es am Freitag zu tun habe.«

Ich wusste nicht, ob ich weinen oder lachen sollte. Also tat ich beides. Glücklich erzählte ich ihr von Leo.

4

Katie

»Bist du so weit?« Hallie sah mich fragend an. In der rechten Hand hielt sie einen Rotwein, in der linken wedelte sie mit dem Schwangerschaftstest in der Luft.

Ich schüttelte energisch den Kopf und griff nach ihrem Weinglas. »Ich glaube, ich brauche auch einen Schluck.«

»Untersteh dich.« Mit einem Ruck hatte sie das Glas weggezogen. Rotwein schwappte auf ihre Hand und tropfte auf den Boden. »Für dich ist Alkohol ab sofort verboten.«

»Aber ich weiß doch noch gar nicht, ob ich wirklich schwanger bin«, maulte ich. Allein der Anblick des Schwangerschaftstests genügte, um meinen Puls in ungeahnte Höhen zu bringen.

»Das werden wir ja gleich herausfinden«, kommentierte Hallie trocken und reichte mir den Schwangerschaftstest. »Los.«

»Die Stunde der Wahrheit«, murmelte ich. Mein Mund war komplett trocken. Zögerlich erhob ich mich vom Sofa. Mein Herz klopfte wie verrückt, als ich ins Badezimmer ging.

Hallie folgte mir wie ein Schatten. Ich blieb stehen. Leider etwas zu abrupt, denn Hallies schlanker Körper knallte mit Schwung gegen mich.

»Hey, pass doch mal auf. Vielleicht bin ich schwanger.« Ich machte ein ernstes Gesicht.

Sie prustete los. »Die Rolle der werdenden Mutter spielst du schon ganz gut, aber solange ich es nicht sehe«, sie deutete auf den Test in meiner Hand, »glaube ich dir gar nichts.«

»Einen Versuch war es wert.« Ich ging weiter. Hallie setzte sich ebenfalls wieder in Bewegung. Ich drehte mich zu ihr. »Wo willst du hin?«

»Na, dich begleiten. Schon vergessen – wir ziehen das Ding zusammen durch. Schlimmer als bei Dr. Stevens kann es nicht werden.«

»Du hast darauf bestanden, meine Hand während der Insemination zu halten.«

»Allein bei dem Wort zieht es mir alles zusammen. Du hättest mich eben davon abhalten müssen.«

»Das habe ich ja versucht, was nicht so einfach ist, wenn man auf dem Rücken liegt und sich nicht bewegen darf.« Ich verzog das Gesicht bei dem Gedanken daran.

Hallie war in letzter Minute mit einer Duftkerze und ihrem Bluetooth-Lautsprecher bewaffnet im Behandlungszimmer von Dr. Stevens aufgetaucht, hinter ihr die kreischende Sprechstundenhilfe. Ich hatte nicht gewusst, ob ich lachen oder schimpfen sollte, und hatte mich letztendlich für Lachen entschieden. Dr. Stevens hatte Sinn für Humor bewiesen und mitgegrinst. Nach einem überzeugenden kleinen Vortrag seitens Hallie zur glücklichen Empfängnis wurde Leos Sperma begleitet von den Klängen der Bee Gees – Hallie hatte sich dafür entschieden, damit das Kleine gleich ein positives Verhältnis zum Surfen bekam – in mich eingeführt. Ein Ereignis, das ich, egal wie das Ergebnis ausfiel, nie wieder vergessen würde.

»Wegen mir wird das Kleine später nicht unter schweren Traumata leiden, weil es in einer Arztpraxis gezeugt wurde, sondern positiv durch das Leben flowen. So wie du und ich. Ich bin sicher, dass Mum ebenfalls eine ihrer Duftkerzen zum Zeitpunkt unserer Zeugung angezündet hatte.«

»Urgs. Ich möchte nicht darüber nachdenken, dass Mum und Dad … Du weißt schon.« Ich verhakte den Zeige- und Mittelfinger ineinander.

Hallie verdrehte die Augen. »Du bist so ein Spießer!«

»Bin ich gar nicht!«

»Bist du doch, und jetzt ab aufs Klo.«

»Jawohl, Mummy.« Mit klopfendem Herzen schob ich die Badezimmertür auf. Der frische Kokosduft meines Duschgels hing in der Luft, als ich den kleinen Raum betrat. Ich nahm einen tiefen Atemzug. Hallie stand in der Tür und beobachtete mich.

»Etwas Privatsphäre bitte«, forderte ich und gab ihr ein Zeichen, die Tür zu schließen.

»Du bist wirklich prüde, weißt du das? Von Mum hast du das jedenfalls nicht«, stellte sie fest und schloss widerwillig die Tür.

Ich zog meine Jogginghose runter und setzte mich auf den Toilettensitz.

»Ich stehe hier draußen, falls du mich brauchst!«, drang es dumpf durch die Tür zu mir.

»Wenn du weiter quatschst, kann ich nicht mehr pinkeln!«, rief ich zurück.

Murren war zu hören.

Ich nahm den Schwangerschaftstest und platzierte ihn vorschriftsgemäß. Mein Puls raste, während ich meinen Teil der Testung erledigte. Ich drückte die Spülung, als ich fertig war.

Hallie stürmte in das Badezimmer. »Endlich!«

»Du hättest ruhig warten können, bis ich dich rufe«, knurrte ich.

Meine Hand zitterte, als ich den Test vor mir auf dem kleinen Beistelltisch neben der Badewanne ablegte. Ich ließ mich auf den

Boden nieder. Hallie folgte meinem Beispiel. Auf dem Display der kleinen Anzeige war ein Balken zu sehen, der sich im gefühlten Schneckentempo füllte.

»Ich bin mir sicher, es hat geklappt.« Hallie legte ihren Arm auf meine Schultern.

Ich nickte, unfähig, auch nur ein Wort zu sagen. Die ganze Situation kam mir total unwirklich vor, wie ich darauf wartete, ob Leos fleißige Spermien ihr Werk getan hatten. In meinem Kopf herrschte völlige Leere. Hallie sagte ebenfalls kein Wort, was ziemlich untypisch für sie war.

Der Balken war voll und das Feld im Display des Schwangerschaftstests, wo das Ergebnis stehen sollte, noch immer blank.

»Das war wohl nichts«, sagte ich schließlich. Eine winzige Spur von Erleichterung mischte sich unter die Enttäuschung.

Es piepste leise. Zeitgleich blieb mein Herz stehen. Wie in Zeitlupe tauchte der Schriftzug vor mir auf. Ich schnappte hörbar nach Luft.

Schwanger.

Ich blinzelte. Vielleicht hatte ich mich getäuscht. Ich sah erneut auf das Display. Der Schriftzug war noch immer da.

»Oh mein Gott!«, stammelte Hallie ungläubig.

Ich schüttelte den Kopf. *Schwanger.*

»Das kann nicht sein.« Meine Stimme war kaum mehr als ein Krächzen. Ich befand mich nach wie vor in einer Art Schockstarre.

»Oh mein Gott«, wiederholte Hallie ehrfürchtig.

»Du sagst es!« Ich streckte meine Hand aus und nahm den Schwangerschaftstest zu mir.

Schwanger.

Langsam sickerte die Erkenntnis in mein Hirn, und mit ihr kam die Panik.

»Was habe ich getan?«, hauchte ich. Sämtliches Blut sackte nach unten, und hätte ich nicht schon gesessen, ich wäre umgefallen. Tränen hatten sich in meine Augen geschlichen.

»Herzlichen Glückwunsch, Mummy Katie.« Hallie strahlte und drückte mich fest an ihre Brust.

»Ich bin wirklich schwanger«, stieß ich hervor, als müsste ich mich selbst davon überzeugen, den Blick fest auf das Display gerichtet. Eine Träne kullerte über meine Wange und tropfte zu Boden. »Vielleicht ist die Anzeige ja falsch?«

»Was? Wie kommst du denn darauf?«

»Na ja, findest du nicht, dass es ganz schön lange gedauert hat?«, zweifelte ich.

»Du meinst die sechzig Sekunden? Nein!«

Ich sprang auf. »Ich mache lieber noch mal einen Test zur Sicherheit.«

»Die Dinger sind heutzutage ziemlich genau«, bemerkte Hallie und stand ebenfalls auf. »Ich glaube nicht, dass das nötig ist.«

»Trotzdem!« Ich hatte vorsorglich drei Schwangerschaftstests von verschiedenen Herstellern gekauft. »Nur zur Sicherheit. Hier geht es schließlich um meine Zukunft.«

Hallie seufzte. »Also gut. Ich hol mir solange den Rotwein.«

»Wie kannst du jetzt an Rotwein denken?«

Sie zuckte mit den Achseln. »Ich bin schließlich nicht schwanger – aber du!« Sie grinste schief.

»Das ist nicht sicher«, beharrte ich.

»Manchmal wundere ich mich, wie ein ansonsten so vernünftiger Mensch wie du in solchen Situationen so unvernünftig sein kann.« Sie fuhr sich über das Kinn.

»Ich bin nicht unvernünftig, sondern einfach vorsichtig.« Ich ging zum Badezimmerschrank, wo ich die beiden anderen Test gelagert hatte.

»Ich würde sagen, eindeutiger geht es nicht!« Hallie machte eine Kopfbewegung zur Badewanne, wo drei Tests sorgfältig nebeneinander auf dem Wannenrand lagen.

»Ich bin wirklich schwanger«, wiederholte ich ungläubig. Ein Lächeln stahl sich auf meine Lippen. »Schwanger!«

»So schwanger, wie man nur sein kann«, bestätigte Hallie.

»Ich bin …« Ich warf mich an die Brust meiner kleinen Schwester. »Oh Gott, ich bin so glücklich!« Tränen kullerten über meine Wangen. Ich schluchzte laut auf.

»Meine Schwester wird Mum.« Sie strich mir eine Strähne aus dem Gesicht. »Ich werde Tante. Tante Hallie. Klingt gut.«

»Allerdings!« Ich lächelte unter Tränen. »Du wirst bestimmt die beste Tante auf der ganzen Welt.«

Hallie drückte mich fest an sich. »Darauf trinken wir.«

»Hier?«

»Warum nicht.« Sie zauberte ein zweites Glas hinter ihrem Rücken hervor und füllte es mit Leitungswasser. Ich verzog das Gesicht. Sie selbst nahm ihr Rotweinglas zur Hand. »Auf den kleinen Krümel. Möge er wachsen und gedeihen.« Unsere Gläser stießen klirrend aneinander. »Wann willst du es eigentlich Mum und Dad sagen? Ich bin mir sicher, Mum braucht einen Moment, um die Tatsache zu verkraften, dass sie Oma wird.«

Ich leckte mir nervös über die Lippe. »Darüber wollte ich noch mit dir sprechen.«

»Ich höre.«

»Ich denke, es wäre das Beste, wir warten mit der frohen Botschaft, bis ich über den dritten Monat hinaus bin. Ich möchte die beiden nicht verrückt machen und dann geht es womöglich schief.« Mein Herz wummerte bei dem Gedanken gegen meine Brust.

»Das ist mit Sicherheit eine gute Idee.« Hallie nickte mir zu. Ihre Wangen waren vom Rotwein gerötet, ihre Augen schimmerten fast unnatürlich blau im Licht der Badezimmerlampe.

»Aber da ist noch etwas.«

Hallies Augenbraue schnellte nach oben. »Was noch?«

»Ich möchte nicht, dass mein Umfeld erfährt, wie der Krümel zustande gekommen ist.« Ich hatte die letzten Nächte wachgelegen und mir den Kopf darüber zermartert, wie ich mit der Situation umgehen wollte, und war zu dem Ergebnis gekommen, dass es am besten wäre, die wahre Herkunft meines Babys zu verschweigen. »Du kennst die Leute. Sobald das die Runde macht, zerreißen sie sich das Maul. Ich möchte nicht, dass der Krümel komisch angesehen wird und die Leute hinter seinem Rücken tuscheln. *Schau mal, da ist das Retortenbaby.*«

Hallie wiegte den Kopf hin und her. »Ich weiß nicht, ob das eine so schlaue Idee ist.«

»Bitte, Hallie.«

»Das ist allein deine Entscheidung. Ich finde nur, dass du noch mal darüber nachdenken solltest, ob es der richtige Weg ist.«

»Mache ich«, versprach ich. »Aber nicht heute. Heute möchte ich mich mit dir vor den Fernseher setzen, mir einen schönen Liebesfilm anschauen und mal so richtig abheulen.«

»Ähm, falls es dir noch nicht aufgefallen ist, aber du flennst schon die ganze Zeit.« Sie deutete grinsend auf meine tränennassen Wangen.

»Ich weiß, ich wollte nur einen Vorwand haben, um weiterzumachen«, erwiderte ich, dabei drohte mein Herz vor Glück zu zerplatzen.

5

Katie

Meine Schritte wurden durch das leise Geräusch meiner Schuhe auf dem Asphalt begleitet. *Tap. Tap. Tap.* Ich bog um die Ecke in den Kensington Park ein, um meine Joggingrunde zu absolvieren. Eine lieb gewonnene Angewohnheit, um mit einem frischen Gefühl in den Morgen zu starten. Wenn ich lief, bekam ich den Kopf frei und war für alles gewappnet, was der Tag brachte.

Es war noch früh am Morgen. Der Himmel strahlte in einem leuchtenden Blau, und die Sonne hing bereits über den Bäumen. Im Hintergrund war das leise Rauschen der Autos zu hören, ansonsten war es still. Bis auf wenige Jogger war der Park leer. Es würde allerdings nicht lange dauern, bis er sich mit Touristen und Familien füllen würde.

Mein Blick fiel auf die leeren Parkbänke rund um den See. Normalerweise waren die Plätze belegt mit jungen Müttern, die mit ihren Kindern hierherkamen, um in geselliger Runde die Enten zu füttern und sich auszutauschen.

Unbewusst fuhr meine Hand an meinen Bauch. Nächstes Jahr um diese Zeit würde ich auch eine dieser Frauen sein, die mit übermüdeten, aber glücklichen Gesichtern dort saßen.

Wie lange würde ich noch joggen können? Wann würden die anderen sehen, dass ich schwanger war? Seit ich die Gewissheit hatte, drehte sich in meinem Kopf alles nur noch um den kleinen Krümel. Es war der erste Gedanke, wenn ich morgens wach wurde, und der letzte, wenn ich abends ins Bett ging.

Ich folgte meiner üblichen Strecke, umrundete den See und lief zurück durch die engen Straßen, bis ich schließlich leicht außer Atem vor meinem Apartment zum Stehen kam. Ich nahm einen tiefen Atemzug. Sofort hatte ich den Duft von Blumen in der Nase, der sich mit den Abgasgerüchen der Autos mischte. Ich zog die Nase kraus. Die Häuser lagen dicht an dicht wie die Glieder einer Perlenkette. Die ersten Cafés räumten die Stühle raus, um für den Ansturm an Kunden gewappnet zu sein, die bei diesem schönen Sommertag zweifelsohne kommen würden. Die Rosenbüsche blühten in den Vorgärten, und die wenigen Rasenflächen strahlten in einem satten Grün. Es herrschte eine absolut friedliche Stimmung.

Ich lief die wenigen Stufen die Treppe hoch bis zur Eingangstür. Die alten Holzdielen knarrten unter der Last, als ich den Flur betrat. Bevor ich eingezogen war, hatte der Besitzer die Wohnung komplett sanieren lassen. Die Wände waren glatt verputzt worden, und man hatte neue Stromleitungen darunter verlegt. Nur der alte Dielenboden war lediglich abgeschliffen und neu versiegelt worden. Wenn man genau hinsah, konnte man die Spuren der Vergangenheit in dem Goldbraun des Holzes entdecken. Ein Gedanke, den ich äußerst reizvoll fand. Ich mochte es, wenn Häuser eine Geschichte erzählten. Manchmal stellte ich mir nachts vor, wer wohl vor mir hier gelebt hatte. War die Person glücklich gewesen? Welche Dramen hatten sich in diesen Räumen abgespielt? Waren kleine Kinderfüße über den Boden getapst, damals noch neu und glänzend?

Ich eilte verschwitzt, wie ich war, in die Küche und öffnete den Kühlschrank. Ein uraltes Standmodell in leuchtendem

Hellblau, an dessen Front unzählige Magnete mit Fotos von mir und Hallie befestigt waren. Ein Bild meiner Eltern hatte auch seinen Platz dort gefunden.

Gierig nahm ich einen Schluck aus der Wasserflasche. Dabei fiel mein Blick auf die Wanduhr über dem Eingang. Es war erst kurz nach halb acht. Noch genügend Zeit, um den Auftrag der Hensons zu bearbeiten und ihnen meine ersten Entwürfe zu ihrer Wohnungseinrichtung zu mailen.

Hallie würde gegen fünf Uhr kommen und mich abholen, damit wir zusammen zu Rachels Junggesellinnenabschied fahren konnten. Ein Lächeln huschte bei dem Gedanken an Rachel über mein Gesicht.

Ich hatte sie erst gegen Ende meiner Schulzeit kennengelernt. Sie und ihre Familie waren damals in das alte Haus am Ende der Straße eingezogen. Da wir im gleichen Alter waren und dieselbe Klasse besucht hatten, hatten wir uns angefreundet. Ich hatte sie meinen Freundinnen vorgestellt, und schnell war das schüchterne Mädchen Teil unserer Clique geworden. Wenn Mum Patienten gehabt hatte und nicht auf Hallie aufpassen konnte, hatte ich meine kleine Schwester oft zu unseren Treffen mitgenommen. So kam es, dass Hallie mehr oder weniger freiwillig ein Teil meiner Freundschaft mit Rachel geworden war und sie sich später sogar miteinander angefreundet hatten. Seit ich zum Studieren nach London gezogen war, hatten wir nur noch einen losen Kontakt zueinander. Rachel war in Hampstead geblieben und hatte eine Ausbildung zur Hebamme begonnen. Die wenigen Male, die wir uns seitdem gesehen hatten, waren kurz, aber herzlich gewesen. Ihren zukünftigen Mann Gary hatte ich bei meinem letzten Besuch zu Hause kennengelernt. Ein feister Kerl mit einem freundlichen Lächeln. Die beiden hatten einen ziemlich verliebten Eindruck auf mich gemacht. Dass sie so schnell den Schritt in die

Ehe wagen würden, damit hatte ich allerdings nicht gerechnet. Ich war gespannt, wie der heutige Abend werden würde.

Mein Magen blubberte. Ich stellte die Flasche zurück in den Kühlschrank. Ein leichtes Unwohlsein breitete sich in mir aus, und ich schluckte dagegen an. Ich verharrte einen Moment. Wie eine Welle stieg die Übelkeit in mir hoch. Verdammt.

Ich stürzte aus der Küche und rannte ins Badezimmer. Gerade noch rechtzeitig. Sekunden später hing ich würgend über der Toilettenschüssel. Na, das konnte ja heiter werden!

Lautes Hupen ertönte von draußen, und ich eilte zum Fenster. Hallies uralter Jeep kam rumpelnd die Einfahrt hochgefahren. Als sie mich entdeckte, winkte sie mir fröhlich zu.

Eine erneute Übelkeitswelle rollte über mich hinweg. Ich sprintete in Richtung Badezimmer. Keinen Augenblick zu spät. Ich schaffte es gerade noch bis zur Toilette, dann brach es aus mir heraus wie bei einem Vulkan, bei dem sich der Pfropfen gelöst hatte.

»Katie?« Hallies Stimme drang zu mir hoch. Ich wollte antworten, aber alles, was rauskam, war ein dumpfes Würgen. Schritte waren zu hören. Sekunden später stand Hallie im Raum. »Katie!« Bestürzt kam sie zu mir gelaufen.

»Morgenübelkeit«, würgte ich hervor, den Kopf noch halb in der Kloschüssel steckend, darauf bedacht, mein Kleid nicht zu ruinieren, das ich mir für den heutigen Abend angezogen hatte. Ich verharrte einen Moment. Wie es sich anfühlte, war es vorbei. Erleichtert drückte ich die Klospülung und richtete mich auf.

»Du Arme«, murmelte Hallie. »Wobei ich es eher als Mittagsübelkeit bezeichnen würde.«

»Klugscheißer. Das ist ja wohl Wortklauberei.« Mit dem Handrücken wischte ich mir über den Mund. Katie verzog angewidert das Gesicht.

»Geht es wieder?«

»Ja. Schon gut.« Ich ging zum Waschbecken und spülte meinen Mund aus.

»Ich glaube, ich möchte keine Kinder«, sagte Hallie mit dem Ton der Endgültigkeit. Im Gegensatz zu mir sah sie selbst in ihrem Pyjama absolut hinreißend aus. Sie hatte ihre langen blonden Haare in weiche Beachwaves gelegt und dazu ein dezentes Make-up aufgetragen, das ihre klassischen Gesichtszüge vorteilhaft in Szene setzte.

»Wieso das denn?«

»Du siehst aus wie ein Kalkeimer in einem hübschen Kleid. Wenn das das Ergebnis einer Schwangerschaft ist, kann ich darauf verzichten.«

»Vielen Dank auch. Jetzt fühle ich mich gleich viel besser.« Ich tupfte mir vorsichtig mit dem Handtuch über das Gesicht, darauf bedacht, mein Make-up nicht zu zerstören.

»Apropos Kleid. Warum hast du dich denn noch nicht umgezogen?« Sie deutete auf mein Outfit. »Das Motto war schließlich *Pyjamaparty*.« Ich stöhnte laut auf und quirlte dabei mit der Zahnbürste in meinem Mund herum. »Mal ehrlich, du kannst unmöglich in dem Galakleid bei Rachel auftauchen!« Hallie sah mich mit vorwurfsvollem Blick an.

»Aber wir können doch nicht im Pyjama durch London fahren«, entgegnete ich und spuckte aus. »Stell dir vor, wir werden von der Polizei angehalten.«

Hallie grinste breit. »Na und? Dann erzählen wir denen, dass wir zu einer Party unterwegs sind. Das können die Jungs bestimmt nachvollziehen.«

»Also ich weiß nicht.« Ich hatte schon den ganzen Tag Bauchschmerzen wegen der Sache mit dem Pyjama.

Hallie zupfte an meinem Rocksaum. »Stell dich nicht so an.«

»Okay. Okay. Aber du bist schuld, wenn wir angehalten werden und die Jungs gleich einen Alkoholtest machen.« Ich stellte die Zahnbürste zurück in den Becher und spülte den Mund aus.

»Ist das Kotze oder Schaum an deinem Mundwinkel?«, witzelte Hallie, als ich wieder hochkam.

»Haha. Sehr witzig!«

»Ehrlich gesagt, ja.« Sie setzte sich auf den Badewannenrand und wippte fröhlich mit den Füßen. »Ich finde die Idee mit der Pyjamaparty übrigens immer noch besser, als als Nonne verkleidet durch London zu ziehen. Du solltest dich langsam beeilen, sonst sind wir zu spät.«

»Ja. Ich konnte schließlich nicht ahnen, dass mir schlecht werden würde.« Mein Magen fühlte sich hohl an, und ich war mir für einen Moment nicht sicher, ob der Spuk von vorne losgehen würde. Noch etwas wackelig auf den Beinen zog ich mein Kleid aus und streifte mir den Pyjama über, den ich bereitgelegt hatte, um ihn bei Rachel anzuziehen. Insgeheim hatte ich gehofft, dass mir die Peinlichkeit, im Schlafanzug durch London zu fahren, erspart bleiben würde. Wie es aussah, hatte ich mich getäuscht.

»Und wie geht es dir sonst, wenn man mal vom Kotzen absieht?«

»Gut. Ich habe zwei neue Aufträge an Land gezogen und bin scharf wie eine Natter.«

Hallie blinzelte. »Was?«

»Ich weiß nicht, was es ist. Die Hormone, die Tatsache, dass ich schon seit Ewigkeiten keinen Sex mehr hatte … Keine Ahnung.« Ich zuckte hilflos mit den Schultern. »Aber ich habe gestern diesen gutaussehenden Moderator in der Talkshow gesehen

und konnte an nichts anderes mehr denken, als ihn zu vögeln.«
Ich seufzte bei dem Gedanken daran. »Ich glaube, ich würde sogar bei Glen schwach werden, wenn er heute vor mir stehen würde.«

»Untersteh dich. Da werfe ich mich dazwischen«, sagte Hallie entschieden.

»Okay. Ich tue es ja nicht. Zufrieden?« Ich drehte mich einmal um die eigene Achse.

»Perfekt!« Hallie stellte sich neben mich und begutachtete mein Gesicht. »So langsam bekommst du wieder Farbe.«

»Gott sei Dank. Ich will schließlich nicht als der Kalkeimer in die Geschichte von Rachels Junggesellinnenabschied gehen.«

»Ein ziemlich hübscher und schwangerer Kalkeimer im Pyjama«, korrigierte Hallie mich.

»Sehr witzig.« Ich schnappte mir ihren Arm. »Dann lass uns mal die Party aufmischen.«

»Oho, woher die plötzliche Energie?«

»Ich werde dir schon zeigen, dass man auch als schwangerer Kalkeimer im Pyjama Spaß haben kann«, sagte ich entschlossen.

Sie lachte. »Ich bin gespannt!«

6

Hunter

»Bist du sicher, dass du alleine klarkommst?« Ich sah meinen Großvater fragend an. Um seinen Mund hatten sich tiefe Falten gebildet, was ein Zeichen dafür war, dass seine Schmerzen im Rücken schlimmer waren als normal.

»Natürlich, Junge.« Er tätschelte etwas unbeholfen meine Wange. »Ich schaffe das schon. Mach dir keine Sorgen um mich. Außerdem bin ich ja nicht alleine. Die kümmern sich hier wirklich gut um mich.« Die Jahre auf See hatten sein Gesicht gegerbt, aber seinen Augen hatten sie nichts von der Lebhaftigkeit nehmen können.

»Gut, aber du versprichst mir, dass du mich anrufst, wenn du Hilfe brauchst.«

»Mach dir nicht solche Gedanken. Schwester Mia kommt später vorbei und bringt mich ins Bett.« Er zwinkerte mir zu. »Nur weil ich Schmerzen habe, bedeutet es nicht, dass ich keinen Spaß mehr haben kann.«

»Schon klar, Gramps.« Ich lachte. Schwester Mia kam jeden Abend vorbei, um seine steifen von der Gicht deformierten Gliedmaßen zu bewegen. »Übertreib es nicht.«

»Versprochen, Junge. Und nun sieh zu, dass du Land gewinnst und Spaß hast. Es ist schließlich schon eine Weile her, seit du und

Clarissa euch getrennt habt.« Er gab mir einen sanften Stoß in die Seite.

»Clarissa hat sich von mir getrennt«, brummte ich. Meine gute Laune war mit einem Schlag verflogen.

»Junge, wie lange ist das jetzt her?«

»Vier Monate.« Mein Blick wanderte zum Fenster. Sofort hatte ich Clarissas hübsches Gesicht vor Augen, und mit ihm kam der Schmerz, der mich seitdem Tag und Nacht verfolgte.

»Es ist an der Zeit, nach vorne zu schauen.«

»Ich weiß, Gramps.« Ich zwang mich zu einem Lächeln, da ich nicht wollte, dass er sich Sorgen machte. Was zwischen mir und Clarissa vorgefallen war, ging nur uns beide etwas an.

»Habt ihr die Sache mit der Wohnung geklärt?«

Noch ein wunder Punkt der letzten Monate. Gramps war schon immer direkt gewesen, wenn es darum ging, Dinge zu klären. »Ja. Clarissa behält das Apartment.«

»Dann hat sie also bekommen, was sie haben wollte«, stellte Gramps mit verächtlicher Miene fest. Ich nickte stumm. Eine tiefe Falte hatte sich zwischen seinen Augenbrauen gebildet. »Du warst schon immer zu gutmütig. Sie hat es nicht verdient, dass du ihr das Apartment überlässt.«

»Ach, Gramps. Ich habe keine Lust, mich zu streiten. Es ist nur eine Wohnung, und Clarissas Herz hängt daran. Wieso soll ich mich deswegen aufregen? Schließlich hat sie mir nichts getan.« Das war gelogen. Noch nie hatte ein Mensch mich derart enttäuscht, wie Clarissa es getan hatte.

»Wohnst du immer noch bei Gary?«

»Ja. Aber nach der Hochzeit muss ich mir eine neue Bleibe suchen.«

Gramps sah mich nachdenklich an. »Junge, warum ziehst du nicht ins Primrose Cottage, bis du eine eigene Wohnung gefunden hast? Deine Granny hat immer behauptet, dass das Cottage die Menschen, die darin wohnen, beschützen und heilen würde. Das mag vielleicht übertrieben sein, aber zumindest würde es dir ein Dach über dem Kopf bieten und die nötige Ruhe, die du brauchst, um deine Wunden zu heilen.«

»Aber das ist dein Cottage«, protestierte ich.

»Junge, machen wir uns doch nichts vor. Ich bin alt und gebrechlich und werde nicht mehr nach Hause zurückkehren.«

Für einen Moment legte sich ein dumpfes Schweigen über uns wie eine Decke. Wir beide wussten, dass er das Pflegeheim nicht mehr verlassen würde. Aber es zu denken, war eine Sache. Es aus seinem Mund zu hören, eine ganz andere.

»Außerdem ist Primrose Cottage auch dein Zuhause. Du hast den Großteil deiner Kindheit dort verbracht«, fuhr Gramps mit fester Stimme fort, als wollte er seiner Aussage eine Extraportion Bestimmtheit verleihen. Bei seinen Worten hatte ich sofort das eingewachsene Cottage mit seinen honigfarbenen Mauern und dem verwilderten kleinen Garten vor Augen. Ich hatte es dort geliebt und liebte es noch immer. Jedes Mal, wenn ich über die Türschwelle des Cottage trat, hatte ich ein warmes Gefühl im Bauch.

»Mhm. Vielleicht hast du recht.«

»Natürlich habe ich recht«, erwiderte Gramps mit einem listigen Funkeln in den Augen. »Wenn ich mal nicht mehr bin, gehört es sowieso dir.«

»Ich weiß dein Angebot wirklich zu schätzen, und ich verspreche dir, dass ich darüber nachdenken werde.« Der Gedanke, nach Holmbury St Mia zu ziehen, war durchaus reizvoll.

»Gut. Was macht dein Buch?«, wechselte Gramps nahtlos zum nächsten Thema.

»Läuft«, log ich, um ihn nicht noch mehr zu beunruhigen. Tatsache war, dass ich seit der Trennung von Clarissa keine Zeile mehr geschrieben hatte. Es war, als ob mit ihr meine Fähigkeit zu schreiben verloren gegangen war.

»Gut. Die neue Nachtschwester ist übrigens ein großer Fan von dir. Hat mich gestern erst gefragt, wann dein neuer Roman erscheinen wird.« Gramps' Augen wanderten prüfend über mein Gesicht.

Ich zwang mich zu einem Lächeln. »Das freut mich zu hören.«

»Ja, und mich erst. Seitdem behandelt sie mich wie einen Prinzen. Manchmal hat es eben seine Vorteile, wenn man der Großvater eines berühmten Schriftstellers ist.«

»Du übertreibst«, wiegelte ich ab. »Ich habe drei Romane geschrieben …«

»Von denen einer auf den Bestsellerlisten gelandet ist. Also keine falsche Bescheidenheit.« Stolz sprach aus seiner Stimme. »So, und jetzt mach, dass du wegkommst und deine Zeit nicht länger an einen alten Mann verschwendest.« Er wedelte mit den gichtgeplagten Händen in der Luft, als wollte er eine lästige Fliege verscheuchen.

»Hey, du willst mich wohl loswerden«, scherzte ich.

»Nein, aber so lernst du nie die Frau deines Lebens kennen.«

»Gramps, von Frauen habe ich erst einmal genug.«

»Das sagt man immer, aber ich weiß genau, dass dort draußen jemand ist, der dich glücklich machen wird.«

»Ich bin glücklich«, protestierte ich. »Zumindest normalerweise.«

»Jaja. Das Märchen kannst du jemandem erzählen, der dich nicht so gut kennt wie ich. Und jetzt ab mit dir.«

»Bis bald, und mach keinen Blödsinn.« Ich beugte mich vor und gab ihm einen Kuss auf seine raue Wange. Sofort hatte ich den Duft von Old Spice in der Nase, der Gramps anhaftete wie eine zweite Haut, so lange ich denken konnte.

Ich spürte, wie mir sein Blick folgte, als ich durch die schmale Tür nach draußen ging.

Die Sonne hing bereits tief am Horizont, und es würde nicht lange dauern, bis sie wie ein glühender Feuerball hinter den Häusern versinken würde. Mein Handy klingelte in der Hosentasche.

»Hey, Hunter, wo steckst du?« Gary klang ungehalten. Im Hintergrund waren laute Stimmen zu hören. Die meisten Freunde waren wohl bereits eingetroffen.

»Mache mich gerade auf den Weg«, sagte ich schnell.

»Wo bist du genau?«

»Bei Gramps. Warum?«

»Könntest du kurz bei Rachel vorbeifahren? Ich habe mein Handy bei ihr liegen gelassen. Rachel weiß, wo es ist.«

»Klar, mache ich.«

»Was würde ich nur ohne dich tun?« Er lachte. »Bis gleich, Kumpel. Wir trinken schon mal einen Schluck auf dich.«

»Bis gleich.«

Gary hatte aufgelegt. Seufzend ging ich zum Auto.

7

Katie

»Ohmeingott. Ohmeingott!« Rachels Stimme überschlug sich. Sie trug einen pinkfarbenen Pyjama und dazu Pantoffeln mit modernem Leo-Muster. Ihre Haare fielen locker über ihre Schultern. Ich fand, dass sie für eine Pyjamaparty etwas zu viel Make-up aufgelegt hatte, aber das war bekanntlich Geschmackssache. Ich selbst hatte mich auf Wimperntusche und etwas Gloss beschränkt. »Mädels, ich kann euch gar nicht sagen, wie sehr ich mich freue, dass ihr gekommen seid.« Mit einem beseelten Gesichtsausdruck warf Rachel sich erst Hallie und dann mir an den Hals. »Du siehst absolut hammermäßig aus.«

»Das Kompliment kann ich nur zurückgeben«, erwiderte ich aufrichtig. Tatsächlich hatte Rachel die Beziehung mit Gary gutgetan. Der strenge Zug, den sie manchmal um den Mund gehabt hatte, war einem Lächeln gewichen. Ihre blauen Augen leuchteten vor Glück.

»Das liegt nur daran, dass ich so glücklich bin. Außerdem habe ich vor lauter Aufregung in den letzten Wochen fünf Kilo verloren«, zwitscherte Rachel.

»Das freut mich zu hören«, erwiderte ich. »Also, ich meine das mit dem Glück.« Hallie grinste breit neben mir. Ich trat ihr unauffällig auf den Fuß, was mir einen bösen Blick einbrachte.

»Ja, ich hätte niemals gedacht, dass ein Mann mich mal so glücklich machen würde.« Rachel machte eine ausladende Handbewegung. »Bitte fühlt euch wie zu Hause. Einige der Mädels dürften euch noch bekannt sein.« Sie deutete auf eine Gruppe von Frauen, die interessiert zu uns herübersahen. Unter ihnen Lily Jane. Eine platinblonde dralle Schönheit, die in der Schule für ihr loses Mundwerk bekannt gewesen war. Ich winkte ihr zu.

»Das war ein Fehler!« Hallie verzog den Mund. »Jetzt hast du sie angelockt.«

»Ach was!« Ich winkte ab. Leider wurde ich eines Besseren belehrt, denn Lily Jane kam im Stechschritt auf uns zugestürmt, begleitet von begeisterten Quietschgeräuschen.

»Ach du Schande.« Ich holte tief Luft, um mich für das, was kam, zu wappnen.

Lily Jane Price war schon immer etwas schräg drauf gewesen, mit einer Stimme wie ein Nebelhorn. Wir hatten zusammen den Chemiekurs belegt, und ich war mehrfach Zeuge ihrer euphorisch-emotionalen Ausbrüche geworden.

»Katie Greenwood!« Lily Jane schlang ihre Arme um meinen Hals. »Du bist es wirklich.« Sofort hatte ich das gleiche schrille Klingeln im Ohr, das ich bereits in unserer Jugend gehabt hatte, wenn sie wieder einmal »*Mrs Robins, ich habe die Lösung!*« gerufen hatte.

»Hallo, Lily Jane.« Ich schenkte meiner ehemaligen Klassenkameradin ein Lächeln. »Wie geht es dir?« Es gab definitiv Menschen aus meiner Vergangenheit, die ich nicht vermisst hatte. Lily Jane war eine davon.

»Super, und dir?« Sie musterte mich mit unverhohlener Neugierde.

»Könnte besser nicht sein«, bestätigte ich mit einem Kopfnicken.

Ihr Blick wanderte zu meiner Hand. »Noch Single?«

Unbewusst schob ich meine Hand in die Hosentasche meines Pyjamas. Menschen wie sie schafften es, mich aus der Ruhe zu bringen und mir das Gefühl zu geben, weniger wert zu sein.

»Single und glücklich«, entgegnete ich und schob dabei mein Kinn trotzig nach vorne. Ich erinnerte mich daran, dass es keinen Grund gab, mich zu verstecken. Ich war eine erfolgreiche Innendesignerin mit einem traumhaften Apartment in Notting Hill. Das Einzige, was ich nicht hatte, war ein Mann an meiner Seite.

»Das verstehe ich nicht, wo du doch immer die Hübscheste von uns allen warst.« Sie sah mich mit ihren Kulleraugen fassungslos an. »Was ist los?«

Fast hätte ich angefangen zu lachen. »Das klingt gerade so, als ob ich ein Problem hätte.«

»Nein, so war es natürlich nicht gemeint. Aber du bist doch auch schon über dreißig, da ist es eher ungewöhnlich, noch ohne Partner zu sein.« Es war, als würde das Singledasein an mir haften wie ein schlechter Geruch.

»Und doch gibt es Menschen wie mich«, erwiderte ich, darum bemüht, mein Lächeln nicht zu verlieren.

»Da bekomme ich ja schon allein vom Zuhören Depressionen«, mischte sich Hallie in unser Gespräch ein. »Ich bin auch schon neunundzwanzig und Single. Muss ich mir deiner Meinung nach Sorgen machen?« Sie klapperte unschuldig mit den Augendeckeln. Nicht viel und ich wäre in lautes Lachen ausgebrochen. Stattdessen setzte ich eine Unschuldsmiene auf.

»Nein, natürlich nicht«, entgegnete Lily Jane mit spitzem Mund. »Aber wenn eine Frau mit Mitte dreißig noch Single ist, dann ist das nicht … normal.«

Hallie öffnete den Mund, um zum großen Gegenschlag auszuholen.

»Alle mal herhören!« Rachel klatschte in die Hände und unterbrach unser kleines Gespräch, wofür ich ihr sehr dankbar war, denn ansonsten hätte ich mich gezwungen gesehen, Lily Jane mal ordentlich den Kopf zu waschen. So drehte ich mir zur Seite und wartete gespannt, was als Nächstes passieren würde.

»Als Erstes möchte ich euch sagen, wie sehr ich mich freue, dass ihr alle meiner Einladung gefolgt und gekommen seid, um mit mir meinen letzten Abend als unverheiratete Frau zu feiern«, zwitscherte Rachel weiter.

»Ab jetzt gibt es nur noch einen Schwanz für dich«, rief Hallie vergnügt dazwischen.

Ich prustete laut los. Ganz im Gegensatz zu Rachel, die aussah, als hätte sie eine Erscheinung gehabt – eine von der Art, die man nicht haben möchte. Ihre Augen weiteten sich unnatürlich und man konnte förmlich sehen, wie die Erkenntnis in ihr Hirn sackte. Hysterisches Kichern war aus den Reihen der Freundinnen zu hören.

»Hallie!«, ermahnte ich meine kleine Schwester.

Sie zuckte mit den Schultern. »Ich sage nur, wie es ist.«

»Tja, ähm«, fuhr Rachel, sichtlich aus dem Konzept gebracht, mit ihrer kleinen Begrüßungsrede fort. »Ich dachte, wir Mädels machen es uns mal so richtig gemütlich und genießen den Abend ganz ohne Stripper und so …«

Leise Enttäuschungslaute waren zu hören. Rachels Freundin zupfte nervös an ihrem Arm, was Rachel nicht weiter beachtete.

»Wir haben einen Stripper«, meldete sich Susan mit klar verständlicher Stimme wieder zu Wort.

Rachel blinzelte irritiert. »Was?«

»Wir dachten, du würdest dich freuen, also habe ich einen Stripper bestellt.« Susan grinste schief. »Der Typ müsste in Kürze kommen. Ich dachte, das heizt die Stimmung etwas auf.«

»Womit sie vielleicht sogar recht hat«, flüsterte ich Hallie unauffällig zu. Ich deutete auf eine Gruppe von vier Frauen, die sich mit ernsten Gesichtern unterhielten. »Die Mädels sind so locker wie 'ne Gruppe Nonnen nach der Beichte.«

Hallie ließ ihren Blick über die Frauen gleiten. »Hm, wahrscheinlich hast du recht.«

»Ich habe immer recht«, frohlockte ich.

»Eure Geschenke könnt ihr dort auf den Tisch stellen«, holte uns Rachels Stimme zurück.

»Mist, ich habe das Geschenk im Auto gelassen.« Hallie schlug sich mit der flachen Hand gegen die Stirn.

»Kein Problem, ich hole es schnell«, sagte ich.

»Okay, ich organisiere uns in der Zwischenzeit etwas zu trinken.« Sie deutete auf die provisorische Bar keine zehn Schritte von uns entfernt. »Ich überstehe den Abend nicht ohne Alkohol.«

»Und was ist mit mir?« Ich verrollte die Augen.

Hallie zuckte mit den Achseln. »Selbst erwähltes Schicksal, kann ich da nur sagen.«

»Für diejenigen unter euch, die keinen Alkohol möchten, haben wir selbstverständlich auch alkoholfreie Getränke«, erklärte Rachel mit ernster Miene.

»Das wäre dann deine Abteilung«, sagte Hallie fröhlich.

»Die gibt es nicht«, schrie eine der Frauen dazwischen. Sofort brach allgemeines Gelächter aus.

Na, das kann ja heiter werden.

Hallie kicherte. »Du wirst sehen, in einer Viertelstunde, wenn der Stripper kommt, sind die Mädels völlig außer Rand und Band.«

»Versprich mir, dass wir fahren, wenn es zu viel wird!«

»Vielleicht möchte ich mitfeiern.«

»Oh bitte, tu mir das nicht an.« Ich sah sie flehend an.

»War nur ein Scherz. Aber du musst fahren. Ich werde mir jetzt nämlich einen Sekt holen und mich sinnlos betrinken.« Hallie deutete auf die rosa Luftballons mit den Playboy-Häschen darauf. »Oh mein Gott. Ich werde jetzt in den inneren Lotus springen und den Blick auf Masse stellen.«

Lily Jane nahm mit entschlossenem Blick erneut Kurs auf uns. Ich beeilte mich, nach draußen zu kommen. Ich atmete tief durch, als ich vor der Haustür stand. Hallie hatte den Jeep nur ein paar Meter entfernt geparkt. Das Häuschen von Gary und Rachel befand sich in einer kleinen Seitenstraße. Die Sonne war bereits untergegangen. Einige wenige rosa Wolken hingen wie Schleierfetzen am Horizont. Im Hintergrund war das leise Rauschen von Autos zu hören. Ansonsten war es in der Straße still. Die meisten Bewohner saßen um diese Uhrzeit in ihren Häusern und zappten sich durch das Fernsehprogramm.

Langsam ging ich zum Auto und öffnete den Kofferraum. Hallie hatte das Geschenk in seidig schimmerndes weißes Papier mit goldenen Punkten darauf eingepackt und ein rotes Band mit einer riesigen Schleife drumherum gebunden. Ich beugte mich nach vorne, um das große Paket herauszuwuchten.

»Miss.« Eine angenehm warme Männerstimme ließ mich hochschrecken. Instinktiv hob ich den Kopf.

Rumms.

Mit voller Wucht donnerte ich gegen die Kofferraumhaube.

»Autsch.« Ich rieb mir die schmerzende Stelle. Blinzelnd sah ich hoch. Im selben Moment schnappte ich nach Luft. Vor mir stand der attraktivste Mann, den ich jemals gesehen hatte. Er war gut einen Kopf größer als ich und hatte die Statur eines Zehnkämpfers. Breite Schultern, schmale Hüften und lange Beine. Das musste der Stripper sein, von dem Susan gesprochen hatte, keine Frage.

»Entschuldigens Sie, Miss. Ich wollte Sie nicht erschrecken.«
Er sah mich besorgt an. Meine Güte, der Mann hatte die leuchtendsten blauen Augen, die ich jemals gesehen hatte. Schon allein bei ihrem Anblick bekam ich schwache Knie und mein Puls schnellte beunruhigt nach oben. Es war schon erstaunlich, was Hormone mit einem machen konnten.

»Schon in Ordnung«, winkte ich betont lässig ab. »Ich bin zurzeit etwas schreckhaft. Das hat nichts mit Ihnen zu tun.« Ich schenkte dem Mann ein breites Lächeln. »Sind Sie wegen Rachel hier?«

»Ja. Woher wissen Sie das?« Er klang überrascht.

»Rachel hat es bei ihrer kleinen Ansprache erwähnt.«

»Aha.« Seine Augen glitten über mein Gesicht hinunter zu meinen Füßen und wieder zurück.

Im Geiste gratulierte ich Rachels Freundin zu ihrer Wahl. Mit seinen dunkelblonden Haaren, dem Dreitagebart um das markante Kinn und den fein geschwungenen Lippen war der Mann ein einziges sexuelles Versprechen. Das schwarze Shirt gab den Blick auf seine muskulösen Unterarme frei. Ich spürte, wie mein Unterleib sich regte, was ich ziemlich irritierend fand. *Scheiß Hormone!*

»Kann ich dir behilflich sein?« Er deutete auf das Geschenk neben dem Auto. Er war nahtlos in die persönliche Anrede übergegangen. Mir sollte es recht sein. Ich mochte Menschen, die unkompliziert waren. Mein Leben war eindeutig kompliziert genug. Neugierig musterte ich ihn. Bis auf ein paar winzige Lachfältchen unter den Augen war der Mann nahezu faltenlos.

»Das wäre klasse.«

Mit spielerischer Leichtigkeit hatte er sich das Paket geschnappt. Im Stillen bewunderte ich das Spiel seiner Muskeln. Ein Lächeln huschte über mein Gesicht. Ich musste mir eingestehen, dass ich die Idee, doch einen Stripper zu engagieren, gar nicht mehr so übel fand.

Sein Blick wanderte belustigt über meinen Schlafanzug. Einmal mehr verfluchte ich Rachel für ihre Idee, eine Pyjamaparty zu feiern. »Übrigens, schickes Outfit!«

»Du solltest erst einmal sehen, was ich darunter trage«, rutschte es mir heraus. Zeitgleich huschte eine heiße Welle über mein Gesicht. Hatte ich das wirklich gesagt? Normalerweise war ich nicht so forsch. Das war für gewöhnlich eher Hallies Job. Das mussten die Hormone sein, die da aus mir sprachen.

Seine Augen blitzten vergnügt auf. Ich beschloss, besser nichts mehr zu sagen, bevor ich noch mehr Blödsinn erzählte. Schweigend gingen wir zusammen ins Haus, wo wir von lautem Gekreische und Gelächter empfangen wurden.

»Klingt, als ob die Party schon in vollem Gange ist«, ergriff der Stripper als Erster das Wort.

»Ja, hört sich ganz danach an.« Ich warf ihm einen Seitenblick zu. Ein Fehler, wie sich herausstellte. Sofort nahmen mich seine himmelblauen Augen gefangen. Ein nervöses Kribbeln breitete sich in meinem Bauch aus. Etwas lag in seinem Blick, das mich irritierte. Eine Traurigkeit, wie sie nur Menschen ausstrahlten, die etwas Schlimmes erlebt hatten, und die sein Lächeln auf eine anziehende Art und Weise überschattete. Im Stillen fragte ich mich, was in dem Leben des Strippers vorgefallen war.

»Wohin mit dem Paket?«, holte er mich aus meinen Gedanken.

»Am liebsten ins Schlafzimmer.« In dem Moment, wo ich es ausgesprochen hatte, wusste ich, wie es in seinen Ohren klingen musste. Sein breites Grinsen bestätigte meine Vermutung. »Ähm, also, ich meine, die Party ist im Schlafzimmer.« Das Grinsen wurde noch breiter, wenn das überhaupt noch möglich war. »Du weißt, was ich meine.«

»Ich glaube schon. Wobei …« Seine Augen funkelten vergnügt.

Ich deutete auf die Badezimmertür. »Möchtest du dich vorher noch umziehen?«

Er stutzte einen Moment. »Okay, du gehst ganz schön ran.«

»Also, so würde ich das nicht bezeichnen«, erwiderte ich leichthin. Ich hatte keine Ahnung, was genau er damit meinte. »Ziehst du dich also um oder nicht?«

Seine Mundwinkel zuckten. »Ich glaube, das wird nicht nötig sein.«

Umso besser. Es hätte mir nicht gefallen, wenn der Typ plötzlich als Feuerwehrmann, Cowboy oder Polizist verkleidet aufgetaucht wäre. Ich fand, dass er in seiner Jeans und dem schwarzen Hemd einfach perfekt aussah. Ob er darunter rote Unterwäsche trug oder womöglich goldene? Ich meine, der Mann war Stripper, da trug man keine gewöhnliche Wäsche wie normalsterbliche Männer. »Okay. Dann kannst du ja gleich mit mir mitkommen.«

»Unbedingt.« Er machte eine elegante Handbewegung. »Nach dir.« Der Mann war eben Profi durch und durch. Wahrscheinlich erwartete er, dass ich ihn ankündigen würde. Das konnte er haben! Bei einem Prachtexemplar wie diesem Kerl fiel es mir leicht.

Mehrere Frauenstimmen waren zu hören.

»Gut, dass du da bist. Ich glaube, da herrscht trotz Alkohol immer noch tote Hose.«

»Das wird sich bestimmt bald ändern.« Ein Lächeln lag um seinen Mund.

»Dessen bin ich mir sicher«, sagte ich im Brustton der Überzeugung. Wir hatten das Schlafzimmer erreicht. »Magst du einen Moment hier warten?«, bat ich ihn. »Ich will die Mädels auf deinen Auftritt vorbereiten.«

Er fuhr sich mit der Hand über das markante Kinn. »Auftritt?«

»Ja. Schon vergessen? Deshalb bist du doch hier.«

»Okaaaay.« Er zog die Buchstaben ungewöhnlich lang.

»Bin gleich wieder da.« Ich eilte ins Schlafzimmer.

Die Party war in vollem Gange. Einige der Frauen hatten es sich auf dem Bett gemütlich gemacht, die anderen standen in Grüppchen zusammen und unterhielten sich. Hallie kam mit einem Piccolo-Sekt in der Hand auf mich zu.

»Ich dachte schon, du bist auf dem Weg zum Auto verloren gegangen.«

»Du solltest mich eigentlich besser kennen.« Ich schüttelte grinsend den Kopf. »Ich wurde aufgehalten.«

»Aufgehalten? Von wem oder was?« Hallie musterte mich mit diesem *Was-ist-los?*-Blick, der ihr zu eigen war und mit dem sie selbst Strafgefangene zum Reden bringen würde.

»Ich habe den Stripper getroffen, oder besser gesagt, er hat mich angesprochen.« Mit einem Mal hatte ich Hallies volles Interesse. »Und ich kann dir sagen, der Mann ist eine wahre Augenweide. Ich musste mich zurückhalten, um nicht über ihn herzufallen«, gestand ich ihr.

»Meine Güte. Deine Hormone müssen ein Level erreicht haben wie nie zuvor. Du bist doch sonst so prüde.«

»Prüde? Ich?« Ich stieß einen verächtlichen Laut aus. »Niemals.«

»Weiß Leo davon?«

»Leo?«

Hallie grinste bis über die Ohren. »Na, der Vater deines Kindes.«

»Stimmt. Den habe ich ja total vergessen. Warte, ich frage ihn mal kurz.« Ich tat so, als ob ich eine innere Absprache mit jemandem halten würde. »Leo sagt, mit ihm ist es total okay.«

»Na dann, schnapp dir den Kerl, Schwester!«

»Katie«, flötete Rachel keine zwei Meter entfernt. »Was hast du uns denn da mitgebracht?« Ihr Blick klebte auf dem Paket. Ihre Freundinnen, die bei ihr standen, folgten ihrem Blick.

»Dein Geschenk.«

»Geschenke! Ich liebe Geschenke.« Die Blondine neben ihr brach in frenetischen Applaus aus, wie ein Seehund auf Ecstasy.

»Das ist für mich«, sagte Rachel entschieden und entriss mir das Paket.

»Hoffentlich gefällt es dir.«

»Davon bin ich überzeugt. Ich packe es nachher mit den anderen Geschenken aus«, säuselte sie und reichte das Paket an eine ihrer Freundinnen weiter, die es zu einem vorbereiteten Tisch brachte.

Die Tür zum Schlafzimmer flog auf.

»Hunter!«, rief Rachel überrascht neben mir.

Ich drehte mich zu ihr. »Du kennst den Stripper?«

»Welchen Stripper?« Rachel sah mich verwirrt an.

Ich deutete auf den Kerl. »Na den.«

»Endlich wird es interessant«, hörte ich Hallie murmeln.

»Hunter und ich kennen uns schon ziemlich lange«, gestand Rachel, als wäre es die normalste Sache der Welt. Mit einem Mal sah ich meine Freundin mit ganz anderen Augen. Bisher hatte ich geglaubt, dass hinter ihrer spießigen Fassade nicht viel mehr steckte. Nun wurde ich eines Besseren belehrt.

»Das nenne ich mal einen Zufall«, war alles, was ich rausbrachte.

»Nein. Ich wusste, dass Hunter kommt. Gary hat es mir gesagt.«

Zwei der Mädels nickten eifrig, während sie Hunter mit Blicken förmlich auszogen.

»Gary wusste auch von dem Stripper?«, mischte sich Hallie in unser Gespräch ein.

»Welcher Stripper?«, riefen Hunter und Rachel gleichzeitig.

Ich schüttelte den Kopf. Was war hier los?

»Entschuldigung!« Ein mittelgroßer Mann in Polizeioutfit stand im Türrahmen und musterte uns interessiert. »Die Tür stand offen. Ich bin von *Magic Moments* und hier wegen des Junggesellinnenabschieds.«

»Oh Shit«, entwich es mir. Jetzt war alles klar. Aus dem Augenwinkel sah ich, wie Hallie wiehernd neben Rachel zusammenbrach.

Ich blickte zu Hunter. Um seinen Mund spielte ein Lächeln. Eine heiße Welle rollte über mein Gesicht hinweg. Wahrscheinlich sah ich aus, als würde mein Gesicht in Flammen stehen.

»Warum hast du mir nicht gesagt, dass du nicht der Stripper bist?«, fauchte ich ihn an.

»Du hast nicht gefragt.« Er zuckte mit den Schultern. »Ich bin hier, weil ich Garys Handy holen wollte.«

»Oh.« Wo waren die Naturkatastrophen, wenn man sie am dringendsten brauchte? Ein Erdbeben wäre jetzt genau recht gekommen, oder ein Erdrutsch. Aber leider tat mir das Universum nicht den Gefallen und so blieb ich wie ein Idiot vor Hunter stehen. Zum Weglaufen war es zu spät.

»Hunter ist Garys bester Freund und Trauzeuge. Das hatte ich dir aber geschrieben«, sagte Rachel.

»Hast du nicht«, sagte ich etwas trotzig.

»Macht ja nichts«, sagte Hunter, »jetzt weißt du es.«

»Warte, ich hole schnell das Handy.« Rachel huschte nach draußen.

»Lass dir Zeit. Ich bin in guter Gesellschaft.« Hunter stand keine zwei Schritte von mir entfernt. Unsere Blicke trafen sich.

Meine Güte! Der Mann hatte aber auch Augen. Sofort breitete sich ein Kribbeln in meinem Bauch aus.

»Was ist jetzt?« Der Stripper sah fragend zu uns rüber.

»Wir sind gleich für dich da«, sagte Hallie geschäftsmäßig.

»Okay, Lady. Ich warte gerne.« Der Mann tippte sich gegen seine Mütze. Die anderen Frauen waren mittlerweile vom Bett aufgestanden und musterten den Stripper neugierig.

Ich wandte mich wieder Hunter zu. Hallie zwickte mich sanft in den Oberarm. Ich seufzte, »Darf ich dir vorstellen, meine Schwester Hallie.«

»Freut mich«, erwiderte Hunter, ohne den Blick von mir zu nehmen. Ich hatte das Gefühl, in dem Blau zu versinken.

»Da ist es!« Rachel kam zurück und wedelte mit dem Smartphone in der Hand.

Zögerlich löste Hunter seinen Blick von mir. »Danke. Gary wird begeistert sein.« Hunter schenkte Rachel ein Lächeln. »Ladys.« Er tippte sich mit dem Zeigefinger gegen die Schläfe. »Es war mir ein Vergnügen.«

Seine Augen versenkten sich erneut in meine. Ich schluckte nervös. Alles, woran ich denken konnte, war, wie es sich wohl anfühlte, ihn zu küssen. Waren seine Lippen genauso weich, wie sie aussahen?

»Ich hätte dir wirklich gerne zu Diensten gestanden, aber die Pflicht ruft.«

Hat der Typ meine Gedanken erraten?

»Schade, aber wer weiß, vielleicht sieht man sich ja wieder.« Ich schenkte ihm einen lasziven Blick.

Die Wahrscheinlichkeit, dass ich den Typen jemals wiedersehen würde, belief sich auf null. Der Freundeskreis von Rachel und mir hatte keine Überschneidungspunkte. Da konnte ich ruhig den Vamp spielen.

Mit einem Ruck, so wie man ein Pflaster abriss, löste er seinen Blick von mir und bewegte sich mit katzenhafter Geschmeidigkeit nach draußen. Bedauernd sah ich ihm hinterher.

Der Stripper tauchte neben uns auf. »Bin ich jetzt dran?« Stöhnend wandte ich mich dem Mann zu.

8

Hunter

»Wo warst du so lange?«, empfing Gary mich, als ich den Pub betrat. Die Jungs hatten sich um den Tresen versammelt, hinter dem Brian fleißig Bier zapfte. Wie meistens am Wochenende war der Pub brechend voll. Einheimische mischten sich mit den wenigen Touristen, die sich hierher verirrten. Aus den uralten Boxen neben der Bar kam laute Musik, und die Luft war erfüllt von herbem Männerschweiß und Fettgeruch.

»Das ist 'ne lange Geschichte«, erwiderte ich lächelnd bei dem Gedanken an den kleinen Zwischenfall mit der Unbekannten. Ihre Schlagfertigkeit hatte mich überrascht. Es kam selten vor, dass eine Frau derart selbstbewusst gegenüber einem Mann auftrat. »Hier ist dein Handy.«

»Danke, Alter.« Gary klopfte mir auf den Rücken.

»Gerne.« Ich gab Brian ein Zeichen, mir ein Bier zu bringen.

»Los, erzähl, was war los?«, holte Gary mich mit einem Schlag auf die Schulter aus meinen Gedanken. »Ich hatte schon Angst, dass du mich versetzen würdest.«

Ich nahm das Bier entgegen, das Brian mir reichte. »Habe ich dich schon jemals im Stich gelassen?«

»Nein. Hast du nicht«, gab Gary zu. Seine Augen schimmerten feucht, was mit Sicherheit dem Alkohol geschuldet war. Auf dem

Tresen standen bereits mehrere leere Gläser. »Deshalb bist du ja auch mein Trauzeuge.«

»Du weißt, dass ich mich geehrt fühle.« Ich prostete ihm zu. Gary und ich waren Sandkastenbuddys. Unsere Mütter waren bereits befreundet gewesen, und so war es mehr als selbstverständlich gewesen, dass wir Jungs miteinander spielten. Gary war der Bruder, den ich nie hatte. Wir hatten so manche Krise miteinander erlebt und uns gegenseitig darüber hinweggeholfen. Auch in den letzten Monaten war Gary für mich da gewesen.

»Ey, Alter.« Peter klopfte mir kumpelhaft auf die Schulter. »Wie ist die Stimmung bei den Mädels? Genauso gut wie bei uns?«

»Die haben Spaß. Als ich gegangen bin, war der Stripper gerade dabei, sich fertig zu machen.«

Gary sah mich mit Riesenaugen an. »Die haben einen Stripper engagiert?!«

»Ja, haben sie.« Ich grinste. »Und das Beste an der ganzen Sache war, dass eine von Rachels Freundinnen mich zuerst dafür gehalten hat.« Sofort hatte ich die lebhaften braunen Augen und den breiten lächelnden Mund der Unbekannten vor Augen. Obwohl nicht im klassischen Sinne schön, war sie äußerst attraktiv. Ihre natürliche Ausstrahlung war mir sofort aufgefallen, und selbst der weite Pyjama hatte ihre fraulichen Rundungen nicht verbergen können.

»Da wäre ich gerne dabei gewesen.« Gary lachte laut. »Dabei dachte ich, dass dich alle Freundinnen von Rachel kennen.«

»Die jedenfalls nicht.« Ich schilderte ihm meine Begegnung mit der Unbekannten. »Du hättest ihr Gesicht sehen sollen, als sie ihren Fehler erkannt hat.«

Gary musterte mich interessiert. »Klingt, als ob dir die Kleine gefallen hat.«

»Ich weiß, worauf du hinauswillst, aber nein. Mein Bedarf an Frauen ist erst einmal gedeckt. Egal, wie nett sie sind.« Zur Bekräftigung meiner Worte nahm ich einen tiefen Schluck aus dem Glas.

Gary legte seinen Arm um meine Schultern. »Hunter, lass dir von mir als deinem besten Freund sagen, dass Clarissa es nicht wert ist, dass du dich derart quälst. Wahrscheinlich liegt sie gerade in den Armen ihres Lovers und verschwendet keinen Gedanken mehr an dich. Ganz im Gegensatz zu dir. Es wird Zeit, dass du nach vorne siehst.«

»Danke. Jetzt fühle ich mich gleich besser.« Ich presste die Lippen fest aufeinander.

»So war es nicht gemeint. Ich will dir doch nur helfen.« Gary sah mich mit einem unglücklichen Ausdruck an. Im selben Moment tat es mir leid, dass ich derart harsch reagiert hatte. Dies war schließlich Garys Junggesellenabschied. Ich hatte nicht das Recht, ihn mit meinem Kummer zu überschatten.

»Hey, kein Problem. Vergiss es. Du weißt doch, was für eine Mimose ich bin.« Ich zwang mich zu einem Lächeln.

Gary erwiderte es. »Du bist eben ein echter Künstler. Wie geht es dem alten Herrn?«

»Gut, soweit es in seinem Zustand möglich ist. Er hat mir angeboten, nach Primrose Cottage zu ziehen.«

»In den alten Kasten in Holmbury?« Gary sah mich fassungslos an. »Das kannst du nicht ernst meinen!«

»Warum nicht?«

»Da kann ich dir spontan gleich mehrere Gründe nennen«, erwiderte Gary energisch. »Holmbury ist ein Dorf mit 'ner Menge Schafe und sonst nichts. Wenn du keine Frauen mehr kennenlernen möchtest, dann ist das genau der richtige Ort.« Er schüttelte den Kopf. »Außerdem, was willst du in dem alten Kasten?«

»Ich könnte das Cottage umbauen. Mit etwas Farbe und neuen Möbel sieht es bestimmt nett aus. Dann bin ich endlich weg von den Frauen und kann mich voll und ganz auf meine Arbeit konzentrieren.«

Gary grinste breit. »Ich sage es ja nur ungern, aber du bist handwerklich nicht gerade ein Genie.«

»Danke, dass du mich daran erinnerst.« Ich verzog das Gesicht. Wir hatten mal die alten Tapeten von den Wänden des Wohnzimmers geholt. Dabei hatte ich ein Brett, aus dem ein Nagel herausstand, auf dem Boden liegen gelassen und es unter einem Berg alter Tapete begraben. Eine Tatsache, die ich leider vergessen hatte, als ich von der Leiter gestiegen und mit dem Fuß genau auf dem Brett mit dem Nagel gelandet war. Noch heute zog sich mein Magen zusammen, wenn ich an den Schmerz dachte, als der Nagel meinen Fuß durchbohrt hatte.

»Ist mir ein Vergnügen, Kumpel.« Gary gab Brian ein Zeichen, uns eine Runde Kurze zu bringen. Ich stöhnte innerlich. Wenn es so weiterging, würde der Abend in einer Katastrophe enden. Aber mir sollte es egal sein – ich war schließlich nicht derjenige, der morgen vor den Altar treten würde.

9

Katie

Noch leicht verschlafen schlenderte ich über den Portobello Markt. Wie jeden Samstagmorgen herrschte Hochbetrieb. Fliegende Händler hatten ihre Buden entlang der Straße aufgebaut und priesen lauthals ihre Waren an, um potenzielle Kunden anzulocken. Ich liebte den bunten Mix aus Vintage- und Designermode, die an den verschiedenen Ständen angeboten wurde.

Obwohl es noch relativ früh am Tag war, drängten sich bereits Menschenmassen durch die enge Straße. Einheimische wie Touristen mischten sich unter die Besucher. In der Luft hing der Duft nach Würstchen und Rauch, der zweifelsohne von den Essensbuden stammte, die sich auf den mittäglichen Ansturm vorbereiteten.

Normalerweise liebte ich die verschiedenen Gerüche. Heute lösten sie ein leichtes Übelkeitsgefühl in mir aus.

Ich wechselte die Straßenseite, wo sich das *Heaven's Place* befand. Ein kleines Restaurant, das sich in den letzten Jahren zu einem Szeneliebling entwickelt hatte. Von frischen Kaffeespezialitäten bis zu leckeren kleinen Gerichten gab es hier alles. Seit Chris, der Besitzer, eine neue Köchin eingestellt hatte, gab es sogar vegane Speisen auf der Karte. Eine echte Bereicherung, die für noch mehr Kunden sorgte.

Mum, Hallie und ich trafen uns hier jeden Samstag zum Brunch. Ich drückte die Tür auf. Sofort schlug mir der Duft von frisch gebrühtem Kaffee und Croissants entgegen. Ich ließ meinen Blick durch das Restaurant schweifen. Chris hantierte hinter dem Tresen an der chromfarbenen Kaffeemaschine. Fast jeder Platz in dem kleinen Restaurant war besetzt.

Mum und Hallie hatten bereits den besten Tisch direkt am Fenster in Beschlag genommen. Von dort hatte man einen fantastischen Blick auf das bunte Treiben der Portobello Road.

»Hi, Katie!« Chris winkte mir zu.

»Hi, Chris.« Wie immer war er äußerst modisch in Hemd und Weste gekleidet. Sein Freund war kein Geringerer als Marcel Benoite, der Leiter des Moderesorts des *Startouch*-Magazins. Tatsächlich war Marcel bereits mein Kunde gewesen, lange bevor er Chris kennengelernt hatte. Ich hatte ihm am Anfang meiner Karriere sein Apartment in Shoreditch eingerichtet. Seitdem waren wir lose miteinander befreundet und trafen uns gelegentlich auf einen Kaffee.

»Wie geht es dir?« Chris musterte mich intensiv. »Du siehst ein bisschen blass um die Nase aus.«

»War 'ne lange Nacht. Eine alte Schulfreundin hat ihren Junggesellinnenabschied gefeiert.« Ich setzte eine Leidensmiene auf.

»Oh, das klingt ganz danach. Wie wäre es mit einem starken Kaffee, um dir ein wenig auf die Beine zu helfen?«

»Prima!« Ich schenkte ihm ein dankbares Lächeln und eilte zum Tisch, wo Mum und Hallie bereits auf mich warteten.

»Hallo, mein Liebes!« Mum schlang ihre Arme um mich und presste meine Brust platt.

In den letzten Tagen hatte ich das Gefühl, dass meine Körbchengröße B etwas an Volumen zugenommen hatte. »Geht es dir gut?« Ihre Augen scannten über mich hinweg.

»Ja, klar«, sagte ich und vermied es, ihr in die Augen zu sehen.

»Hallo, Sis!«, kam Hallie mir zu Hilfe.

»Hey, wie ich sehe, hast du dich erholt«, kommentierte ich mit einem Grinsen. Gestern, nach Rachels Junggesellinnenabschied, hatte Hallie sich mehrfach in der Nacht übergeben.

»Halt die Klappe und setz dich lieber.« Hallie deutete auf den freien Platz neben sich.

»Hallie, Darling, wie redest du eigentlich mit deiner Schwester?« Trotz ihrer Botoxbehandlung war ihr deutlich anzusehen, dass ihr der Ton missfiel. »Was war gestern?«

»Wir waren auf Rachels Junggesellinnenabschied.« Ich ließ mich auf den Stuhl fallen. »Und Hallie hat es krachen lassen.«

Mum sah mich fragend an. »Rachel?«

»Meine ehemalige Klassenkameradin«, erklärte ich geduldig.

»Das Pummelchen?«

»Rachel hat ziemlich abgenommen«, erklärte ich.

»Im Gegensatz zu dir.« Mum hatte die Gabe, Veränderungen meines Gewichts selbst im Grammbereich zu erkennen. »Hast du zugenommen?« Ihre Hände formten meine Oberweite nach.

Ich zuckte betont gleichgültig mit den Achseln. »Nicht mehr seit meinem sechzehnten Lebensjahr.«

»Dann muss ich mich wohl getäuscht haben«, gab sie ungewöhnlich schnell klein bei.

Hallie warf mir einen vielsagenden Blick zu, von dem ich hoffte, dass Mum ihn nicht gesehen hatte. Sie trug einen Minirock, der kaum breiter als mein Gürtel war und ihre wohlgeformten Beine perfekt in Szene setzte. Das fand auch der Typ vom Nachbartisch, dessen Blick förmlich auf ihr klebte. Fehlte nur noch, dass er mit hechelte wie ein läufiger Hund.

»Hallie war betrunken«, versuchte ich von meiner Person abzulenken. Eine Taktik, die bei Mum hervorragend funktionierte.

»Hallie, wie oft soll ich dir noch sagen, dass das nicht gut für deinen Körper ist? Zu viel Alkohol lässt deine Haut vorzeitig altern.«

Hallie warf mir einen wütenden Blick zu. Ich zuckte gleichmütig mit den Achseln.

»Wieso hat Rachel euch eigentlich nicht zu ihrer Trauung eingeladen?«

Ich zuckte mit den Achseln. »Sie wollten eine kleine Feier nur mit den engsten Freunden und Verwandten. Da gehören Hallie und ich definitiv nicht mehr dazu. Außerdem bin ich ganz froh. Es ist nicht so, dass wir viele Berührungspunkte miteinander hätten. Nichtsdestotrotz war es schön, alle mal wiederzusehen. Ein bisschen wie ein Klassentreffen.«

»Ja, stimmt.« Hallie nickte.

Chris kam mit beschwingtem Schritt zu uns. »Einmal Latte Macchiato, so wie du ihn liebst.«

»Danke, Chris.« Vorsichtig trank ich einen Schluck. Im Gegensatz zu sonst legte sich ein bitterer Geschmack auf meine Zunge, der mich schaudern ließ. Angewidert setzte ich das Glas ab.

»Ist was nicht in Ordnung?«, fragte Chris, der meinem Blick gefolgt war.

Ich lächelte entschuldigend. »Schmeckt irgendwie bitter.«

»Bitter?« Chris' gezupfte Augenbraue schnellte nach oben. »Eigenartig.«

Ich nippte erneut an meinem Latte. Der bittere Geschmack blieb, und ein leichtes Unwohlsein gesellte sich dazu.

»Schätzchen, bist du sicher, dass mit dir alles in Ordnung ist?« Mum sah mich besorgt an. Ihr Blick blieb auf meinen Brüsten kleben.

Verdammt!

»Katie ist schwanger«, platzte Hallie heraus.

»Was?!« Mum und Chris starrten mich mit riesigen Augen an. Am liebsten hätte ich Hallie eine geknallt, so wie früher, wenn sie mich bei Mum verpetzt hatte, um ihre eigene Haut zu retten.

»Bitte reg dich nicht auf«, versuchte ich, Mum zu beschwichtigen. Sobald Hallie und ich alleine waren, würde ich ein Hühnchen mit ihr rupfen.

»Ich soll mich nicht aufregen?!« Mums Stimme überschlug sich. Hallie sah mich mit schuldbewusstem Blick an. »Ich glaube, ich brauche was Starkes«, hauchte Mum Chris zu, der sofort lostobte. Auf ihrer Oberlippe hatten sich feine Schweißperlen gebildet. »In der wievielten Woche bist du denn?«

»Sechste Woche«, schoss ich hervor.

»Du wirst Oma! Ist das nicht schön?« Hallie strahlte übertrieben.

Mum sackte in sich zusammen. »Oma!« Chris kam herbeigeeilt. »Gott sei Dank.« Bevor Chris etwas sagen konnte, hatte Mum ihm das Glas bereits entrissen und kippte sich den Inhalt in einem Zug in den Rachen. »Bitte noch einen, wenn Sie nicht möchten, dass ich einen hysterischen Schreianfall bekomme.«

»Sofort.« Chris eilte erneut davon. Dabei warf er mir einen vorwurfsvollen Blick zu, den ich mit einem Achselzucken beantwortete. Das hier war schließlich nicht meine Schuld, sondern die von Hallie.

»Wer ist der Vater? Kenne ich ihn? Bitte lass es keinen Beamten oder, noch schlimmer, einen von diesen reichen alten Säcken sein, für die du immer die Wohnungen einrichtest.« Ihre Augen waren schreckgeweitet. »Mein armes Kind, oder ist etwas passiert, worüber du nicht reden kannst?«

»Mum, hör auf, so ein Drama daraus zu machen.« Langsam wurde mir die Sache zu bunt. »Der Vater des Kindes heißt Leo.«

Hallies Kinnlade klappte nach unten.

»Leo?«, krächzte Mum.

Ich verschränkte die Arme vor der Brust. »Ja, Leo.«

Chris kam wieder zu uns. In der einen Hand eine Whiskyflasche, in der anderen drei Gläser. »Ich dachte, wir könnten alle einen Schluck gebrauchen.«

»Und was ist mit mir?« Ich sah Chris fragend an.

»Du bist schwanger. Außerdem hast du einen Kaffee.« Chris machte eine Kopfbewegung in Richtung Glas.

»Der schmeckt nicht«, maulte ich.

»Weil du schwanger bist«, riefen Hallie und Chris wie aus einem Munde.

»Irgendwie hatte ich mir das Schwangersein lustiger vorgestellt.« Ich sah zu Mum, die regungslos vor mir saß und Löcher in die Luft starrte. »Mum?« Keine Reaktion. Ich wedelte mit der Hand vor ihrem Gesicht. Nichts. »Mum, könntest du wenigstens blinzeln, damit ich weiß, dass du noch lebst und keinen Schlaganfall erlitten hast?«, rief ich. Die ersten Gäste unterbrachen ihre Gespräche und starrten zu uns rüber. Ich lächelte zurück.

»Ich bin noch nicht so weit«, stieß sie endlich hervor.

»Was? Du hörst dich gerade so an, als ob du schwanger wärst«, erwiderte ich.

»Gott bewahre! Zweimal reicht mir. Wobei Dr. Stevens letztens noch zu mir meinte, dass meine Hormonwerte fantastisch für mein Alter sind und —«

»Mum, bitte. Verschon uns mit den Einzelheiten deines Frauenarztbesuches«, bat ich.

»Du könntest etwas entspannter sein. Es ist schließlich eine natürliche Sache, dass auch ältere Menschen und ganz besonders deine Eltern Sex miteinander haben.« Mum spitzte die Lippen.

Ich stöhnte laut.

»Ich glaube, ich geh dann mal wieder«, sagte Chris, der die ganze Zeit neben uns gestanden hatte. Er sah aus, als hätte er in eine Zitrone gebissen.

»Und wie ist dieser Leo? Kenne ich ihn?«, fuhr Mum mit dem Tonfall eines Polizeibeamten fort.

Unwillkürlich hatte ich das Bild des Unbekannten von Rachels Junggesellinnenabschied vor Augen. Quasi meine Idealversion für den Vater meines Kindes. »Er ist groß, sportlich gebaut und hat dunkelblonde Haare«, fing ich an. »Er hat Humor und bringt mich zum Lachen.«

»Potent scheint er auch ganz gut zu sein«, kommentierte Mum trocken. Hallies Mundwinkel zuckten.

Ich stöhnte. Manchmal war es nicht leicht, eine Paartherapeutin als Mutter zu haben. Ich beschloss, die letzte Bemerkung zu ignorieren, und fuhr fort. »Er hat die schönsten blauen Augen, die ich jemals bei einem Mann gesehen habe.«

»Aha! Und was macht dein Leo beruflich?«, fuhr Mum mit ihrem Verhör fort.

»Das spielt doch keine Rolle.«

»Wieso spielt das keine Rolle?« Mum schüttelte sich empört. »Wir reden hier schließlich über den Vater deines Kindes. Bitte sag mir, dass er nicht dein Fitnesstrainer ist.«

Im Geiste ging ich alle respektablen Berufe durch. Keiner schien zu dem Gesicht des Unbekannten zu passen. Die blauen Augen mit dem traurigen Glitzern darin kamen mir in den Sinn. »Ich weiß zwar nicht, wie du auf diese abstruse Idee kommst, aber nein. Leo ist Künstler.«

»Künstler.« Mums Gesicht erhellte sich. »Das klingt zumindest interessant. Und wann lernen wir deinen Leo kennen?«

Typisch Mum! Ich sah hilfesuchend zu Hallie, die unser Gespräch verfolgte wie ein spannendes Tennismatch.

»Leo ist gerade auf einem Selbstfindungstrip in Südostasien«, flötete Hallie. Ich sah meine kleine Schwester entgeistert an. Sie grinste schief.

»Der Mann wird Vater und bricht zu einem Selbstfindungstrip auf?« Mum schüttelte entrüstet den Kopf. »Da versteh einer die Männer von heute.«

»Ähm …« Ich leckte mir nervös über die Lippe. »Er war schon unterwegs, als ich es erfahren habe. Aber das ist doch auch egal. Ich bekomme das Baby so oder so. Ich bin schließlich eine selbstständige Frau und kann für mich und ein Kind sorgen.«

»Dann hat er dich im Stich gelassen?«

»Na, ganz so würde ich es nicht bezeichnen. Das mit ihm und mir war eher so eine Art One-Night-Stand.« Ich senkte den Blick, damit Mum die Lüge darin nicht sah.

»Das hätte ich dir gar nicht zugetraut.« Mum tätschelte meine Wange. »Mein armes Kind. So tapfer.« Tränen hatten sich in ihre Augen geschlichen. »Das ist die Frau, die ich großgezogen habe.« Sie nahm meine Hand in ihre. »Du bist nicht alleine. Dein Vater und ich sind immer für dich da.«

»Danke, Mum.« Ein Kloß hatte sich in meinem Hals gebildet, der nicht verschwinden wollte. Ich hasste es zu lügen. *Das hier ist ein Notfall*, redete ich mir ein.

»Ich bin auch noch da«, meldete sich Hallie vergnügt zu Wort.

»Wir Greenwood-Frauen halten zusammen«, sagte Mum bestimmt. »Darauf muss ich einen trinken.«

»Mum, du hattest bereits zwei Drinks«, sagte ich vorwurfsvoll.

»Dann kann ein dritter auch nicht mehr schaden.« Sie gab Hallie ein Zeichen, ihr nachzuschenken.

Ich seufzte. Das konnte ja heiter werden. Aber zumindest war die Katze aus dem Sack. Mum würde es Dad in ihrer schonungslos offenen und theatralischen Art beibringen, und ich war aus dem Schneider. Eigentlich musste ich Hallie dankbar sein, dass sie die Sache mit der Schwangerschaft zur Sprache gebracht hatte. Aber eben nur eigentlich.

»Puh. Ich glaube, ich sollte fahren.« Mum stand auf und schwankte dabei wie ein Blatt im Wind.

»Das ist keine gute Idee«, sagte Hallie. »Also, das mit dem Fahren. Ich denke, es ist besser, ich fahre dich nach Hause.«

»Gute Idee!« Mums sorgfältig frisierten Haare standen wild zur Seite ab. Sie gab Chris, der hinter seinem Tresen stand und zu uns herübersah, ein Zeichen. Sofort kam der Besitzer herbeigeeilt.

»Die Rechnung bitte«, lallte Mum mit schwerer Zunge.

»Geht aufs Haus«, erwiderte Chris fröhlich. »Man wird schließlich nicht jeden Tag Großmutter.«

Ich sah, wie Mum bei dem Wort ›Großmutter‹ zusammenzuckte. »Ich glaube, ich brauche noch einen Drink!«

»Lieber nicht«, warnte ich. »Außerdem kommt das Kind ja nicht gleich morgen.«

»Hm. Meine Große ist schwanger.« Mum sah mich mit glasigem Blick an. »Ich hätte nicht gedacht, dass ich das bei dir einmal sagen würde. Du warst immer so vernünftig und pflichtbewusst.« Sie tätschelte meine Wange.

Ich wusste nicht genau, ob ich mich freuen oder beleidigt sein sollte. Also beschloss ich, mich zu freuen. »Mach dir keine Sorgen, Mum. Es geht mir gut, und ich habe alles im Griff.«

»Das hattest du schon immer.« Sie nickte bestimmt. »Gute Nacht, mein Schätzchen.« Mum gab mir einen Kuss auf die

Wange. »Oh Gott, ich weiß nicht, wie ich es deinem Vater sagen soll.«

»Das kriegst du schon hin.« Hallie schnappte sich ihren Arm. »Komm, ich bring dich nach Hause.«

Gemeinsam gingen wir nach draußen. Die Dämmerung hatte bereits eingesetzt. Nachdem wir Mum in den Jeep verfrachtet hatten, nahm Hallie mich in den Arm.

»Das ist doch gut gelaufen«, flüsterte sie mir augenzwinkernd zu.

»Findest du?« Ich deutete auf Mum, die an dem Sicherheitsgurt zerrte. »Dann möchte ich nicht wissen, wie es ist, wenn es schlecht läuft. Du hättest mich ruhig fragen können, bevor du meine Schwangerschaft in die Welt hinausposaunst.« Ich funkelte sie wütend an.

»Es tut mir leid, aber nachdem du die Sache mit dem Alkohol erzählt hast, musste ich Mum auf andere Gedanken bringen«, sagte Hallie zerknirscht. »Bitte sei nicht böse. Ich mache es ganz bestimmt wieder gut.«

Ich seufzte. »Schon okay.«

Ich hatte Hallie noch nie länger als ein paar Minuten böse sein können.

Sie drückte mir einen feuchten Kuss auf die Wange. »Danke.«

»Deine Idee mit dem Selbstfindungstrip war übrigens gar nicht so schlecht.«

»Danke, aber deine Schilderung von Leo war auch nicht von schlechten Eltern. Den Typ hätte ich auch als Vater für meine Kinder gewollt.« Hallie grinste schief.

»Jede Frau sollte einen Leo haben«, erwiderte ich lachend. Aus dem Augenwinkel sah ich, wie Mum in ihr Handy schrie. Wobei sie es verkehrt herum hielt, was der Grund dafür sein durfte, dass sie die andere Seite nicht verstand.

»Wir sehen uns.« Hallie umrundete den Wagen, um auf der Fahrerseite Platz zu nehmen.

»Bis bald!« Ich winkte den beiden zu.

»Ich werde Oma!« Mum sah mich mit glasigem Blick durch das offene Fenster an. »Meine Kleine wird eine Mum.«

Ich nickte stumm. Mums letzter Satz hatte mich wie ein Blitz getroffen. Ich wurde tatsächlich Mutter. Nachdenklich sah ich dem Jeep nach, bis er hinter der nächsten Häuserecke verschwand.

10

Hunter

Ich legte den Stift beiseite, darum bemüht, das Zittern in meiner Hand zu unterdrücken. Die kühle Atmosphäre von Clarissas Büro trug nicht gerade zur Verbesserung der Stimmung bei. Clarissa saß schweigend auf ihrem Stuhl. Sie trug eines ihrer Businesskostüme, dass ihre schlanke Figur perfekt in Szene setzte. Ihre langen Beine hatte sie elegant übereinandergeschlagen, als wollte sie mir noch einmal zeigen, worauf ich in Zukunft verzichten würde.

»Damit ist es wohl endgültig.« Sie klappte die Unterlagen mit dem Vertrag zu unserer Wohnung zu. Etwas schwang in ihrer Stimme mit, das mich aufhorchen ließ. Sie war schon die ganze Zeit sehr zurückhaltend gewesen, was normalerweise nicht ihre Art war. »Danke, dass du so kooperativ warst«, sagte sie hölzern.

Eigentlich hatte ich erwartet, dass sie sich freuen würde. Immerhin hatte sie erreicht was sie wollte – unser Appartement. Sie war nicht umsonst eine der aufstrebenden Anwältinnen Londons, bei der die Headhunter Schlange standen. Mit meiner Unterschrift hatte ich endgültig auf meine Rechte bezüglich der Wohnung verzichtet. Auf der einen Seite war ich froh, auf der anderen Seite war es gleichzeitig endgültig das Siegel unter unserer Trennung und mein Rauswurf aus Clarissas Leben.

Sie sah mich nachdenklich an. »Du siehst blass aus.«

»Ich arbeite viel«, murmelte ich, was gelogen war. Die Monate seit der Trennung hatte ich damit verbracht, mein verletztes Ego zu pflegen und meinen Kummer in Alkohol zu ertränken. Clarissa hingegen sah wie das blühende Leben aus. Sie hatte ein dezentes Make-up aufgelegt und ihre hellblonden Haare zu einem strengen Knoten am Hinterkopf zusammengefasst, was ihre markanten Gesichtszüge unterstrich.

»Das ist doch gut. Das freut mich. « Sie nickte. Ihre Finger tippten nervös auf die Glasplatte ihres Schreibtischs. »Wohnst du immer noch bei Gary?« Mitleid sprach aus ihrer Stimme, was noch mehr wehtat als ihre unterkühlte Freundlichkeit.

»Ja.« Ich holte tief Luft. »Aber nicht mehr lange.«

Ihre gezupfte Augenbraue schnellte nach oben. »Du hast endlich eine Wohnung gefunden! Wie schön für dich.«

»Genaugenommen ein Cottage«, erwiderte ich mit fester Stimme.

»Ein Cottage!«

»Ich ziehe nach Holmbury in das Cottage meiner Großeltern.« Sie sah überrascht hoch. »In Gramps Cottage!«

»Ja. Er hat es mir von sich aus angeboten, und ich dachte mir, dass es mir vielleicht guttun würde. Es gibt schließlich nichts, was mich noch in London hält.« Es gelang mir nur mittelmäßig, den gekränkten Ton aus meiner Stimme zu nehmen. Jetzt, wo sie vor mir saß, war der Schmerz wieder da, den ich so erfolgreich verdrängt hatte.

»Hunter …« Unsere Blicke verhakten sich.

»Was?«

»Ich muss dir …« Sie stockte. Etwas, das ich nicht von ihr kannte. Traurigkeit hatte sich in ihre Augen geschlichen. »Ach, vergiss es.«

»Hm.« Ich hielt sie mit den Augen fest.

Sie räusperte sich. »Ich bin jedenfalls froh, dass es dir gut geht und du einen Plan hast.«

Ich nickte. Ich wurde das Gefühl nicht los, dass sie mir etwas sagen wollte. Vielleicht den Namen des Mannes, der sie von mir gerissen hatte. Sie hatte zwar nie darüber gesprochen, aber ich war mir sicher, dass ein Mann hinter ihrer plötzlichen Absage steckte. Warum sonst sollte sie sich von mir getrennt haben. Bis zu diesem Punkt hatten wir uns bestens verstanden. Clarissa war all die Jahre so etwas wie meine beste Freundin und meine Vertraute gewesen. Ganz abgesehen von den vielen anderen Dingen.

»Und wie geht es dir?«

»Es geht mir ganz gut.« Ihre Augen flatterten. Sie öffnete erneut den Mund, schloss ihn jedoch wieder. Ein kurzer Moment des Schweigens drängte sich wie ein Fremdkörper zwischen uns.

»Ich bin froh, dass wir alles wie zwei Erwachsene regeln konnten«, sagte sie schließlich. »Ich hätte es gehasst, mich mit dir zu streiten.«

»Geht mir genauso.« Ich wollte nur noch weg. Der Gedanke, ihr noch länger gegenüberzusitzen, wie zwei alte Bekannte, die sich zufällig begegnet waren, quälte mich.

Clarissa erhob sich aus ihrem Stuhl. »Bitte sei mir nicht böse, aber ich habe gleich einen Termin, den ich leider nicht verschieben kann.« An ihren Augen konnte ich sehen, dass es eine Lüge war. Sie wollte mich loswerden. Wieso war es mir nicht schon früher aufgefallen, wenn sie log?

»Ja, gut. Ich wollte auch los. Ich habe gleich ein Treffen mit meiner Agentin.« Das entsprach der Wahrheit, auch wenn das Meeting erst in ein paar Stunden war.

Clarissa streckte mir ihre Hand entgegen. »Es war schön, dich zu sehen, Hunter.« Ihre Stimme war kaum mehr als ein Flüstern.

»Hoffentlich treffen wir uns bald mal wieder. Wir könnten ja zusammen essen gehen?« Das war ein Friedensangebot.

»Ja, vielleicht«, murmelte ich. Noch immer löste Clarissas Anblick in mir das Bedürfnis aus, sie zu küssen. Ich hasste sie dafür, aber noch mehr hasste ich mich selbst.

»Du solltest besser auf dich aufpassen«, sagte sie mit einladend weicher Stimme.

Sie stand keine zwei Schritte von mir entfernt. Ihr zarter Duft drang in meine Nase und weckte in mir den Wunsch, sie in den Arm zu nehmen. Unsere Blicke kreuzten sich. Jedes winzige Detail in ihrem Gesicht war mir so vertraut wie mein eigenes. Die winzige Narbe unterhalb ihres Auges, die sie jeden Morgen mit Make-up abzudecken versuchte. Der Leberfleck auf ihrer Wange, der die Form eines Halbmondes hatte. Ihre blauen Augen nahmen mich gefangen. Sofort hatte ich dieses Flattern im Bauch, das ich immer in ihrer Nähe bekam – auch jetzt noch. Verdammt!

Hatte sie mich jemals so geliebt wie ich sie? Ich würde keine Antwort auf meine Frage bekommen, deshalb verzichtete ich darauf, sie zu stellen, obwohl mein verletztes Ego förmlich danach schrie.

»Mach's gut.« Ich riss mich von ihr los. Wenn ich noch länger so vor ihr stand, würde mich meine Kraft verlassen und ich würde sie bitten, zu mir zurückzukommen. Eine Bitte, die unbeantwortet bleiben würde. Das wusste ich, auch ohne zu fragen.

»Du auch.« Sie ließ sich wieder auf dem Stuhl nieder und nahm eine Akte von dem Stapel vor sich. Ein letztes Mal hob sie den Kopf. Unsere Blicke trafen sich. Ich kannte den Ausdruck in ihren Augen. So hatte sie mich immer angesehen, wenn sie ein schlechtes Gewissen hatte.

Was verbarg Clarissa vor mir, das sie mir nicht erzählen wollte?

Mit einem Ruck riss sie sich von mir los und kappte das Band zwischen uns. Ohne noch einmal hochzuschauen, nahm sie die Akte zur Hand.

Mit dem letzten bisschen Kraft, die mir noch geblieben war, verließ ich das Büro.

»Gramps, ich habe noch einmal dein Angebot bezüglich des Cottage in Betracht gezogen«, sagte ich ruhig. Den ganzen Weg von Clarissas Büro bis zum Pflegeheim hatte ich darüber nachgedacht, und mit jeder Meile, die ich gefahren war, hatte die Idee, nach Holmbury zu ziehen, mehr und mehr Form angenommen. Als ich aus dem Auto gestiegen war, hatte mein Entschluss festgestanden. »Ich glaube, du hast recht. Ein Tapetenwechsel würde mir guttun.«

Ein Strahlen breitete sich auf Gramps Gesicht aus. »Wusste ich es doch, Junge.« Er nahm meine Hand. »Du weißt gar nicht, wie glücklich du mich damit machst. Deine Granny wäre froh, wenn sie wüsste, dass ihr geliebter Enkelsohn in dem Cottage wohnt. Du weißt doch, wie sehr sie dich geliebt hat.«

»Ja, und ich sie.« Bei dem Gedanken an meine Großmutter breitete sich ein warmes Gefühl in meinem Bauch aus. Sie war die Mutter für mich gewesen, die ich nie gehabt hatte. Das letzte Mal hatte sich meine leibliche Mutter bei mir gemeldet, als ich zwölf gewesen war. Ich erinnerte mich noch genau daran, wie ich die Tür geöffnet und eine fremde Frau vor mir gestanden hatte. Sie hatte mich mit den Augen angeschaut, die ich sah, wenn ich in den Spiegel blickte. Mir war sofort klar gewesen, dass diese Frau meine Mutter sein musste. Sie war nervös gewesen und hatte mir einen übergroßen Teddy in die Hand gedrückt, wie man sie auf Jahrmärkten fand. Einem zwölfjährigen Jungen! Bis zu diesem Tag hatte ich ein Bild von meiner Mutter gehabt, das einer Heiligen gleichkam. Als meine Mutter uns an jenem Abend wieder verlassen hatte, war dieses Bild komplett zerstört.

Allein Gramps und Granny hatte ich es zu verdanken, dass ich meine Jugend heil und ohne Schaden überstanden hatte. Die beiden hatten mir mein Leben lang nichts anderes als Liebe und bedingungsloses Vertrauen geschenkt.

»Hilf mir mal.« Gramps stemmte sich aus seinem Stuhl hoch. Ich eilte zu ihm und stützte ihn. Wir gingen zu der alten Kommode unter dem Fenster. Von hier hatte man einen schönen Blick auf den angrenzenden Park des Pflegeheims. Gramps zog die obere Schublade auf und brachte einen Schlüssel hervor. Seine Augen schimmerten feucht im Sonnenlicht, das durch das Fenster fiel, als er mir den Schlüssel reichte. »Ich wünsche dir, dass du glücklich dort wirst, so wie ich und deine Großmutter es waren.«

»Gramps, hör auf, so zu reden, als ob du schon mit einem Fuß im Grab stehst«, schimpfte ich.

»Junge, es ist nicht schlimm zu gehen. Ich hatte ein erfülltes Leben an der Seite deiner Großmutter. Wenn ich gehe, dann zu ihr. Dann sind wir wieder in der Ewigkeit vereint, so wie wir es uns immer gewünscht haben.« Granny war vor zwei Jahren an Krebs gestorben. Die beiden alten Menschen waren sechsundfünfzig Jahre miteinander verheiratet gewesen. Als Granny gegangen war, hatte sie einen Teil von Gramps Lebensfreude mit sich genommen.

Ich schluckte gegen den Kloß an, der sich in meinem Hals gebildet hatte.

»Aber bis es so weit ist, werde ich das Leben genießen«, holte Gramps mich aus meinen Gedanken. »Außerdem erwarte ich von dir, dass du mit mir einen Ausflug zum Cottage machst, wenn alles fertig ist. Ich möchte sehen, was du daraus gemacht hast.«

Ich strich ihm über die Hand. »Versprochen.«

»Und jetzt bring mich nach draußen. Ich würde an diesem herrlichen Tag gerne einen Spaziergang mit meinem liebsten Enkelsohn machen.«

»Ich bin dein einziger Enkel«, sagte ich grinsend.

Gramps zwinkerte mir zu. »Eben. Was habe ich also für eine Wahl?«

»Stimmt!« Gutgelaunt führte ich Gramps nach draußen. Gleichzeitig nahm ich mir vor, noch morgen zum Cottage zu fahren, um mir einen Überblick zu verschaffen.

11

Hunter

Der Jaguar donnerte über die zweispurige Landstraße. Rechts und links wuchsen dichte grüne Hecken und verwehrten den Blick auf die Felder, die sich dahinter schier endlos ausbreiteten. Dazwischen blitzten die Fassaden der Einfamilienhäuser hervor, die in den letzten Jahren wie Pilze aus dem Boden geschossen waren. Seit die Preise für Wohnraum in London so stark gestiegen waren, zogen immer mehr Familien nach Surrey, wo sie sich ein Häuschen leisten konnten, und nahmen dafür das tägliche Pendeln nach London in Kauf.

Ich setzte den Blinker und bog von der Hauptstraße in den schmalen Weg ein, der zum Primrose Cottage führte. Hier schien alles unverändert zu sein. Keine Neubauten, nur Felder und Trockensteinmauern. Dazwischen wuchsen riesige alte Bäume, die ihre knorrigen Äste in den Himmel streckten.

Rumms. Ich hatte das Schlagloch in der Straße nicht gesehen. Der ganze Wagen machte einen Hüpfer, bevor er ruhig weiterfuhr. Ich fluchte leise und drosselte das Tempo etwas.

Zwei Radfahrer kamen mir auf ihren Mountainbikes entgegen. Als sie mich sahen, grüßten sie mich freundlich. Ich lächelte durch die Scheibe zurück. Der Weg machte eine leichte Biegung. Langsam folgte ich seinem Verlauf. Alles schien mir auf eigenartige Weise vertraut, obwohl ich in den letzten Jahren nur noch selten hier herausgefahren war. Mein Leben in London und Clarissa hatten mich so sehr in Anspruch genommen, dass ich meine Großeltern vernachlässigt hatte. Ein Umstand, den ich jetzt sehr bedauerte.

Die honigfarbene Fassade des Cottage leuchtete zwischen dem Grün der Bäume hervor. Ein Lächeln zog über mein Gesicht. Das würde also mein neues Zuhause sein. Ich trat auf das Gaspedal, um die letzten Meter des holprigen Weges so schnell wie möglich hinter mich zu bringen.

Ich parkte den Jaguar direkt vor der hüfthohen Trockensteinmauer, die rund um das Grundstück verlief, um die Schafe, die überall in der Gegend weideten, davon abzuhalten, sich an dem saftigen Gras des Rasens zu bedienen. Ich stieg aus dem Wagen und nahm einen tiefen Atemzug. Keine Spur von Autoabgasen in der Luft. Stattdessen nahm ich den süßlichen Duft der Pfingstrosen wahr, die rund um das Haus wuchsen und ihm seinen Namen gegeben hatten. Es war fast unheimlich still. Lediglich das weit entfernte Blöken von Schafen und das leise Rauschen der Blätter, wenn der Wind hindurchfuhr, waren zu hören.

Ich ging die wenigen Schritte bis zum Eingang. Quietschend sprang das alte Tor auf und gab den Weg zum Cottage frei. Mein Herz schlug schneller, als ich den Schlüssel in das Schloss steckte. Es klickte, aber die Tür blieb verschlossen. Ich runzelte die Stirn und versuchte es erneut. Sie bewegte sich keinen Millimeter. Ich stemmte mich mit dem Körper gegen das dunkle Holz. Mit einem Ruck flog die Tür auf, und ich stolperte in den Flur. Hier musste definitiv einiges repariert werden, so viel war schon mal sicher.

Es dauerte einen Moment, bis meine Augen sich an das schummrige Licht im Inneren des Cottage gewöhnt hatten. Ich ließ meinen Blick durch den Flur und das anliegende Wohnzimmer gleiten. Alles war so, wie ich es in Erinnerung hatte. Die Möbel, die Vorhänge, die Teppiche. Eine feine Staubschicht hatte sich darübergelegt und tauchte alles in ein trauriges Grau. Die Vorhänge wirkten zerschlissen, und die Luft in dem kleinen Raum war muffig. Ich ging zum Fenster und riss es auf. Dabei war ein unschönes Geräusch zu hören, und Sekunden später hielt ich den Fenstergriff in der Hand.

Ich runzelte die Stirn. Gramps hatte recht gehabt – wie immer. Auf mich wartete eine Menge Arbeit.

»Du willst tatsächlich nach Holmbury ziehen?« Gary sah mich an, als würden auf meinem Kopf grüne Männchen Samba tanzen.

»Yep. Genau das ist der Plan. Ich war heute da und habe mir alles in Ruhe angeschaut. Die Substanz des Cottage ist gut. Allerdings ist die Elektrik völlig veraltet und muss erneuert werden. Außerdem müssen die Fenster ausgetauscht werden. Ich habe versucht, sie zu öffnen, und hatte stattdessen den Griff in der Hand.« Ich verzog das Gesicht. »Das Dach hingegen sieht gut aus, die Fassade ebenso. Ein paar Risse, aber nichts, was man nicht reparieren könnte. Die Einrichtung dagegen ist ein ganz anderes Thema. Die Wände müssen neu gestrichen und der Boden geschliffen werden. Aber mit ein paar neuen Möbel könnte es ganz nett werden.« Ich nahm einen Schluck aus der Flasche.

»Klingt nach ’ner Menge Arbeit, wenn du mich fragst.« Gary legte den Kopf leicht schräg und musterte mich. »Willst du dir das wirklich antun?«

»Nach dem Treffen mit Clarissa ist mir klar geworden, dass ich einen Cut brauche. Ich muss raus aus London. Es erinnert mich alles an sie – selbst hier.« Ich deutete auf die Ecke, wo der Billardtisch stand. »Da haben wir uns das erste Mal geküsst.«

»Oh Mann, du musst diese Frau endlich vergessen.«

»Genau, und deshalb ziehe ich nach Holmbury. Ich brauche den Abstand von meinem Leben hier. Ich brauche den Frieden, damit ich wieder schreiben kann.«

»Immer noch nichts?«

Ich schüttelte den Kopf. »Kein Wort. Gestern habe ich eine halbe Seite geschrieben und alles wieder gelöscht.«

»Das tut mir echt leid, Alter.«

»Ja, mir auch. Abgabetermin ist in zwei Monaten, und ich habe keine Ahnung, wie ich das schaffen soll.« Der Verlag hatte mir bereits einen saftigen Vorschuss ausgezahlt, mit dem ich die Renovierungsarbeiten bezahlen wollte.

»Du kriegst das schon hin.«

»Hoffentlich«, erwiderte ich düster. Der Druck, der auf mir lastete, wurde mit jedem Tag größer.

Zwei Frauen betraten den Pub. Mit langen Schritten gingen sie an uns vorbei. Gary folgte ihnen mit seinen Blicken.

»Hey, du bist jetzt ein verheirateter Mann.« Ich deutete auf den goldenen Ring an seinem Finger.

»Stimmt, aber deshalb bin ich nicht plötzlich blind. Die kleine Blonde sieht absolut hammermäßig aus. Hast du den Hintern gesehen?« Gary schnalzte mit der Zunge. »Perfekt.«

Ich schüttelte den Kopf. »Du bist wirklich unverbesserlich.«

Er hob sein Glas. »Auf deinen Neuanfang.«

Ich lächelte. »Auf den Neuanfang.«

Das Handy brummte in meiner Hosentasche. Ich zog es umständlich hervor, gab Gary ein kurzes Zeichen und stand auf. »Hi, Sukie. Das war Gedankenübertragung. Ich habe gerade an dich gedacht.«

»Hunter! Ich warte seit fast einer Woche darauf, dass du mich zurückrufst. Was ist los mit dir?«, polterte sie gewohnt direkt los. Wir arbeiteten seit Beginn meiner Karriere als Schriftsteller zusammen. Sukie hatte mein erstes Manuskript gelesen und war von der ersten Minute an begeistert davon gewesen. Ihr hatte ich es zu verdanken, dass das Buch ein Erfolg geworden war.

»Entschuldige bitte, aber ich war ziemlich beschäftigt«, versuchte ich, sie zu beschwichtigen.

»Hoffentlich mit Schreiben. Ich habe noch kein Wort von deinem neuen Buch zu Gesicht bekommen. Wie weit bist du? Wann kann ich es lesen?«

»Gib mir noch ein bisschen Zeit. Ich möchte, dass du es erst liest, wenn ich fertig bin.«

»Aber ich habe alle deine Bücher gelesen, als sie noch nicht fertig waren.« Misstrauen schwang in ihrer Stimme mit. »Du hast doch schon angefangen, oder?«

»Natürlich«, log ich.

»Gut. Ich habe mir Sorgen gemacht nach deinem letzten Besuch in meinem Büro. Du hast so depressiv ausgesehen, dass ich schon befürchtet habe, du könntest eine Schreibblockade haben.«

Ich zuckte bei dem letzten Satz zusammen, weil Sukie wie immer den Nagel auf den Kopf getroffen hatte. Sie war eine Frau mit einem scharfen Verstand, einem guten Geschäftssinn, gepaart mit einem gewissen Biss, den man in der Branche brauchte, um sich gegen die Konkurrenz durchzusetzen.

»Nein, ich hatte nur wahnsinnig viel um die Ohren«, flüchtete ich mich in Ausreden. Wobei es ja eigentlich nicht ganz gelogen war. Irgendwie waren Tage verstrichen, ohne dass ich etwas geschrieben hatte. »Die Trennung. Mein Umzug.«

»Umzug?«

»Ja, ich ziehe Ende des Monats nach Holmbury.«

»Holmbury? Noch nie gehört.«

»Das liegt in der Grafschaft Surrey. Circa eineinhalb Stunden von London entfernt«, teilte ich ihr freudig mit.

Eine kurze Pause entstand, was in Sukies Fall äußerst selten war. »Was in Gottes Namen willst du denn da?«

»Leben. Schreiben.« Ich erzählte ihr von dem Cottage meiner Großeltern und von meinen Plänen.

»Ich fasse es nicht! Hunter Reed zieht aufs Land. Die Presse wird es lieben.«

»Bitte nicht die Presse einschalten. Ich möchte nicht, dass die Öffentlichkeit erfährt, wo ich wohne.«

»Seit wann kümmert es dich, was die anderen denken?«

»Tut es nicht, aber ich möchte vermeiden, dass ich einen Sonderstatus bekomme. Holmbury ist ein winziges Dorf. Ich möchte, dass die Anwohner mich als das sehen, was ich bin – einer von ihnen. Ich bin dort aufgewachsen, bis ich zwölf war.«

»Das hast du mir nie erzählt.«

»Weil es keine Rolle spielt.«

»Mhm. Holmbury also.«

»Ja. Ich war gestern dort und habe mir alles angeschaut. Es gibt viel zu tun, deshalb wäre es schön, wenn du mir den Verlag vom Leib halten und einen Aufschub aushandeln könntest.«

»Ich kann es versuchen«, sagte sie zögerlich.

»Das wäre prima.« Ich lächelte. Auf Sukie war Verlass.

»Kann ich dir sonst irgendwie behilflich sein?«

»Du kennst nicht zufällig einen Innenarchitekten?«

»Zufällig ja«, kam es wie aus der Pistole geschossen. »Eine Freundin von mir hat sich ein Apartment gekauft und umgestalten lassen. Sie und ihr Mann waren total begeistert von der Arbeit dieser Frau. Der Preis muss auch akzeptabel gewesen sein. Wenn du willst, frage ich Maria nach der E-Mail-Adresse.«

»Das wäre großartig.«

Im Hintergrund war leises Tippen zu hören. Wie ich Sukie kannte, war sie gerade dabei, ihrer Freundin zu schreiben.

»Geht es dir sonst gut?«, fragte sie.

»Ja. Bis auf die Tatsache, dass mein Ego ziemlich angekratzt ist und ich keiner Frau mehr traue«, antwortete ich aufrichtig. Es hatte keinen Sinn, Sukie etwas vorzuspielen. Sie kannte mich gut genug, um zu wissen, dass die Trennung von Clarissa für mich eine Katastrophe bedeutet hatte.

»Ah, Maria hat geantwortet. Sie sagt, sie ist begeistert und würde für die Arbeit dieser Frau die Hand ins Feuer legen. Ich leite dir die Kontaktdaten weiter.«

Im selben Moment brummte mein Handy, und die Informationen der Innenarchitektin tauchte auf meinem Display auf.

»Danke, ist angekommen.«

Lautes Lachen ertönte im hinteren Teil der Bar.

»Wo habe ich dich denn erwischt?«, fragte Sukie prompt.

»Ich bin gerade mit einem Freund unterwegs, der vor zwei Wochen geheiratet hat.«

»Gut, dann lasse ich dich in Frieden. Ich setze mich gleich morgen mit dem Verlag in Verbindung und gebe dir Rückmeldung. Ich kann dir gleich sagen, dass sie nicht begeistert sein werden, aber ich kriege das schon hin. Du bist schließlich einer ihrer Star-Autoren.«

Ich seufzte. Der Druck, der auf mir lastete, hatte sich gerade noch einmal erhöht. »Alles klar.« Mein Blick wanderte zu Gary, der geduldig auf seinem Platz wartete.

»Ich melde mich«, verabschiedete Sukie sich.

»Bis bald.«

Ich warf einen Blick auf das Display. *Katherine Greenwood. Innenarchitektin*. Ich würde sie gleich morgen Früh anrufen.

12

Katie

Ich nahm die Blumen aus der Vase und schmiss sie in den Mülleimer. Normalerweise liebte ich den Duft von Lilien – schließlich waren es meine Lieblingsblumen –, aber seit meiner Schwangerschaft war ich extrem empfindlich auf Gerüche geworden. Es war, als ob jemand einen Geruchsverstärker bei mir eingelegt hätte. Plötzlich nahm ich die Düfte meiner Umwelt viel intensiver und leider auch störend wahr. Erst heute Morgen hatte ich mein heiß geliebtes Duschgel von Biotherm entsorgt, da es wie Klostein gerochen hatte. Selbst mein morgendlicher Kaffee war seit meinem Besuch im *Heaven's Place* auf die schwarze Liste gerutscht und aus meiner Küche verbannt worden. Allerdings fragte ich mich jetzt, wie ich den Tag ohne Koffein überstehen sollte. Denn zur morgendlichen Übelkeit hatte sich eine Müdigkeit gesellt, die ich nun nicht mehr bekämpfen konnte. Ich fühlte mich wie ein Junkie auf Entzug.

Missmutig schleppte ich mich in die kleine Büroküche und setzte heißes Wasser auf, um mir einen Tee zu machen. Heute Mittag hatte ich einen Termin bei meinem Frauenarzt. Hallie hatte darauf bestanden mitzukommen und würde mich abholen.

Das Handy klingelte. Eine unbekannte Nummer. »Hallo. Sie sprechen mit Katherine Greenwood.«

»Hallo, Ms Greenwood. Mein Name ist Hunter Reed. Ich rufe auf die Empfehlung einer Freundin an«, meldete sich eine sympathische Männerstimme.

»Das freut mich zu hören. Wie kann ich Ihnen behilflich sein?«

Leises Räuspern war zu hören. »Ich habe ein altes Cottage in Surrey geerbt, in das ich ziehen möchte. In dem alten Haus wurde schon lange nichts mehr gemacht, und ich bräuchte professionelle Hilfe, was die Inneneinrichtung anbelangt.«

Ich überlegte einen kurzen Moment. Normalerweise arbeitete ich fast ausschließlich für Kunden in London City, wobei der Gedanke, ein altes Cottage auszugestalten, durchaus reizvoll war. »Mhm. Sie sagten Surrey. Wo genau?«

»Holmbury St Mary. Ungefähr eineinhalb Stunden von London entfernt.« Das bedeutete, dass ich den ganzen Tag verlieren würde, wenn ich das Objekt vor Ort betreuen wollte. »Geld ist kein Problem«, schob Mr Reed hinterher. Wahrscheinlich hoffte er, mich damit zu überreden. Womit er nicht ganz falschlag. Nicht, dass Geld eine ausschließliche Rolle bei der Auswahl meiner Objekte spielte, aber jetzt, wo das Baby unterwegs war, war ich diesbezüglich wählerischer geworden.

»Wann soll das Cottage denn fertig sein?«, hakte ich nach.

»So schnell wie möglich. Meine Wohnungssituation im Moment ist nicht gerade das, was man als ideal bezeichnen würde.« Eine gewisse Traurigkeit schwang in seiner Stimme mit. »Wissen Sie, ich bin Schriftsteller und brauche eine ruhige Umgebung.«

»Schriftsteller!« Meine Augenbraue schnellte nach oben. »Wie interessant.«

»Wie man es nimmt«, sagte er bescheiden. »Eigentlich ist meine Arbeit eher langweilig. Ich sitze den ganzen Tag am Laptop und schreibe vor mich hin. Schriftsteller zu sein, ist ein einsames Geschäft.«

»Von dieser Seite habe ich den Beruf noch nie betrachtet.«

»Das geht den meisten Leuten so. Nicht, dass Sie mich falsch verstehen. Ich liebe meinen Beruf, aber er ist lange nicht so spektakulär, wie die meisten denken.« Seine Stimme lächelte.

Im Geiste ging ich die Bücher durch, die ich in den letzten Wochen gelesen hatte. Ein Hunter Reed war nicht unter ihnen. Trotzdem war mir der Mann mit seiner offenen Art auf Anhieb sympathisch. »Ich könnte Ihnen anbieten, dass ich mir das Cottage anschaue und Ihnen einen Kostenvoranschlag mache.«

»Das klingt fair«, sagte er erfreut. »Würde Ihnen morgen passen?«

»Morgen schon?« Ich warf einen Blick auf meinen Planer, der aufgeschlagen vor mir auf dem Tisch lag. »Sie haben Glück. Morgen sieht gut aus.«

»Prima, dann erwarte ich Sie.« Er nannte mir Uhrzeit und Adresse. »Wundern Sie sich nicht: Das Cottage liegt etwas abseits. Wenn Sie das Gefühl haben, Sie hätten sich verfahren, dann sind Sie richtig. Soll ich Ihnen eine Wegbeschreibung zukommen lassen?«

»Nicht nötig. Ich habe ein Navi im Auto, und im Zweifel frage ich mich durch. Sie können sich darauf verlassen, dass ich pünktlich sein werde.«

»Ganz wie Sie wollen.« Er klang belustigt. »Ich hätte Ihnen wirklich gerne einen Plan zukommen lassen.«

»Glauben Sie mir, ich komme klar.«

»Gut, dann bis morgen.«

»Und, wie fühlst du dich?« Hallie sah mich fragend an, während wir im Fahrstuhl zu meiner Frauenarztpraxis hochfuhren.

»Ziemlich aufgeregt«, gestand ich ihr. Heute würde ich mein Baby das erste Mal auf dem Ultraschall zu Gesicht bekommen.

»Kein Wunder. Das wäre ich auch. Schließlich erfährst du heute, ob dieser Leo wirklich die Wahrheit bei der Samenbank erzählt hat.«

Ich blieb abrupt stehen. »Wie meinst du das?«

»Na ja. Vielleicht hat er gelogen und in seiner Familie gibt es Kinder mit sechs Zehen oder einem Herzfehler oder so.«

»Das ist doch nicht dein Ernst?« Ich tippte wütend mit dem Fuß auf den Linoleumboden.

»Wieso?«

»Bis eben war ich noch einigermaßen entspannt. Jetzt scheiße ich mir in die Hose vor Angst.«

»Entschuldige, so war es nicht gemeint«, antwortete Hallie kleinlaut. »Aber ich meine, so ganz unrecht habe ich nicht. Das musst selbst du zugeben.«

»Mag sein, aber das sagt man trotzdem nicht.« Ich holte tief Luft. »Ich vertraue den Leuten von der Samenbank und Leo. Welchen Vorteil hätte er, wenn er lügen würde?« Wir hatten die Praxis erreicht.

»Stimmt, war auch nur so ein Gedanke«, verteidigte Hallie sich. »Du kennst mich doch. Ich meine es auf keinen Fall böse.«

»Bitte tu mir einen Gefallen und behalte Gedanken dieser Art in Zukunft für dich.«

Hallie tippte sich mit dem Zeigefinger gegen die Stirn. »Wird gemacht, Boss.«

»Gut, dann können wir ja jetzt da rein. Und benimm dich.« Ich schielte hinter ihren Rücken. »Keine Räucherstäbchen oder tantrische Musik. Versprochen?«

»Versprochen. Wobei der Duft von Vanille durchaus entspannend wirken kann.« Sie grinste schief.

»Bloß nicht, davon wird mir schlecht.«

Wir traten ein. Die Sprechstundenhilfe saß regungslos hinter einer Glasscheibe am Empfangstresen und hatte den Kopf gesenkt. Vielleicht schlief sie ja. Jedenfalls bewegte sie sich keinen Millimeter, als ich vor die Scheibe trat.

»Guten Tag.« Immer noch keine Reaktion. Ich ging auf die Zehenspitzen, in der Hoffnung, zu erkennen, was die Frau tat. Wie es aussah, starrte sie angestrengt auf die Tastatur ihres PCs. Vielleicht eine spontane Lähmung?

»Mein Name ist Katherine Greenwood«, startete ich einen Versuch, die Frau wieder zu Leben zu erwecken. Mit Erfolg, denn ihr Kopf kam mit einem Ruck hoch.

»Greenwood. Die mit der verrückten Schwester.« Ihre grauen Augen musterten mich. Als sie Hallie hinter mir entdeckte, zuckte sie zusammen.

»Ja, genau die«, erwiderte ich grinsend. Mit ihrer Nummer hatte Hallie einen bleibenden Eindruck hinterlassen. Nicht nur bei mir.

»Der Doktor ist gleich bei Ihnen«, fuhr die Frau mit geschäftsmäßigem Ton fort. »Bitte nehmen Sie doch solange Platz.« Sie wies auf eine Stuhlreihe etwas abseits von den anderen Wartenden. Wahrscheinlich hatte sie Angst, wir könnten die anderen Patientinnen vergraulen.

Artig nahmen Hallie und ich Platz. Ich nutzte die Wartezeit, um mich ein wenig umzusehen. Drei der wartenden Frauen waren ebenfalls schwanger und trugen stolz ihre runden Bäuche vor sich her.

»Die da drüben sieht aus, als ob sie gleich platzt«, flüsterte Hallie mir ins Ohr und deutete dabei unauffällig auf eine zierliche Blonde, die tatsächlich einen beeindruckenden Bauch vor sich herschob.

Im Stillen schickte ich ein Stoßgebet zum Himmel, dass ich nicht derart aufgebläht aussehen würde.

»Ms Greenwood.« Dr. Stevens stand plötzlich vor uns. Sein Blick fiel auf Hallie. »Und die andere Ms Greenwood.«

»Hallo, Dr. Stevens.« Freudig stand ich auf. Hallie folgte meinem Beispiel.

»Darf ich Sie bitten, mir zu folgen?« Er führte uns in einen Untersuchungsraum. »Bitte machen Sie sich frei und legen sich auf den Stuhl. Ich bin gleich bei Ihnen.« Sein Blick fiel auf Hallie. »Warten Sie bitte kurz hier. Ich rufe Sie gleich.«

Ich huschte hinter den Vorhang und entledigte mich meiner Klamotten. Nur in Shirt bekleidet nahm ich auf dem Stuhl Platz. Dr. Stevens legte eine Art Vorhang über meinen entblößten Unterleib, wofür ich ihm sehr dankbar war. Hallie stand noch immer außerhalb meiner Sichtweite.

»Ms Greenwood. Sie können jetzt kommen.« Sofort war Hallie bei uns. »Bitte nehmen Sie dort Platz.« Er deutete auf den Stuhl am Kopfende. »Wie geht es Ihnen?«, fragte er, während er etwas in den Computer tippte.

»Gut«, erwiderte Hallie, ehe ich etwas antworten konnte.

»Ich meinte Ihre Schwester. Oder sind Sie auch schwanger?« Er sah Hallie lächelnd über seine Brille hinweg an.

»Ähm, nein. Ich bin wegen Katie hier.«

»Gut, dann würde ich vorschlagen, Sie lassen Ihre Schwester antworten.« Wieder dieses liebenswürdige Lächeln.

Hallie sah mich schuldbewusst an. »Natürlich.«

»Haben Sie Beschwerden? Übelkeit? Erschöpfung?« Dr. Stevens griff nach einer weißen Flasche und schüttelte sie.

»Ich muss mich jeden Morgen übergeben, und spätestens zum Mittagessen bin ich total erledigt.« Gestern hatte ich mich dabei erwischt, wie ich darüber nachgedacht hatte, mich für ein Schläfchen hinzulegen. Etwas, das in den letzten fünfundzwanzig Jahren nicht mehr passiert war.

»Das ist völlig normal.« Er drückte einen Knopf an dem Ultraschallgerät, woraufhin ein leises Summen zu hören war. »Schwangere brauchen viel Ruhe …«, sein Blick fiel auf Hallie, die unschuldig lächelte, »und sollten sich in den ersten Monaten schonen.« Er drehte sich mit dem Stuhl zu mir. »Na, dann wollen wir mal schauen, ob alles so verlaufen ist, wie wir hoffen.« Er nahm einen Stab zur Hand, der aussah wie ein übergroßer Dildo, und schob eine Art Kondom darüber. »Sind Sie bereit?«

Ich verzichtete darauf zu antworten und nickte stattdessen. Hallie gluckste leise. Ich warf ihr einen bösen Blick zu.

Dr. Stevens' Kopf verschwand zwischen meinen Beinen.

»Achtung, jetzt wird es kalt«, ertönte es unter dem Tuch, und sogleich spürte ich, wie etwas Kühles in mich hineinglitt.

Zeitgleich tauchte auf dem Bildschirm des Ultraschallgerätes ein Bild auf. Ein wilder Mix aus Grau und schwarzen Punkten, wie bei einem Sendeausfall im Fernseher. Dr. Stevens war in der Zwischenzeit wieder aufgetaucht und starrte mit ernstem Gesicht auf den Monitor, während er mit dem Dildo in mir herumrührte.

»Ist alles okay?«, fragte ich zaghaft nach.

Der Arzt gab einige Grunzlaute von sich, sagte jedoch kein Wort. Angst kroch langsam meinen Hals hoch. Hallie legte mir ihre Hand auf die Schulter und drückte aufmunternd zu. Ich starrte mit zusammengekniffenen Augen auf den Monitor, in der Hoffnung, irgendetwas zu erkennen.

»Ahhh, was für ein schönes Bild.« Dr. Stevens' Augen strahlten. »Da ist der kleine Racker.«

»Ein Junge«, riefen Hallie und ich wie aus einem Munde.

»Keine Ahnung. Das kann man in diesem frühen Stadium noch nicht erkennen. Ich nenne alle meine Babys so.«

»Ach.« Etwas enttäuscht sackte ich wieder in mir zusammen.

Dr. Stevens tippte etwas in den Computer ein. Dabei stieß er zufriedene Laute aus. Unbewusst hielt ich den Atem an. Alles, was ich erkennen konnte, war ein weißer fetter Krümel in einer Blase.

»Also.« Er sah zu uns rüber. »Das hier ist die Gebärmutter.« Er fuhr mit einem roten Punkt auf besagte Stelle auf dem Bildschirm. »Hier sehen wir die Plazenta, und das hier«, der rote Punkt landete auf dem weißen Punkt, den ich zuvor entdeckt hatte, »das ist der Fötus. So weit ist alles zeitgemäß entwickelt.«

Mein Puls schnellte in die Höhe. Das weiße Pünktchen dort war mein Baby. Fasziniert schaute ich auf das Bild und versuchte, nicht zu blinzeln, um nichts zu verpassen. Mein Baby. Im Raum war es sehr still.

Dr. Stevens veränderte die Position des Dildos, und plötzlich war der Klumpen besser zu sehen. Etwas pulsierte. »Und hier können Sie das kleine Herz Ihres Babys schon schlagen sehen.«

Tränen drängten sich in meine Augen, zusammen mit einem unbändigen Glücksgefühl.

»Das Herz«, sagte Hallie hinter mir mit gebrochener Stimme. »Oh mein Gott.«

»Kann man es auch hören?«

»Dafür ist es noch zu früh«, erwiderte Dr. Stevens lächelnd. »Wenn Sie das nächste Mal kommen, kann man schon die Arme und Beine erkennen und das Herz schlagen hören.«

Ich starrte noch immer wie gebannt auf den kleinen schlagenden Punkt. *Mein Baby!*, traf es mich wie ein Schlag. Ich wurde Mutter. Bisher war der Gedanke irgendwie abstrakt gewesen, aber jetzt, wo ich das pulsierende Herzchen vor mir sah, wurde ich von Muttergefühlen überwältigt. Eine Träne kullerte über meine Wange.

Dr. Stevens schenkte mir ein Lächeln. »Ich mache Ihnen ein schönes Foto.« Er drückte auf einen Knopf. »Dann haben Sie eine Erinnerung an den Moment, als Sie Ihr Baby das erste Mal gesehen haben.«

»Danke«, hauchte ich ergriffen.

»Ich werde Tante.« Hallie schüttelte ungläubig den Kopf. Wie es aussah, war ich nicht die Einzige, die die Erkenntnis wie ein Blitz getroffen hatte. Ich drehte mich zu Hallie, die aussah, als hätte sie eine Erscheinung gehabt.

Ich drückte ihre Hand. »Ich bekomme ein Baby.«

»Du bekommst ein Baby.« Sie beugte sich zu mir und gab mir einen Kuss. »Herzlichen Glückwunsch, Mummy.«

»Normalerweise würde ich sagen, darauf müssen wir einen Sekt trinken.« Hallie hakte sich bei mir unter. Wir gingen die Portobello Road entlang. Obwohl die Feriensaison schon längst vorbei war, tummelten sich noch immer eine Menge Touristen auf den Straßen, um die bunten Auslagen in den Schaufenstern zu bewundern. »Aber in diesem Fall würde ich dich auf einen Kaffee einladen.«

»Das ist lieb von dir, aber ich muss zurück ins Büro. Ich habe noch viel zu tun.«

»Ein neues Projekt?« Hallie sah mich fragend an. Eine Gruppe lachender Teenager in Schuluniformen kam mit direktem Kurs auf uns zu. Erst in letzter Sekunde wichen die Jugendlichen aus.

»Hey, passt doch auf! Meine Schwester ist schwanger«, pöbelte Hallie ihnen lachend hinterher.

»Hey, nicht so laut. Ich will nicht, dass jemand von meiner Schwangerschaft weiß. Jedenfalls jetzt noch nicht!«

»Ach, komm schon. Als ob das irgendjemanden hier interessiert!« Hallie deutete auf die unbeteiligten Gesichter der Umstehenden.

Ich seufzte. »Wahrscheinlich nicht. Trotzdem würde ich es gerne noch eine Weile für mich behalten.«

Hallie fuhr mit den Fingern über ihren Mund. »Meine Lippen sind versiegelt.«

»Danke.«

»Aber noch mal zurück zu deinem neuen Projekt. Ist es wenigstens was Interessantes?«

»Lustig, dass du das fragst. Ein Schriftsteller hat mich beauftragt, sein Cottage in Surrey neu auszustatten.«

Sie legte ihre Stirn in Falten. »Surrey? Ist das nicht außerhalb deines normalen Wirkungskreises?«

»Ja, eigentlich schon. Aber ich habe noch nie ein Cottage ausgestattet, und die Aufgabe klingt absolut verlockend«, gab ich zu. »Allerdings habe ich keine Ahnung, wie es aussieht.«

»Du hast gesagt, der Typ ist Schriftsteller. Wie genau lautet sein Name?«

»Hunter Reed.«

Hallie legte den Kopf leicht schräg. »Hunter Reed … Noch nie von dem gehört.«

Sie war eine absolute Buchliebhaberin und las so ziemlich alles, was ihr zwischen die Finger kam. Wenn Hallie ihn nicht kannte, dann musste der Typ ein ziemlich unbeschriebenes Blatt sein.

»Macht ja nichts. Hauptsache, er kann mich bezahlen«, entgegnete ich.

Hallie grinste breit. »Du bist immer so herrlich pragmatisch.«

»Der Mensch muss schließlich leben, und jetzt, wo der Krümel in mir wächst, muss ich an meine Zukunft denken.« Instinktiv legte ich eine Hand auf meinen flachen Bauch, wenn man mal von der kleinen Speckrolle absah. »Ich bin jedenfalls gespannt, was für ein Typ dieser Hunter Reed ist. Am Telefon klang er ziemlich sympathisch.«

»Sympathisch. Vielleicht sieht er ja auch noch gut aus.« Sie zwinkerte mir zu.

»Hey, ich bin schwanger. Männer sind für mich tabu.«

»Warte es ab!« Hallie öffnete die Tür zu meinem Büro. »Man weiß nie, was das Schicksal so für einen bereithält.«

»Du klingst wie ein billiges Orakel.«

»Danke. Wir werden ja sehen, was passiert.« Mit diesen Worten verschwand sie durch die Tür.

13

Katie

Der Toyota fuhr langsam den sanften Hügel hoch. Aus dem Radio dudelte ein alter Sommerhit. Bisher war ich problemlos durchgekommen.

Rechts der Landstraße breitete sich ein Feld bis zum Horizont aus. Eine Gruppe Schafe stand darauf und graste. Mit den weißen Fellen sahen sie aus wie Wattebäusche, die jemand versehentlich dort platziert hatte. Hüfthohe Trockensteinmauern liefen durch das Gelände und zerteilten die Landschaft, sodass sie wie ein Labyrinth aussah. Eine Hütte stand zerfallen inmitten der Felder. Über allem spannte sich ein strahlend blauer Himmel.

In der letzten Viertelstunde war ich keinem Auto mehr begegnet. Die Straße machte eine leichte Biegung, und mit ihr kam ein abrupter Wechsel der Umgebung. Eine dichte Hecke aus Sträuchern und Bäumen, deren Äste sich über dem Dach des Autos berührten und das Licht aussperrten, begrenzte die Straße. Ich kam mir vor, als würde ich durch einen grünen Tunnel fahren. Ich verlangsamte meine Fahrt. Urplötzlich brach die Hecke ab, und ich fuhr geradewegs auf eine Kreuzung zu, wo sich die Straße in zwei einspurige Wege teilte. Erst jetzt bemerkte ich, dass das Bild auf meinem Navigationsgerät eingefroren war und der Schriftzug *Kein Signal* darunter aufblinkte. *Mist!*

Ich reckte den Kopf in der Hoffnung, ein Schild zu entdecken, das mir den Weg zeigte. Vergeblich. Kurzentschlossen entschied ich mich für den linken Weg und setzte den Blinker. Langsam rollte der Toyota über die einspurige Straße.

Die ersten Häuser von Holmbury kamen in Sicht. Laut der Landkarte auf dem Navi musste das Holmbury St Mary sein. Neugierig reckte ich den Kopf, um einen besseren Blick zu haben. Alles wirkte sehr gepflegt. Riesige Vorgärten mit breiten Einfahrten. Die goldbraunen Fassaden leuchteten zwischen dem dichten Grün der Hecken, Bäume und Sträucher hervor. Ein paar Hundert Meter weiter stand ein herrschaftliches Haus auf einem Hügel, umrandet von einem Garten, in dem dichte Lavendelsträucher wuchsen. Daneben war ein weiteres Häuschen, dessen Mauern mit Fachwerk durchzogen waren und in dessen Vorgarten Wildblumen in allen Farben wuchsen. Ich kam mir vor, als würde ich durch die Kulisse eines Jane-Austen-Films fahren, und es hätte mich nicht gewundert, wenn jemand plötzlich »*Cut!*« gerufen hätte und das Licht ausgegangen wäre. Lediglich die Strommasten und Autos deuteten darauf hin, dass die moderne Zivilisation hier Einzug gehalten hatte.

Gemächlich fuhr ich auf der Hauptstraße weiter, um die Eindrücke der Umgebung auf mich wirken zu lassen. Eine Gruppe Fußgänger schlenderte die Straße entlang. Die Frauen trugen schwere Einkaufstüten und plauderten angeregt miteinander. Als sie mich im Auto entdeckten, sahen sie neugierig zu mir rüber. Ich schenkte ihnen ein Lächeln. Im Rückspiegel sah ich, wie sie mir aufgeregt tuschelnd hinterhersahen. Einer der Gründe, warum ich niemals aufs Land ziehen würde. Die Menschen hier waren bekannt für ihre Engstirnigkeit. Klatsch und Tratsch waren in diesen kleinen Dörfern an der Tagesordnung. Ich genoss die Anonymität der Großstadt. Ich konnte tun und lassen, was ich wollte, ohne aufzufallen. Wenn man mal von Mrs Brown von nebenan absah. Ich hatte sie schon ein paarmal erwischt, wie sie mich heimlich durch den Türspion beobachtet hatte.

Entlang der Straße gab es einen kleinen Supermarkt, ein Café und ein Restaurant. Ansonsten bestand die Ortschaft aus einer Handvoll Häusern und einem Marktplatz. Natürlich hatte ich meine Hausaufgaben gemacht und im Internet ein wenig recherchiert, aber zu meiner Verwunderung hatte ich niemanden unter dem Namen Hunter Reed gefunden. Entweder hatte Mr Reed mich angelogen, was seinen Job anbelangte, oder er hatte seine Bücher unter einem Pseudonym veröffentlicht. So gesehen war Mr Reed ein unbeschriebenes Blatt für mich. Ein Zustand, der mir ganz und gar nicht gefiel.

Ich hatte das Ende des Dorfes erreicht. Irritiert schaute ich auf mein Navigationsgerät. Noch immer war der Bildschirm eingefroren. Hier war also keine Hilfe zu erwarten. Außer einem kleinen Weg konnte ich nichts entdecken. Ich trat auf die Bremse und wendete den Wagen. Langsam fuhr ich die Straße zurück. Die Frauen standen noch immer zusammen. Als ich auf ihrer Höhe war, hielt ich an und kurbelte das Fenster runter. »Entschuldigen Sie bitte. Ich suche den Weg zu Primrose Cottage.«

Die vordere der Frauen, eine hagere Brünette, musterte mich mit hochgezogener Augenbraue. »Primrose Cottage!«

Ich nickte. »Genau.«

Die Frauen warfen sich vielsagende Blicke zu, die ich nicht zu deuten wusste.

»Sie sind aus London.« Das war keine Frage, sondern eine Feststellung.

»Ja. Können Sie mir sagen, wie ich zum Cottage komme?«

»John ist im Pflegeheim. Was wollen Sie also dort?« Die Frau verschränkte die Arme vor der Brust. Langsam kam ich mir vor wie in einem Verhör. Fehlte nur noch, dass die Frau mich aufforderte, aus dem Wagen zu steigen.

»Ich bin wegen Mr Hunter Reed hier«, erklärte ich geduldig.

Ein Raunen ging durch die Reihe der Frauen. »Hunter ist zurück?«

Ich nickte. »Deshalb bin ich hier.«

»Sind Sie sicher?«

Langsam verlor ich die Geduld. »Hören Sie, ich wurde engagiert, um das Cottage von Mr Reed umzugestalten. Es wäre also absolut reizend von Ihnen, wenn Sie mir den Weg dorthin beschreiben könnten.«

Ich verfluchte mich dafür, dass ich Hunter Reeds Wegbeschreibung abgelehnt hatte.

»Ist der alte John gestorben?« Entsetzen breitete sich auf dem Gesicht der Brünette aus. Die blonde Frau neben ihr bekreuzigte sich. *Du meine Güte, wo bin ich hier nur gelandet?*

»Das kann ich nicht sagen.« Ich trommelte ungeduldig mit den Fingern auf dem Lenkrad.

Die Frau nickte, offenbar noch damit beschäftigt, die Neuigkeit zu verdauen. Eine der Frauen wisperte der Brünetten etwas ins Ohr, dabei hatte sie den Blick auf mich gerichtet. Ich räusperte mich unbehaglich. Vielleicht war es besser, einfach weiterzufahren und mich selbst auf die Suche zu machen. Dank meines Umwegs war ich ohnehin schon spät dran. Warum war ich nur so stolz gewesen und hatte die Wegbeschreibung abgelehnt? Ich war manchmal so ein Trottel.

»Wenn Sie aus dem Dorf rausfahren, nehmen Sie die erste Abzweigung rechts«, fing die Brünette an. »Folgen Sie dem Weg bis zum Ende.« Die Frau gab den anderen ein Zeichen zum Gehen.

»Das war's?« Ich sah ihnen hinterher. Alles, was ich bekam, war ein Kopfnicken. Egal! Hauptsache, ich wusste endlich den

Weg. Ich ließ die Scheibe hochfahren und drückte auf das Gaspedal. Im Rückspiegel sah ich, wie die Frauen mir hinterhersahen. Mein Blick fiel auf die Uhr. Verdammt, ich war zu spät. Ich nahm mein Handy und wählte die Nummer von Mr Reed.

Ein langer Piepton ertönte, zeitgleich ploppte die Nachricht auf, dass ich kein Netz hatte. Frustriert ließ ich das Handy in meinen Schoß fallen. Dieses Nest lag tatsächlich außerhalb der Reichweite meines Netzanbieters. Etwas, das mir bisher noch nie passiert war.

Es dauerte keine zwei Minuten und ich hatte den Weg gefunden. Wobei die Bezeichnung ›Weg‹ übertrieben war. Eigentlich handelte es sich um einen Trampelpfad, der entlang eines Baches führte. Zugegebenermaßen sehr malerisch.

Rumms! Ein Schlagloch. Ich machte einen Satz und landete unsanft wieder auf meinem Po. Ehe ich reagieren konnte, kam bereits das zweite Schlagloch. Fluchend drosselte ich das Tempo auf Schrittgeschwindigkeit. Hatte ich mich verfahren? Ich knabberte unsicher an meiner Unterlippe.

Im selben Moment tauchte ein winziges Cottage am Ende des Weges vor mir auf. Das musste es sein! Ich fuhr bis zu der Trockensteinmauer, die das Haus weiträumig umgab. Die Jahre hatten dem Mauerwerk stark zugesetzt. Gelbe und braune Flechten überzogen die verwitterten Steine. In den Ritzen wuchs bereits Moos. Dazwischen ragten Grashalme hervor. Eine Herde Schafe stand teilnahmslos in einiger Entfernung und kaute vor sich hin. Ihre Felle waren am Bauch mit einer Schmutzschicht überzogen. Wahrscheinlich hatten sich die Tiere in einer der modrigen Wasserstellen gewälzt, die entlang des Baches zu finden waren. Rechts neben der Mauer stand ein silberner SUV mit Londoner Kennzeichen. Zweifelsohne das Auto von Mr Reed. Ich sah mich um. Von Mr Reed keine Spur. Wahrscheinlich war er im Haus.

Ich stieg aus dem Wagen. Sofort versank ich mit den Absätzen in dem weichen Untergrund. *Mist!* Ich hatte extra meine neuen Jimmy Choos angezogen, die meine Beine in dem Rock länger wirken ließen, als sie waren, und von meinen Rundungen um die Hüfte ablenkten. Fluchend betrachtete ich die braunen Dreckklumpen auf dem hellen Leder. Das fing ja gut an!

Auf Fußspitzen tapste ich unsicher über den schmalen Weg bis zu dem eisernen Eingangstürchen in der Mauer. Auf einem Schild stand kaum noch lesbar *Primrose Cottage* geschrieben. Pfingstrosen waren als Verzierung in die Ecken gemalt worden. Ich holte tief Luft, dann drückte ich die Klinke herunter. Die Tür sprang begleitet von lautem Quietschen auf. Die Absätze meiner Pumps klapperten auf den breiten Steinplatten, die zum Cottage führten. Kurz vor dem Hauseingang blieb ich stehen, um das Objekt meiner Arbeit aus der Nähe zu betrachten.

Das Dach hatte zur Mitte zulaufend eine leichte Biegung, und der Schornstein sah aus, als würde er jeden Moment zur Seite kippen. Eine Rauchsäule kräuselte sich daraus empor und stieg in den wolkenlosen Himmel. Offensichtlich hatte Mr Reed den Kamin angeworfen. Ungewöhnlich, denn es war angenehm warm draußen. Die weiße Farbe an den Fensterläden war abgeblättert. Dichte Büsche aus Pfingstrosen umgaben das Häuschen und tauchten die Umgebung in ihren süßlichen Duft. Rund um die hölzerne Eingangstür rankte ein Blauregenstrauch bis zum Dach. Ein Weg führte rund um das Haus in den hinteren Teil des Gartens. Ich entdeckte eine Bank neben dem Haus unter einem alten Apfelbaum.

Obwohl das Gebäude definitiv renovierungsbedürftig war, hatte es einen Charme, dem ich mich nicht entziehen konnte. Ich war gespannt, wie es im Inneren aussah. So wie ich Mr Reed verstanden hatte, gab es einiges zu tun.

Ich ging die wenigen Schritte bis zur Haustür. Jemand hatte ein Holzschild angebracht und mit schwungvoller Schrift *Ellen und John Reed* darauf geschrieben. Eine Klingelschnur lief an der Wand entlang. Vorsichtig zog ich daran. Nichts geschah. Auch beim zweiten Mal passierte nichts. Ich schlug mit der flachen Hand gegen die Tür. Ohne Erfolg. Hilflos sah ich mich um.

Gleich neben der Tür befand sich ein Fenster. Ich stellte mich auf die Zehenspitzen, um einen Blick in das Innere des Hauses zu erhaschen. Alles, was ich erkennen konnte, waren die Umrisse eines Tisches und Stühle. Keine Spur von Mr Reed. Etwas ratlos ging ich zurück zum Eingang. Wo steckte dieser Mr Reed?

Ich schlug erneut gegen die Tür. Diesmal deutlich kräftiger als die ersten Male. Keine Reaktion. Außer dem Summen der Bienen herrschte absolute Stille. Saß der Mann auf seinen Ohren?

Entschlossen folgte ich dem schmalen Weg um das Haus, vorbei an den alten Obstbäumen, die überall verteilt wuchsen, bis ich im hinteren Teil des Gartens stand. Überrascht blieb ich stehen. Inmitten des kniehohen Rasens stand ein Mann – ein halb nackter Mann – und hackte Holz. Er hatte mir den Rücken zugewandt, sodass er mich nicht bemerkte. Ich schluckte bei dem Anblick der feinen Muskeln, die sich über seinen Oberkörper zogen. Mit geschmeidigen Bewegungen spaltete er den Holzblock vor sich. Winzige Schweißtropfen glitzerten im Sonnenlicht auf seiner nackten Haut. Die dunkle Jeans saß perfekt auf seinen schmalen Hüften und betonte den knackigen Po. Eine Seltenheit unter Männern, wo der Po meist nahtlos in den Rücken überging. Dieses Exemplar hier konnte sich sehen lassen. Auf seinen Unterarmen blitzten die schwarzen Linien einer Tätowierung auf. Ich runzelte die Stirn. Irgendwie kamen mir die Abbildungen bekannt vor.

Genau in diesem Moment drehte sich der Mann zu mir um.

»Du!«, stieß ich zeitgleich mit dem Unbekannten hervor, der gar nicht so unbekannt war.

»Das nenne ich mal eine echte Überraschung!« Ein Grinsen breitete sich auf Hunter Reeds Gesicht aus.

»Allerdings.« In meinem Kopf herrschte absolutes Vakuum. »Was machst du denn hier?«, rutschte es mir heraus.

»Ich wohne hier«, erwiderte Hunter grinsend.

»Ja, natürlich.« Eine unangenehme Wärme breitete sich auf meinen Wangen aus. Immer wenn ich auf Hunter traf, passierte etwas, womit ich nicht gerechnet hatte.

»Dann bist du Katherine Greenwood?«

»Katie«, sagte ich schnell noch immer dabei das Zusammentreffen mit Hunter zu verdauen. Mit einem Mal hatte sich die Situation völlig geändert. Ich war hierhergekommen, um einem unbekannten Schriftsteller das Cottage seiner Großeltern aufzuhübschen, und plötzlich stand ich vor dem attraktivsten Mann, dem ich in den letzten Jahren begegnet war und von dem ich nicht angenommen hatte, dass ich ihn wiedertreffen würde.

»Du bist spät dran. Hast du den Weg nicht gefunden?«

Seinem Grinsen nach zu urteilen, wusste der Mistkerl genau, dass ich mich verfahren hatte. »Ich hatte einen Stau.«

»Wirklich?« Hunter sah aus, als würde er gleich in lautes Gelächter ausbrechen. »Das ist um diese Uhrzeit ungewöhnlich.«

»Wie ich sehe, bist du fleißig.« Ich verzichtete darauf, weiter auf meine Verspätung einzugehen.

»Entschuldige, ich habe total die Zeit vergessen. Normalerweise empfange ich fremde Frauen nicht halb nackt, aber im Haus wurde lange nicht mehr geheizt und es war kein Holz mehr da, um den Kamin anzufeuern. Ich wollte vermeiden, dass die Wände Feuchtigkeit ziehen.« Er griff nach dem Shirt, das neben ihm über einem Ast hing, und zog es sich über.

»Verstehe.« Ich grinste. »Mach dir wegen mir keine Sorgen. Ich bin schließlich schon ein großes Mädchen.«

»Und, wie gefällt es dir?« In seinen Augen spiegelte sich das Blau des Himmels.

»Gut.« Wobei ich nicht das Cottage, sondern Hunter meinte. Ich leckte mir über die Lippen. »Ziemlich einsam gelegen.«

»Ja, und genau das gefällt mir.« Er sah mich fragend an. »Hast du Lust auf einen kleinen Rundgang?«

»Deshalb bin ich schließlich hier.« Ich lächelte.

Hunter sah wirklich unglaublich aus. Nicht im klassischen Sinne. Dafür war seine Nase einen Hauch zu groß und der Mund zu breit. Aber die Kombination aus den dunkelblonden Haaren, den blauen Augen und dem Lächeln wirkte einfach umwerfend. Meine Hormone schienen der gleichen Ansicht zu sein, denn jedes Mal, wenn ich in seine Augen blickte, tanzten sie in meinem Bauch Samba.

»Gut. Dann geht es hier entlang.« Er deutete auf die Terrasse, die keine zehn Schritte von uns entfernt an das Haus gebaut worden war. Auch hier rankten sich die knorrigen Äste des Blauregens entlang der Fassade. Überall summte es von den zahlreichen Bienen, die vom Nektar der Pfingstrosen naschten, die rings um die Terrasse wuchsen und einen betörenden Duft abgaben. Die Terrasse war der perfekte Platz, um im Sommer ein Buch im Schatten der Bäume zu lesen.

»Meine Großeltern haben das Cottage 1981 gekauft, aber tatsächlich ist es viel älter«, fing Hunter mit weicher Stimme an zu erzählen. »Damals haben der hiesige Schäfer und seine Familie hier gewohnt. Laut den Überlieferungen ist das Cottage um die Jahrhundertwende errichtet worden.« Er warf mir ein Lächeln zu, mit dem er selbst Eis zum Schmelzen gebracht hätte. Sofort breitete sich ein Kribbeln in meinem ganzen Körper aus.

»Mhm. Interessant.« Ich zog mein Handy aus der Tasche. »Ist es okay für dich, wenn ich ein paar Fotos mache? Dann ist es leichter, mich an alles zu erinnern.«

»Ja, natürlich.« Ich folgte ihm. Die alten Holzdielen knarrten unter der Last unseres Gewichts, als wir zur Terrassentür gingen. »Von hier hat man einen direkten Zugang zur Küche.« Hunter machte eine galante Handbewegung. »Nach dir, bitte.«

Schon bei unserem ersten Treffen war mir seine höfliche Art aufgefallen. »Danke.«

Lächelnd trat ich ein. Dabei streifte mein Arm Hunters Oberkörper. Ich zuckte unbewusst zusammen. Hoffentlich hatte er es nicht bemerkt.

Neugierig betrat ich die Küche. Der Raum war nicht sonderlich groß. Die Möbel waren ein wilder Mix aus alt und modern. Auf eine seltsame Art wirkte alles unperfekt perfekt. Das dunkle Holz des Fachwerks verlief entlang der Decke und Wände. Gegenüber der Tür war der Kamin eingelassen, in dem trotz der warmen Jahreszeit ein Feuer munter flackerte. Davor auf dem Boden lag ein in die Jahre gekommener Teppich, der an den Kanten abgewetzt war. Gleich daneben war die Küchenzeile. An der Wand darüber befand sich ein Regal mit Küchenutensilien. Das Fenster über der Spüle war mit weißen Spitzenvorhängen verziert. Darunter auf der Ablage standen mehrere Blumentöpfe, in denen ursprünglich Kräuter ihr Zuhause gefunden hatten. Jetzt war alles vertrocknet. Den Mittelpunkt des Zimmers bildete eine Sitzecke, aus einem Tisch und vier Stühlen bestehend. Eine altmodisch anmutende Messinglampe hing von der Decke herab.

Hunter räusperte sich. »Ich weiß, die Küche muss generalüberholt werden. Aber …«

»Ich finde sie ehrlich gesagt perfekt«, murmelte ich. »Natürlich muss einiges daran getan werden, aber die alten Möbel geben dem Ganzen einen besonderen Charme.« Ich überlegte bereits, wie man die alten Möbel restaurieren konnte.

Hunter sah mich ungläubig an. »Wirklich?«

»Die hellblaue Kommode ist entzückend. Auf dem Trödelmarkt in Portobello würden die Händler ein Vermögen dafür verlangen. Ebenso für den Küchenschrank.« Ich deutete auf einen Schrank, der aussah, als würde er auseinanderfallen, wenn man ihn nur anhustete. Aber er war mit wunderschönen Holzschnitzereien versehen, wie man sie heutzutage nicht mehr fand. »Natürlich muss alles überholt werden, aber mit etwas handwerklichem Geschick und Farbe lassen sich wahre Wunder bewirken.«

»Leider habe ich weder noch«, sagte Hunter bedauernd. Ich blinzelte irritiert. »Ich bin Schriftsteller. Handwerklich bin ich eine totale Niete«, gab er unumwunden zu.

»Deshalb bin ich hier. Ich kenne einen sehr guten Restaurator, der sich auf alte Möbel spezialisiert hat. Der Spaß ist allerdings nicht ganz billig.«

Hunter sah mich mit durchdringendem Blick an. »Das spielt eine sekundäre Rolle. Meine Granny hat sehr an den Möbeln gehangen. Sie meinte immer, dass jedes Stück in diesem Haus eine Geschichte erzählt. Man müsse nur zuhören.«

Ein Lächeln huschte über mein Gesicht. »Dann sollten wir ihnen ihre Geschichte entlocken.« Hunters Augenbraue schnellte nach oben. Er sagte jedoch nichts. »Mir persönlich ist es wichtig, den Charakter eines Hauses, oder einer Wohnung, zu erhalten und zu betonen. Ich möchte die positiven Eigenschaften hervorholen und die weniger schönen verstecken«, erklärte ich. »Der Gesamteindruck muss stimmen und zu den Besitzern passen.«

»Das klingt wie in einem Werbeslogan.«

»Das ist kein Werbeslogan, sondern meine Überzeugung. Ein Grund, warum ich meinen Job so liebe.«

»Ich habe immer gedacht, dass eine Innenarchitektin eher das Moderne bevorzugen würde.« Er musterte mich interessiert.

»Prinzipiell ist das auch richtig. Aber man darf trotzdem nicht das Auge für das Wesentliche eines Objekts verlieren.«

»Jetzt verstehe ich, warum meine Agentin so begeistert von dir gesprochen hat.« Er schenkte mir ein Lächeln. Sofort machte mein Puls einen kleinen Hüpfer. Das musste definitiv aufhören. Ich war schließlich aus beruflichen Gründen hier und nicht, um zu flirten. Abrupt wandte ich mich ab.

»Wo geht es dort hin?«, lenkte ich die Unterhaltung wieder zurück auf das Wesentliche. Ich deutete auf die kleine Tür in der Seite.

»Das ist die Speisekammer.«

»Alles klar. Dann würde ich jetzt ein paar Fotos machen.«

»Bitte fühl dich wie zu Hause.« Er trat einen Schritt zur Seite.

Keine fünf Minuten später war ich fertig.

»Das untere Stockwerk besteht aus dem Wohnzimmer, der Küche und einem kleinen Gäste-WC.« Hunter führte mich in den Flur. Ich achtete darauf, ihm nicht zu nahe zu kommen. »Das Cottage ist nicht sonderlich groß«, sagte er fast entschuldigend, als wir in dem kleinen Flur standen, der quasi nahtlos in das Wohnzimmer überging. Eine schmale Steintreppe führte von dort in den oberen Stock.

Das Wohnzimmer selbst war ein fast quadratischer Raum, dessen Wände naturbelassen waren und goldbraun im Sonnenlicht schimmerten. Auch hier liefen die dunklen Balken des Fachwerks entlang der Decke und der Wände. Eine mit dunkelgrünen Plüschkissen überladene Sofaecke stand einladend vor dem Kamin. Hunter hatte hier ebenfalls ein Feuer entzündet, das eine erstaunliche Wärme abgab. Der dunkle Holzboden war mit dicken Teppichen belegt. Allein der Anblick genügte, und meine Nase kitzelte. Tränen stiegen mir in die Augen. Ich blinzelte, und ehe ich es verhindern konnte, musste ich niesen. »Hatschi!«

Leider gehörte ich nicht zu den Menschen, die still und leise einen winzigen kieksenden Laut von sich gaben. Wenn ich niesen musste, klang es eher wie ein lauter Schrei.

Hunter neben mir machte einen überraschten Satz zur Seite und sah mich mit großen Augen an.

»Tut mir leid«, stammelte ich, darum bemüht, meine Fassung wiederzuerlangen. »Ich bin allergisch gegen Hausstaubmilben.« Ein Umstand, der meine Arbeit schon so manches Mal erschwert hatte.

»Ach du Schande. Das tut mir leid.« Hunter sah mich mit mitleidigem Blick an.

Ich winkte ab. »Kein Problem.« Ich zog die Nase kraus. »Es geht schon wieder.«

Ich hatte den Satz noch nicht zu Ende gesprochen, als ich erneut niesen musste.

»Das sehe ich.« Seine Mundwinkel zuckten belustigt.

»Können wir …?« Ich deutete auf die Treppe nach oben. Vielleicht war es in den anderen Zimmern nicht so schlimm.

»Natürlich.« Hunter ging vor, und ich folgte ihm dichtauf. Von seinem Körper ging eine unglaubliche Wärme aus. Es war, als ob er einen eingebauten Ofen mit sich trug. Wie machte der Mann das?

Wir hatten das Treppenende erreicht. Der Flur war gerade so groß, dass zwei Menschen nebeneinanderstehen konnten. Die Decke war niedriger als eine gewöhnliche Deckenhöhe.

»Das ist das Schlafzimmer.« Er führte mich in den ersten Raum und bückte sich, als wir durch die niedrige Tür traten.

Das Zimmer war so groß wie die Küche. An den Wänden verliefen Regale, die prall gefüllt mit Büchern waren. Rechts vom

Bett war ein Kamin in die Wand eingelassen. Zur Sicherheit hatte man ein Eisengitter davor aufgestellt, um eventuell fliegende Funken aufzuhalten. Das weiße Bettgestell wies etliche Stellen auf, an denen die Farbe abgeplatzt war und das Metall zum Vorschein kam. Die Matratze selbst war mit einem altmodischen Plaid überzogen. Am Kopfende stapelten sich Samtkissen. Vor dem Bett war eine kleine Bank aufgebaut worden, auf der man sich setzen und bequem seine Socken anziehen konnte. Jetzt lag dort ein nagelneuer Rimowa-Koffer. Der Kleiderschrank war aus dunklem Eichenholz. Den Boden rund um das Bett hatte man mit dicken Schafsfellen ausgelegt. Der Raum wies lediglich ein winziges Fenster auf, das nur wenig Licht nach innen ließ. Dementsprechend schummrig war es.

Ich sah nach oben, wo die weißen Dachbalken spitz zuliefen. Vielleicht gab es eine Möglichkeit, dort ein Fenster einzubauen. Dann könnte man vom Bett aus den Sternenhimmel betrachten. Ich lächelte leise in mich hinein. Meine Ideen würde ich Hunter erst später mitteilen. Erst wollte ich das ganze Cottage in Ruhe gesehen haben. Ich machte einige Bilder vom Dach und von dem Raum. Hunter stand die ganze Zeit still in der Ecke und beobachtete mich aufmerksam.

»Gibt es eigentlich einen Bauplan?« Er schüttelte den Kopf. »Dachte ich mir.« Ich zog das Vermessungsgerät aus der Tasche.

Hunter pfiff anerkennend. »Wie mir scheint, bist du mit allen Mitteln ausgestattet.«

Ich zuckte mit den Schultern. »Als Frau lernt man schon früh, dass es besser ist, sich nicht auf Männer zu verlassen.«

Ich richtete den roten Punkt des Lasers auf die Wand. Hunter sah mich mit einem eigenartigen Gesichtsausdruck an. Eine Mischung aus Verwunderung und Respekt. Aber sicher war ich mir nicht.

Ich notierte die Maße. Anschließend steckte ich das Gerät wieder in die Tasche. »Fertig.«

Hunter nickte. »Da hinten ist das Bad. Leider ist es ziemlich klein, aber für meine Zwecke reicht es.«

Er stieß die weiße Tür auf. Der Anblick, der sich mir bot, verschlug mir den Atem. Zur einen Seite des Zimmers fiel das weiße Dach schräg ab. Die gegenüberliegende Wand hatte eine normale Zimmerhöhe. Geradeaus war ein Fenster in die Wand eingelassen. Darunter stand eine geschwungene Messingbadewanne, wie man sie heutzutage nur noch in Völkerkundemuseen fand.

»Ist die süß.« Begeistert strich ich mit der Hand über den Badewannenrand. Der Korpus der Wanne stand auf goldenen Löwenfüßen. Am Fußende war ein Tablett mit Badeutensilien darauf angebracht, sodass man im Liegen bequem darauf zurückgreifen konnte.

»Süß ja, aber leider zu klein«, sagte Hunter bedauernd.

Ich nickte. Die Wanne bot gerade so viel Platz, dass ein Kind bequem darin baden konnte. Bei einem Mann von Hunters Körpergröße hingen die Beine draußen. Ich gluckste leise bei dem Gedanken. Hier bestand definitiv Verbesserungsbedarf. Ich ließ meinen Blick weiter durch den Raum gleiten, konnte jedoch keine Dusche entdecken.

Das Waschbecken war ebenfalls klein, und im Porzellan waren Sprünge zu erkennen. Auch dieses Zimmer wurde durch einen Kamin beheizt, den man in die Ecke der Wand gequetscht hatte. Hier wartete definitiv eine Menge Arbeit auf mich. Sorgfältig nahm ich Maß und machte Fotos.

»Bleibt nur noch das Gästezimmer.« Hunter führte mich den Flur entlang bis zu dem kleinen Zimmer am Ende des Ganges.

Wie in den anderen Räumen waren die Wände naturbelassen. Das Bett war ein schlichtes Holzgestell, das man in die Schräge des Daches eingepasst hatte. Unter dem Fenster stand ein antiker Schreibtisch mit einem Stuhl, von wo man einen fantastischen Blick über die geschwungenen Hügel von Holmbury hatte.

»Das war es mit unserer kleinen Führung durch Primrose Cottage«, sagte Hunter, nachdem ich auch hier Maß genommen und alles fotografiert hatte. Seine Augen ruhten beunruhigend lange auf mir. »Brauchst du noch etwas Zeit oder hast du alles?«

»Ich habe alles, was ich brauche.« Ich vermied es, ihm direkt in die Augen zu sehen.

»Hast du Lust auf einen Kaffee? Dann können wir alles in Ruhe besprechen …« Er zögerte. »Falls du den Auftrag annimmst.«

Tatsächlich dachte ich seit meiner Ankunft an nichts anderes mehr. Es war nicht so, dass ich keine Lust hatte. Die Frage war eher, ob ich neben einem Mann wie Hunter Reed standhaft bleiben würde. Immer wenn ich ihn ansah, hatte ich das dringende Bedürfnis, ihn zu küssen. Ein Umstand, den ich auf meine blubbernden Hormone schob, die seit Beginn der Schwangerschaft außer Rand und Band waren.

Ich räusperte mich, als könnte ich so meine Gedanken verscheuchen. »Ein Tee wäre super. Ich vertrage leider keinen Kaffee.«

»Das trifft sich gut. Ich trinke auch Tee.«

»Perfekt. Die meisten meiner Bekannten trinken Kaffee. Ich komme mir manchmal vor wie eine Aussätzige. Dabei sind wir Briten doch als Teetrinker weltweit bekannt.«

Er lachte ein wunderbar warmes Lachen. »Gramps war bekennender Teeliebhaber und hat es an mich weitergegeben.«

Ich sah ihn fragend an. »Gramps?«

»Mein Großvater.« Wir gingen den kurzen Flur bis zur Treppe. Diesmal ließ er mir den Vortritt.

»Sind die beiden gestorben?«

»Mein Großvater lebt in einem Pflegeheim. Meine Großmutter ist vor drei Jahren an Krebs gestorben.« In seine Augen hatte sich eine stille Traurigkeit gelegt.

»Das tut mir leid.«

Hunter nickte. Wir hatten die Küche erreicht.

14

Hunter

»Bitte setz dich. Ich mache uns den Tee fertig«, forderte ich Katie auf, die etwas verloren im Türrahmen stand. »Ich kann dir leider sonst nichts anbieten. Ich war noch nicht im Dorf, um einzukaufen.«

»Kein Problem. Ich habe eh keinen Hunger. Ein Tee reicht mir völlig.« Katies lockige braunen Haare fielen weich über ihre Schultern. Die Nachmittagssonne schien durch das Fenster genau auf ihr Gesicht, und ihre Augen schimmerten wie flüssiger Bernstein hinter dem dichten Wimpernkranz hervor.

Zögerlich ließ sie sich auf dem Holzstuhl nieder. Ich nahm den Teekessel zur Hand und drehte den Wasserhahn auf. Es rumpelte hörbar, und ein Schwall Wasser schoss aus dem Hahn.

»Warte, ich helfe dir.« Katie war aufgesprungen und nahm zwei Becher aus dem Regal über der Spüle, wo das Frühstücksgeschirr sorgfältig aufgereiht stand, als wäre es erst gestern benutzt worden.

»Vorsicht, ich weiß nicht, wie lange die schon so stehen«, warnte ich sie angesichts der Staubschicht, die sich über die Spüle gelegt hatte.

Sie hielt die Becher unter den Wasserhahn. »Das bisschen Staub wird mich nicht umbringen.«

»Tut mir leid, aber ich bin erst heute Vormittag angekommen und wollte mich zuerst um die Feuchtigkeit kümmern.« Ich zuckte entschuldigend mit den Achseln. Bei meiner Ankunft im Cottage hatte es muffig gerochen, wie es Räumen zu eigen war, die längere Zeit nicht belüftet und geheizt worden waren. Seit Gramps' Umzug war ich nur einmal hier gewesen und hatte kaum Zeit gehabt, mich um alles zu kümmern. Jetzt ärgerte ich mich darüber.

»Kein Problem. Ich bin schließlich nicht aus Zucker.« Katie stellte die Becher auf den Tisch und nahm Platz.

Ich holte den Tee aus dem Küchenschrank. Die Dose war bestimmt zwanzig Jahre alt und an den Ecken verbeult. Vorne klebte noch das alte Schild einer bekannten Teefirma aus den Achtzigern darauf. »Da ist das gute Stück.«

Sie musterte die Dose misstrauisch. »Okay.«

Ich lächelte. »Die Dose stammt von meinem Großvater, aber nicht der Tee. Den habe ich heute Morgen frisch eingefüllt.«

»Wunderbar. Ich hatte schon ein bisschen Angst, er könnte so alt sein wie der Staub, der auf den Möbeln liegt«, gestand Katie schmunzelnd.

»Wofür hältst du mich?«, sagte ich. »Das würde ich einer schönen Frau doch niemals antun.«

Für einen winzigen Moment verhakten sich unsere Blicke ineinander. Ihre goldbraunen Augen musterten mich interessiert.

»Danke für das Kompliment, aber aus meiner Erfahrung wissen die meisten Männer noch nicht einmal, wie sie einen Tee aufsetzen, geschweige denn schauen sie auf das Verfallsdatum – außer es handelt sich um das einer Frau«, antwortete sie. Ich hatte selten eine so selbstbewusste und schlagfertige Frau getroffen.

»Damit tust du uns unrecht. Es gibt auch Männer, die kochen können und dazu noch Spaß daran haben.«

Sie zögerte einen Moment, bevor sie antwortete: »Ein solches Exemplar ist mir leider noch nicht begegnet. Kannst du kochen?«

»Ja. Meine Großmutter hat mir schon als kleiner Junge beigebracht, wie man kocht. Ich habe es geliebt, ihr dabei zuzuschauen, und irgendwann hat sie mir einen Löffel in die Hand gedrückt und mich aufgefordert, ihr zu helfen.« Bei der Erinnerung an Granny huschte ein Lächeln über mein Gesicht.

»Leider ist das immer noch nicht selbstverständlich. In meinem Bekanntenkreis sind die einzigen Männer, die kochen können, die Chefs in einem Restaurant.« Sie grinste. »Deshalb glaube ich dir kein Wort.«

»Kannst du kochen?«, ging ich zum Gegenangriff über.

»Ich würde mich nicht gerade als Meisterkoch bezeichnen, aber zum Überleben reicht es.« Ihre Mundwinkel zuckten, und um ihre Augen bildeten sich winzige Lachfältchen.

»Aber ich bin eine ziemlich gute Bäckerin.«

»Etwas, das ich überhaupt nicht kann.« Ich nahm das Teesieb aus der Kanne und legte es auf einen Teller.

»Ich habe dich gegoogelt«, gestand sie mir. Ich sah sie überrascht an. »Das mache ich immer, wenn ich einen neuen Auftrag bekomme«, fügte sie entschuldigend hinterher.

»Und was hast du gefunden?«

»Nichts. Unter dem Namen Hunter Reed gibt es keinen Schriftsteller. Gib zu, ich hatte recht mit meiner Vermutung, dass du als Stripper arbeitest.« Ihre Augen blitzten vergnügt.

Ich konnte mir ein Grinsen nicht verkneifen. »Leider muss ich dich enttäuschen, ich schreibe unter einem Pseudonym. Hunter W. Conley. Dem Mädchenname meiner Großmutter.«

»Hunter W. Conley, das klingt wie ein Hollywoodstar.«

»Nicht ganz. Eher wie ein mittelmäßiger englischer Schriftsteller.« Ich nippte an meiner Tasse.

»Ha!« Katie war aufgesprungen. »Jetzt weiß ich es.« Ihre Augen leuchteten. »*Die Geschichte der Liebenden* – richtig?«

Ich nickte. »Das Buch war mein größter Erfolg bisher.«

»Ich muss gestehen, ich habe es nicht gelesen, aber meine Schwester war total begeistert davon.«

»Dann muss ich dir wohl ein Exemplar schenken.« Es ärgerte mich, dass ausgerechnet Katie meinen Roman nicht gelesen hatte. Ich hätte gerne ihre Meinung dazu gehört.

»Ich habe im Moment ziemlich viel um die Ohren.« Sie seufzte. »Ich glaube nicht, dass ich die Zeit für ein Buch habe. Außerdem muss ich gestehen, dass ich ein absoluter Thriller-Fan bin.«

»Keine Liebesromane?«

»Nein. Ist mir alles viel zu schwülstig. Bei mir muss das Blut aus dem Buch tropfen.«

»Das macht mir jetzt ein bisschen Angst«, witzelte ich.

»Keine Sorge: Normalerweise bringe ich keine Kunden von mir um, außer sie bezahlen ihre Rechnung nicht.«

»Wie beruhigend.«

»Womit wir gleich beim Thema wären. Du wolltest mir noch erzählen, wie du dir den Umbau vorgestellt hast.« Sie war in einen geschäftsmäßigen Ton übergegangen.

Eigentlich sehr bedauerlich. Katie war seit Langem die erste Frau, mit der es Spaß machte, sich zu unterhalten. »Ehrlich gesagt habe ich keine Ahnung. Im Prinzip mag ich das alte Gebäude mit seinen schiefen Wänden und seinen Kaminen.«

»Hm. Wie ich schon sagte, bin ich auch dafür, dass man die Grundsubstanz so lässt. Ich habe ein paar Ideen, was ich gerne verändern würde. Eine Frage hätte ich noch.« Sie sah mir forschend ins Gesicht.

»Ja, schieß los.«

»Ist das Cottage für dich alleine gedacht oder gibt es eine Herzdame, die mit einziehen wird?«

Ich zuckte kaum merklich zusammen. Seit meiner Ankunft in Primrose Cottage hatte ich Clarissa erfolgreich aus meinen Gedanken verbannt. Mit einem Schlag war sie wieder da und nahm mir fast die Luft zum Atmen.

»Ich wüsste nicht, was dich das angeht«, erwiderte ich schärfer als gewollt. Im selben Moment tat es mir leid. Sie konnte schließlich nicht wissen, welche Altlasten ich mit mir herumtrug.

Katie sah aus, als hätte ich sie geschlagen. Das Lächeln war aus ihrem Gesicht gewichen, und sie musterte mich mit zusammengekniffenen Augen. »Entschuldige bitte, ich wollte dir nicht zu nahetreten«, sagte sie in einem deutlich unterkühlten Tonfall. »Ich wollte es nur wissen, weil ich das in meine Planung miteinbauen würde. Es ist schließlich etwas anderes, ob jemand alleine oder mit jemandem zusammen lebt. Alleine das Badezimmer müsste anders aufgeteilt werden.«

»Ich muss mich entschuldigen.« Ich spielte nervös mit der Hand an meinem Becher. »Es ist nur, dass ich nicht gerne über mein Liebesleben spreche.«

»Kein Problem.« Katie schob den Becher von sich.

Ich nickte. »Mein Leben ist gerade etwas kompliziert.«

»Wie gesagt, du bist mir keine Rechenschaft schuldig.«

Für einen Moment legte sich ein dumpfes Schweigen über uns. Lediglich das Prasseln des Feuers war zu hören.

Katie warf einen Blick auf ihre Uhr. »Für mich wird es Zeit, wenn ich nicht in die Rushhour kommen will. Wir haben ja so weit alles besprochen.«

»Dann nimmst du den Auftrag an?«

»Ich denke darüber nach und melde mich im Laufe der Woche bei dir.« Sie wirkte kühl.

Ich räusperte mich. »Ich würde mich freuen, wenn es klappt.« Unsere Blicke kreuzten sich. Eine Falte hatte sich zwischen ihren Augenbrauen gebildet.

Sie nickte langsam. »Okay. Ich melde mich.«

15

Katie

Ich lag mit einem heißen Kräutertee in der Hand auf dem Sofa. Etwas, das ich unter normalen Umständen niemals zu mir genommen hätte, außer ich war krank. Aber seit ich schwanger war, war irgendwie alles anders.

Hallie lag mir gegenüber und trank einen Rotwein. »Du hast aber auch ein Glück. Erst wirst du schwanger von Leo Supermann, und jetzt darfst du auch noch das Cottage von diesem sexy Schriftsteller ausstatten. Ich würde sagen, es läuft bei dir.«

»Nicht so laut! Wenn Mum dich hört, flippt sie aus.« Ich richtete mich leicht auf. Mum hatte noch einen Patienten und würde jeden Moment kommen. Dad war beim Golfen. »Erstens hatte ich ziemlich unromantischen Sex mit Leo Supermann in Form einer Spritze, falls ich dich daran erinnern darf, und zweitens ist Hunter mein Kunde.«

»Das eine schließt das andere nicht aus.« Hallie wackelte vergnügt mit ihren Bärentatzenschuhen an den Füßen.

»Du weißt genau, dass ich Business und Freizeit streng trenne. Außerdem bin ich schwanger.« Ich nippte an dem Tee.

»Ach, und deshalb darfst du keinen Spaß mehr haben?« Sie schüttelte den Kopf. »Du hast selbst gesagt, dass du scharf wie eine Natter bist.«

»Ja, aber das bedeutet nicht, dass ich über jeden Mann herfalle, der halbwegs attraktiv aussieht. Außerdem war der Typ echt komisch.« Ich dachte daran, wie er mir bei meiner Frage nach seinem Beziehungsstatus über den Mund gefahren war. Dieser abrupte Stimmungswechsel zwischen uns hatte mich die ganze Heimfahrt beschäftigt, und ich war mir nicht mehr sicher, ob ich den Auftrag wirklich wollte.

»Inwiefern?«

Ich erzählte ihr von dem Zwischenfall. »Dabei war es eine rein professionelle Frage.«

Als ich ihn gefragt hatte, war auch die Traurigkeit in seinen Augen wieder da gewesen, die mir schon bei unserem ersten Zusammentreffen aufgefallen war.

Hallie kratzte sich am Hinterkopf. »Ich meine mich zu erinnern, dass es da vor nicht allzu langer Zeit einen ziemlichen Skandal gab. Irgendwas mit seiner Verlobten.«

»Das würde seine Reaktion vielleicht erklären, aber nicht entschuldigen. Ich habe selbst genug Probleme. Ich muss mir nicht künstlich welche schaffen, indem ich für einen exzentrischen Schriftsteller arbeite, bei dem meine Hormone verrücktspielen.«

Ich trank einen Schluck Tee. Dabei warf ich der Rotweinflasche auf dem Tisch einen sehnsüchtigen Blick zu, als würde es sich dabei um einen Ex-Lover handeln.

»Hallöchen, meine Zuckerhasen.« Mum kam flötend um die Ecke. Sie trug ein hautenges rotes Schlauchkleid, das mehr zeigte, als es verbarg.

»Oh mein Gott«, stöhnte Hallie. »Wo hast du denn den Fummel aufgetan?«

»Den habe ich mir bei meinem letzten Besuch bei Harrods gekauft. War um siebzig Prozent heruntergesetzt. Ein echtes Schnäppchen.«

»Das wundert mich nicht.« Hallie zwinkerte mir zu.

»Wie ich sehe, habt ihr es euch schon ohne mich gemütlich gemacht.« Mum wedelte mit der Hand in der Luft. »Hallie, magst du deiner armen Mutter nicht ein Glas einschenken?«

»Ich dachte, du trinkst keinen Alkohol wegen deiner Hautalterung?«, meldete sich Hallie zu Wort.

»Schätzchen, ich habe gesagt, zu viel Alkohol ist nicht gut für die Haut. Ein Gläschen am Abend kann nicht schaden. Das hat schon die berühmte Simone de Beauvoir gesagt.« Mum hielt Hallie ihr Glas unter die Nase.

»Wenn Simone das sagt, dann wollen wir mal nicht allzu kleinlich sein.« Seufzend schwang meine Schwester die Beine vom Sofa und schnappte sich die Flasche, um Mum einzuschenken.

»Wie geht es dir, mein Engelchen?« Mum bückte sich zu mir und gab mir einen Kuss auf die Wange.

»Gut.« Ein süßlicher Geruch stieg mir in die Nase. Ich schnüffelte argwöhnisch.

Hallie kicherte. »Den Umständen entsprechend.«

Mum ließ sich mir gegenüber auf dem Sessel nieder. »Das ist nicht lustig, Hallie. Deine Schwester ist schwanger.«

»Eben«, erwiderte Hallie vergnügt.

»Mum, sag mal, hast du was geraucht?« Ich blickte meiner Mutter forschend ins Gesicht.

»Ach Schätzchen, jetzt sieh mich nicht so streng an. Nur ein winziges Zigarettchen.« Sie nahm einen Schluck aus ihrem Glas. »Ich hatte heute wirklich außergewöhnlich schwierige Fälle, da brauchte ich etwas, um mich zu entspannen. Stellt euch vor, der Mann hat Erektionsprobleme und bekommt nur einen hoch, wenn seine Frau ihm einen blä–«

»Stopp!«, rief ich. »Verschon uns mit der Therapiestunde. Ich glaube, das ist mehr, als ich in meinem Zustand ertragen kann.«

»Meine Güte, du bist aber auch empfindlich.« Mum spitzte die Lippen. »Da sieht man mal wieder, was die Hormone so alles mit uns machen. Du solltest dich dringend entspannen, Katie.« Sie tätschelte meine Hand.

»Nur weil ich nicht an deinen Sexualberatungen interessiert bin, bedeutet es nicht, dass ich ein willenloses, von Hormonen gebeuteltes Wesen bin«, verteidigte ich mich.

»Ganz wie du meinst.« Ihr Blick strafte sie Lügen. Erst letztes Jahr hatten wir Mum dabei erwischt, wie sie im Keller ein paar Hanfpflanzen anbauen wollte. Dad hatte sie erklärt, dass es sich hierbei um Heilpflanzen handeln würde. Die ganze Sache war durch Zufall rausgekommen, als Hallie nach unten gegangen war, um eine Flasche Rotwein zu holen. Dabei hatte sie die kleine Plantage in der Waschküche entdeckt. Mum hatte uns damals hoch und heilig versprochen, damit aufzuhören.

»Wie bist du überhaupt an das Zeug rangekommen?«, hakte ich nach.

»Ich bin zwar nicht mehr so jung, aber nicht auf den Kopf ge-fallen.« Sie zwinkerte mir zu. »Ich finde, damit ist das Thema jetzt auch beendet.« Sie hatte den gleichen Ton, den sie bekam, wenn sie mit einem ihrer Patienten sprach. Ein sicheres Zeichen, dass sie nicht weiter zugänglich zum Thema Kiffen war.

»Ich habe dir was mitgebracht.« Ich nahm meine Tasche zur Hand und zog das Ultraschallbild heraus. »Dein Enkelkind.« Ich hätte schwören können, dass Mum bei dem Wort ›Enkelkind‹ blass wurde, was mir eine gewisse Genugtuung verschaffte.

Wortlos nahm sie das Polaroid in die Hand und starrte ange-strengt darauf. »Entschuldige, Liebling, aber ich kann nichts er-kennen«, sagte sie schließlich.

»Warte, ich zeige es dir.« Ich rutschte zu ihr aufs Sofa. »Das hier ist die Plazenta, und der längliche weiße Klops ist der

Embryo.« Ich tippte auf die Stelle. Neben mir herrschte absolutes Schweigen. »Mum?«

»Mein Enkelchen.« Eine einzelne Träne kullerte ihre Wange hinunter. »Ich werde tatsächlich Oma.« In ihren Augen leuchtete die Erkenntnis auf.

»Ja, Mum. Du wirst Oma.« Ich lächelte. Tränen stiegen mir in die Augen.

Hallie beugte sich zu uns und schlang ihre Arme um mich und Mum. »Und ich werde Tante. Ist das nicht schön?«

»Das ist es«, sagte Mum ungewohnt leise. »Wunderschön.«

Sie strich mir sanft wie früher, als ich noch ein kleines Mädchen war, über den Kopf. »Trotzdem solltest du noch einmal versuchen, mit deinem Leo zu sprechen. Wenn du willst, komme ich gerne dazu, um zu vermitteln.«

»Er ist nicht mein Leo.« Ich schämte mich ein wenig, ihr nicht die Wahrheit über den Vater des Kindes gesagt zu haben. Hallie warf mir einen *Halt-die-Klappe*-Blick zu.

»Vielleicht nicht, aber er ist der Vater deines Kindes«, widersprach Mum. »Ich verstehe nicht, wieso du so unvernünftig warst und nicht verhütet hast, wenn dieser Leo so ein Windhund ist.«

»Er ist kein Windhund, sondern nicht reif, um Vater zu sein.«

»Wie alt ist er denn? Das klingt ja gerade so, als ob du mit einem Teenager Sex hattest.« Mum beäugte mich skeptisch.

»Du solltest mich eigentlich besser kennen. Und sieh mich nicht so an wie einen deiner Patienten. Je eher du dich an den Gedanken gewöhnst, dass ich eine alleinerziehende Mutter werde, desto besser.« Ich hoffte, dass ich damit ein für alle Mal Ruhe zu dem Thema hatte.

Mum gab mir einen Kuss. »Du schaffst das schon, wie du alles bisher geschafft hast.« Es klapperte an der Haustür. »Das muss euer Vater sein.« Mum löste sich aus der Umarmung.

Ich hatte Dad seit Bekanntgabe der Schwangerschaft nur einmal am Telefon gesprochen. Er war völlig aus dem Häuschen gewesen und hatte sich vor Freude überschlagen. Typisch Dad eben.

»Wo sind denn meine kleinen Mädchen?« Dad stand in der Tür. In seiner beigen Golfhose, dem Shirt und dem Pullunder dazu sah er aus, als wäre er aus der Zeitschrift *Home & Gardens* direkt zu uns ins Wohnzimmer gesprungen. Er breitete die Arme aus, wie früher, wenn er von der Arbeit nach Hause gekommen war. Hallie und ich sprangen auf und umarmten ihn. »Schön, dass ihr hier seid.« Sein Blick glitt zu mir und blieb auf meinem Bauch haften. »Wie geht es dir, Cookie?«

»Großartig.« Das war noch nicht einmal gelogen. Im Moment ging es mir ganz prima. Ich hatte keine Übelkeit und auch sonst keine Beschwerden, wenn man mal von dem Kräutertee in meiner Hand absah.

»Bist du glücklich darüber, dass du ein Baby bekommst?« Immer noch dieser sorgenvolle Dad-Blick.

»Ja, das bin ich.«

»Und der Vater ist über alle Berge?« Ich nickte. »Und das ist für dich okay?«

Ich sah aus dem Augenwinkel, wie Dads Hände sich verkrampften. »Ja. Ich habe damit meinen Frieden gemacht.«

Dads Brustkorb hob und senkte sich schwer. »Dann ist es auch für mich okay.«

Erleichtert sank ich in seine Arme.

16

Katie

Ich hatte die halbe Nacht wach gelegen und darüber nachgedacht, ob ich den Auftrag von Hunter Reed annehmen sollte. Immer wieder waren diese wunderschönen blauen Augen durch meinen Kopf getanzt und hatten mich von meinem Schlaf abgehalten. Gegen Morgen hatte ich mich in eine Decke gewickelt und an den Schreibtisch gesetzt, um eine Pro-und-Kontra-Liste anzufertigen.

Absoluter Pluspunkt des Ganzen war das Cottage. Ich hatte mich auf den ersten Blick in das Häuschen mit dem schiefen Dach und dem verwunschenen Garten verliebt. Der Gedanke, dem Cottage zu neuem Glanz zu verhelfen, war absolut reizvoll. Aber da war Hunter Reed mit seiner beunruhigenden Ausstrahlung auf mich. Immer wenn ich in seiner Nähe war, spielten meine Gefühle verrückt und ich dachte pausenlos daran, wie es wohl wäre, ihn zu küssen. Konnte er mit seiner Zunge genauso gut umgehen wie mit Worten?

Ich rührte gedankenverloren in meinem Becher, in dem die heiße Schokolade dampfte. Mein Ersatz für Kaffee.

Auf der anderen Seite war ich kein Teenager mehr. Ich konnte meinen Gefühlen Einhalt gebieten. Ich musste es nur wollen. Hunter Reed war ein Kunde – zugegebenermaßen ein sehr attraktiver Kunde, aber trotzdem war unsere Verbindung rein geschäftlich. Ich hatte noch nicht einmal eine Ahnung, ob er anwesend sein würde, wenn ich im Cottage war. Normalerweise bezogen meine Kunden ihre Objekte erst, wenn ich mit ihnen fertig war.

Mein Blick fiel auf den Kostenvoranschlag. Ich hatte höher gegriffen als gewöhnlich, um keine unliebsamen Überraschungen für den Kunden zu provozieren. Bei einem alten Haus wie Primrose Cottage gab es einiges zu bedenken und neu anzuschaffen, auch wenn mich der Gedanke reizte, so viel wie möglich von dem eigentlichen Bestand zu erhalten.

Ich schaltete den Laptop an, um einen finalen Blick auf die Fotos zu werfen, die ich während meines Aufenthalts gemacht hatte. Sofort leuchteten die Umrisse des Cottage vor mir auf. Ich hatte das Foto auf dem Rückweg geschossen. Obwohl nicht beabsichtigt, hatte ich Hunter vor der Haustür erwischt. Er hatte die Hände in die Hosentaschen gesteckt. In seinen Haaren schimmerten helle Reflexe wie von der Sonne geküsst. Obwohl ich seine Augen nicht erkennen konnte, wusste ich, dass sie traurig in die Ferne blickten. Kurzentschlossen nahm ich das Handy in die Hand und wählte seine Nummer.

Es klingelte ein paarmal. Gerade als ich auflegen wollte, klickte es.

»Hunter Reed«, meldete sich seine melodische Stimme.

Ich schluckte nervös. »Hi, hier ist Katherine Greenwood.«

»Katherine Greenwood.« Er klang belustigt.

»Ja, ich rufe an wegen des Auftrags.« Mein Blick wanderte zurück zum Bildschirm meines Laptops, wo noch immer das Foto des Cottage zu sehen war.

»Das dachte ich mir.«

»Ich wollte dir nur mitteilen, dass ich den Auftrag annehme.«

»Wie schön. Ich hatte auf eine positive Antwort gehofft.« Er klang aufrichtig erfreut.

»Gut. Ich schicke dir meinen Kostenvoranschlag zu.« Ich verzichtete darauf, ihn darüber zu informieren, dass ich die Kosten höher als gewöhnlich angesetzt hatte. »Dazu kommen noch meine Fahrtkosten.«

»Natürlich«, murmelte er.

»Wann meinst du, dass ich mit der Arbeit anfangen kann?«

»Ich denke, es ist sinnvoll, wenn du kommst, sobald die groben Arbeiten fertig sind«, schlug er vor. »Ich habe morgen ein Treffen mit den ansässigen Handwerkern, dann weiß ich mehr. Ich rechne allerdings nicht vor Anfang November damit.«

»November.« Da würde ich im vierten Monat schwanger sein. Wenn alles normal lief, dürfte ich bis dahin keine großen Einschränkungen haben und die Schwangerschaft würde noch nicht sichtbar sein. Außerdem hätte ich genügend Zeit, alles in Ruhe vorzubereiten. »Das klingt gut.«

»Prima. Dann verbleiben wir bei November, und ich melde mich bei dir, sobald ich ein Ende der Arbeiten absehen kann.« Er klang zufrieden.

»Möchtest du meine Vorschläge vorher sehen?«

Ein kurzer Moment des Schweigens entstand. Diese Frage stellte ich allen meinen Kunden, und jedes Mal war es wieder spannend, wie die Antwort lauten würde. Die meisten zogen es vor, ein gewisses Mitspracherecht zu haben. Nur einige wenige überließen alles mir. Ich war gespannt, zu welchem Typ Hunter Reed gehörte.

»Ich lasse mich lieber überraschen «, sagte er schließlich.

Ein Lächeln huschte über mein Gesicht. »Wunderbar. Ich würde dich natürlich darüber informieren, sollten irgendwelche größeren Posten oder Probleme auftauchen.«

»Einverstanden, wobei ich mir da keine Sorgen mache. Ich freue mich auf unsere Zusammenarbeit.« Der warme, weiche Ton seiner Stimme verursachte ein leichtes Kribbeln in meinem Bauch.

»Ich mich auch. Wie sieht die Planung bei dir aus? «

»Es gibt einiges zu tun, bevor du loslegen kannst. Ich will eine Heizung für den oberen Stock einbauen lassen, und die Fenster müssen auch gewechselt werden. Zusätzlich braucht die Fassade ein Make-over, und auch die Mauern könnten eine Reinigung vertragen.«

»Gut, dann sprechen wir uns, wenn es so weit ist«, beeilte ich mich zu sagen.

»Ja, bis dann.«

Hunter Reed hatte aufgelegt und ließ mich mit klopfendem Herzen zurück. Verdammt!

17

Katie

»Na, wie läuft es?« Hallie schwang sich mit dem Hintern auf meinen Küchentisch.

»Hey, geh da runter. Da essen andere Menschen von«, schimpfte ich.

»Du musst echt aufpassen, dass du kein Spießer wirst«, meinte Hallie, die überhaupt nicht daran dachte, Platz zu machen. »Also, wie läuft es mit deinem Schriftsteller?«

»Er ist nicht mein Schriftsteller.« Ich machte bei dem Wort *mein* mit den Fingern Gänsefüßchen in der Luft. »Er ist mein Auftraggeber, mehr nicht.«

»Haha. Das glaubst du doch wohl selbst nicht. So wie du von dem geschwärmt hast, stehst du auf den.«

»Auf keinen Fall«, wehrte ich mich heftiger als nötig.

Hallie grinste. »Und genau deshalb habe ich recht.«

»Ich habe Hunter seit unserem letzten Treffen nicht mehr gesehen«, verteidigte ich mich.

»Aber ihr habt telefoniert?«

»Ja, aber immer nur kurz.« Hunter hatte ein paarmal angerufen, um mich über die Fortschritte im Cottage zu informieren. Ich warf einen Blick auf die Uhr. »Eigentlich wollte er heute noch anrufen, um mir mitzuteilen, wann ich anfangen kann.«

»Wie weit sind denn die Arbeiten am Cottage vorangeschritten?«

»Warte, ich zeige es dir auf dem Laptop. Hunter hat mir ein paar Fotos geschickt.« Ich eilte ins Wohnzimmer, wo der PC stand.

»Nacktbilder von Hunter wären mir lieber«, rief Hallie mir hinterher.

»Du bist wirklich schrecklich.« Lachend nahm ich den Laptop und ging zurück in die Küche. »Hier, sieh es dir an.« Ich öffnete die Bilddatei. Sofort poppten die Fotos auf.

»Wow! Geiler Shit, das Häuschen.« Hallie pfiff anerkennend. »Da würde ich auch sofort hinziehen.«

»Du vergisst, dass Drumherum absolut nichts ist außer Schafe und viel Landschaft«, bemerkte ich.

»Und warum will Hunter dahinziehen?«

Ich zuckte mit den Schultern. »Er hat gesagt, dass er dort in Ruhe an seinem Roman arbeiten möchte.«

»Vielleicht ist es aber auch ein Liebesnest.«

»Du nun wieder. Aber wer weiß, vielleicht auch das.« Ich verzog das Gesicht. Der Gedanke an Hunter mit einer anderen Frau war mir auf unerklärliche Weise unangenehm.

»Hast du eine Ahnung, ob er noch Single ist?«

»Woher soll ich das wissen? Wir reden über das Cottage, nicht über seine Affären.«

Nach meinem Besuch in Holmbury hatte ich Hunter im Internet gegoogelt. Wie Hallie es bereits gesagt hatte, war er von seiner Verlobten zwei Wochen vor der Hochzeit verlassen worden. Kein Wunder, dass er derart harsch auf meine Frage, ob er alleine im Cottage wohnen würde, reagiert hatte. Im Netz war Hunter als eher pressescheu und zurückhaltend geschildert worden. Seine Verlobte hingegen war eine anerkannte Juristin, die häufig in der

Presse zitiert wurde. Ich fragte mich, ob er der Grund für die plötzliche Trennung war.

»Hast du die Sitzecke gefunden, nach der du gesucht hast?« Hallie deutete auf das Foto vom ausgeräumten Wohnzimmer.

Ich nickte. »Ich bin endlich fündig geworden.« Die ganze letzte Woche hatte ich damit zugebracht, durch sämtliche Möbelläden Londons zu laufen. Letztendlich hatte ich auf einer Auktion Glück gehabt, wo das Inventar aus Haushaltsauflösungen versteigert wurde. »Hier.«

Ich holte das Foto, das ich davon gemacht hatte, auf den Bildschirm. Ich hatte mein Glück kaum fassen können, als ich das alte Chesterfield-Sofa und zwei passende Sessel dazu entdeckt hatte. Das weiche Leder hatte einen sanften Cognac-Ton und würde perfekt mit den sandfarbenen Wänden des Wohnzimmers harmonieren. Der Preis war überraschend günstig ausgefallen, sodass ich noch einen passenden Couchtisch ersteigert hatte.

»Wow! Das sieht toll aus.« Hallie nickte anerkennend.

»Ja. Jetzt habe ich alles bis auf die Kissen für die Sitzecke in der Küche.«

»Ich würde sagen, das ist nicht so schlimm.« Sie schlug die Beine übereinander. »Sag mal, bekomme ich bei dir eigentlich was zu trinken?«

»Na klar. Was möchtest du? Saft, Tee oder Wasser.«

Hallie verzog das Gesicht. »Bäh. Weder noch. Saft ist Zucker pur. Tee ist was für Kranke und im Wasser ficken die Fische.«

Angewidert sah ich auf mein Wasserglas. »Danke, damit hast du mir jetzt alles madig gemacht, was ich trinken darf.«

»Für dich ist das okay, aber ich hätte gerne einen Rotwein.« Ihr Blick fiel auf mein Weinregal. »Ah, und da sehe ich auch schon einen Wein, der mir gefällt.« Mit einem Satz war sie vom Tisch gesprungen und zog die Flasche aus dem Regal.

»Bedien dich«, murmelte ich resigniert.

»Danke. Schon geschehen.« Mit einem Plopp löste sich der Korken. Hallie goss sich das Glas voll. »Cheers.« Sie prostete mir zu.

»Cheers.« Ich nippte freudlos an meinem Wasserglas.

»Wie geht es dir eigentlich? Dank deiner Arbeit bekommt man dich ja kaum noch zu Gesicht.«

Tatsächlich hatte ich die letzten Wochen mehr oder weniger durchgearbeitet und jeden Auftrag angenommen, der reingekommen war. Ich wollte so viel wie möglich zur Seite legen, für die erste Zeit nach der Geburt. »Eigentlich ganz gut. Ich kotze mir morgens zwar immer noch die Seele aus dem Leib, aber das soll ja angeblich Ende des dritten Monats vorbei sein.«

»Mhm.« Hallie leckte mit der Zunge über den Rand ihres Weinglases. »Dann drücke ich dir die Daumen. Mum meinte, bei ihr hat es die ganze Schwangerschaft angedauert.«

»Danke. Du hast wirklich eine Gabe, mich aufzumuntern.«

»Gern geschehen.«

Mein Handy brummte zornig auf dem Küchentisch. Hastig nahm ich es zur Hand. »Katherine Greenwood.«

»Hi, Katie, hier ist Hunter.«

Hallie sah mich fragend an. Lautlos formte ich seinen Namen.

»Hi, Hunter. Sind die Küchenmöbel schon wieder zurück?«, ging ich nahtlos zum Geschäftlichen über.

»Ja, heute Morgen. Gefallen mir ausgesprochen gut. Der Küchenschrank sieht aus wie neu, und die Kommode ebenfalls. Die hellblaue Farbe finde ich super. Ach ja, und der Kühlschrank wurde auch schon geliefert.« Er klang zufrieden.

»Prima. Dann läuft ja so weit alles nach Plan.«

»Absolut. Ich bin gestern angekommen und war überrascht, wie schön und hell alles geworden ist.«

»Du hast in Holmbury übernachtet?«

»Ist das so schlimm?«, fragte er belustigt.

»Ja. Nein. Ich meine, wir hatten doch abgemacht, dass du erst einziehst, wenn ich fertig mit meiner Arbeit bin.«

»Ja, aber trotzdem wollte ich da sein, wenn die Möbelpacker und der Elektriker kommen.« Die Freude war aus seiner Stimme verschwunden.

»Natürlich. Ich dachte nur, wir hatten es anders besprochen.«

»Katie, du kannst mit dem Cottage machen, was du willst, aber ich lasse mir nur ungern vorschreiben, wo ich zu übernachten habe«, sagte er harsch. »Ich bin übrigens im Hotel. Im Cottage stehen keine Möbel, falls du das vergessen haben solltest.«

Ich zuckte zusammen. Der Typ behandelte mich wie ein ungezogenes Kind. Was fiel ihm überhaupt ein?

»Dann hätten wir das geklärt«, erwiderte ich zickig. Hallie sah mich verwundert an.

Ich konnte seinen Atem durch den Lautsprecher hören. Sekundenlang sagte er gar nichts.

»Sorry, Katie. Das kam härter raus, als ich wollte«, murmelte er schließlich.

»Kein Problem«, erwiderte ich kurz angebunden. »Ich wünsche dir noch einen schönen Abend.« Ich legte auf. Sollte der Typ doch bleiben, wo der Pfeffer wuchs.

»Was war los?« Ich erzählte Hallie von unserem kurzen Gespräch. »Scheint mir ganz schön launisch zu sein, der Liebe«, stellte Hallie abschließend fest.

»Siehst du, das ist einer der Gründe, warum ich keinen Vater für mein Kind brauche. Dann muss ich mich wenigstens nicht mit irgendwelchen von seinen Launen herumschlagen. So kann ich mir aussuchen, mit wem ich wann Sex haben will, und wenn er mich nervt – bye, bye.« Ich winkte ihr zu.

»Wow.« Hallie schnalzte anerkennend mit der Zunge. »Du hörst dich an wie eine echte Emanze.«

»Ich *bin* eine echte Emanze, was aber nicht bedeutet, dass ich es nicht mag, wenn ein Mann aufmerksam mir gegenüber ist.«

»Eine Hybrid-Emanze quasi!« Sie lachte. »Sozusagen das Gute aus beiden Welten.«

»Absolut richtig.« Ich nickte. »Und noch dazu bin ich eine verdammt gute Innenausstatterin. Aber das hat er zumindest schon bemerkt.«

»Warum ärgerst du dich so, wenn du den Typen eh nicht haben willst?« Hallie sah mir ins Gesicht.

Das war eine Frage, auf die ich ihr keine Antwort geben konnte. Also nahm ich stattdessen mein Glas und trank einen Schluck.

18

Hunter

»Wie kommst du mit den Arbeiten im Cottage voran?« Gramps blickte fragend zu mir.

Wir saßen in dem Aufenthaltsraum des Pflegeheims. Mehrere ältere Bewohner hatten sich um einen Tisch versammelt und spielten Whist. Einen Tisch weiter saßen zwei Frauen und unterhielten sich. Im Hintergrund dudelte Musik. Ein klassisches Stück, das ich nicht kannte. Gramps und ich hatten uns etwas abseits an einen freien Tisch neben dem Fenster gesetzt.

»So weit läuft alles nach Plan. Gestern wurden die Küchenmöbel geliefert und eingebaut. Warte, ich habe dir ein Foto von Grannys altem Küchenschrank gemacht.« Ich zückte mein Tablet und zeigte ihm die Fotos, die ich bei meinem Aufenthalt geschossen hatte.

»Blimey. Der sieht ja aus wie neu!« Gramps pfiff anerkennend. »Wusstest du, dass die Kommode und der Schrank ein Geschenk deiner Urgroßmutter waren? Sie hat sie uns zu unserer Hochzeit geschenkt.« Seine Augen schimmerten feucht. »Deine Großmutter hat die beiden Teile sehr geliebt. Es freut mich, dass sie dir auch gefallen.«

»Ehrlich gesagt war es Katies Idee, die Möbel aufzuarbeiten«, rutschte es mir heraus.

Gramps musterte mich aufmerksam. »Katie?«

»Katherine Greenwood«, korrigierte ich mich. »Die Innenaus-statterin, die ich engagiert habe.«

»Aha. Und wie ist diese Katie so?«

Gramps war schon immer ein aufmerksamer Zuhörer gewesen und hatte den Braten sofort gerochen.

»Nett.« Ich wusste, wenn ich auch nur ansatzweise durch-scheinen ließ, dass ich sie mochte, würde ich Hoffnung in Gramps wecken.

»Nett. Pah!« Er schürzte die Lippen. »Nett ist auch die Schwester auf Station B. Was soll das heißen – *nett*?«

Ich seufzte leise. »Sie arbeitet für mich, okay? Mehr nicht.«

»Dafür, dass sie dir egal ist, regst du dich ganz schön auf.« Gramps legte eine Hand auf meine Schulter. »Ich kenne dich, seit du ein kleiner Hosenscheißer warst. Die Art, wie du ihren Namen aussprichst, ist anders, als wenn du sonst über Frauen redest.«

»Du deutest das völlig falsch. Ich habe sie nur zweimal getrof-fen, und das eine Mal davon war rein geschäftlich.«

»Und was war das andere Mal?«, hakte Gramps nach.

»Das war ziemlich komisch.« Allein bei der Erinnerung daran musste ich schmunzeln. Ich erzählte ihm von unserer Begegnung auf Rachels Junggesellinnenabschied.

Als ich fertig war, lachte Gramps mit seiner rauen Stimme. »Die Kleine scheint mir echt Feuer unterm Hintern zu haben. Das gefällt mir.«

»Ja, das hat sie«, bestätigte ich grinsend. Jedes Mal, wenn ich auf Katie traf, passierte etwas Unvorhergesehenes.

»Wie sieht sie denn aus?«, fragte Gramps. Er war schon immer ein ziemlich neugieriger Mann gewesen.

Sofort tauchte Katies Gestalt in meinem Kopf auf. »Sie ist nicht besonders groß und hat eine tolle Figur. Nicht so dürr wie viele Frauen, sondern mit weiblichen Formen. Sie hat lange braune Haare und Augen wie eine Raubkatze. Sie ist selbstbewusst und hat Humor.«

»Humor ist eine Sache, die man niemals unterschätzen sollte«, unterbrach Gramps mich.

Ich nickte. Tatsächlich hatte mir Katies Humor gefallen. Es war lange her, dass mich eine Frau zum Lachen gebracht hatte. »Außerdem ist sie schlau und als Geschäftsfrau ziemlich erfolgreich. Deshalb habe ich sie ja auch mit der Innenausstattung des Cottage beauftragt«, versuchte ich, das Thema geschickt wieder auf das Geschäftliche zu lenken.

»Weiß sie von deiner Trennung von Clarissa?«

»Keine Ahnung.« Ein Lächeln huschte über mein Gesicht. »Sie kannte noch nicht einmal meine Bücher. Insofern denke ich nicht.«

Gramps nickte nachdenklich. Eine Schwester kam in das Zimmer und brachte Tee. »Gefällt sie dir denn?«

»Die Frage stellt sich nicht«, sagte ich entschieden. »Ich bin noch nicht bereit, mich für eine neue Beziehung zu öffnen.«

»Schade.« Gramps nahm dankend den Tee entgegen, den die Schwester ihm reichte. »Dann werde ich mich wohl damit abfinden müssen, dass ich meinen Urenkel nicht mehr erleben werde.« Ich sah Gramps überrascht an. Noch nie hatte ich aus seinem Mund eine derartige Bemerkung gehört. »Weißt du, Junge, ich hätte gerne noch gewusst, dass du glücklich bist, bevor ich sterbe.«

»Ich bin glücklich«, widersprach ich, was zum Teil auch stimmte. Seit ich mich entschlossen hatte, nach Holmbury zu ziehen, ging es mir deutlich besser.

»Ich weiß, aber das ist nicht das Glück, das ich meine.« Gramps' Augen blickten mir traurig entgegen. »Ich habe mir so

gewünscht, dass du die Frau findest, die dich glücklich macht –
ich meine, *wirklich* glücklich. Clarissa war nicht diese Frau.«

Wir schwiegen. Gramps hatte es zwar nie ausgesprochen, aber
ich wusste, dass er Clarissa nicht sonderlich gemocht hatte, und
die Trennung hatte ihn darin bestätigt. Ich war von Anfang an von
Clarissas esoterischer Schönheit fasziniert gewesen und hatte sie
unbedingt näher kennenlernen wollen. Als sie meine Einladung
zu einem Date angenommen hatte, hatte ich mein Glück kaum
fassen können. Den gesamten Abends hatte ich wie auf einer
Wolke schwebend erlebt und als ich sie geküsst hatte, war mein
Glück perfekt gewesen.

Das erste Mal Sex war überwältigend für mich gewesen. Ich
hatte tagelang an nichts anderes mehr denken können. Es war, als
ob Clarissa mich verhext hatte. Damals war ich mir bereits sicher
gewesen, dass ich mit dieser Frau mein Leben verbringen wollte.
Wie ich mich getäuscht hatte.

»Du wirst deine Traumfrau noch finden. Das wusste deine
Granny bereits, als sie dich das erste Mal in den Händen gehalten
hat«, holte Gramps mich aus meinen Gedanken. »Sie hat immer
gesagt: *Der Junge ist etwas ganz Besonderes, und die Frau, die
ihn einmal heiraten wird, muss ihn nur erkennen.*« Bedingungslose Liebe sprach aus seinen Augen.

Zeitlebens hatten mich die beiden mit nichts als Fürsorge und
Liebe umgeben. Ich wusste, dass sie Opfer für mich gebracht und
auf so manchen Traum verzichtet hatten. Aber sie hatten es mich
nie spüren lassen. Gramps und Granny hatten mich immer unterstützt und alles getan, damit ich meine Träume leben konnte.

»Wir werden sehen. Jetzt kümmere ich mich erst einmal um
Primrose Cottage«, sagte ich entschlossen.

»Du solltest dich lieber um die Innenausstatterin kümmern.«
Gramps zwinkerte mir zu.

Ich schüttelte den Kopf. »Du bist wirklich unverbesserlich.« Aber wenn ich ehrlich war, hatte er nicht ganz unrecht. Ich freute mich darauf, Katie wiederzusehen.

19

Katie

Langsam fuhr ich den Pfad zum Cottage hoch. Es hatte geregnet, und der dunkle Himmel spiegelte sich in den Pfützen wider. Dazu wehte ein kräftiger Wind und trieb die grauen Wolkenberge über den Horizont. Nur gelegentlich blitzte die Sonne hindurch.

Platsch. Wasser spritzte hoch, als ich durch eines der mit Regenwasser und Schlamm gefüllten Schlaglöcher fuhr. Der Herbst hatte bereits Einzug gehalten, und es war eine Frage der Zeit, wann der erste Frost einsetzen würde. Bereits jetzt lagen die Temperaturen nahe dem Gefrierpunkt.

Ich sah zur Seite, wo die hüfthohe Trockensteinmauer verlief. Dahinter erhoben sich die sanften Hügel von Surrey. Über dem kleinen Bach, der parallel zur Straße gurgelte, lag eine feine Dunstschicht. Eine Gruppe Raben flog vor mir über die Straße und ließ sich auf einer der Fichten nieder, die verloren am Wegesrand standen.

Nach Hunters Anruf hatte ich die Spedition kontaktiert und die Lieferung der Möbelstücke nach Holmbury organisiert. Heute würde der erste Teil kommen. Den Rest hatte ich für kommende Woche geplant. Danach ging es an die Feinarbeit.

Wie aus dem Nichts tauchte Primrose Cottage am Ende des Weges auf. Sofort schnellte mein Puls nach oben. Das winzige

Cottage sah genauso aus, wie ich es in Erinnerung hatte. Das gebogene Dach, der schiefe Schornstein und die Trockensteinmauer, die rund um das Gelände verlief. Selbst die Schafherde war wieder da. Der Rasen im Vorgarten war gemäht, und jemand hatte die Obstbäume und Büsche beschnitten. Hunter hatte mir am Telefon erzählt, dass er einen Gärtner aus dem Dorf um Hilfe gebeten hatte.

Ich parkte den Wagen neben Hunters und stieg aus. Diesmal hatte ich festes Schuhwerk angezogen. Die Jimmy Choos waren nach meinem letzten Besuch komplett ruiniert gewesen und im Müll gelandet. Ein Fehler, den ich nicht wiederholen würde.

Der Wind fuhr durch meine Kleider und ließ mich trotz meines dicken Kaschmirpullovers und der Jeans schaudern. Ich beeilte mich, zum Haus zu gehen. Die Luft war deutlich feuchter als in London, und der Duft nach Blättern und Regen lag in der Luft. Unwillkürlich musste ich an London denken, wo der Geruch der Abgase allgegenwärtig war.

Hier draußen war die Welt noch in Ordnung. Ich blieb einen Moment stehen, um mich an die neue Umgebung zu gewöhnen. Bis auf das leise Blöken der Schafe und das Rascheln der Äste, wenn der Wind durch die Bäume fuhr, war nichts zu hören. In London konnte ich selbst in meinem Apartment das stete Rauschen des Verkehrs hören.

Die meisten Blätter an den Bäumen waren bereits abgefallen. Nur noch wenige baumelten verloren an den Ästen. Lediglich die Nadelbäume schimmerten in einem gedeckten Grün.

Ich stapfte durch das feuchte Gras zur Haustür. Die Büsche der Pfingstrosen waren kahl, und auch der Blauregen sah ohne Blätter im Gegensatz zum Sommer jämmerlich aus. Ich war noch nie ein großer Fan der nasskalten Jahreszeit gewesen. Ich bevorzugte den Frühling und Sommer, wenn alles zu neuem Leben erwachte und die Natur in allen Farben schimmerte. In meinen Augen waren die Menschen in den sonnigen Jahreszeiten besser drauf. Man saß draußen in den Cafés, lachte, ging spazieren oder sonnte sich im Park. Jetzt zogen sich die Menschen in ihre Häuser zurück. Selbst in Holmbury hatte ich beim Durchfahren niemanden gesehen.

Die alte Klingelschnur war repariert worden, und jemand hatte das Namensschild neu bemalt. *Hunter Reed* war mit geschwungener Schrift darauf geschrieben.

Ich zog an der Schnur. Sofort ertönte ein melodisches Klingeln. Nicht schlecht. Das würde mir für meine Wohnung auch gefallen.

»Ich komme«, drang es von drinnen zu mir. Ich trat einen Schritt zurück.

Im selben Moment wurde die Tür aufgerissen.

»Hi.« Hunters Gestalt tauchte vor mir im Türrahmen auf. Ich hatte vergessen, wie groß er war. In meinen flachen Boots überragte er mich gut um eine Kopflänge.

Seine Haare waren länger, als ich sie in Erinnerung hatte, und er hatte sich einen Dreitagebart stehen lassen, was ihm außerordentlich gut stand. Wie ich hatte er sich einen Pullover übergezogen, dessen dunkelblaue Farbe seine Augen noch mehr zum Leuchten brachte.

»Katie. Wie schön, dich wiederzusehen.« Statt eines Händedrucks beugte er sich zu mir und gab mir einen Kuss auf die Wange. Ich blieb wie erstarrt stehen. Damit hatte ich nicht gerechnet. Sofort hatte ich seinen herrlich männlichen Duft in der Nase, was mich noch mehr aus der Fassung brachte.

»Hi, Hunter. Wie geht's?«, sagte ich, darum bemüht, souverän zu wirken. Die Stelle auf meiner Wange, wo er mich geküsst hatte, brannte.

»Danke der Nachfrage. Gut.« Seine Mundwinkel zuckten. »Und selbst? Bist du gut durchgekommen?«

Verdammt, ich hatte vergessen, wie umwerfend sein Lächeln war. Ein leichtes Kribbeln breitete sich in meinem Körper aus.

»Prima. Ich hatte keinen Verkehr«, erwiderte ich hölzern. Im selben Moment wusste ich, wie es in seinen Ohren klingen musste. »Also, ich meine, ich bin schnell durchgekommen.«

Sein Lächeln wurde breiter, falls das überhaupt möglich war, und er sah aus, als würde er jeden Moment lauthals loslachen.

»Okaaaay«, sagte er langgezogen. »Das freut mich zu hören.« Sein Blick wanderte von meinem Gesicht zu meinen Schuhen und wieder hoch. »Du siehst gut aus.«

»Danke. Das Kompliment kann ich nur zurückgeben. Die Landluft scheint dir zu bekommen.« Eine Windböe wirbelte meine Haare durcheinander und vor mein Gesicht. Verärgert schob ich eine Strähne hinters Ohr.

»Erstaunlich, wo ich doch erst gestern angereist bin. Aber willst du nicht reinkommen?« Hunter machte eine einladende Handbewegung. Dankbar trat ich ein. Sofort hatte ich den Geruch von frischer Farbe und Holzöl in der Nase. Es war angenehm warm in dem kleinen Häuschen.

»Wie ich sehe, hat sich seit meinem letzten Besuch eine Menge getan.« Ich deutete auf den Dielenboden, der in einem frischen Honigton erstrahlte. Die Decken waren ebenfalls frisch gestrichen und schimmerten in leuchtendem Weiß auf uns herab. Dadurch wirkte der Flur gleich heller.

Neugierig trat ich durch den Durchgang ins Wohnzimmer. Im leeren Zustand wirkte der Raum deutlich größer.

»Ich bin sprachlos.« Ich strich mit den Fingerspitzen über den warmen Stein. »Die Wände sehen fantastisch aus. In London würdest du einen Haufen Geld dafür zahlen müssen, um solche

Wände zu bekommen.« Die alten Steine waren gereinigt worden und schimmerten in ihrer ursprünglichen Farbe, einem satten Sandton. Die Fugen waren mit einem zarten Weiß ausgefüllt worden, was dem Ganzen einen modernen Anstrich gab, so wie ich gehofft hatte, als ich den Vorschlag gemacht hatte.

»Ja, die Jungs haben ganze Arbeit geleistet.« Winzige Lachfältchen hatten sich um seine Augen gebildet.

»Das sieht man.« Ich nickte zufrieden. Hunter hatte mich in regelmäßigen Abständen über die Fortschritte am Cottage informiert und mir Fotos geschickt. Aber jetzt, wo ich hier stand und alles aus nächster Nähe betrachtete, sah es noch viel besser aus. »Was ist mit der Küche?«

»Gestern fertig geworden.« Sein Gesicht verriet nichts.

»Und?«

Er deutete mit der Hand den Flur entlang. »Sieh es dir an.«

Mit klopfendem Herzen eilte ich in die Küche.

Als ich durch die Tür trat, verschlug es mir fast den Atem. Die Anordnung der Möbel war dieselbe, aber das Aussehen hatte sich komplett gewandelt. Josh hatte gute Arbeit geleistet und die alten Möbel in antike Schmuckstücke verwandelt. Ich schlug begeistert die Hände zusammen.

»Das ist ja noch besser, als ich gehofft habe. Warum hast du das nicht gleich gesagt? Oder gefällt es dir nicht?«

»Weil ich dich überraschen wollte.« Der Schalk lachte ihm aus den Augen. »Mein Großvater war auch ganz begeistert.«

Ich sah ihn verwundert an. »Dein Großvater war hier?«

»Nein. Ich habe ihn im Pflegeheim besucht und ihm die Fotos gezeigt.« Ein trauriger Zug legte sich um seinen fein geschwungenen Mund.

»Du hast eine enge Beziehung zu ihm.« Es war mehr eine Feststellung als eine Frage.

»Ja. Er und meine Großmutter haben mich faktisch großgezogen, bis ich zwölf war. Das hier ist ihr Haus.« Sein Blick wanderte zur Arbeitsplatte. »Als kleiner Junge habe ich genau dort gesessen und meiner Granny beim Kochen zugeschaut.«

»Das ist wieder mal typisch Mann. Zuschauen, aber nicht selbst kochen«, versuchte ich die Stimmung aufzulockern. »Mein Ex hat das immer als artgerechte Arbeitsteilung bezeichnet.«

»Klingt nach einem echten Sympathieträger.«

»Klingt nach einem echten Macho«, bestätigte ich lachend.

Unsere Blicke trafen sich, und ich hatte das Gefühl, in den Seen seiner Augen zu versinken. Verdammt. Das musste aufhören. Hunter war ein Kunde, und außerdem hatte ich andere Sorgen, als mir einen Mann zuzulegen. Sein Blick ruhte unergründlich auf mir. Ein nervöses Blubbern breitete sich in meinem Magen aus. Das letzte Mal, dass ich mich so gefühlt hatte, als ein Mann in meiner Nähe war, war eine Ewigkeit her.

»Möchtest du die anderen Zimmer sehen?« Hunter deutete in Richtung Flur.

Ich nickte etwas benommen. »Na klar, deshalb bin ich hier.«

Meine Beine fühlten sich wackelig an, als wir die Treppe nach oben gingen. Hunter ging vor mir, und einmal mehr bewunderte sich seine hochgewachsene, athletische Figur. Ob er Sport trieb? Ging er ins Studio oder war er eher der Läufertyp? Erst da fiel mir auf, dass ich absolut keine Ahnung von Hunter Reed hatte, außer dass er ein erfolgreicher Schriftsteller war und noch dazu verdammt gut aussah.

Wir hatten das Schlafzimmer erreicht. Das Erste, was mir ins Auge stach, war das große Fenster in der Decke. Ich grinste. »Du hast es also doch gemacht.«

Er zuckte mit den Achseln. »Hatte ich eine Wahl, nachdem du so von deiner Idee geschwärmt hast?«

»Du hast gesagt, dass du mir vertraust.« Ich streckte meinen Arm zur Decke wie ein Zirkusdirektor, der die Drahtseilartisten ankündigte. »Et voilà!« Helles Licht fiel durch das Glas auf den Boden.

»Ich habe gesagt, dass ich dir freie Hand lasse«, korrigierte er mich. Er war so nah, dass sich unsere Fußspitzen fast berührten. »Von Vertrauen war keine Rede.« Mit einem Mal wirkte er verschlossen. Das Lächeln war einem ernsten Gesichtsausdruck gewichen. »Ich vertraue prinzipiell niemandem. Entschuldige, wenn ich das sage, aber schon gar nicht einer Frau.«

»Schade. Ich dachte, wir hätten eine gute Basis gefunden. Außerdem bin ich deine Innenausstatterin und nicht irgendeine Frau.« Ich wandte mich verärgert ab. Hunter Reed konnte mir gestohlen bleiben. Dieses ständige Auf und Ab in seinen Launen war wirklich anstrengend. Mal war er total nett zu mir, und dann benahm er sich wieder wie ein Idiot. Es war schließlich nicht meine Schuld, dass seine Zicken-Verlobte ihn verlassen hatte.

Im selben Moment hupte es draußen.

»Das müssen die Möbel sein, die ich bestellt habe.« Ich eilte nach unten. Hunter folgte mir schweigend.

»Auf Wiedersehen, Ms Greenwood«, verabschiedeten sich die beiden Männer.

»Das hätten wir geschafft.« Zufrieden sah ich den Lichtern des Lasters hinterher, bis sie in der Dunkelheit verschwunden waren.

Wir hatten fünf Stunden gebraucht, bis wir alle Möbel und Kartons in den verschiedenen Räumen verteilt hatten. Hunter und ich hatten uns darauf geeinigt, dass es das Beste wäre, erst den unteren Stock fertig zu machen und dann den oberen Bereich.

Hunter hatte tatkräftig mitgeholfen, obwohl ich ihm mehrfach versichert hatte, dass es nicht nötig war. Die Männer waren ein eingespieltes Team, mit dem ich schon häufig zusammengearbeitet hatte. Trotzdem hatten sie Hunters Hilfe dankbar angenommen.

»Was hältst du von einer starken Tasse Tee? Du siehst ein bisschen blass um die Nase aus.« Sein Blick ruhte besorgt auf mir. Wir hatten in den letzten drei Stunden kaum ein Wort miteinander gewechselt. Ich war viel zu beschäftigt gewesen, das Ausladen und Verteilen der Möbel und Kisten zu überwachen. Alles hatte seine Ordnung und durfte nicht durcheinandergebracht werden, wenn ich mir meine Arbeit nicht unnötig erschweren wollte.

»Tee klingt traumhaft«, sagte ich dankbar. Tatsächlich fühlte ich mich ein wenig wackelig auf den Beinen. Ich hatte seit heute Morgen nichts mehr gegessen.

Wir gingen an einem Stapel Kisten vorbei in die Küche. Auch hier türmten sich die Kisten, und die Sitzecke war noch unter einer dicken Plastikfolie versteckt.

»Ich bin sehr gespannt, was sich alles in den Kisten verbirgt«, gestand Hunter, während er den Wasserkessel auf die Herdplatte stellte.

»Das kannst du auch«, sagte ich. Dabei setzte ich mein Mona-Lisa-Lächeln auf, von dem ich dachte, dass es geheimnisvoll wirkte. Bei Hunter jedoch schien es nur Belustigung hervorzurufen. Ich wurde aus dem Mann einfach nicht schlau. »Ich fürchte, wir müssen im Stehen trinken«, sagte ich müde. »Die Sitzecke wird erst morgen ausgepackt, wenn du nicht da bist.«

»Du willst mich aus meinem eigenen Haus verbannen?«, fragte er in gespielter Entrüstung.

»Absolut. Zumindest bis alles fertig ist.« Die Erfahrung hatte gezeigt, dass es besser war, den Kunden mit dem Endergebnis zu konfrontieren und ihm keinen Spielraum für frühzeitige Kritik oder Änderungsvorschläge zu bieten. Den meisten Kunden fehlte die nötige Fantasie, sich vorzustellen, wie der Raum fertig aussah. Einer der Gründe, warum sie mich engagierten.

»Ach komm schon. Zwei Stühle können doch nicht schaden«, versuchte er mich weichzuklopfen.

Ich schüttelte energisch den Kopf. »Nein. Das ist ein Prinzip, von dem ich nicht abweichen werde.«

»Na gut, dann muss ich wohl zu anderen Maßnahmen greifen.« Mit zwei Schritten war er bei mir. Ehe ich mich versah, packte er mich an der Taille und zog mich mit spielerischer Leichtigkeit hoch.

»Hey, was fällt dir ein?«, protestierte ich.

»Du wolltest es so.« Er presste mich gegen seinen Körper.

Mein Herz hämmerte wie verrückt gegen meine Brust. Es hätte mich nicht gewundert, wenn es rausgesprungen wäre. Sein Duft hüllte mich ein. Eine Mischung aus Hölzern und Gras. Wild und erregend zugleich.

»Du wolltest nicht, dass ich die Stühle auspacke.« Ein breites Grinsen lag auf seinem Gesicht. Seine Augen blitzten vergnügt. Mit wenigen Schritten hatte er den Küchentresen erreicht. Sachte setzte er mich mit dem Po auf die Arbeitsplatte. Unsere Blicke kreuzten sich. Seine Arme lagen noch immer fest um meine Taille. Sein Gesicht war keine Handbreit von meinem entfernt. Instinktiv hielt ich die Luft an. Sein warmer Atem streichelte meine Wange.

»Verdammt!«

Ehe ich etwas sagen konnte, hatte er mich an sich gezogen. Unsere Lippen berührten sich. Zaghaft, tastend, fragend. Ein wohliger Schauer lief über meine Arme. Das Blut rauschte in meinen Ohren. Alles um mich herum war vergessen.

Als seine Zungenspitze meine Lippen teilte, gab ich nur allzu gerne nach. Er schmeckte noch besser, als ich es mir vorgestellt hatte. Unsere Zungen umspielten sich, damit beschäftigt, den anderen zu erforschen und seinen Geschmack in sich aufzunehmen. Eine Lustwelle überrollte meinen Körper. Ich drückte mich gegen ihn. Durch den Stoff seines Hemdes spürte ich das Spiel seiner Muskeln. Seine Hand fuhr durch meine Haare und blieb an der empfindlichen Stelle unterhalb des Haaransatzes liegen, um mich dort mit dem Daumen zu streicheln. Seine Bartstoppeln kratzten auf meiner Haut. Ich schlang meine Arme um seinen Hals, aus Angst, er könnte aufhören. Dies war definitiv der beste Kuss meines Lebens.

Der Wasserkessel pfiff. Abrupt ließ Hunter mich los und atemlos zurück. Regungslos saß ich da und beobachtete, wie er uns den Tee zubereitete, während in meinem Inneren ein Sturm an Gefühlen tobte.

Was war da gerade passiert? Bis zu diesem Moment hatte Hunter mit keiner Regung gezeigt, dass er irgendein Interesse an mir hatte. Klar, wir hatten uns ein paar Wortgefechte geliefert, in denen wir uns geneckt hatten – aber damit hatte ich nicht gerechnet.

20

Hunter

Ich spürte Katies Blick in meinem Rücken, als ich das heiße Wasser in die Teekanne füllte. Keine Ahnung, was mich gerade geritten hatte. Als ihr wunderbarer Mund so dicht vor meinem Gesicht geschwebt war, hatte ich einfach nicht anders gekonnt. Ich musste sie einfach küssen. Nicht, dass ich es bereute, ganz im Gegenteil – der Kuss war der absolute Hammer gewesen. Aber wie sollte es weitergehen? Warum hatte Katie mich geküsst und ein paar Minuten später hatte sie mir deutlich gemacht, dass ich für sie nur ein Kunde war? Ich wurde aus ihr einfach nicht schlau. Dabei hatte ich auf der Party von Rachel einen völlig anderen Eindruck von ihr gehabt. Hier wirkte sie freundlich, aber distanziert, was sie noch interessanter machte.

Der Kuss hatte mich aufgewühlt. Langsam goss ich den Tee in die Becher, um etwas Zeit zu gewinnen. Ich atmete tief durch, dann drehte ich mich zu ihr um. »Hier. Ich hoffe, er schmeckt dir.«

Unsere Blicke fanden sich erneut. Erst jetzt bemerkte ich die winzigen goldenen Punkte in dem Honigbraun ihrer Augen. Wie Sterne, die jemand dort wahllos verstreut hatte.

»Bestimmt.« Ihre ansonsten feste Stimme war kaum mehr als ein heiseres Flüstern. Vorsichtig nahm sie einen Schluck aus ihrem Becher. Ich folgte ihrem Beispiel. Die gelöste Stimmung, die vorher geherrscht hatte, war verschwunden. Katie warf einen Blick durch das Fenster nach draußen. Es war bereits dunkel, und außer ein paar Sternen war nichts zu erkennen.

»Danke für den Tee.« Sie stellte den Becher ab und rutschte von der Arbeitsplatte. Ein geheimnisvolles Lächeln spielte um ihren Mund. »Aber ich sollte gehen.«

Ich nickte stumm. In meinem Kopf herrschte völliges Chaos. Hatte ich sie vergrault oder fühlte sie sich gar belästigt von mir? Ich war so ein Idiot! Dabei hatte ich den Eindruck gehabt, dass der Kuss ihr gefallen hatte. Die Art, wie sie mich geküsst hatte … voller Leidenschaft und Gefühl. Konnte ich mich so täuschen?

»Entschuldige bitte«, fing ich an. »Ich wollte dich nicht überfallen. Es ist nur …« Katie sah mich mit großen Augen an. »Das ist eigentlich nicht meine Art.«

»Was ist denn deine Art?« Sie baute sich vor mir auf. Ihr Mund war halb geöffnet und schimmerte feucht.

»Also, ich … normalerweise …«, stotterte ich wie ein Schuljunge, der zum ersten Mal einem Mädchen gegenüberstand.

Ehe ich reagieren konnte, legte Katie mir ihre Arme um den Hals und zog mich zu sich heran. Unsere Lippen trafen sich erneut. War der erste Kuss ein Herantasten gewesen, so war dieser verzehrend und wild. Ihre Zunge tauchte tief in mich ein, und ich schnappte nach Luft. Ich liebte ihren Geschmack, genau wie ihren zarten, blumigen Duft. Ihre Finger krallten sich in meinen Rücken. Ihre vollen Brüste pressten gegen meinen Oberkörper. Ich spürte, wie mein Lustzentrum zum Leben erwachte. Mein Schwanz pochte fast schmerzhaft gegen meine Jeans. Ich glitt mit der Hand runter zu ihrem festen Po.

Mit einem Ruck löste sie sich von mir.

»Ich glaube, ich sollte jetzt wirklich gehen«, sagte sie rau.

Benommen öffnete ich die Augen. Mit einem Ausdruck, den ich bisher an ihr nicht kannte, sah sie mich an. Tief. Beunruhigend tief und voller Lust. Ich schluckte. »Katie, ich …«

»Psst.« Sie legte ihren Zeigefinger auf meine Lippen und brachte mich zum Schweigen. »Jetzt sind wir quitt.«

Ich schüttelte verwirrt den Kopf. »Was?«

»Du brauchst dir keine Gedanken wegen des Kusses zu machen. Du hast mich geküsst und ich dich. Wir sind quitt.« Ohne mir die Chance zu geben, ihr zu antworten, stürmte sie aus der Küche.

Es dauerte einen Moment, bis ich mich gefangen hatte. Als ich so weit war, stand Katie bereits angezogen im Flur. »Sehe ich dich morgen?«

»Nein, du darfst das Cottage nicht betreten, bis ich fertig mit der Arbeit bin.«

»Aber das ist *mein* Cottage«, protestierte ich.

»Mag sein, aber bis ich damit fertig bin, gehört es mir.« Sie schenkte mir ein breites Lächeln. »Schlaf gut.« Mit diesen Worten verschwand sie in die Dunkelheit.

Ich blieb zurück. Verwirrt. Allein.

21

Katie

»Du hast ihn wirklich zurückgeküsst und bist danach einfach verschwunden?« Hallie sah mich mit großen Augen an.

»Yep. Genaugenommen hat er mich zuerst geküsst. Ich habe mir nur eine Wiederholung abgeholt.« Ich schwang meine Beine nach oben und setzte mich in den Schneidersitz auf das Sofa.

Die ganze Fahrt von Holmbury nach London hatte ich an nichts anderes als an Hunters Kuss gedacht. Ich konnte seinen Mund noch immer auf meinen Lippen spüren. Sein Kuss hatte Gefühle in mir hochgeholt, von denen ich gedacht hatte, dass sie nicht mehr existieren würden. Meine letzte Beziehung war schon eine Weile her, und seitdem hatte ich nur ein paar Affären gehabt. Nichts von Bedeutung mit mittelmäßigem Sex.

»Ich wusste nicht, dass du so eine coole Socke bist«, sagte Hallie. »Das muss an den Schwangerschaftshormonen liegen.«

»Ich sage dir doch, seit ich schwanger bin, denke ich nur noch an Sex, und seit Neustem auch an Essen.« Wie zum Beweis stopfte ich mir eine Ladung Chips in den Mund, gefolgt von einer mit Sardellenpaste gefüllten Olive.

Hallie verzog das Gesicht. »Und wie war der Kuss?«

Ich schloss für einen Moment die Augen. »Der Mann küsst wie die Hauptfigur in seinem Buch.« Ich grinste Hallie wissend an.

»Dann hast du das Buch gelesen?«

»Ich war die halbe Nacht wach, weil ich unbedingt wissen wollte, ob Michael erfährt, dass Camille von ihm schwanger ist. Als er gestorben ist, habe ich mir die Seele aus dem Leib geheult. Der Mann versteht sein Handwerk genauso gut wie das Küssen.«

»Sag ich doch. Man kann viel über einen Schriftsteller lernen, wenn man seine Bücher liest. Deswegen kann ich gut verstehen, dass Marylin Monroe mit Arthur Miller verheiratet war. Der Mann war zwar nicht sonderlich attraktiv, aber hatte einen Schreibstil zum Niederknien.«

»Arthur Miller. Mhm.« Ich machte mir in Gedanken eine Notiz, mir bei meinem nächsten Besuch in der Buchhandlung ein Werk von Arthur Miller zu kaufen.

»Wie steht es eigentlich mit deiner Schwangerschaft?«

Ich schielte nach den Oliven. »Was soll damit sein?«

»Wirst du es ihm sagen oder warten, bis die Wehen kommen?«

»Ich werde es ihm natürlich nicht sagen. Wozu auch? Wir haben uns schließlich nur geküsst.«

»Aber ein Kuss kann alles verändern.«

»Glaub mir, ich habe schon eine Menge Männer geküsst, aber keiner von ihnen war der Prinz«, erwiderte ich entschlossen. »Wobei Hunter ehrlich gesagt ziemlich süß ist, wenn er nicht gerade seine fünf Minuten hat.« Ich dachte daran, wie er mich nach dem Kuss angesehen hatte. »In seiner Nähe bekomme ich immer dieses Hunter-Kribbeln am ganzen Körper.«

»Hunter-Kribbeln.« Hallie sah mich nachdenklich an. »Wenn ich es nicht besser wüsste, würde ich behaupten, dass du auf dem besten Wege bist, dich in ihn zu verlieben.«

»Verlieben? Ich? Niemals!« Ich schüttelte energisch den Kopf. »Das sind nur die Schwangerschaftshormone, die da aus mir sprechen. Hunter Reed ist noch nicht mal mein Typ.« Das war eine Lüge. Er war mit seiner sportlichen Figur und seinem umwerfenden Lächeln genau mein Typ. Noch dazu war er Schriftsteller und hatte Humor. Intellekt gepaart mit Aussehen. Eine brandheiße Mischung, die man nicht allzu häufig fand.

Hallie prostete mir mit ihrem Rotweinglas zu. »Also ich fand ihn ehrlich gesagt ganz sexy.«

»Vielleicht. Aber du darfst nicht vergessen, dass der Mann noch dazu mein Auftraggeber ist.«

»Na und?«

»*Don't shit where you eat!* Der Kuss war ein einmaliger Ausrutscher.« Ich stürzte mein Wasser in einem Zug runter. »So, und nun genug über Männer gesprochen. Findest du, man sieht schon was?« Ich stand auf und zog das T-Shirt hoch.

Hallie begutachtete mich ausgiebig. »Nö, dein Bauch sieht aus wie immer. Einzig deine Titten sind größer geworden, aber das stört Hunter mit Sicherheit nicht.«

»Hunter wird diese Titten nie zu sehen bekommen.« Ich ließ mich wieder aufs Sofa fallen. »Um die Hunter-Sache auf den Boden der Tatsachen zurückzubringen: Ich hatte nicht den Eindruck, dass er auf der Suche nach einer Frau ist. Er ist gerade dabei, aufs Land zu ziehen. Das Letzte, was er will, ist eine Beziehung mit einer Frau, die ein Baby von einem anderen erwartet.«

»Mhm. Wann seht ihr euch wieder?«

»Erst wenn das Cottage fertig ist. Ich habe ihm verboten, vorher zu kommen.« Was eigentlich sehr bedauerlich war, denn je länger ich über den Kuss nachdachte, desto mehr sehnte ich mich nach *mehr*. Aber das musste ein Ende haben. Hunter Reed war mein Auftraggeber. Mehr nicht. Der Kuss war ein Ausrutscher gewesen, und dabei würde es bleiben.

»Du musst es wissen«, sagte Hallie und schob sich eine Ladung Chips in den Mund.

22

Hunter

Ich starrte an die Decke meines Zimmers. Das silberne Licht des Mondes fiel durch das Fenster und warf gespenstische Schatten an die Wand. Es war ungewohnt ruhig. Schon seit Stunden versuchte ich zu schlafen – ohne Erfolg. Jedes Mal, wenn ich die Augen schloss, hatte ich das Gesicht der hübschen Innenausstatterin vor Augen. Katie. Katie. Katie.

Ihre Küsse hatten mir den Verstand geraubt.

Immer wieder ging ich die Situation in der Küche durch. Der Kuss war unglaublich gewesen, genau wie die ganze Frau selbst. Als sie sich an mich gepresst hatte, hatte sie mich fast um den Verstand gebracht. Etwas, das ich zuletzt bei Clarissa gespürt hatte. Dabei konnten die beiden Frauen unterschiedlicher nicht sein.

Bis vor einem Monat hätte ich es nicht für möglich gehalten, dass ich noch einmal so etwas für eine Frau empfinden würde, und doch war es geschehen.

Es hatte mir gefallen, wie sie mit den Männern des Transportunternehmens gesprochen hatte. Selbstbewusst, verbindlich und doch herzlich. Die perfekte Mischung.

Wie es sich wohl anfühlte, ihre weiblichen Kurven zu spüren und dabei ihren herrlichen Duft einzuatmen, der wie ein warmer

Sommerregen roch? Sofort verspürte ich ein Ziehen in meinem Unterleib. Verdammt.

Ich dachte daran, wie sie mich abgewiesen hatte. Ein geheimnisvolles Lächeln hatte um ihren Mund gespielt, aber in ihren Augen hatte sich die gleiche Lust widergespiegelt, die ich gespürt hatte.

Im Hintergrund hörte ich Garys tiefe Stimme, gefolgt von einem leisen Kichern. Das Schlafzimmer der beiden war nur ein paar Schritte von meinem entfernt, und die Wände waren dünn wie Papier. Ich war froh, wenn ich endlich in das Cottage ziehen konnte und wieder mein eigener Herr war.

Wenn Katies Plan aufging, wäre es Ende nächster Woche schon so weit.

Warum nur hatte sie mir verboten, vorbeizukommen? War es wirklich nur wegen des Überraschungseffekts oder wollte sie mich loswerden?

Wahrscheinlich gab es nur einen Weg, die Wahrheit herauszufinden … und ich wusste auch schon, wie. Mit einem leisen Lächeln schlief ich ein.

23

Katie

Zufrieden betrachtete ich die Küche. Alles war perfekt. Genau so, wie ich es mir vorgestellt hatte. Die Essecke mit den weiß geölten Eichenmöbeln passte perfekt zum Stil der Küche und gab ihr einen modernen Touch. Statt der Stühle hatte ich auf der einen Seite des Tisches eine Bank aus dem gleichen Holz aufgestellt. Die pastellfarbenen Polster darauf waren farblich auf die Kommode und den Schrank abgestimmt. Die alte Messinglampe hatte ich durch eine Pendellampe mit handgeflochtenem Bambus ersetzt, die den Raum in ihr weiches Licht tauchte. Auf der Fensterbank hatte ich mehrere Töpfe mit frischen Kräutern verteilt, die ihren würzigen Duft verströmten. Im Sommer konnte man dort stattdessen Töpfe mit Lavendel platzieren.

Ich hatte auf Vorhänge verzichtet, um den Blick auf den Garten freizugeben. Heute war die Landschaft mit Nebelschwaden verhangen gewesen. Jetzt hatte sich bereits die Dunkelheit über alles gelegt. Mein Blick fiel auf die Arbeitsplatte. Als ich heute Morgen angekommen war, hatte ich dort einen Zettel von Hunter vorgefunden, in dem er mir viel Erfolg und einen schönen Tag gewünscht hatte. Das hatte bisher noch keiner meiner Kunden für mich getan. Auf der anderen Seite war Hunter auch kein normaler Kunde.

Allein die Umstände, wie wir uns kennengelernt hatten, waren alles andere als normal gewesen. Bei dem Gedanken an unser erstes Treffen huschte ein Lächeln über mein Gesicht. Obwohl ich es niemals zugeben würde, war ich ein wenig enttäuscht gewesen, ihn nicht im Cottage vorzufinden. Ein winziger Teil von mir hatte gehofft, dass er sich mir nach diesem fantastischen Kuss widersetzen würde. Unbewusst leckte ich mir mit der Zungenspitze über die Lippen. Schade eigentlich.

Seufzend wandte ich mich ab. Mein Magen meldete sich lautstark zu Wort. Ich hatte seit dem Frühstück nur einen kleinen Lunch-Snack zu mir genommen. Es wurde höchste Zeit, dass ich etwas zwischen die Zähne bekam. Außerdem taten mir die Füße vom langen Stehen weh. Aber ich hatte mir fest vorgenommen, zumindest die Küche bis auf ein paar Kleinigkeiten fertig zu bekommen. Tatsächlich hatte ich es sogar noch geschafft, die Möbel im Wohnzimmer aus ihrer Verpackung zu befreien. Der Auftrag von Hunter war klar definiert gewesen. Er wollte so schnell wie möglich einziehen, um Weihnachten hier zu verbringen.

Weihnachten. Nur noch knapp vier Wochen und es war so weit. Ich war so beschäftigt gewesen, dass ich noch nicht einmal die Weihnachtsdekoration aus den Kisten geholt hatte, um die Wohnung ein wenig in der Vorweihnachtszeit zu schmücken. Aber das hatte Zeit. Meine Kunden hatten Priorität. Wenn sie zufrieden waren, konnte ich mich um meine privaten Dinge kümmern.

Ich schlängelte mich an den leeren Kartons im Flur vorbei und ging ins Wohnzimmer, um einen letzten prüfenden Blick auf alles zu werfen, bevor ich mich ins Auto setzen würde.

Das Leder des Chesterfield-Sofas und der Sessel schimmerten wie Whisky im Licht des Kaminfeuers. Im Gegensatz zu der Küche war es hier angenehm warm. Ich hatte darauf verzichtet, die anderen Räume zu heizen.

Ich gab einen kleinen zufriedenen Laut von mir. Wenn ich hier fertig war, würde das Cottage ein Traum sein. Selbst jetzt strahlte es einen unwiderstehlichen Charme aus. Ein wenig beneidete ich Hunter um seinen Besitz. Es war nicht so, dass mir mein Apartment in Notting Hill nicht gefiel – es gefiel mir sogar sehr –, aber manchmal fehlte mir die Behaglichkeit, wie sie nur alte Häuser ausstrahlten. Dazu der Geruch von Kaminholz und Kerzenwachs. Traumhaft schön.

Es klingelte leise an der Tür. Ich warf einen Blick auf meine Uhr. Meine Güte, es war bereits kurz nach acht. Ich hatte völlig die Zeit vergessen.

Mit wenigen Schritten durchquerte ich den Flur. Wer mochte das sein? Ich zupfte meine Haare etwas zurecht, die wirr um meinen Kopf lagen, und legte ein professionelles Lächeln auf. Mit einem Ruck riss ich die Tür auf.

»Hunter!« Mein Herz machte einen freudigen Hüpfer. »Was machst du denn hier?«

»Ich wohne hier.« Er lachte, und seine blauen Augen blitzten vergnügt. »Schon vergessen?«

»Nein, natürlich nicht. Aber ich habe doch gesagt, dass du nicht reindarfst, bis ich fertig bin«, antwortete ich streng.

Am liebsten hätte ich mich ihm an den Hals geworfen und einen Kuss als Belohnung für meine heutige Arbeit eingefordert. Er sah in seiner schwarzen Hose und dem schwarzen Hemd ungeheuer sexy aus. Ganz im Gegensatz zu mir. Auch ohne in den Spiegel geschaut zu haben, wusste ich, dass meine Haare einem Katastrophengebiet glichen. Dem Brennen meiner Wangen nach zu schlussfolgern, war ich noch dazu feuerrot im Gesicht.

Hunter schien es nicht bemerkt zu haben, jedenfalls lächelte er geheimnisvoll. »Das habe ich auch nicht vor.«

»Hast du nicht?«

»Nein, ich wollte dich fragen, ob du Lust hast, mit mir essen zu gehen.« Seine Augen versenkten sich in meine. Ich schluckte trocken. Mein Puls schaltete noch einen Gang höher.

»Aber ich habe …«, ich sah an mir herunter, »nur meine Arbeitsklamotten mit.«

»Du gehörst zu den Menschen, die immer toll aussehen, egal was sie tragen.«

»Ist das ein Kompliment?«, neckte ich ihn.

»Absolut. Du siehst wunderschön aus. Ich würde mich freuen, wenn du mich begleiten würdest.« Seine Stimme war einladend warm.

In meinem Kopf wirbelten die Gedanken. Wenn ich seine Einladung annahm, würde er sich vielleicht Hoffnung machen, und das war das Letzte, was ich wollte. Auf der anderen Seite war der Gedanke, mit dem sexy Schriftsteller essen zu gehen, verlockend. Fast so verlockend, wie ein Kuss von ihm zu bekommen.

»Ich gehe normalerweise nicht mit meinen Kunden essen«, erwiderte ich zögerlich.

»Keine Geschäftsessen?« Seine Augen hielten mich noch immer gefangen.

»Doch, wenn es sich um Geschäftsessen handelt, schon.«

Hunter strahlte. »Na, dann ist das hier offiziell eine Einladung zum Geschäftsessen.« Sein Charme war einfach unwiderstehlich.

»Ein Geschäftsessen.« Ich knabberte an meiner Unterlippe. Wenn ich jetzt mitging, würde ich nur noch mehr wollen, dass er mich küsste. »Mhm.«

»Komm schon, gib deinem Herzen einen Ruck. Ich bin schließlich extra den ganzen Weg von London hierhergefahren, um mit dir ein paar wichtige geschäftliche Dinge zu besprechen.«

»Ist das so?« Ich konnte mein Lächeln nicht verbergen. »Na dann will ich mal nicht so sein.«

Wie schaffte dieser Mann es nur, mich innerhalb so kurzer Zeit derart um den Finger zu wickeln?

»Ist das ein Ja?« Seine Augen funkelten im Licht wie Kristalle.

»Wenn du noch lange fragst, überlege ich es mir noch anders«, erwiderte ich grinsend.

»Das will ich auf keinen Fall riskieren.«

»Gut, dann mache ich das Licht aus und hole meinen Mantel.« Hunter trat einen Schritt in den Flur. »Ahahahaa!« Ich wedelte mit dem Zeigefinger in der Luft. »Keinen Schritt weiter oder ich schreie. Das hier ist die Todeszone.«

»Das habe ich glatt übersehen.« Lachend trat Hunter einen Schritt zurück.

Ich nickte zufrieden. »Sehr gut. Ich bin gleich bei dir.«

»Einverstanden. Lass dir bitte Zeit. Ich warte im Auto auf dich.« Lächelnd verschwand er in der Dunkelheit.

»Wo fahren wir hin?«, fragte ich. Hunter hatte den Blick auf die Straße gerichtet. Seine Finger umschlossen das Lenkrad locker.

»Das ist eine Überraschung.« Selbst in dem schummrigen Licht konnte ich sehen, dass er lächelte.

»Ich hasse Überraschungen.« Schmollend ließ ich mich in den weichen Ledersitz zurücksinken.

»Du hast deine Prinzipien. Ich habe meine.«

»Und die lauten?«

»Verrate niemals einer Frau deine Überraschung, sonst meckert sie, bevor sie sie gesehen hat.«

Unwillkürlich musste ich grinsen. Wie es aussah, hatten wir die gleichen Prinzipien. »Du hast in dieser Hinsicht wohl einschlägige Erfahrungen gemacht?«

»Das könnte sein.« Seine Mundwinkel zuckten.

Die gelben Lichter der Scheinwerfer huschten über die Straße. Um uns herum herrschte Dunkelheit. Hunter drückte auf das Gaspedal, als wir die Anhöhe hochfuhren.

Der Mond war bereits aufgegangen und hing wie eine silberne Scheibe am Horizont. Die Umrisse der Hügel zeichneten sich unter seinem Licht ab.

Ich warf einen Blick zur Seite und studierte unauffällig sein Profil. Seine Nase war wie gemeißelt. Die hohen Wangenknochen zeichneten sich unter der Haut ab. Ich schluckte bei seinem Anblick. Unwillkürlich musste ich wieder an unseren Kuss denken. Ein zartes Flattern breitete sich in meinem Bauch aus.

Der SUV hatte die Anhöhe überwunden und sauste mit hoher Geschwindigkeit die Straße entlang. Sie machte eine Biegung, und für einen Moment wurde der Blick durch Bäume und Büsche verdeckt. Rechts und links der schmalen Straße tauchten die ersten Lichter der Häuser auf. Kaum mehr als eine Handvoll.

Hunter warf mir einen kurzen Seitenblick zu. »Wie gefällt dir eigentlich Holmbury?«

»Ich habe wenig davon gesehen«, antwortete ich ehrlich. »Auf den ersten Blick sieht es sehr malerisch aus.«

Er nickte. »Wusstest du, dass Holmbury schon mehrfach als Filmkulisse gedient hat?«

»Ich hatte keine Ahnung. Aber vorstellen kann ich es mir schon. Die Landschaft ist einfach traumhaft, und das Örtchen sieht aus wie auf einer Postkarte.«

»Das hast du ziemlich treffend gesagt. Außerdem sind die Menschen hier sehr herzlich und gastfreundlich.«

»Wirklich?« Meine Augenbraue schnellte nach oben. »Also ich bin bei meinem ersten Besuch hier vier Frauen im Dorf begegnet, als ich nach dem Weg gefragt habe …«

»Du hast dich verfahren?«

Mist. Hunter war ein aufmerksamer Zuhörer und hatte meinen kleinen Fauxpas sofort bemerkt.

»Nicht wirklich. Ich wollte nur sichergehen«, fügte ich schnell hinzu. Ich konnte schwören, dass er lachte. Der Mistkerl. »Auf jeden Fall wirkten die Damen ganz schön ländlich auf mich.«

»Du klingst wie ein Londoner Snob.« Seine Stimme lächelte in der Dunkelheit.

»Autsch«, entfuhr es mir. »Das war nicht meine Absicht. Ich meine nur, die waren ganz schön neugierig. Haben mich gefragt, warum ich Primrose Cottage suche und so.«

»Hier passen die Menschen eben noch aufeinander auf.«

»Und deshalb ziehst du hierher? Damit man auf dich aufpasst?«, witzelte ich.

»Nein, natürlich nicht. Ich bin hier großgeworden.«

»Tatsächlich?« In dem Wikipedia-Eintrag über Hunter hatte nichts dergleichen gestanden. »Ich dachte, deine Großeltern hätten hier gewohnt.«

»Ja, das ist richtig, und ich bin bei ihnen aufgewachsen.«

»Oh«, war alles, was ich zustande brachte, während ich die Informationen verarbeitete. Ein strenger Zug hatte sich um Hunters Mund gebildet.

»Entschuldige wenn ich frage, aber ist deine Mutter auch …«, fragte ich schließlich zögerlich, »gestorben?«

»Nein. Meine Mutter erfreut sich bester Gesundheit. Zumindest nehme ich das an. Ich habe schon seit einer Ewigkeit nichts mehr von ihr gehört.« Der warme Klang war aus seiner Stimme verschwunden. »Sie ist mit knapp achtzehn mit mir schwanger geworden. Irgendein Kerl, mit dem sie eine kurze Affäre hatte. Nachdem sie mich auf die Welt gebracht hat, ist sie aus meinem Leben verschwunden.«

»Dann haben dich deine Großeltern großgezogen.«

»Ja«, erwiderte er knapp mit einem Kopfnicken. Der Art nach, wie er reagierte, hatte er keine Lust, weiter über das Thema zu sprechen. Deshalb zog ich es vor zu schweigen. Ich hatte kein Recht, weiter in ihn einzudringen.

Ich dachte an Mum und Dad, die uns mit all ihrer Liebe großgezogen hatten. Was hatte ich nur für ein Glück.

Hunter räusperte sich. »Ich hatte eine schöne Kindheit. Meine Großeltern waren immer für mich da.« Konnte der Mann Gedanken lesen? Ich nickte stumm. »Nur manchmal habe ich mich als kleiner Junge gefragt, warum meine Mutter mich nicht geliebt hat. Aber letztendlich wird sie ihre Gründe gehabt haben.«

Der Wagen bog in die Hauptstraße ein. Unwillkürlich musste ich an das Baby denken, das in meinem Bauch heranwuchs. Ich wusste schon jetzt, dass ich es bedingungslos lieben würde, egal was geschah.

Nachdenklich blickte ich nach draußen. In den meisten Fenstern der Häuser brannte Licht. Einige Familien hatten bereits die Tannen in den Vorgärten mit Lichterketten geschmückt.

Langsam fuhren wir auf den Marktplatz zu, der gerade so groß war, dass eine Handvoll Stände dort ihren Platz fanden.

»Am Wochenende ist hier Markt«, erklärte Hunter und drosselte das Tempo. »Dann kann man frisches Obst und heimische Waren aus der Umgebung kaufen. Der Markt ist sehr beliebt bei den Touristen, aber auch bei den Anwohnern. Nächste Woche startet hier der Weihnachtsmarkt. Dann gibt es Glühwein und Würstchen.«

»Das klingt nach einer verlockenden Kombi«, erwiderte ich lachend. »Das letzte Mal, dass ich auf einem Weihnachtsmarkt war, muss Jahre her sein.« Hallie hatte mich damals von der Arbeit abgeholt, und wir waren zusammen über den Weihnachtsmarkt in Notting Hill geschlendert. Das Ende vom Abend war, dass ich ziemlich angetrunken ins Bett gefallen war.

»Dann wird es aber höchste Zeit.« Er sah mich an.

Ich schüttelte den Kopf. »Ich glaube nicht, dass daraus etwas wird. Ich bin bis zum Ende des Jahres komplett ausgebucht.«

Hunter antwortete nicht, sondern setzte den Blinker. Wir bogen in eine kleine Seitenstraße ein, die kaum breiter als der Wagen und mit Kopfsteinpflaster belegt war. Keine zweihundert Meter später stoppte Hunter den Wagen. »Da wären wir.« Er deutete auf ein altes Haus, über dessen Eingang *The Royal Oak* in großen Buchstaben geschrieben stand. »Das beste Restaurant und gleichzeitig der beste Pub im ganzen Ort.« Er lachte. »Wobei man fairerweise sagen muss, dass es nur zwei Restaurants gibt.«

»Na, dann würde ich sagen, lassen wir uns überraschen.« Lächelnd drückte ich die Türklinke herunter. Es war kühl geworden. Fröstelnd zog ich meine Jacke enger zusammen.

»Das Essen ist deftig, und es gibt nur ein paar Gerichte zu Auswahl. Aber Mia versteht ihr Handwerk.« Weiße Wölkchen bildeten sich vor seinem Mund, während er sprach. Seine Augen schimmerten silbern im Mondlicht.

»Mia. Soso.«

»Die Köchin. Sie und Zach haben den Laden vom alten Trevor übernommen.« Hunter legte seinen Arm wie selbstverständlich um meine Taille. »Wundere dich nicht, wenn Mia ziemlich direkt ist. Das ist ihre Art. Sie meint es nicht persönlich. Mia ist der beste Kumpel, den man sich wünschen kann.«

»Du scheinst sie gut zu kennen.« Ich genoss die Wärme, die von seinem Körper ausging. Am liebsten hätte ich mich an ihn gekuschelt und seinen köstlichen Duft gerochen.

»Wir sind zusammen zur Schule gegangen und bis heute befreundet. Sie hält mich auf dem Laufenden, was in Holmbury los ist. Außerdem hat sie sich um Gramps gekümmert. Sie kann sehr bestimmend sein, also lass dich nicht von ihr kleinkriegen.«

»Sehe ich so aus?«

Hunter lachte auf. »Stimmt. Wenn jemand Mia die Stirn bieten kann, dann bist du es.«

»Endlich hast du kapiert, dass man gegen mich keine Chance hat.«

»Das wusste ich gleich, als ich dich das erste Mal gesehen habe.« Hunter warf mir einen bedeutungsvollen Seitenblick zu.

»Davon habe ich aber nichts gemerkt«, konterte ich lachend. »Du hast mich ganz schön ins offene Messer laufen lassen.«

Er drückte die schwere Holztür zum Pub auf. »Das war ja der ganze Spaß. Du warst dir deiner Sache so sicher.«

»Das solltest du eigentlich als Kompliment auffassen.« Ich trat ein. Sofort wurde ich von lauten Stimmen empfangen. Ich blinzelte. Es dauerte einen Moment, bis meine Augen sich an das schummrige Licht gewöhnt hatten. Der kleine Raum war bis auf den letzten Platz besetzt. Die Luft war zum Schneiden schwer. Es roch nach frisch gebratenem Fleisch und Kaminfeuer. »Sieht aus, als ob wir zu spät sind.« Ich deutete auf die vollen Tische.

»Keine Sorge. Wir kriegen schon einen Platz.« Hunter lächelte wie ein Mann, der genau wusste, was er tat.

Mit sicherer Hand führte er mich an einer Gruppe Männer vorbei bis zu dem Tresen seitlich des Eingangs. Auch hier waren alle Stühle besetzt. Die meisten der Gäste unterhielten sich angeregt, und im Hintergrund lief Musik. Hinter dem Tresen wirbelte ein kräftiger Mann an dem Zapfhahn. Das markante Gesicht zierte ein Vollbart, und über die muskulösen Arme zogen sich die dunklen Linien einer Tätowierung.

»Hey, Hunter. Was für eine Überraschung. Mia wird aus dem Häuschen sein, wenn sie dich sieht«, begrüßte der Mann seinen alten Freund. Er hatte die tiefste Stimme, die ich jemals gehört hatte. Wie eine Trommel, die man anschlug.

»Hi, Zach.« Hunter lächelte breit. »Darf ich dir vorstellen? Das ist Katie.«

»Katie.« Zach schenkte mir ein breites Lächeln und legte dabei einen silbernen Ring frei, der durch sein Lippenbändchen gestochen worden war.

Ich hob die Hand zum Gruß. »Hi.«

In diesem Moment wurde die Schwingtür neben dem Tresen aufgestoßen und eine schwarz gekleidete Frau kam in den Raum gestürmt. Jede sichtbare Stelle ihres Körpers war mit Tätowierungen bedeckt, die ihr bis zum Hals reichten. Ihre blonden Haare waren zu Zöpfen geflochten, die sie seitlich des Kopfes in Schnecken befestigt hatte.

Ich tippte Hunter auf die Schulter. »Ich dachte, Prinzessin Leia lebt nicht mehr.«

»Das ist Mia«, erwiderte Hunter, der meinem Blick gefolgt war. Er rief ihren Namen.

Als sie ihn entdeckte, blitzten ihre Augen vergnügt auf. »Hunter!« Mit einem Aufschrei warf sich Mia ihm um den Hals. »Seit wann bist du da?«

Neugierig beobachtete ich die beiden. Mia trug einen kurzen Lederrock und schwarze Strümpfe. Ihre Füße steckten in derben Schuhen. Das schwarze Shirt gab den Blick auf ein Madonnenabbild frei, das auf ihr Dekolleté gestochen war.

»Ich bin spontan vorbeigekommen.« Hunters Blick fiel auf mich. »Darf ich dir vorstellen? Das ist Katie. Sie kümmert sich um Primrose Cottage.«

Mias Blick wanderte zu meiner Taille, wo noch immer Hunters Arm lag. »Wie es aussieht, nicht nur darum.« Ich beschloss, die Bemerkung zu ignorieren. »Ich bin Mia. Mir gehört der Laden.«

Sie streckte mir die Hand entgegen. Ein Lächeln umspielte ihren Mund. Ohne zu zögern, schlug ich ein. »Cool. Ich habe noch nie 'ne Pubbesitzerin kennengelernt. Endlich mal eine Frau, die den Laden schmeißt.«

»Ich sehe schon, wir stehen auf demselben Blatt Papier.« Mia zwinkerte mir zu. »Und ihr wollt wirklich hier essen?«

»Hunter hat so von deinem Essen geschwärmt, dass ich nicht Nein sagen konnte.« Ich zwinkerte ihr zu.

»Sehr gut. Wenn er was anderes gesagt hätte, hätte ich ihm auch eine runterhauen müssen.« Jemand rief Mias Namen. »Ja, ich komme gleich.« Sie wischte sich mit dem Handrücken eine Strähne aus dem Gesicht. »Entschuldigt, aber heute ist ganz schön viel los.«

»Hast du noch Platz für uns?« Hunter sah Mia fragend an.

»Logo. Wäre der okay für euch?« Mia deutete auf einen Tisch, der sich etwas abseits des Trubels vor dem Kamin befand und an dem zwei Männer saßen.

Hunter warf mir einen fragenden Seitenblick zu. »Natürlich. Aber da sitzen noch Gäste.«

Mia zwinkerte mir zu. »Aber nicht mehr lange. Gib mir zwei Minuten.« Sie gab Zach ein Zeichen. »Machst du den beiden ein Bier klar, solange sie warten?«

»Für mich nicht«, beeilte ich mich zu sagen. »Ich muss noch Auto fahren.«

Hunter nickte. »Ich auch.«

»Zach, zwei Stehaufmännchen bitte.« Sie grinste frech.

»Haha. Sehr witzig«, brummte Hunter. »Immer noch ganz die Alte.«

»Selber.« Sie gab ihm einen Stoß in die Seite. »Wahrscheinlich scheißt du dir immer noch in die Hose, wenn Mrs Mackenzie um die Ecke kommt.«

»Die lebt noch?«

Ich hätte schwören können, dass Hunter eine Nuance blasser geworden war. Mia schien es auch bemerkt zu haben, denn sie schmunzelte. »Ja. Sie ist in Rente und terrorisiert ihren Mann, den armen alten Archie.«

Die beiden lachten. Wie es sich anhörte, verband sie mehr als nur eine Schulfreundschaft.

»Ich bin gleich wieder da.« Mia eilte davon.

»Sie mag dich«, flüsterte Hunter mir ins Ohr. Sein warmer Atem streifte dabei meine Wange. Sofort prickelte mein Gesicht.

»Puh.« Ich wischte mir mit der Hand über die Stirn. »Da habe ich ja noch mal Glück gehabt. Aber ich mag sie auch. Mit ihrer direkten Art erinnert sie mich ein bisschen an meine Schwester Hallie.« Aus dem Augenwinkel beobachtete ich Mia, die mit den beiden Gästen an dem Tisch sprach. Sekunden später standen die Männer auf.

»Zweimal Stehaufmännchen.« Zach reichte uns zwei Gläser, die mit einer trüben gelblichen Flüssigkeit gefüllt waren, in der Minzblättchen als Deko schwammen.

»Was ist das?« Misstrauisch schnüffelte ich an dem Glas. Sofort hatte ich einen angenehm frischen Duft in der Nase.

Hunters Mundwinkel zuckten. »Ingwerlimonade nach einem alten Rezept von Mias Großmutter. Das Zeug weckt selbst Tote wieder auf. Deshalb haben wir es Stehaufmännchen genannt.«

Mia winkte uns zu.

»Wie macht sie das?«, fragte ich Hunter mit dem Blick auf die zwei Männer, die zu meinem Erstaunen überhaupt nicht genervt aussahen.

»Es gibt kaum jemanden in Holmbury, der nicht das tut, was Mia sagt.« Hunter machte eine Kopfbewegung in Richtung Tresen. »Außer Zach ... vielleicht.«

Wir lachten beide.

»Euer Tisch ist fertig!« Mia machte eine einladende Handbewegung.

Hunter schenkte ihr ein Lächeln. »Danke.«

»Was kann ich euch bringen?« Ihr Blick fiel auf mich.

»Was gibt es denn? Ich habe tierischen Hunger.« Ich hatte ein flaues Gefühl im Magen.

»Dann habe ich genau das Richtige für dich. Vegetarierin oder Allesfresser?« Mia sah mich schief an.

»Allesfresser.«

»Sehr gut.« Sie nickte bestimmt. »Du auch, Hunter?«

»Ich schließe mich Katie an.«

»Na dann lasst euch mal überraschen.« Mia schaute auf mein Glas. »Schon probiert?«

Ich schüttelte den Kopf. »Aber jetzt.« Vorsichtig nahm ich einen winzigen Schluck. Sofort hatte ich eine angenehme Schärfe im Mund, gepaart mit einer Mischung aus Ingwer-Zitronen-Geschmack. Die Minze gab dem Ganzen eine frische Note. »Mhm, lecker. Das solltest du dir patentieren lassen. Was ist das?«

Ich hielt das Glas gegen das Licht.

»Ingwer mit ein paar geheimen Zutaten, die nicht verraten werden. Alles organisch, vegan und sehr gesund. Ist vor allem bei den Männern sehr beliebt.« Mia sah mich mit einem zweideutigen Lächeln an.

»Warum bei den Männern?«

Mias Blick wanderte zu Hunter. »Du hast es ihr nicht gesagt.« Es war eine Feststellung, keine Frage.

Hunter, der gerade getrunken hatte, fing an zu husten.

»Was gesagt?«, fragte ich.

»Stehaufmännchen hilft auch bei Potenzproblemen.« Mia machte ein eindeutiges Zeichen.

»Oh.« Ich spürte, wie mir eine brennende Hitze den Hals hochstieg.

»Ich lass euch beiden Hübschen mal alleine und kümmere mich um das Essen.« Mit diesen Worten eilte sie davon.

»Dir scheint es ja geschmeckt zu haben.« Mia nahm meine leere Schüssel vom Platz und stapelte sie auf Hunters, der ebenfalls alles bis auf den letzten Krümel weggeputzt hatte. »Endlich mal 'ne Städterin, die anständig essen kann und nicht die Salatblätter von rechts nach links schiebt.«

Ich lachte auf bei dem Vergleich. Tatsächlich kannte ich einige Frauen, die sich genau so verhielten. »Der Stew war der Knaller, und das Brot war köstlich. Backt ihr das selbst?«

»Allerdings.« Der Stolz in Mias Stimme war nicht zu überhören. »Zach ist ein echter Brotkünstler.«

»Das scheint mir auch so. Würde ich hier leben, wäre ich auf jeden Fall Stammgast bei euch.«

Mia zuckte mit den Schultern »Was nicht ist, kann ja noch werden.«

Ich schüttelte den Kopf. »Ich fürchte nicht.«

Sie und Hunter tauschten kurze Blicke.

»Schade.« Mia eilte davon.

Der Abend war wie im Flug vergangen. Wir hatten uns über Gott und die Welt unterhalten. Hunter hatte kleine Anekdoten von Begegnungen mit seinen Leserinnen zum Besten gegeben. Seine Art zu erzählen war äußerst interessant, und ich hatte viel gelacht.

»Du meintest, dass deine Schwester eine Galerie hat«, nahm Hunter den Gesprächsfaden wieder auf.

186

»Ja. Hallie ist die Künstlerische von uns beiden.«

»Ha, da muss ich dich gleich mal unterbrechen. Deine Arbeit ist auch künstlerisch.«

Ich lächelte. »Aber auf eine ganz andere Art. Hallie hat ein Auge für den Moment. Wenn sie auf den Auslöser drückt, dann werden Gefühle transportiert und festgehalten.«

»Du liebst deine Schwester sehr«, stellte Hunter fest. Er sah mich nachdenklich an. Seine Finger spielten mit der Serviette.

»Ja. Sie ist meine engste Vertraute neben meinen Eltern.«

»Es muss schön sein, wenn man so eine intakte Familie hat«, sagte Hunter nachdenklich.

»Ja, aber wir haben auch unsere Auseinandersetzungen, wie jede Familie. Vielleicht sogar mehr.«

Hunter runzelte die Stirn. »Warum mehr?«

»Meine Mum ist eine Paar- und Sexualtherapeutin, und das kann als Kind ganz schön anstrengend sein. Vor allem als Teenager, wenn deine Mutter dir ungebeten Sextipps gibt, die du auf keinen Fall hören möchtest, und schon gar nicht, wenn dein Freund danebensitzt.« Ich zog eine Grimasse.

Hunter lachte. »Ich verstehe, was du meinst.«

»Und das war nur ein kurzer Ausschnitt aus meinem langen Leidensweg als Teenager. Bei Hallie war es nicht mehr so schlimm, da hatte Mum sich schon bei mir ausgetobt.«

»Und wie ist sie heute?«

»Mum?« Hunter nickte. Ich dachte kurz nach. »Immer noch ziemlich anders als andere Mütter. Aber ich liebe sie genau so, wie sie ist, denn sie hat sich all die Jahre von niemandem verbiegen lassen. Ein Stück weit ist meine Mum auch ein Vorbild für mich. Sie ist immer frei und unabhängig geblieben.«

Hunter sah mich nachdenklich an. »Deine Unabhängigkeit scheint dir ziemlich wichtig zu sein.«

Ich zuckte mit den Achseln. »So bin ich erzogen worden. Ich möchte mein Glück nicht von anderen Menschen abhängig machen. Für mich ist es wichtig, dass ich selbst entscheiden kann, was gut für mich ist und wie ich mein Leben gestalten möchte.«

»Mhm, aber eine Beziehung zu haben, bedeutet immer ein Stück weit, auch Kompromisse einzugehen.«

»Ja, das ist richtig. Aber viele meiner Freundinnen haben sich ihren Männern total untergeordnet und sich damit ein Stück weit aufgegeben. Ich könnte mir ein Leben nur als Hausfrau und Mutter nicht vorstellen. Dafür liebe ich meinen Job viel zu sehr.«

Hunter lächelte. »Ich schon.«

»Du meinst, ein Leben mit einer Frau an deiner Seite, die sich um deine Kinder kümmert und für dich kocht?«, fragte ich angriffslustig.

»Nein. Ein Leben als Hausmann mit einer Frau an meiner Seite, die unseren Unterhalt verdient.«

»Du verarschst mich jetzt.« Ich war ernsthaft überrascht.

»Nein. Keineswegs. Warum denn nicht? Ich bin Schriftsteller. Ich kann meinen Job von überall machen, und ich schreibe am besten nachts.«

»Das nenne ich mal eine sehr moderne Ansicht für einen Mann.« Ich prostete ihm zu. Hunter steckte voller Überraschungen und war überhaupt nicht so, wie ich gedacht hatte.

Mein Blick fiel auf die Wanduhr über dem Kamin. »Ach du meine Güte. Ist es wirklich schon so spät?«

Hunter folgte meinem Blick. »Da sieht man mal wieder, wie schnell die Zeit vergeht, wenn man sich gut unterhält.« Seine Augen suchten die meinen.

»Ja, das finde ich auch«, sagte ich mit belegter Stimme. »Was ist eigentlich der Grund, dass ein bekannter Londoner Schriftsteller wieder zurück in sein Heimatdorf zieht?«

Augenblicklich verdunkelte sich sein Blick. Um seinen Mund legte sich ein harter Zug. »Dafür gibt es verschiedene Gründe. Einer davon ist, dass ich gerade auf der Suche nach einer neuen Wohnung war und mein Großvater mir das Cottage vermacht hat. Eine glückliche Fügung sozusagen. Aber der Hauptgrund ist, dass ich einen Neuanfang brauche. Ich muss mal raus und alles hinter mir lassen.« Er schwieg. Ich sah, wie seine Kiefermuskeln mahlten. Es war mit einem Mal sehr still um uns herum. Viele der Gäste waren bereits gegangen. Das Feuer im Kamin war heruntergebrannt. »Ich habe eine ziemlich schwierige Zeit hinter mir«, fuhr er leise fort. »Meine Verlobte hat mir kurz vor unserer Hochzeit mitgeteilt, dass sie sich nicht mehr sicher ist. Ich dachte erst, das wäre die übliche Krise, über die man immer in den Filmen lacht, wenn die Leute kopfüber vom Altar davonlaufen. Also habe ich mich nicht aufgeregt und ihr Zeit gegeben, in der Hoffnung, dass sie es sich anders überlegen würde. Aber es ist nichts dergleichen passiert. Zwei Wochen vor der Hochzeit hat sie sich offiziell von mir getrennt. Ohne ein Wort der Erklärung. Einfach so.«

Der Schmerz in seiner Stimme ließ mich zusammenzucken. Ich konnte nur ahnen, dass für Hunter eine Welt zusammengebrochen war.

»Ich habe um sie gekämpft, aber sie wollte nicht.« Er lachte bitter auf. »Nun lebt sie in meinem Apartment und ich ziehe in das Cottage meiner Großeltern.« Unsere Blicke trafen sich. »Klingt ziemlich armselig, nicht wahr?«

Einem Impuls folgend, legte ich meine Hand auf Hunters. Er zuckte kaum merklich zusammen, sagte jedoch nichts.

»Ehrlich gesagt klingt es in meinen Ohren ziemlich sympathisch.« Unsere Blicke trafen sich. Da war sie wieder, die Traurigkeit, die mir schon bei unserem ersten Treffen aufgefallen war.

»Die Frau muss ganz schön blöd gewesen sein, dass sie dich hat gehen lassen.« Ich spürte eine Wut gegen die Unbekannte in mir hochsteigen.

Hunters Finger drückten meine Hand. Ein gequältes Lächeln lag auf seinem Gesicht. »Kannst du das bitte Clarissa sagen? Sie sieht das nämlich ganz anders. Bei unserem letzten Gespräch hatte ich den Eindruck, dass unsere Trennung für sie eine Befreiung war.«

Es schmerzte mich zu sehen, wie die Worte ihn verletzt hatten.

»Na, ihr zwei Turteltäubchen, darf es noch etwas zu trinken für euch sein?«, riss mich Mias Stimme hoch. Es war offensichtlich, dass sie die Situation völlig falsch einschätzte. Ich überlegte, ob ich sie aufklären sollte. Da Hunter nichts sagte, verzichtete ich ebenfalls darauf.

»Nein danke.« Er sah kurz zu mir. Ich nickte im stummen Einverständnis. »Wir würden gerne zahlen.«

Hunter hielt noch immer meine Hand. Ich konnte nicht sagen, dass es mir unangenehm war. Ganz im Gegenteil. Seine Haut war bis auf ein paar raue Stellen angenehm weich und warm.

Mia nannte ihm die Summe. Zögerlich lockerte Hunter seinen Griff und bezahlte.

»Hoffentlich sehen wir dich jetzt öfter«, sagte Mia und reichte ihm das Wechselgeld.

Das Lächeln war auf sein Gesicht zurückgekehrt. »Öfter, als dir lieb ist.«

»Das wird nicht passieren. Du bist immer willkommen.« Sie wandte sich zu mir. »Und was ist mit dir?«

»Sobald ich fertig mit dem Cottage bin, ist mein Auftrag beendet und damit auch meine Besuche.«

»Das ist allerdings sehr schade.« Mia schob die Unterlippe gespielt zu einem Schmollmund vor.

»Ja, das finde ich ehrlich gesagt auch. Aber ein paar Tage bin ich ja noch hier.« Ich lächelte. »Vielleicht laufen wir uns ja noch mal über den Weg.«

»*Fingers crossed!*« Mia hob ihre Hand mit den gekreuzten Fingern hoch.

Ich folgte ihrem Beispiel. »*Fingers crossed!*«

Wir standen auf. Hunter half mir galant in meinen Mantel. Zach, der die ganze Zeit hinter dem Tresen gewirbelt hatte, kam zu uns.

»Mia hat mir erzählt, dass du nach Holmbury ziehst. Gute Idee.« Zach klopfte Hunter auf die Schulter.

»Ich würde sagen, eine meiner besten in den letzten Wochen«, antwortete Hunter grinsend. »Genauso wie die, mit Katie bei euch zu essen.« Sein Blick ruhte fast zärtlich auf mir.

Zach legte seinen Arm um Mia. »Dem kann ich nur zustimmen.«

»Hey, hast du mich gefragt?« Mia klopfte Zach lachend auf die Brust.

»Das brauche ich nicht. Du gehörst ganz alleine mir.« Er gab ihr einen Kuss.

Mia grinste. »Pass bloß auf, mit wem du dich einlässt, sonst endest du so wie ich.«

»Ich glaube, es gibt schlimmere Schicksale«, verabschiedete ich mich schmunzelnd.

»Und, wie hat es dir gefallen?« Langsam verschwand Holmbury in der Dunkelheit, während der SUV die schmale Straße hoch-fuhr. Die Heizung war angesprungen, und eine angenehme Wärme verteilte sich im Wagen. Ich kuschelte mich in den

Ledersitz und starrte nach draußen, wo die Landschaft an uns vorbeiflog.

»Sehr gut. Ich bin froh, dass ich mitgekommen bin. Ansonsten hätte ich einen wunderschönen Abend verpasst.« Ich sah zur Seite, wo Hunter saß und den Wagen ruhig über die Straße lenkte.

Um uns herum war es ziemlich dunkel. Im Gegensatz zu London gab es hier keine Straßenlaternen. Einzig das Mondlicht überzog die Umgebung mit einer silbernen Decke.

Hunters Mundwinkel kräuselten sich zufrieden. »Ich auch.«

Für einen winzigen Augenblick trafen sich unsere Blicke. Mein Puls schnellte nach oben. Seine Verlobte musste entweder blind oder nicht ganz bei Trost sein, dass sie einen Mann wie Hunter Reed gehen ließ. Er hatte alles, was sich eine Frau als Partner wünschte. Mein Blick wanderte zu seinem Mund. Noch dazu konnte er küssen wie ein junger Gott. Verdammt, ich musste damit aufhören, und zwar sofort. Hastig wandte ich mich ab.

Wir hatten die Abfahrt zum Cottage erreicht. Holpernd fuhr der SUV den schmalen Weg entlang. Ich sah durch das Seitenfenster nach draußen. Der kleine Bach schimmerte silbern im Mondlicht wie eine Schlange, die sich durch das Gelände zog. Die Umrisse des Cottage tauchten vor uns auf.

»Da wären wir.« Hunter parkte den Wagen neben dem Toyota. Ich nickte stumm. »Eigentlich bescheuert. Jetzt fahren wir mit zwei Autos nach London.« Hunter drehte sich zu mir.

»Ja, aber ich konnte nicht wissen, dass du kommen würdest«, sagte ich. »Das nächste Mal müssen wir besser planen.«

»Sieht ganz danach aus.«

Ich legte die Hand auf die Türklinke. »Danke für diesen wunderschönen Abend.«

Hunter kam ein Stück näher. Sein Gesicht war keine Handbreit mehr von meinem entfernt. Eine winzige Bewegung nach vorne und unsere Lippen würden sich berühren. Verlangen kroch in mir hoch und drohte mehr und mehr von mir Besitz zu ergreifen. Sein Blick klebte auf meinem Mund. *Küss mich*, war alles, was ich denken konnte.

Bitte küss mich.

Verdammt! Was war nur los mit mir? Wenn ich noch eine Sekunde länger in diesem Wagen blieb, würde ich über ihn herfallen. Also riss ich mich von ihm los und öffnete die Tür.

Kalte Luft empfing mich wie eine eisige Umarmung. Ich schauderte. Mit langen Schritten eilte ich zum Toyota. In der Ferne war das Bellen eines Hundes zu hören.

»Katie!«

Ich blieb stehen. Mit zwei Schritten war er bei mir. Mein Puls schaltete einen Gang höher. Ich schluckte.

»Katie.« Ohne zu zögern, legte er seinen Arm um meine Taille und zog mich an sich. »Das wollte ich schon den ganzen Abend tun.«

Sekunden später spürte ich seinen Mund auf meinen Lippen. *Endlich.* Das letzte bisschen Verstand in mir regte sich und forderte, sofort damit aufzuhören. Aber es war mir egal. Er konnte alles mit mir machen, wenn er mich nur weiter so küsste. In meinem Kopf herrschte eine angenehme Leere. Vergessen waren alle Bedenken. Das Einzige, was ich denken konnte, war: *Hör nicht auf, mich zu küssen.*

Ich klammerte mich an ihn wie eine Ertrinkende, dabei zitterte ich am ganzen Leib vor Kälte und Lust. Langsam lösten sich unsere Lippen. Ich fühlte mich wie betrunken. Der Boden unter meinen Füßen schwankte und in meinem Kopf drehte sich alles. Dieser Kuss war unglaublich gewesen.

»Fahr vorsichtig«, flüsterte er mit rauer Stimme. »Bis Montag.«

Ich nickte. Zu mehr war ich nicht fähig. Dann entließ er mich aus seinen Armen. Ohne sich noch einmal umzudrehen, ging er zum Auto.

Das Blut rauschte in meinen Ohren, als ich mich auf dem kalten Fahrersitz niederließ. Mit zitternden Fingern startete ich den Motor und gab Gas.

24

Katie

»Ich werde aus dem Mann nicht schlau«, murmelte ich, während ich das Schaufenster betrachtete. Die ganze gestrige Fahrt von Holmbury nach London hatte ich an nichts anderes als an Hunter gedacht. Es war schon das zweite Mal gewesen, dass er mich mit einem Kuss überrascht hatte.

Mum kam beladen mit Einkaufstüten um die Ecke gesegelt. »Was hast du gesagt?«

»Dass ich aus dem Mann nicht schlau werde.« Im selben Moment bereute ich meinen Satz.

Hallie, die neben mir ging, verrollte die Augen, was so viel hieß wie: *Du Trottel!*

»Wieso? Hat sich dein Leo gemeldet?«, sprang Mum sofort auf den Therapeuten-Zug auf.

»Nein, hat er nicht. Der krabbelt wahrscheinlich gerade den Himalaya hoch«, sagte ich leichthin.

Hallie grinste schief. »Der Arme.«

Um uns rum herrschte rege Betriebsamkeit. Menschen, schwer beladen mit Einkaufstüten, hasteten an uns vorbei. Eine Gruppe von Geschäftsleuten, in Anzug und mit Aktentasche bewaffnet, diskutierte lautstark vor einem Bürogebäude. Von irgendwoher dudelte Weihnachtsmusik. Die gesamte Innenstadt befand sich vor Weihnachten in einer Art Ausnahmezustand. Überall leuchteten Lichterketten. Sogar über unseren Köpfen waren welche gespannt, an denen blau beleuchtete Eiskristalle hingen. Obwohl die Auslagen prächtig geschmückt waren und der Duft von gebrannten Mandeln in der Luft hing, wollte sich das Weihnachtsgefühl bei mir nicht so richtig einstellen. Der Kommerzgedanke, der hinter all der Schönheit steckte, war allgegenwärtig und hatte in meinen Augen nichts mehr mit einem besinnlichen Weihnachten zu tun. Es ging nur darum, die Waren an den Kunden zu bringen.

Eine schier endlose Schlange von Autos, deren Bremslichter den Asphalt in rotes Licht tauchten und die die Luft mit ihren Abgasen verpesteten, quälte sich durch die Straße. Unwillkürlich musste ich an Holmbury denken. Die Ruhe, die Einsamkeit und die Natur erschienen mir in genau diesem Moment geradezu idyllisch.

Na, und dann dieser Kuss. Ich wusste nicht, ob es die Hormone waren, aber ich sehnte mich nach Hunter. Es war wie verhext. Jetzt, wo ich mich dazu entschlossen hatte, den Schritt mit der Samenbank zu gehen, traf ich auf den ersten interessanten Mann seit Jahren. Wobei ich mir bei Hunter nicht sicher war, was er wirklich wollte. Der Kuss war toll gewesen, daran gab es keinen Zweifel, und auch der Abend – aber da war diese Traurigkeit, wann immer er von seiner Ex-Verlobten sprach, die mich aufhorchen ließ. Auf der Autofahrt war ich zu der Erkenntnis gekommen, dass Hunter sie noch immer liebte und ich ein Zeitvertreib war, um den Kummer zu vertreiben. Das würde zumindest seine Launenhaftigkeit erklären.

Hallie hatte mich dazu überredet, mit ihr und Mum shoppen zu gehen. Eigentlich hatte ich keine Zeit. In meinem E-Mail-Postfach stapelten sich die Anfragen, und ich musste noch ein paar Rechnungen fertig machen. Aber nachdem ich stundenlang unverrichteter Dinge vor meinem Laptop gesessen und nur an Hunter gedacht hatte, hatte ich zugesagt, um mich auf andere Gedanken zu bringen.

»Was haltet ihr von diesem Pullover für euren Vater?« Mum deutete auf eine Puppe im Schaufenster von Harrods.

»Also ich weiß nicht«, sagte ich vorsichtig. »Grün war doch noch nie Dads bevorzugte Farbe.«

»Sieht ein wenig aus, als hätte man Popel als Vorbild genommen«, kommentierte Hallie, was ihr einen bösen Blick von Mum einbrachte.

»Eurem Vater stehen knallige Farben sehr gut«, sagte sie mit verkniffenem Gesichtsausdruck.

Hallie hob die Hände in die Luft. »Schon gut. Du musst Dad schließlich damit ertragen.«

»Gut. Dann gehe ich mal rein und frage, ob sie den in seiner Größe haben.«

»Hoffentlich nicht«, flüsterte ich. Hallie kicherte. Wir folgten Mum durch die Drehtür nach drinnen. Angenehme Wärme schlug uns entgegen. »Oh mein Gott!«, stieß ich angesichts der Menschenmassen hervor, die sich um die Auslagen drängten. »Habe ich was verpasst? Wird das Einkaufen verboten?«

»Stell dich nicht so an. Du bist das doch gewohnt.«

Aus dem Augenwinkel sah ich, wie Mum auf einen Verkäufer einredete. Dabei deutete sie auf das Schaufenster mit der Puppe.

Jemand rempelte mich von hinten an. Ich machte einen Satz nach vorne und wäre fast auf die Nase gefallen, wenn Hallie mich nicht in letzter Sekunde aufgefangen hätte.

»Ey, du blöde Kuh«, schimpfte ich der Frau hinterher. »Ich bin schwanger!«

Sie ging weiter, ohne sich für mich zu interessieren.

Mum winkte uns, zu ihr zu kommen. Artig schlängelten wir uns an den Menschen vorbei.

»Ich kann mich nicht entscheiden, welchen der drei Pullover ich nehmen soll.« Mum gab dem Verkäufer ein Zeichen, mit seiner Präsentation zu beginnen.

Gelangweilt sah ich zu, wie Mum mit ernster Miene den grünen Pullover zum gefühlt hundertsten Mal in die Höhe hielt, um ihn zu begutachten.

»Sagen Sie mal, junger Mann«, wandte sie sich an den Verkäufer. »Ich glaube, Sie haben die gleiche Größe wie mein Mann. Würde es Ihnen etwas ausmachen, den Pullover kurz für mich anzuziehen, damit ich sehen kann, wie er Ihnen passt? Ich bin mir noch nicht ganz sicher in meiner Entscheidung.«

Der Verkäufer blinzelte irritiert angesichts von Mums Bitte. »Ähm, also ich weiß nicht.«

Er warf seiner Kollegin einen Hilfe suchenden Blick zu, die wie auf Kommando postwendend die Flucht ergriff. Ich konnte mir nur mit Mühe ein Lachen verkneifen.

»Der arme Kerl. Gleich fragt sie ihn noch, ob er die Unterhosen für Dad anprobieren kann.« Hallie kicherte.

Der Verkäufer hatte sich seinem Schicksal ergeben und verschwand in der Umkleidekabine. Mum warf uns einen triumphierenden Blick zu. Ich ließ mich auf einen Hocker in der Nähe der Umkleide fallen. Hallie setzte sich neben mich.

»Und was ist jetzt mit deinem Hunter?«, fragte sie mit Verschwörermiene. »Du hast gar nichts von deiner Arbeit erzählt. War er da?«

»Wieso fragst du das?« Mir wurde auf der Stelle unangenehm warm. Ich hatte eigentlich gehofft, dass das Thema nicht zur Sprache kommen würde, was angesichts von Hallies angeborener Neugierde unrealistisch gewesen war.

»Du schaust die ganze Zeit wie ein Schaf aus der Wäsche. Diesen Blick hast du immer, wenn du dich in einen Kerl verliebt hast.«

»Ich bin nicht verliebt«, rief ich lauter als gewollt. Eine Frau, die neben uns stand und die Auslagen betrachtete, sah interessiert zu uns rüber. »Ich bin *nicht* verliebt«, wiederholte ich mit gesenkter Stimme.

Hallie sah mich eindringlich an. »Willst du mich oder dich selbst davon überzeugen?«

»Wir waren zusammen essen. Rein geschäftlich!« Ich räusperte mich unbehaglich. »Na ja, wenn man mal von dem Kuss absieht.«

»Ihr habt euch wieder geküsst!« Diesmal war es Hallie, die laut geschrien hatte.

»Habt ihr mich gerufen?«, flötete Mum von der Umkleide zu uns.

»Nein, alles okay.« Ich gab Hallie einen unsanften Stoß in die Seite. Dabei lächelte ich Mum zu.

»Und wie war es?« Pure Neugierde sprach aus Hallies Augen.

Ich legte den Kopf leicht schräg, darauf bedacht, weiter zu lächeln. »Es war absolut genial. Ich hatte noch nie einen Mann, der so gut küssen konnte.«

»Wie ist denn seine Zungentechnik?«

»Zungentechnik?«

»Na ja, wenn er mit der Zunge gut ist, kannst du dich schon mal auf was gefasst machen, wenn er eine Stufe tiefer bei dir geht.« Hallie grinste unverschämt.

Ich gab ihr einen kräftigen Stoß. »Hallie! Ich habe nicht vor, ein Stockwerk tiefer zu gehen.«

Das war eine glatte Lüge. In der Nacht war ich ein paarmal mit Herzklopfen aufgewacht, als ich davon geträumt hatte, mit

Hunter zu schlafen. Es hatte sich so echt angefühlt und eine starke Sehnsucht nach seinen Berührungen in mir ausgelöst.

»Wieso nicht?« Hallie zuckte mit den Achseln. »Was hast du zu verlieren? Du bist Single.«

»Ein schwangerer Single.«

»Aber das musst du ihm ja nicht gleich auf die Nase binden.«

»Das ist unmoralisch«, sagte ich entschieden.

»Oder einfach schlau«, konterte Hallie. »Du lässt dir vielleicht den ersten echten Orgasmus deines Lebens entgehen.«

»Hallie, psssst!«

»Hey, wir sind moderne Frauen. Wir dürfen über solche Themen auch in der Öffentlichkeit reden.«

Der Verkäufer tauchte mit dem grünen Pullover aus der Umkleide auf.

»Oh Gott, sieht das scheiße aus«, kommentierte ich und verzog das Gesicht.

»Das kannst du laut sagen.«

Mum schaute fragend in unsere Richtung. Ich schüttelte energisch den Kopf. Das konnten wir Dad unmöglich antun. Zumal er den Pullover Mum zuliebe an Weihnachten tragen würde. Was wiederum uns in gewisser Weise betraf.

Mum gab dem Verkäufer ein Zeichen, der sichtlich erleichtert wieder in der Umkleide verschwand.

»Jetzt erzähl schon, wie es zu eurem Date gekommen ist«, beharrte Hallie.

Seufzend ergab ich mich meinem Schicksal. Sie würde ohnehin keine Ruhe geben, bevor ich ihr nicht alles bis ins kleinste Detail erzählt hatte.

»Okay, das klingt ganz so, als ob der Mann nicht weiß, was er wirklich will«, lautete Hallies abschließendes Urteil.

»Siehst du. Genau deshalb lasse ich die Finger von der Sache.«

»Falsch!«

»Falsch?«

»Genau deshalb schnappst du ihn dir«, sagte Hallie entschieden. »Er weiß nicht, was er will, und ist deshalb emotional distanziert. Du weißt genau, was du willst – nämlich guten Sex und keine Emotionen. Das ist eine Win-win-Situation.«

»Okay, so habe ich die Sache noch nicht betrachtet«, gab ich zu.

»Hallie, Katie!« Mums Stimme drang durch den allgemeinen Lärm zu uns.

Wir sahen hoch. Der Verkäufer stand mit dem Gesicht zu uns. Diesmal hatte er einen blauen Pullover angezogen, auf dem winzige Terrier ein Muster bildeten. Hallie und ich schüttelten zeitgleich den Kopf. Mum warf uns einen bösen Blick zu und verdonnerte den Verkäufer wieder in die Umkleidekabine.

»Wann siehst du ihn wieder?«

Ich zuckte mit den Achseln. »Abgemacht war zur Übergabe, wobei er sich gestern nicht an die Abmachung gehalten hat.«

»Sehr sympathisch. Na dann drücke ich dir die Daumen, dass er es auch am Montag nicht tun wird.«

»Ach, warum muss nur immer alles so kompliziert sein? Genau das wollte ich nicht. Deshalb habe ich mir ja auch einen Samenspender für mein Baby gesucht. Gute Gene und keine Verpflichtungen.« Ich seufzte.

»Es ist unkompliziert, solange du deine Gefühle im Zaum hältst.«

»Das sag mal meinen Hormonen und nicht mir. Ich habe vorhin bei *Let's Dance* angefangen, zu heulen, als das eine Paar nur sechs Punkte bekommen hat. Das ist, was mit mir gerade los ist. Mein ganzes Gefühlsleben ist völlig außer Kontrolle. Ich habe das Gefühl, nicht mehr mein eigener Herr zu sein.«

Der Verkäufer kam wieder hinter dem Vorhang hervor. Diesmal in einem schlichten dunkelgrünen Pullover mit einem Rundhalsausschnitt.

»Das ist er!«, rief ich begeistert.

Hallie hob ebenfalls den Daumen in die Luft. Ein Lächeln huschte über Mums Gesicht, das mir die Tränen in die Augen trieb.

»Weinst du?«, fragte Hallie verwundert.

»Ich bin so glücklich, dass wir endlich den Pullover gefunden haben«, schniefte ich.

»Meine Güte, du bist ja wirklich hormongeschüttelt.«

»Sag ich doch. So, und nun hör auf, mich so anzustarren. Lass uns lieber zu Mum gehen und weitere Fehlkäufe verhindern.«

25

Katie

Am Wochenende waren die Temperaturen das erste Mal in diesem Jahr unter den Gefrierpunkt gefallen. Der eisige Atem des Winters hatte sich glitzernd über die Landschaft gelegt. Nebelschwaden hingen über der Wiese wie zerrissene Schleier. Der Himmel war grau. Nur gelegentlich brach die Wolkendecke auf, um ein paar Sonnenstrahlen durchzulassen.

Ich verlangsamte mein Tempo, als die ersten Häuser von Holmbury in Sicht kamen. Inmitten der winterlichen Landschaft sah der kleine Ort wie gemalt aus. Weiße Rauchsäulen stiegen von den Schornsteinen in den Himmel auf, und die Dächer schimmerten silbern.

Zu meiner Überraschung herrschte auf dem Marktplatz reges Treiben, wie ich es zuvor nicht gesehen hatte. Ein Transporter, beladen mit Holzplanken, parkte mitten auf dem Platz. Einige Männer waren gerade dabei, einen Verkaufsstand zu errichten. Es wurde gehämmert und geklopft. Frauen eilten mit schweren Lichterketten beladen über den Platz. Einige Kleinkinder rannten dazwischen umher und kreischten vor Freude, als einer der Männer sie fangen wollte. Eine andere Gruppe schleppte Bänke herbei. Dort, wo sonst die Autos parkten, war man dabei, eine provisorische Bühne zu errichten.

Gerade als ich vorbeifuhr, entdeckte ich Mias schlanke Gestalt in einer Gruppe von Frauen. Wie es aussah, war das ganze Dorf an dem Aufbau des Weihnachtsmarktes beteiligt. Irgendwie ein schöner Gedanke, dass man sich gemeinsam auf das Weihnachtsfest vorbereitete und nicht nur der Kommerz im Vordergrund stand.

Ich fuhr an einer älteren Frau vorbei, die einen Eimer trug. Als sie mich sah, schenkte sie mir ein gutmütiges Lächeln. Vielleicht war mein erster Eindruck von den Dorfbewohnern doch nicht der richtige gewesen.

Der Wintereinbruch war überraschend gekommen, und im Haus war es bitterkalt. Ich eilte ins Wohnzimmer, um das Thermostat höher zu stellen, das Hunter nachträglich hatte einbauen lassen. Es würde eine Weile dauern, bis es warm genug war, um die Jacke auszuziehen, die ich mir übergeworfen hatte. Zum Glück hatte ich meine UGG-Boots angezogen, sodass ich trotz der Kälte mollig warme Füße hatte.

Mein Blick fiel auf den Kamin. Es könnte nicht schaden, wenn ich zusätzlich ein Feuer entzünden würde. Konzentriert machte ich mich an die Arbeit und stapelte frisches Holz übereinander. Keine Viertelstunde später flackerte ein Feuer munter im Kamin und strahlte eine angenehme Wärme in den Raum.

Am heutigen Tag würde ich mich ganz dem Wohnzimmer widmen. Aber zuerst brauchte ich dringend einen Tee, um das flaue Gefühl in meinem Magen zu verscheuchen. Zwar musste ich mich nicht mehr ständig übergeben, aber ein Rest Morgenübelkeit war geblieben und wechselte sich mit Heißhungerattacken ab. Heute bildete da keine Ausnahme. Allerdings kam ich gut durch den Tag, wenn ich zwischendurch kleine Mahlzeiten zu mir nahm. Aus diesem Grund hatte ich mir einen kleinen Vorrat an Snacks mitgenommen.

Als ich die Küche betrat, blieb ich einen Moment andächtig stehen. Das Licht fiel von draußen durch die Fenster, und winzige Staubpartikel tanzten darin wie winzige Primaballerinas. In der Luft hing der Duft der Kräuter, die ich auf die Fensterbank gestellt hatte. Alles sah so aufgeräumt und gleichzeitig gemütlich aus. Ich stellte mir vor, wie Hunter morgens auf einem der Stühle sitzen und dabei gemütlich seinen Tee trinken würde, während er die Tageszeitung las. Vielleicht würde er den Tisch auch nutzen, um dort seine Bücher zu schreiben. Von hier hatte er einen traumhaften Blick in den Garten und konnte seine Gedanken schweifen lassen, während seine Finger über die Tastatur seines Laptops flogen. Ein schöner Gedanke.

Seufzend machte ich mich daran, das Wasser aufzukochen. Ein leises Maunzen ließ mich aufhorchen. Irritiert sah ich mich um. Wieder war das Schreien eines Kätzchens zu hören. Es dauerte einen Augenblick, bis ich es entdeckt hatte. Auf der Fensterbank saß eine Katze und schrie mich vorwurfsvoll an. Ihre Augen blickten zu mir, als wollte sie sagen: *Hey, siehst du nicht, dass ich friere?*

Der Wasserkessel pfiff, und ich nahm ihn vom Herd. Die Katze beobachtete jeden meiner Handgriffe, ohne sich von der Stelle zu rühren. Ich blieb stehen. Hunter hatte nichts von einer Katze erzählt. Vielleicht war es ein Streuner, der von der Kälte überrascht worden war, so wie ich.

Kurz entschlossen öffnete ich das Fenster. Sofort blies der kühle Wind in den Raum. Die Katze zögerte keine Sekunde, sondern machte einen Satz von der Fensterbank und landete zielsicher auf dem Küchenboden, um sich ausführlich zu schütteln.

»Hey, du machst ja alles nass!«, rief ich vorwurfsvoll, was das Kätzchen nicht weiter zu interessieren schien, denn es fuhr unbeirrt mit seiner Körperpflege fort. Hastig schloss ich das Fenster.

Stirnrunzelnd beobachtete ich das Kätzchen, wie es mit der Pfote über sein Köpfchen strich. In den langen Wimpern hingen Wassertropfen wie kleine Kristalle. Ich fragte mich im Stillen, was der kleine Kerl gemacht hatte, dass er derart nass geworden war, wo es doch nicht regnete. Er sah aus, als hätte er unfreiwillig im Bach gebadet.

»Was ist denn mit dir passiert?«, fragte ich mit sanfter Stimme. Die Katze putzte sich unbeirrt weiter. Um sie herum hatte sich eine Wasserlache gebildet, wie bei einem Schneemann, der zu lange in der Sonne gestanden hatte.

Ich schnappte mir ein Geschirrtuch und kniete mich neben dem Tier auf den Boden. Erst jetzt bemerkte ich das starke Zittern. Das arme Kerlchen fror.

»Komm. Lass mich das machen.« Zaghaft näherte ich mich dem Kätzchen. Zu meiner Überraschung wich das Tier nicht zurück, sondern hielt still, als ich ihm das Handtuch auf den Rücken legte und anfing, es zu trocknen. Dabei redete ich die ganze Zeit mit ruhiger Stimme auf das Kätzchen ein. Der Kater sah mich die ganze Zeit an – ich hatte mittlerweile herausgefunden, welches Geschlecht das Tier hatte. Langsam ließ das Zittern nach.

Als ich fertig war und das Tuch beiseitelegte, tapste der Kater auf mich zu und schnupperte interessiert an meiner Hand.

Wir hatten früher eine Katze gehabt, die Mum mit in die Ehe gebracht hatte. Sehr zum Leidwesen von Dad, der eine Tierhaarallergie hatte und sich der Katze nur auf ein paar Schritte nähern brauchte und schon anfing, zu niesen. Die Erleichterung war groß bei ihm gewesen, als die Katze irgendwann an Altersschwäche gestorben war. Seitdem hatten wir keine Haustiere mehr gehabt.

»Hast du Hunger?«, fragte ich.

Der Kater sah mich mit seinen grünen Augen an, was ich als *Ja* wertete. Ich stand auf und holte die Dose mit meinen Snacks aus der Tasche. Keine fünf Minuten später saß der Kater neben mir auf dem Küchentresen und aß gemütlich mein Lunchpaket auf. Die Schnelligkeit, mit der er alles verputzte, ließ mich vermuten, dass er schon länger nichts mehr gegessen hatte.

Ich streichelte dem Tier sanft über das Fell. Dank der Wärme war es getrocknet und glänzte wieder.

»Was mach ich nur mit dir?«

Als ob er mich verstanden hätte, sah er mich mit seinen wunderschönen Augen an, dabei bewegte sich sein Schwanz wie ein Metronom hin und her. Seine raue Zunge leckte mir über den Handrücken.

»Hör auf damit. Ich bin schwanger, und das ist nicht fair.« Sofort hatte ich Tränen in den Augen. Ich konnte den kleinen Kerl unmöglich vor die Tür setzen, solange es draußen so kalt und feucht war und ich nicht wusste, ob er jemandem gehörte. »Okay. Du kannst hierbleiben, solange ich da bin. Aber wenn ich gehe, gehst auch du. Das ist nämlich nicht mein Cottage.« Ich gab dem Tier einen sanften Stups. »Hast du mich verstanden?« Der Kater wackelte mit den Ohren. »Gut, dann haben wir einen Deal.«

Mein Blick fiel auf die Uhr. Es war bald Mittag. Ich lag bereits hinter meinem Zeitplan. Ich nahm das Kätzchen unter den Arm und setzte es auf den Küchenboden. »Du bist schön brav. Hörst du?«

Der Schwanz der Katze wedelte munter im stillen Einverständnis. Als ich ins Wohnzimmer ging, folgte mir der kleine Kerl wie ein Schatten. Wie selbstverständlich legte er sich vor den Kamin und sah interessiert zu mir rüber, während ich die Möbel und Dekorationsartikel von ihrer Verpackung befreite.

Ich wischte mir mit dem Handrücken über die Stirn. Ich hatte die letzten Stunden ohne Unterbrechung durchgearbeitet. Draußen dämmerte es bereits, und es würde nicht mehr lange dauern, bis die Dunkelheit einsetzte.

Zufrieden sah ich mich um. Statt der alten Perserteppiche hatte ich Kuhfelle auf dem Boden verteilt, was dem Raum einen rustikalen Charakter verlieh. Neben dem Kamin stand ein flacher Korb, in dem das Holz sorgfältig gestapelt lag. Auf dem Sims hatte ich Bilderrahmen verteilt, die es noch mit Fotografien zu füllen galt. Das alte Bücherregal war durch ein modernes, schlichtes ersetzt und die Bücher darin waren nach Farben sortiert worden. Eine Besonderheit war der antike Barwagen, den ich bei einem meiner Streifzüge über den Portobello-Markt entdeckt hatte, auf dem zwei Gläser, ein Eiskühler und eine Flasche feinster Scotch standen. Hunter hatte in einem unserer Gespräche erwähnt, dass er eine Vorliebe für Whisky hatte. Jetzt musste ich nur noch ein paar Bilder aufhängen, und der Raum war so weit fertig.

Der Kater hatte es sich mittlerweile auf dem Sofa gemütlich gemacht und döste. Mit seinem schwarzen Fell sah er aus wie ein zerknülltes Kissen, wären da nicht die spitzen Ohren, die sich bei jedem Geräusch wie ein Radar bewegten.

Es klingelte an der Haustür. Ich runzelte die Stirn. Wer konnte das sein? Hunter hatte mir erzählt, dass er heute Nachmittag einen Termin mit seiner Buchagentin hatte und deshalb nicht kommen konnte. Vielleicht der Besitzer des Kätzchens?

Ich öffnete die Tür mit einem Ruck. »Mia! Was für eine Überraschung.«

Die schlanke Wirtin stand vor mir. In der Hand hatte sie einen Korb. »Hi. Ich muss gestehen, dass ihr mich neugierig gemacht habt, und da ich etwas Zeit hatte, dachte ich, ich schau mal vorbei. Darf ich reinkommen?« Sie schielte hinter meinen Rücken, als könnte sich dort jemand versteckt haben. »Oder störe ich?«

»Nein. Natürlich nicht. Ich bin alleine«, stotterte ich. »Aber eigentlich ist das Cottage noch nicht fertig.« Ich hatte keine Ahnung, was Hunter sagen würde, wenn er erfuhr, dass ich nicht nur eine Katze, sondern auch noch eine Bekannte in sein Haus gelassen hatte, in das er selbst nicht reindurfte.

»Ach komm schon. Ich will nur mal einen kurzen Blick reinwerfen.« Mia lächelte verschwörerisch. »Wir müssen es Hunter ja nicht gleich auf die Nase binden.«

»Okay, aber du darfst mich nicht verpfeifen!«

Mia hob die Hand in die Höhe. »Du hast mein Ehrenwort.«

»Na dann. Du bist übrigens nicht die Einzige, die mir heute einen Besuch abgestattet hat«, erzählte ich schmunzelnd.

»Wer ist denn noch vorbeigekommen? Bestimmt Poppy. Die platzt fast vor Neugierde, wie du das Cottage verwandelt hast.«

»Nein, keine Poppy. Ein Kätzchen.« Ein kühler Windhauch fegte durch den Flur. »Aber bitte komm doch rein.«

»Schön warm hast du es hier. Mich hat die plötzliche Kälte völlig überrascht«, plapperte sie fröhlich. »Ich mag den Winter nicht sonderlich. Bin eher der Sommertyp, wenn es schön warm ist und die Luft nach Blumen riecht.«

»Das kann ich verstehen, wobei ich finde, dass jede Jahreszeit ihren Reiz hat.«

»Wie diplomatisch von dir.« Sie musterte mich aufmerksam. »Bist du immer so?«

»Nein, eigentlich nicht«, gab ich lachend zu, »aber ich wollte einen guten Eindruck machen.«

»Das ist für dich. Sollte meine Bestechung sein, falls du mich nicht reinlässt. Jetzt sieh es bitte als Willkommensgruß.« Sie drückte mir den Korb in die Hand.

»Aber ich ziehe doch gar nicht ein«, protestierte ich.

Mia winkte ab. »Macht nichts.« Neugierig schielte ich in den Korb. »Das sind alles Produkte von hiesigen Bauern. So etwas Gutes bekommst du in London nur in der Feinkostabteilung von Harrods, und da ist es nicht so frisch.«

»Danke, Mia, das ist lieb von dir.« Ich musste an meine Nachbarn in London denken, von denen ich nach all den Jahren, die ich dort wohnte, kaum mehr als den Namen kannte. Geschweige denn, dass sie mir etwas zum Einzug geschenkt hätten.

Der Kater kam maunzend um die Ecke.

»Ah, da ist ja der kleine Racker.« Mia ging in die Knie, um den Kater zu streicheln. »Und du hast keine Ahnung, wem die Katze gehört?«

»Nein, der ist mir heute zugelaufen.«

Mia machte ein ernstes Gesicht. »Es kommt immer wieder vor, dass Leute die Tiere so kurz vor Weihnachten aussetzen, da sie stören würden. Vielleicht ist der kleine Streuner einer von ihnen.«

»Mhm. Mal sehen. Vielleicht wollte er auch nur wegen des Wetters rein.« Ich streichelte den Kater, der meine Zärtlichkeiten belohnte, indem er schnurrte wie ein Motor.

»Auf jeden Fall scheint er dich zu mögen«, kommentierte Mia lachend. »Darf ich mich mal umschauen?«

»Klar. Aber ich bin noch nicht fertig. Unten sind die groben Arbeiten erledigt, das obere Stockwerk ist nächste Woche dran.«

»Kein Problem. Aber nachdem Hunter so begeistert von dir war, bin ich neugierig geworden.«

Ich nickte. Wir gingen in die Küche. Mia bewunderte die frisch abgeschliffenen und geölten Dielen und lobte die Wände mit ihren goldbraunen Steinen. »Das sieht aus wie die Kulisse für einen Film. Die Farben, die Möbel – es ist unglaublich, wie du alles miteinander kombiniert hast.«

»Danke. Das ist das Geheimnis einer guten Innendesignerin. Man muss ein Auge dafür haben. Der Rest sind gute Beziehungen und viel Arbeit.«

»Ha. Das klingt nach einem interessanten Job.« Mia strich andächtig über die Küchenzeile.

»Der schönste, den ich mir vorstellen kann«, stimmte ich ihr zu. Einmal mehr war ich dankbar, diesen Beruf ausüben zu dürfen. »Ich kann dir leider nichts anbieten.« Ich deutete auf die Reste auf dem Teller. »Aber ich kann uns gerne einen Tee machen.«

»Das klingt sehr verlockend, aber ich habe nicht so viel Zeit. Heute ist die Eröffnung des Weihnachtsmarktes, da wird mein Typ verlangt. Wie lange kennst du Hunter eigentlich schon?«, wechselte Mia abrupt das Thema.

»Wir haben uns beim Junggesellinnenabschied einer Schulfreundin kennengelernt, wobei ›kennenlernen‹ nicht ganz richtig ist. Ich habe ihn für den Stripper gehalten.«

»Hunter ein Stripper?« Mia schüttelte sich vor Lachen.

»Ja, ich weiß. Ich komme mir auch ganz schön dumm deshalb vor.« Ich erzählte ihr von unserer kurzen Begegnung auf Rachels Junggesellinnenabschied.

»Da wäre ich gerne dabei gewesen«, sagte Mia schmunzelnd. »Und wie ging es mit dir und Hunter weiter? Wie ist er auf dich gekommen wegen des Cottage?«

»Soweit ich ihn verstanden habe, war es eine Empfehlung seiner Buchagentin. Die hat eine Freundin, für die ich mal gearbeitet habe. Wie es eben manchmal so ist. Als der Anruf kam, hatte ich keine Ahnung, dass Hunter der vermeintliche Stripper ist.«

»Witzig. Ich habe angenommen, dass ihr euch schon länger kennt. Ihr habt so vertraut gewirkt.« Mia machte eine kurze Pause. »Wie ein Paar eben.«

Unwillkürlich musste ich an die Küsse denken. Eine heiße Welle stieg in mir hoch.

»Nein, nein. Wir sind nur befreundet«, wehrte ich ab.

»Aha. Dann möchte ich nicht wissen, wie Hunter eine Frau ansieht, in die er verliebt ist.« Ehe ich antworten konnte, hatte Mia sich abgewandt. »Ich kann verstehen, warum er behauptet hat, dass du etwas von deinem Handwerk verstehst. Allein die Küche ist ein absoluter Traum geworden. Ich erinnere mich noch dunkel daran, wie es davor war, und das ist ein Unterschied wie Tag und Nacht. Du hast es wirklich geschafft, den ursprünglichen Charakter beizubehalten und trotzdem ein neues Gefühl hinzuzufügen.« Sie hatte das Thema geschickt gewechselt, das musste ich ihr lassen.

»Möchtest du noch das Wohnzimmer sehen?«

»Unbedingt. Deshalb bin ich doch hier.« Wie selbstverständlich hakte Mia sich bei mir unter. »Weißt du, ich liege Zach schon seit Jahren in den Ohren, dass es an der Zeit ist, mal neuen Glanz in den Pub zu bringen«, fuhr Mia im Plauderton fort. »Ja, ich weiß, das *Royal Oak* ist gemütlich, aber ich kann die alten Möbel nicht mehr sehen.«

»Wenn du möchtest, kann ich dir ein paar Ideen zukommen lassen. Vielleicht ist ja was dabei«, schlug ich vor.

»Das würdest du wirklich tun?« Mias Augen leuchteten, und ihr Erdbeermund lächelte mich breit an.

»Absolut. Im Moment bin ich allerdings ziemlich ausgelastet.«

Sie winkte ab. »Kein Thema. Jetzt im Winter, wo sich alles drinnen abspielt, haben wir sowieso keine Kapazitäten.« Wir hatten das Wohnzimmer erreicht. »Holy Shit!« Mia klatschte in die Hände. »Das ist ja wohl der Hammer.«

Ich lächelte angesichts der puren Begeisterung. »Ja, aber das ist ja noch nicht fertig. Ich erwarte eine Ladung Bilder in der nächsten Woche. Wenn die hängen, ist der Eindruck vollständig.«

»Ich finde, das sieht schon ziemlich perfekt aus.« Mit wenigen Schritten war sie beim Sofa und ließ sich in das weiche Leder fallen. »So ein Sofa habe ich mir immer gewünscht.« Sie schnupperte am Leder. »Herrlich, dieser Geruch. Erinnert mich voll an Zach, der riecht auch immer so gut.«

Ich ließ mich gegenüber auf dem Sessel nieder. »Wie habt ihr euch kennengelernt?«

»Hat Hunter dir nichts erzählt?«

»Nein, wie ich sagte, wir kennen uns kaum. Das war ein Geschäftsessen, mehr nicht«, beharrte ich. Eigentlich eine Lüge. Das Essen mit Hunter war von der ersten Minute an mehr als ein Geschäftsessen gewesen. Ich hatte die kleine Hintertür, die Hunter mir angeboten hatte, nur allzu gerne angenommen, um mein schlechtes Gewissen zu beruhigen.

»Geschäftsessen«, murmelte Mia und sah mich mit einem unergründlichen Blick an. »Zach und ich haben uns in Italien kennengelernt.«

»Italien!«, rief ich erstaunt.

Mia nickte. »Auf meiner Abschiedsreise nach dem College. Eine Freundin und ich wollten nach Italien, um es mal so richtig krachen zu lassen. Italienisches Essen, italienische Männer –*la dolce vita*.« Mia kicherte. Sie hatte ein ansteckendes Lachen. »Na, und dann waren wir in dieser kleinen italienischen Bar, die uns empfohlen wurde. Als ich einen Drink bestellen wollte, stand da plötzlich Zach. Ich war sofort Feuer und Flamme. Wir hatten eine wilde Affäre, und als ich abgereist bin, dachte ich, dass ich ihn nie wiedersehen würde. Ich habe die ganze Strecke von Rimini bis nach London durchgeheult.« Sie machte eine kurze Pause. »Eine Woche später stand er plötzlich vor meiner Haustür. Seitdem sind wir ein Paar.«

»Was für eine schöne Liebesgeschichte«, sagte ich andächtig.

Mia fing furchtbar an zu lachen. »Nur leider gelogen.«

»Was?« Ich schüttelte irritiert den Kopf.

»Oh mein Gott, du müsstest mal dein Gesicht sehen.« Sie deutete auf mich. »Herrlich!«

»Du hast mich angelogen?«

»Das ist ein hartes Wort«, sagte Mia fröhlich.

»Aber du kannst mich doch nicht einfach so anlügen.«

»Sorry, aber nachdem du mir nicht die Wahrheit über dich und Hunter erzählt hast, dachte ich mir, ich könnte mir den kleinen Spaß erlauben.« Mia legte ihre Hand auf meinen Arm. »Entschuldige meine direkte Art, aber so bin ich nun mal. Ich meine es nicht böse, aber wenn *das* ein Geschäftsessen war, dann habe ich meine Menschenkenntnis mit einem Schlag verloren.«

Plötzlich hatte ich ein schlechtes Gewissen. »Du hast recht. Das war kein gewöhnliches Geschäftsessen. Hunter hat es nur so genannt, weil ich sonst nicht mit ihm ausgegangen wäre.«

»Aber warum? Er ist ein toller Typ.«

»Das hat nichts damit zu tun.« Ich hatte keine Lust, einer Fremden – sei sie auch noch so nett – von meinen Familienplänen zu erzählen. Das war zu privat und ging niemanden etwas an. »Ein Mann passt nicht in mein Leben«, sagte ich stattdessen.

Für einen Moment herrschte eine unbehagliche Stille zwischen uns.

»Entschuldige, ich bin zu weit gegangen«, sagte Mia schließlich. »Manchmal schieße ich über das Ziel hinaus und merke es gar nicht. Es geht mich nichts an, was zwischen dir und Hunter ist.« Sie nahm meine Hand. »Bitte verzeih mir. Du bist mir nur so sympathisch, und ich kenne Hunter schon so lange.«

»Ich weiß, und das ist lieb von dir. Aber ich bin wirklich aus rein beruflichen Gründen hier. Aber nun musst du mir die wirkliche Story von euch beiden erzählen.«

»Zach und ich haben uns über Tinder kennengelernt, als ich meine Ausbildung in London gemacht habe.« Die Variante klang mindestens genauso unwahrscheinlich wie die erste.

»Ist das jetzt die Wahrheit oder verarschst du mich wieder?«, hakte ich deshalb sicherheitshalber nach.

»Nein, wirklich. Ich war alleine. Weißt du, die Ausbildung zur Köchin ist hart. Du schuftest Tag und Nacht. Du bist immer der Arsch, wenn was schiefgeht, und als Frau hast du es gleich doppelt so schwer. Da lernst du niemanden kennen. Du stehst auf, arbeitest, fällst nachts todmüde ins Bett, um am nächsten Morgen wieder aufzustehen. Ich war einsam und habe jemanden gesucht, der mir das Bett warm hält. Also habe ich mein Profil bei Tinder eingestellt und bin auf Zach gestoßen. Wie sich herausgestellt hat, hat er nicht nur mein Bett warm gehalten, sondern war immer für mich da, wenn ich wieder down war. Ohne Zach hätte ich nicht durchgehalten. Na, und irgendwann waren wir uns einig, dass wir auch mehr Zeit miteinander verbringen können, und sind zusammengezogen. Das ist die wahre Story.«

Ich dachte einen kurzen Moment nach. »Ehrlich gesagt finde ich, dass die Geschichte viel besser zu euch passt. Das ist authentisch, und das seid ihr.«

»Ja, das sind wir. Mit Zach habe ich nicht nur einen Mann, sondern auch noch einen Freund an meiner Seite gefunden.« Sie lächelte still. »Er ist der Mensch, dem ich am meisten auf der Welt vertraue, denn er kennt mein wahres Ich und hat mich kennengelernt, als es mir nicht gut ging.«

Das Feuer knisterte leise im Hintergrund.

»Ist es nicht das, was wir uns alle wünschen? Einen Menschen an unserer Seite, der uns bedingungslos liebt und uns sieht, so wie wir sind, mit all unserer Verletzlichkeit?«

»Ich hoffe, du kannst mir verzeihen wegen vorhin«, bat Mia. »Aber wenn ich erzähle, wie wir uns wirklich kennengelernt haben, ernte ich meistens diese komischen Blicke, und nachdem du nicht ganz ehrlich warst, wollte ich mich nicht bloßstellen.« Ich nickte nachdenklich. »Aber jetzt, wo du mein Geheimnis kennst, musst du mir etwas verraten.«

»Okay. Schieß los.«

»Gibt es in deinem Leben denn einen anderen Mann?«

Ich lachte. »Ich hatte schon Angst, was du mich fragen würdest. Ich bin bekennender Single. Warum willst du das wissen?«

»Weil ich mich die ganze Zeit frage, warum eine Klassefrau wie du noch nicht vergeben ist. Eigentlich müssten die Typen bei dir Schlange stehen.«

Ich nahm einen tiefen Atemzug. Tatsächlich hatte ich mir die gleiche Frage auch schon gestellt. »Ehrlich gesagt, ich habe keine Ahnung. Es ist nicht so, dass es an Interessenten gemangelt hätte. Aber irgendwie war nie der Richtige dabei. Aber ich bin auch so ziemlich glücklich mit meinem Leben. Ich habe eine tolle Familie, einen tollen Job und tolle Freunde. Ich warte nicht auf den richtigen Mann, der mein Leben perfekt machen soll. Entweder er kommt oder nicht. Wobei ich gerade jetzt ziemlich zufrieden mit der Gesamtsituation bin.«

Für einen Moment war ich versucht, ihr von dem Baby zu erzählen, aber dann verwarf ich den Gedanken wieder. Schließlich kannten wir uns kaum. Auch wenn auf eigenartige Weise eine Verbindung zu ihr bestand. Würde Mia in London wohnen, hätte ich mich darum bemüht, sie als Freundin zu gewinnen.

»Wow. Das nenne ich eine moderne Lebenseinstellung.« Mia pfiff anerkennend. »Sag das bloß nicht im Dorf, sonst halten die dich noch für eine Hexe.«

Ich lachte. »Lieber nicht.«

Mia sah auf die Uhr. »Mist. Ich bin zu spät. Zach wird schimpfen, dass ich noch nicht in der Küche bin. Heute startet der Weihnachtsmarkt, und das ganze Dorf ist auf den Beinen. Wir haben auch einen Stand.« Sie sprang auf. »Wenn du Lust hast, komm doch später noch auf ein Gläschen Glühwein vorbei.«

»Ich trinke keinen Alkohol.«

»Wir haben auch Kinderpunsch oder heiße Schokolade mit Marshmallows.« Mia zwinkerte mir zu.

Ich schüttelte bedauernd den Kopf. »Ich glaube nicht. Es ist schon spät, und ich muss noch einiges tun.«

»Schade.« Sie gab mir zum Abschied einen Kuss auf die Wange. »Es war schön, dich besser kennenzulernen.«

»Ja, das fand ich auch. Danke für die Sachen.« Ich deutete auf den Korb.

»Bis bald.« Sie eilte leichten Fußes davon.

Eine Freundin wie Mia hatte ich nie gehabt. Schade, dass wir so weit auseinanderwohnten. Gedankenverloren räumte ich die Kartons weg.

26

Hunter

»Es war schön, dich wiedergesehen zu haben und zu wissen, dass du noch lebst«, verabschiedete Sukie mich.

»Ich habe doch gesagt, dass ich im Moment wahnsinnig viel mit der Renovierung um die Ohren habe.« Ich gab ihr einen Kuss auf die makellose Wange. »Danke, dass du mir noch etwas Zeit herausgehandelt hast. Ich habe einfach nicht die Ruhe, die ich zum Schreiben brauche.«

Sukies kakaobraune Augen musterten mich aufmerksam. »Jeder Künstler hat mal einen Tiefpunkt, wo er denkt, dass es nicht mehr weitergeht. Du wirst sehen, sobald du die Phase überwunden hast, wirst du wie ein junger Gott schreiben. Ich glaube fest an dich.«

»Danke.« Ich sah ihr in die Augen.

»Hast du was von Clarissa gehört?«

»Kein Wort.« Ich schüttelte den Kopf. Wie ich es geahnt hatte, hatte Clarissa sich mit meiner Unterschrift unter dem Abtretungsvertrag aus meinem Leben verabschiedet. Es war, als ob wir niemals existiert hätten.

»Das dachte ich mir«, sagte Sukie bedächtig. »Clarissa war schon immer eine Frau, die keine halben Sachen macht. Vielleicht ist es aber auch besser so.«

»Inwiefern?«

»Na, jetzt bist du frei. Keine Anrufe oder WhatsApp-Nachrichten der Verflossenen. Das macht eine Trennung einfacher, auch wenn es sich vielleicht nicht so anfühlt. Ich spreche da aus Erfahrung. Mein Ex hat mich noch wochenlang mit seinen Anrufen beglückt und mich dadurch immer wieder daran erinnert, wie sehr ich ihn geliebt habe. Es hat mich ein Jahr gekostet, bis ich mich endlich freigeschwommen hatte und ihn gebeten habe, mich nicht mehr zu kontaktieren.«

»Mhm.« Tatsächlich hatte ich die letzten Tage kaum an sie gedacht. Dafür drehte sich alles in meinem Kopf um Katie. Ich hatte die letzten Nächte wach gelegen und immer wieder an sie gedacht. Dieser letzte Kuss war voller Sehnsucht gewesen. Und der Blick, den sie mir zum Abschied geschenkt hatte – Leidenschaft, Lust, aber auch eine Verletzlichkeit hatten in ihren Augen gelegen. Diese widersprüchlichen Signale, die von Katie ausgingen, verwirrten mich vollends.

Mia hatte mir geschrieben, wie begeistert sie von der neuen Frau an meiner Seite war. Das war mehr als ein Kompliment aus ihrem Mund und kam schon fast einem Ritterschlag gleich. Mia war nicht einfach, wenn es darum ging, Freundschaften zu schließen. Schon in der Schule hatte sie sich nur mit einer Handvoll guter Freunde umgeben. Während ihrer Ausbildung war sie schrecklich einsam gewesen und hatte darunter gelitten. Einer der Gründe, warum sie nach Holmbury zurückgekehrt war.

»Ich erwarte übrigens eine Einladung, sobald das Cottage fertig ist«, holte Sukie mich aus meinen Gedanken.

»Versprochen«, verabschiedete ich mich.

Sukie hob die Hand. Sofort fuhr eines der berühmten Londoner Taxis vor, und sie stieg ein. Ich sah ihr hinterher, bis die Rücklichter des Taxis um die nächste Ecke verschwanden. Ich überlegte, was ich machen sollte. Gary war zu Hause, und Rachel würde auch bald kommen. Ich hatte keine Lust, das fünfte Rad am Wagen zu sein und den beiden zuzuhören, wie sie Kosenamen austauschten. Wenn man Single war, konnte einem dieses ewige Gesäusel schon auf die Nerven gehen.

Mein Handy brummte in der Hosentasche.

Hi Hunter, ich komme gerade von einem Besuch bei Katie.

Ich runzelte die Stirn. Das war mal wieder typisch Mia. Ich konnte nur hoffen, dass sie Katie keinen Blödsinn über mich erzählt hatte.

Das Cottage wird wunderschön. Sie vollbringt wahre Wunder mit dem alten Kasten.

Katie hatte sie also reingelassen. Das erstaunte mich sehr. Wenn man mich gefragt hätte, ob sie jemand Fremdes ins Haus lassen würde, hätte ich verneint. Anscheinend beruhte die Sympathie der Frauen auf Gegenseitigkeit, anders konnte ich mir es nicht erklären.

Wo steckst du eigentlich? Wir sind auf dem Weihnachtsmarkt und würden uns freuen, wenn du vorbeikommst. Die Stimmung ist super, und du könntest Katie mitbringen.

Ich warf einen Blick auf meine Uhr. Es war kurz vor vier. Wenn ich mich beeilte, konnte ich um halb sechs dort sein. Katie hatte gesagt, dass sie lange arbeiten würde. Allein der Gedanke, sie wiederzusehen, machte mich nervös. Ohne weiter zu überlegen, lief ich los.

Zu meiner Erleichterung stand Katies Wagen noch vor der Haustür. Durch die Fenster des Cottage fiel gelbes Licht auf den Vorgarten.

Katies Schatten huschte im Wohnzimmer hin und her. Offensichtlich war sie noch beschäftigt. Wie ein Dieb schlich ich mich ans Fenster, um einen besseren Blick auf das Geschehen im Haus zu bekommen. Der Boden war feucht, und ich sackte mit den Schuhen ein Stück in die weiche Erde. Langsam hob ich den Kopf aus der Deckung und warf einen Blick nach drinnen. Ich hatte nicht mit dem Anblick gerechnet, der sich mir bot.

Fasziniert betrachtete ich die Veränderungen, die in den letzten Tagen stattgefunden hatten. Das Wohnzimmer war kaum wiederzuerkennen. Es war, als ob Katie Gedanken lesen konnte. Sie hatte auf den Punkt genau meinen Geschmack getroffen. Das Ledersofa, die Sessel, der Tisch, die Regale und die Teppiche waren perfekt aufeinander abgestimmt, ohne dabei wie das Titelbild eines Einrichtungsmagazins zu wirken. Katie hatte eine Atmosphäre der Gemütlichkeit heraufbeschworen. Ich konnte es kaum abwarten, mich auf das Sofa zu setzen und mit einem Glas Whisky in das flackernde Kaminfeuer zu starren. Kein Wunder, dass die Leute bereit waren, für Katies Arbeit eine Menge Kohle hinzulegen. Sie war jeden Penny wert.

Gerade war sie dabei, eine Decke über die Armlehne des Sofas zu drapieren. Sie richtete sich auf und begutachtete das Ergebnis. Ihr Mund bewegte sich, als ob sie mit jemandem sprechen würde. Irritiert folgte ich ihrem Blick. Dann sah ich es. Ein schwarzes Kätzchen stand vor dem Kamin und starrte zu Katie.

Wie war die Katze ins Haus gekommen? War es Katies Haustier? Komisch, dass sie nie darüber gesprochen hatte.

Das Tier hatte seinen Posten verlassen und tapste zu Katie. Dort schmiegte es sich an ihre Beine. Ein Lächeln huschte über ihr Gesicht, als sie sich nach unten beugte, um das Kätzchen zu streicheln. Alles wirkte so friedlich und vertraut. Katie sah wunderschön aus, wie ihre langen Haare wild über ihre Schultern hingen. Das Gesicht war leicht gerötet von der Anstrengung. Ihre Augen schimmerten sanft im Licht. Ihr voller Mund war geöffnet. Sofort überkam mich der Wunsch, sie zu küssen. Diese Küsse brachten mich jedes Mal fast um den Verstand. Noch Stunden später konnte ich ihre weichen Lippen auf meinen spüren. Katie richtete sich wieder auf. Ich bewunderte ihre absolut traumhafte Figur, ihre vollen Brüste und die sanften Rundungen ihrer Hüfte. Sofort erwachte mein Lustzentrum. Wie sich wohl ihre Haut anfühlte? Ich würde viel dafür geben, sie zu spüren.

Mit einem Mal kam ich mir wie ein Voyeur vor, und genau in diesem Moment drehte Katie den Kopf zum Fenster. Mist! Erschrocken tauchte ich ab. Hatte sie mich gesehen? Mit angehaltenem Atem wartete ich, was geschehen würde. Als minutenlang nichts passierte, richtete ich mich vorsichtig auf. Ein kurzer Blick ins Wohnzimmer genügte, um festzustellen, dass Katie gegangen war. Hastig verließ ich meine Position und eilte zur Haustür. Sie sollte auf keinen Fall Verdacht schöpfen.

Ich hatte zwar einen Hausschlüssel, aber ich beschloss, zu klingeln, um Katie nicht zu erschrecken. Es dauerte zwei Minuten, bis ich hörte, wie sich die Schritte im Flur näherten. Die Haustür wurde aufgerissen.

»Hunter!« Sie sah mich erstaunt an. »Was machst du denn schon wieder hier? Ich dachte, du hast ein Treffen mit deiner Agentin?«

»Hatte ich auch, und dann kam die Nachricht von Mia, ob ich Lust habe, zum Weihnachtsmarkt zu kommen. Da ich nichts Besseres vorhabe, bin ich hergefahren.«

Ein Lächeln breitete sich auf ihrem Gesicht aus. »Hat Mia dir erzählt, dass sie mich besucht hat?«

»Ja, hat sie.« Ich rieb meine Hände aneinander. Es war bitterkalt draußen.

Ihr Blick wanderte zu meinen Füßen. »Möchtest du reinkommen?«

»Darf ich denn?«, fragte ich erstaunt. Bei meinem letzten Besuch hatte sie mir ziemlich eindeutig klargemacht, dass sie mir das Haus nicht zeigen würde, bis sie den letzten Handschlag getan hatte.

»Also in deinem Fall will ich mal eine Ausnahme machen«, erwiderte sie lächelnd. »Aber nur bis maximal zur Küche und keinen Schritt weiter.« Sie deutete auf meine schlammbespritzten Schuhe. »Dachte ich mir doch, dass ich einen Schatten am Fenster gesehen habe.« Ihre Mundwinkel zuckten.

»Ich bekenne mich schuldig«, sagte ich zerknirscht. »Ich habe das Licht gesehen, und dann …«

»… hast du gedacht, du schleichst dich mal an«, beendete sie meinen Satz.

»Es tut mir leid. Kannst du mir noch mal verzeihen?«

In diesem Moment kam ein dunkler Schatten angeschlichen und presste sich gegen Katies Bein, ohne den Blick von mir zu nehmen. »Wer ist denn das?«

Sie leckte sich über die Lippen. »Also, ähm, das ist Streuner.«

»Streuner. Soso.«

»Die Katze ist mir heute Morgen zugelaufen.«

»Zuglaufen?« Ich schmunzelte. »Das musst du mir erklären.«

Mit wenigen Worten schilderte sie mir die Situation. »Ich konnte ihn bei der Kälte unmöglich draußen lassen.«

Der Kater sah vorwurfsvoll zu mir hoch.

»Nein, natürlich nicht. Das ist ein ziemlich hübscher Kater.« Ich ging in die Knie und streckte dem Tier meine Hand entgegen. Für eine fremde Katze war sie erstaunlich zutraulich. Erst schnupperte sie, dann kam sie zur mir und strich an meinen Beinen vorbei.

»Ich würde sagen, er mag dich«, stellte Katie lächelnd fest.

»Puh, da habe ich noch mal Glück gehabt.« Ich strich mir mit gespielter Erleichterung über die Stirn. »Was hältst du davon, wenn wir den Kater einfach hier wohnen lassen, bis sich entweder sein rechtmäßiger Besitzer gefunden hat oder wir eine andere Lösung haben?« Ich hatte mir immer eine Katze gewünscht. Im Internat waren Haustiere verboten gewesen, und Clarissa wollte keine Haustiere.

Katie lächelte. »Einverstanden.« Ein eiskalter Wind fegte zwischen uns durch. Katie schauderte. »Verdammt kalt geworden.«

Ich nickte. »Ja, ziemlich. Für die nächsten Tage ist Schneefall vorhergesagt.«

»Ach, das ist Quatsch. Wir haben nie Schnee um diese Jahreszeit. Das sind drei Flocken, dann ist der Spuk wieder vorbei.«

»Hoffentlich hast du recht.« Unwillkürlich musste ich an einen Winter aus meiner Jugend denken. Ich hatte damals Ferien gehabt und war zu meinen Großeltern gefahren. Als ich morgens aufgewacht war, war die Landschaft tief verschneit gewesen. Tagelang hatte es durchgeschneit, und wir waren kaum aus dem Haus gekommen. Gramps hatte damals das Auto freischaufeln müssen, um mich zum Zug zu bringen.

»Willst du den ganzen Abend in der Haustür stehen bleiben oder lädst du mich auf eine heiße Schokolade auf dem Weihnachtsmarkt ein?«

Ich deutete in den Flur. »Eigentlich hatte ich gehofft, ich könnte einen Blick in die Küche und in das Wohnzimmer werfen. Jetzt, wo ich es schon durchs Fenster gesehen habe.«

Unsere Blicke kreuzten sich. Bei dem Anblick ihrer goldbraunen Augen machte mein Herz einen Hüpfer.

»Du brauchst mich gar nicht so anzuschauen.« Katie lachte. »Ich bin dagegen immun.«

Ich setzte meinen besten Welpenblick auf. »Bitteeeee.«

»Heiße Schokolade oder ich gehe.« Ihre Augen blitzten vergnügt auf.

»Okay. Heiße Schokolade«, gab ich mich geschlagen.

»Gib mir zwei Minuten, dann bin ich bei dir.« Ehe ich antworten konnte, hatte sie mir die Tür vor der Nase zugemacht.

Ich konnte nicht anders, als zu grinsen. Katie Greenwood war definitiv eine Frau, die genau wusste, was sie wollte. Das gefiel mir gut. Sogar außerordentlich gut.

27

Katie

Er ist gekommen, sang es in meinem Kopf. Als ich den Schatten vor dem Fenster entdeckt hatte, hatte ich mich im ersten Moment ziemlich erschreckt. Erst auf den zweiten Blick hatte ich Hunter erkannt. Es hatte mir ein geradezu diebisches Vergnügen bereitet, sein schuldiges Gesicht zu sehen, als ich ihn darauf angesprochen hatte.

Es hatten schon mehrfach Kunden versucht, meine Arbeit vorzeitig zu betrachten, aber noch keiner auf derart charmante Art und Weise wie Hunter Reed.

Freudig warf ich mir meinen dicken Wollmantel und den Schal über. Dem Kater stellte ich eine Schale mit Wasser und die restlichen Snacks auf den Küchenboden. Morgen würde ich vernünftiges Katzenfutter mitbringen.

»Bis morgen, mein Kleiner.« Ich strich dem Kätzchen über das weiche Fell. »Und mach keine Dummheiten.« Der Kater sah mich mit einem *Ich-doch-nicht*-Blick an. »Na dann sind wir uns ja einig.«

Ich gab ihm einen Kuss zwischen die Ohren. Sicherheitshalber hatte ich die Türen der übrigen Räume geschlossen. Ich nahm zwar nicht an, dass der Kater irgendwelchen Unsinn anstellen würde, aber riskieren wollte ich es nicht.

Auf dem Weg nach draußen warf ich einen kurzen Blick in den Spiegel. Hätte ich gewusst, dass Hunter kommen würde, hätte ich mir etwas mehr Mühe gegeben, anstatt mich komplett ungeschminkt ins Auto zu setzen. *Was soll's!* Seufzend verließ ich das Cottage.

Keine zehn Minuten später hatten wir die Autos in Gehweite zum Markt geparkt. Ich staunte nicht schlecht, als ich die vielen kleinen Holzbuden mit den Lichterketten sah. In der Mitte stand ein bunt geschmückter Weihnachtsbaum, der dem am Piccadilly Circus locker Konkurrenz machen konnte. Rundherum hatte man Bänke aufgestellt, die mit Tannenzweigen und Bändern dekoriert waren. Auf den Bänken lagen einfache Schafsfelle, damit den Gästen nicht kalt am Hintern wurde. Der Boden rund um den Marktplatz war mit Mulch ausgelegt. Von der Bühne drang aus Lautsprechern leise Weihnachtsmusik. Einige Kinder hatten sich auf dem winzigen Podium versammelt und tanzten. In der Luft hing der Duft von gebrannten Mandeln und Glühwein. Überall wurde gelacht und geplaudert. Es herrschte eine ausgelassene Stimmung.

»Gefällt es dir?« Hunter bot mir seinen Arm an, und ich hakte mich ohne zu zögern bei ihm ein. Irgendwie fühlte es sich in diesem Moment richtig an. Sofort hatte ich seinen herrlich männlichen Duft in der Nase.

»Das sieht aus wie aus einem Weihnachtsmärchen. Fehlt nur noch der Schnee«, erwiderte ich lächelnd.

»Dann bist du doch ein bisschen froh, dass du mitgekommen bist?« Seine wunderschönen blauen Augen sahen mich an. Mein Herz machte einen Hüpfer.

Ich kuschelte mich an ihn. »Sehr froh sogar.«

Hunter sagte nichts, sondern sah mich nur mit einem Blick an, der meinen Puls in die Höhe trieb.

»Da hinten ist der Stand von Mia und Zach.« Ich deutete auf eine der Holzbuden, wo die beiden standen und Glühwein ausschenkten.

»Na dann. Bist du bereit?« Hunter grinste.

»Unbedingt. Wieso fragst du?«

Wieder schenkte er mir einen unergründlichen Blick. »Wenn man uns so zusammen sieht, wird man uns unweigerlich für ein Paar halten.« Seine Stimme klang rau.

»Wenn es dich nicht stört, habe ich kein Problem damit.« Ich lächelte ihn an. »In deiner Nähe ist es so angenehm warm.«

»Wenn das der Grund ist, halte ich gerne als persönliche Wärmflasche für dich her«, witzelte er. Sekundenlang verhakten sich unsere Blicke ineinander und die Welt um uns herum stand still. Weiße Wölkchen bildeten sich vor unseren Gesichtern und vereinten sich, um gemeinsam nach oben zu steigen. In meinem Kopf herrschte ein absolutes Vakuum, wie immer, wenn ich in Hunters Nähe war, und meine Hormone hatten wieder die Oberhand über meinen Verstand. Anders konnte ich mir mein Tun nicht erklären.

Leider tat er mir nicht den Gefallen, mich zu küssen. Vielleicht war es auch besser so.

»Gut, dann los.« Ein freches Grinsen zog über sein Gesicht.

Ich musste mir Mühe geben, meine Enttäuschung zu verbergen. »Ja, einverstanden.«

Mit wenigen Schritten hatten wir den Stand erreicht.

»Hunter, Katie!« Mias Stimme hallte über die Köpfe der Standbesucher hinweg. Sofort drehten sich alle in unsere Richtung. Ich spürte eine leichte Wärme meinen Hals hochsteigen.

Wir schlängelten uns an den anderen Standbesuchern vorbei an den Tresen. »Dann hast du sie also doch eingesammelt.« Mia strahlte wie ein Honigkuchenpferd. »Sehr gut.«

Hunter beantwortete ihren letzten Satz mit einem breiten Grinsen.

»Seid ihr bereit für den besten Glühwein aller Zeiten?« Zach deutete auf einen dampfenden Topf vor sich.

Ich schüttelte den Kopf. »Da bin ich leider raus, aber Mia hat mir die heiße Schokolade derart schmackhaft gemacht, dass ich die gerne probieren würde.«

Zach nickte. Sein Blick fiel auf Hunter. »Und du?«

»Ich würde einen Becher von eurer Spezialmischung probieren.«

»Guter Mann.« Zach schöpfte mit einer Kelle den Glühwein und befüllte einen Becher.

Mia hatte mir in der Zwischenzeit meine Schokolade fertig gemacht und reichte sie mir über den Tresen. »Was macht der Kater?«

»Durfte im Cottage bleiben«, teilte ich vergnügt mit.

»Dachte ich mir.« Sie nickte zufrieden. »Es hätte mich gewundert, wenn Hunter dem Kleinen das Zuhause verwehrt hätte.«

Ich zuckte mit den Schultern. »Da kennst du Hunter besser als ich.«

Mia zwinkerte mir zu. »Das kann ja noch werden.«

Ich spürte Hunters Blick auf mir ruhen.

»Mhm.« Zu mehr war ich im Moment nicht fähig.

Hunter hielt mir seinen Becher entgegen. »Auf euer Wohl.«

Erleichtert stieß ich mit ihm an. Die Schokolade schmeckte angenehm süß und kakaoig. Genüsslich leckte ich mir über die Lippen. Mia reichte einem Besucher eine Portion Stew über den Tresen. Sofort meldete sich mein Magen knurrend zu Wort. Ich hatte seit dem Frühstück bis auf einen Schokoriegel und einen Apfel nichts mehr gegessen, da der Kater meine Snacks zum Großteil bekommen hatte.

»Hast du Hunger?«, fragte Hunter, der meinem Blick gefolgt war.

»Ehrlich gesagt verhungere ich gleich«, gestand ich ihm lächelnd.

Hunter schmunzelte. »Einer der Punkte, die ich an dir mag.«

»Was? Dass ich verhungere?« Ich gluckste leise.

»Nein, dass du eine Frau mit einem gesunden Appetit bist.« Sein Blick glitt über mich hinweg. »Du bist wenigstens nicht einer dieser Hungerhaken, wo man als Mann ein schlechtes Gewissen bekommt, wenn man sich mal was zu essen bestellt. Du siehst toll aus, so wie du bist. Andere Frauen sollten sich ein Beispiel an dir nehmen.« Zärtliche Bewunderung sprach aus seinen Augen.

Mir wurde trotz der Kälte warm.

»Okay. Was gibt es denn?« Mein Blick wanderte zu der Tafel, die vor dem Stand aufgebaut war.

»Lamm-Stew, Hotdogs und Mince Pies«, kam Hunter mir zuvor. Sein warmer Atem streifte meine Wange. Ich blinzelte irritiert, denn ich musste sofort wieder an unsere Küsse denken. »Ich kann dir die Mince Pies wärmstens empfehlen. Die sind Mias Spezialität.«

»Okay, dann gerne.« Ich nahm einen Schluck aus meinem Becher. Die süße Flüssigkeit beruhigte meinen Magen, und eine angenehme Wärme breitete sich aus.

Mia lehnte sich über den Tresen zu uns. »Und, wie gefällt es dir?«

»Du hattest absolut recht. Der Weihnachtsmarkt ist ein Traum. Ich war gestern Abend mit meiner Mutter und meiner Schwester in London unterwegs, und da war es nicht halb so schön. Zu viele Menschen und zu viel Kommerz. Das hier ist Weihnachtsfeeling pur.« Ich lächelte breit. »Wenn es so einen Markt in London gäbe, müssten sie ihn wegen Überfüllung schließen.«

»Das kriegen die versnobten Londoner gar nicht hin. Hier geht es nicht darum, Geld zu verdienen.« Mia reichte uns die Mince Pies. »Hier geht es um die Gemeinschaft.«

Ein köstlicher Duft stieg mir in die Nase. »Also wenn die so schmecken, wie sie riechen, nehme ich mir einen Vorrat nach London mit. Hallie liebt Mince Pie.« Ich biss in das Stück. Sofort hatte ich den zarten Geschmack des Blätterteigs auf der Zunge, gefolgt von der würzigen Füllung. Ich leckte mir über die Lippen.

»Das ischt köschtlich«, quetschte ich zwischen zwei Bissen hervor.

»Ich hatte schon fast vergessen, wie gut die sind«, stimmte Hunter mir mit vollem Mund zu.

Eine gefräßige Stille entstand zwischen uns, während wir die Pies vertilgten.

Mia wandte sich lächelnd neuen Kunden zu. Von allen Seiten strömten mehr Einwohner herbei. Alle waren in warme Jacken und Mäntel gehüllt. Zu meiner Überraschung waren auch viele junge Leute dabei. Es herrschte allgemeine Festtagsstimmung.

»Ich finde es total schön hier«, gab ich bekannt. »Da hat man das Gefühl, dass Weihnachten noch wirklich etwas bedeutet und es nicht nur darum geht, Geschenke zu bekommen.«

Hunter nickte und stellte den leeren Teller auf den Tisch neben uns. »An Heiligabend werden auf dem Platz die Geschenke für die Bedürftigen verteilt.«

Ich sah ihn erstaunt an. »Wirklich?«

»Ja. Jede Familie legt ein Geschenk unter den Baum, und dann werden sie verteilt. Anschließend essen alle zusammen. Es gibt

Pie, Würstchen, Waffeln und Glühwein. Ich durfte als Junge immer dabei sein und fand es großartig. Wir durften so lange aufbleiben, wie wir wollten, und hatten jede Menge Spaß. Es wird natürlich auch gesungen. Das ist allerdings der Teil des Abends, auf den ich gut verzichten könnte.«

Ich grinste schief. Vor meinem geistigen Auge formten sich Bilder nach Hunters Schilderungen. »Das stelle ich mir ziemlich schön vor.«

»Wenn du denkst, das ist Weihnachtsfeeling, dann wirst du gleich überrascht sein.« Er deutete auf die Bühne.

Eine Gruppe von mehreren Männern und Frauen in altertümlichen Kleidern hatte die Kinder von der Bühne verscheucht und sich stattdessen dort aufgebaut. Die Weihnachtsmusik aus den Lautsprechern brach ab. Ein Mann mit einem Mikrofon in der Hand trat vor.

»Wer ist das?«, flüsterte ich Hunter zu. Sein Gesicht war ganz nah, und ich konnte die winzigen Sommersprossen auf seiner Nase erkennen. Ein dunkler Bartschatten lag um seinen Mund. Ich musste mich zwingen, ihn nicht anzustarren.

»Das ist der Bürgermeister von Holmbury. Mr Ian Decker«, teilte Hunter mir mit und rückte noch ein Stück näher an mich heran.

Eine kleine Bewegung meines Kopfes, und unsere Gesichter würden sich berühren. Mir war furchtbar heiß. Ich konnte nicht sagen, ob es an meinen übersprudelnden Hormonen lag oder an Hunters Nähe.

»Liebe Freunde, ich freue mich, euch alle hier zu sehen«, scheppterte die tiefe Stimme des Bürgermeisters durch das Mikrofon. Zustimmender Beifall ertönte. Ich hatte das Gefühl, mich inmitten einer großen Familie zu befinden. Alle schienen sich zu kennen und zu mögen. Nirgends waren laute oder gar aggressive

Stimmen zu hören. Stattdessen herrschte Harmonie pur. Es war fast unwirklich.

Ich warf einen verstohlenen Seitenblick zu Hunter, um dessen Mund ein Lächeln spielte, während er der Rede des Bürgermeisters lauschte. Ich bewunderte sein markantes Kinn, die gerade Nase und die dichten Wimpern. Seine Haare schimmerten in verschiedenen Blondtönen, als hätte man sie dort hineingemalt. Beim Friseur würde man ein Vermögen hinlegen, um so auszusehen. Je länger ich ihn betrachtete, desto größer wurde der Wunsch, ihn zu küssen. Verdammt, das durfte nicht passieren. Ich war im vierten Monat schwanger. Nicht mehr lange und ein kleines Bäuchlein würde sich unter meinem Pullover abzeichnen. Auf der anderen Seite dachte ich an Hallies Worte. *Warum nicht ein bisschen Spaß haben?*

Hunter drehte seinen Kopf zu mir. Ertappt zuckte ich zusammen.

»Ein herzliches Willkommen auch an die Neulinge unter uns«, ertönte es durch die Lautsprecher. Alle Blicke richteten sich auf uns.

»Er meint uns beide«, flüsterte Hunter mir überflüssigerweise zu. »Die eigentliche Eröffnung ist nämlich erst morgen. Der heutige Abend gehört den Bewohnern von Holmbury. Meine Großeltern hatten auch immer einen kleinen Stand, wo sie selbst gemachten Rumtopf verkauft haben.« Er lächelte, und seine Augen glänzten wie Sterne. »Ich habe die beiden natürlich begleitet. Ich war allerdings keine große Hilfe. Eher das Gegenteil davon. Mia und ich haben nämlich heimlich von den Rumfrüchten genascht. Wir fanden zwar, dass sie irgendwie scharf geschmeckt haben, aber dank des Zuckers trotzdem lecker. Am Ende des Abends waren wir ziemlich betrunken.«

Ich kicherte. »Das klingt nach einem lustigen Abend.«

»Für uns auf jeden Fall. Allerdings war das Ende ziemlich unschön, als ich kotzend über dem Klo hing. Mia ging es ähnlich. Seitdem fasse ich keine Rumfrüchte mehr an.« Er verzog das Gesicht.

»Hallie und ich haben uns mal mit Egg Nogg an Weihnachten die Kante gegeben, mit dem Ergebnis, dass wir singend um die Häuser gezogen sind.« Ich machte eine kurze Pause, um mir die Bilder von damals wieder ins Gedächtnis zu rufen.

»Das ist doch nicht schlimm«, bemerkte Hunter. »Das ist süß.«

»Vielleicht, wenn man es nicht in Schlafanzügen tut, so wie wir.« Ich lachte laut auf. »Nicht nur, dass wir ziemlichen Ärger von Mum bekommen haben, noch dazu haben wir uns eine saftige Erkältung eingefangen und mussten die Weihnachtsfeiertage im Bett verbringen.«

»Ich hätte dich gerne gepflegt.« Seine Augen brannten sich in meine. Ich schluckte. Seine Hand lag glühend heiß auf meinem Rücken.

»Oh, da hätte ich nicht *Nein* gesagt«, murmelte ich gerade so laut, dass er mich verstehen konnte.

Seine Augen blitzten frech. »Freut mich, zu hören.«

Wortlos beugte er sich zu mir und küsste mich. *Endlich.*

Es war mir egal, wer um uns herum zusah. In diesem wunderbaren Moment gab es nur noch Hunter und mich. Sein Mund lag herrlich warm und weich auf meinem. Er schmeckte nach weihnachtlichen Gewürzen und sich selbst.

Seine Hand wanderte nach oben und blieb unter meinem Haaransatz liegen. Sein Daumen massierte die empfindliche Stelle darüber und feuerte meine Lust nur noch mehr an. Ich wollte ihn. Ich wollte seine nackte Haut auf mir spüren. Ich wollte mit ihm schlafen. Heute war heute. Was morgen war, würden wir dann sehen.

Ich wusste nicht, wie lange wir so ineinander verschmolzen standen. Mein Herz hatte aufgehört, zu schlagen, und ich hatte keine Ahnung, ob ich noch atmete. Alles, was ich fühlte, waren Hunters Lippen auf meinem Mund und unsere Zungen, die sich umkreisten.

Irgendwann löste er sich von mir. Behutsam. Sanft. Seine Hand blieb in meinem Nacken liegen. Blinzelnd öffnete ich die Augen. Der Boden unter meinen Füßen schwankte. Ich krallte mich an ihm fest, um nicht zu fallen. Für Außenstehende musste es wirken, als ob ich betrunken war – was ich auch war, aber vor Glück. Mein Herz hatte beschlossen, seine Arbeit wieder aufzunehmen, und pumpte wie verrückt das Blut in meinen Kopf. Meine Wangen fühlten sich an, als würden sie brennen. Unsere Blicke trafen sich. Als ich die Lust und das Verlangen darin sah, schluckte ich.

Der Bürgermeister redete noch immer, und die Blicke der Marktbesucher waren auf die Bühne gerichtet. Ich schaute zu Mia und Zach, die Arm in Arm hinter dem Tresen standen und ebenfalls das Geschehen auf der Bühne beobachteten. Niemand schien uns Beachtung zu schenken.

»Komm.« Kurz entschlossen packte Hunter mich an der Hand und zog mich mit sich an den Besuchern vorbei, hinter die Stände in Richtung Auto. Gemeinsam stapften wir durch die schummrige Dunkelheit.

Mit wenigen Schritten hatten wir den Wagen erreicht. Im Hintergrund war Gesang zu hören. Wir blieben stehen. Unsere Blicke begegneten sich.

»Katie …« Mit einer geschickten Bewegung hatte er mich herumgewirbelt, sodass ich in seinen Armen landete. Er lehnte mit dem Rücken gegen den Wagen. Unsere Lippen verschmolzen miteinander. Ich legte meine Arme um seinen Hals und zog ihn noch dichter an mich heran. Sofort spürte ich die unglaubliche Wärme, die von seinem Körper ausging.

Mit einem Ruck hob er mich hoch, ohne den Kuss zu unterbrechen. Ich schlang meine Beine um seine Hüften. Sein harter Schwanz presste sich durch den Stoff seiner Hose gegen mich. Ich konnte mich nicht daran erinnern, wann ich das letzte Mal so erregt gewesen war. Es war unglaublich. Unsere Zungen spielten miteinander und neckten sich. Eine Windböe fuhr zwischen uns und wirbelte meine Haare durcheinander, doch keiner von uns wollte den Kuss unterbrechen. Seine Hand fuhr zärtlich über mein Gesicht und schob die Strähne beiseite. Sein Griff um meine Hüfte wurde fester.

War der Kuss zu Beginn noch ein Herantasten gewesen, wurde er nun leidenschaftlicher. Noch nie in meinem ganzen Leben war ich so von einem Mann geküsst worden. Ich hatte das Gefühl, in seinen Armen ohnmächtig zu werden. Trotzdem wollte ich auf keinen Fall, dass er aufhörte. Die Kälte um uns herum war vergessen. Alles, was ich spürte, war Hunters Nähe. Ihn zu küssen, kam meiner Vorstellung von Perfektion ziemlich nahe.

Ein lautes Lachen drang zu uns durch. Irritiert zuckte ich zusammen.

Als Hunter sich langsam von mir löste, schnappte ich nach Luft wie eine Ertrinkende. Mein ganzer Körper kribbelte und fühlte sich irgendwie taub an. Dabei schlug mein Herz so kräftig gegen meine Brust, dass ich Angst hatte, es könnte herausspringen. Alles drehte sich um mich herum, und ich war nicht in der Lage, einen klaren Gedanken zu fassen. Keiner von uns beiden sagte ein Wort. Ich saß noch immer auf seiner Hüfte, meine Hände um seinen Hals gelegt. Regungslos verharrte ich, aus Angst, den Moment zu zerstören.

»Katie«, holte seine Stimme mich zurück ins Hier und Jetzt.

Ich schlug die Augen auf und blickte geradewegs in sein Gesicht. Er sah so wunderschön aus, wie er im Halbdunkeln vor mir stand. Schwaches Licht fiel auf sein Gesicht und betonte die markanten Züge. Ich beugte mich vor und küsste die Stelle an seinem Hals, wo der Puls darunter schlug. Er stöhnte leise. Seine warmen Lippen legten sich auf die freie Stelle hinter meinem Ohr, um dort einen perfekten Kuss zu platzieren. Das war zu viel. Ein leises Stöhnen entwich meiner Kehle. Der nächste Kuss folgte. Wieder stöhnte ich auf. Seine Haare kitzelten an meiner Wange. Unsere Lippen fanden sich erneut. Wir küssten uns wild, zügellos und voller Lust. Mein Verstand setzte aus, und meine Hormone übernahmen endgültig das Kommando. Ich wollte diesen Kuss so lange auskosten, wie es ging.

Als er sich nach einer gefühlten Ewigkeit von mir löste, ließ er mich erneut atemlos zurück. Das Blut pulsierte durch meine Adern. Ich fühlte mich schwerelos in seinen Armen. Unsere Blicke kreuzten sich, und ich erkannte darin die gleichen Gefühle, die ich empfand. Es war magisch.

In seinem Blick lag so viel Zärtlichkeit, dass mir der Atem stockte. Ich fühlte mich so lebendig wie schon lange nicht mehr. Er blickte lächelnd auf mich herunter. Ich schloss die Augen und legte meinen Kopf behutsam gegen seinen Oberkörper. Am liebsten wäre ich in ihn hineingekrochen.

Ich lauschte dem Pochen seines Herzens, bis es mit meinem in Einklang schlug. Dabei sog ich seinen himmlischen Duft in mich auf. Ich spürte eine Verbundenheit, die ich bisher noch nie in dieser Form mit einem Mann erlebt hatte. Mist! Das war gar nicht gut. Ich war schwanger von einem anderen Mann. Noch schlimmer – von einem Samenspender. Auch wenn ich noch immer voll zu meiner Entscheidung stand, war es Hunter gegenüber nicht fair. Denn wenn ich jetzt weitermachte, dann wusste ich, dass nichts und niemand mich mehr stoppen konnte. Am wenigsten ich selbst. Ich begehrte Hunter mit jeder Faser meines Körpers.

Langsam lockerte ich meinen Griff und rutschte an ihm herab, bis meine Füße festen Boden fanden. Mit einem Schlag war die Kälte wieder da. Es war erstaunlich, wie der Körper alles ausblendete.

Ich blickte hoch. In diesem Moment sah ich es. Eine winzige weiße Flocke segelte an Hunters Gesicht vorbei und landete auf seiner Brust, wo sie für einen Augenblick liegen blieb wie ein winziges Kunstwerk, das jemand absichtlich dort platziert hatte. Es folgte eine zweite Schneeflocke. In Hunters blonden Haaren glitzerte der Schnee wie kleine Kristalle.

»Es schneit!«, rief ich begeistert.

Hunter nickte lächelnd, ohne den Blick von mir zu nehmen.

Wieder segelte eine perfekt geformte Flocke an mir vorbei. Ich streckte meine Zunge heraus, um sie zu fangen. Etwas, das ich seit Jahren nicht mehr getan hatte. Hunter lachte heiser, als sich die Flocke auf meine Zunge legte.

»Schnee schmeckt am besten, wenn er ganz frisch ist.« Ich lachte laut auf. »Hallie und ich haben immer einen Wettbewerb daraus gemacht, wer die meisten Flocken fangen kann.«

»Ha. Da mache ich mit.« Hunter folgte meinem Beispiel. Minuten später rannten wir wie die Kinder um das Auto, auf der Jagd nach Schnee. Dabei lachten wir laut und knufften uns gegenseitig.

»Ich gebe auf.« Atemlos lehnte ich mich gegen die Wagentür. »Du hast gewonnen.«

»Und was bekomme ich als Belohnung?« Er stemmte die Hände in die Hüften und sah mich herausfordernd an.

Ohne zu antworten, küsste ich ihn.

28

Hunter

Ich war noch immer benommen von dem Kuss. Es war unbeschreiblich. In meinem Kopf wirbelten die Gedanken, während ich Katie in den Armen hielt und ihren köstlichen Duft in mich aufnahm. Ich spürte ihr Herz im Einklang mit meinem schlagen. Ihr Kuss war so süß und erregend gewesen, dass ich gedacht hatte, ich würde endgültig den Verstand verlieren. Es hatte mich meine ganze Willenskraft gekostet, nicht über sie herzufallen und sie auf der Stelle zu nehmen. Ihr Körper war eine einzige Versuchung, und ihr Kuss kam einem Versprechen gleich.

Niemals hätte ich für möglich gehalten, dass ich zu solchen Gefühlen fähig war, wie ich sie gerade verspürte. Noch vor Kurzem war mein Leben von der Trauer um meine verlorene Liebe bestimmt gewesen, und nun stand ich hier und konnte mich kaum beherrschen. War es Lust oder war es mehr? Ich war verwirrt von dem Gefühlschaos, das Katies Küsse in mir auslösten.

Der Schneefall hatte zugenommen, und eine hauchdünne Schicht hatte sich über Katies dunkle Haare gelegt. Sie sah aus wie eine Eisprinzessin, wie sie vor mir stand, in ihrem Mantel, dem Schal und den dicken Schuhen. Dazu die von der Kälte verfärbten roten Wangen. Entzückend. Ich beugte mich zu ihr hinunter und küsste ihren Haaransatz. Sie schauderte.

»Ist dir kalt?«

»Nur ein bisschen«, gestand sie. Goldene Punkte schimmerten in ihren Katzenaugen.

»Warte.« Ich öffnete meine Jacke und schlang die Seiten um ihren zarten Körper.

»Nein, das geht nicht«, wehrte sie sich.

»Ich bestehe darauf.« Ich zog sie an mich. Sofort kuschelte sie ihren Kopf an meine Brust. »Besser?«

»Viel besser.« Sie sah mich zärtlich an. »Danke.«

Am liebsten hätte ich ewig so mit ihr dagestanden, aber ich wusste, dass es Zeit war zu gehen. Wenn wir noch heil nach London kommen wollten, mussten wir fahren, bevor der Schnee die Straßen blockierte. Die ersten Einwohner kamen in unsere Richtung geschlendert. Anscheinend löste sich die Feier langsam auf.

»Was meinst du, sollen wir zurückfahren?«, flüsterte ich ihr zu. Dabei knabberte ich an ihrem Ohrläppchen. Sie hatte lustige kleine Ohren, die spitz zuliefen wie bei einer Elfe.

»Ich würde am liebsten die ganze Nacht hier stehen bleiben und in den Himmel schauen«, murmelte sie, den Blick nach oben gerichtet. »Aber ich fürchte, dann bin ich erfroren.« Sie lachte ihr wunderbar helles Lachen.

»Geht mir genauso«, erwiderte ich heiser. Die Kälte war unter meine Jacke gekrochen, und eine Gänsehaut hatte sich auf meinen Armen gebildet. »Sag mal, was hältst du davon, wenn wir zusammen nach London fahren? Wer weiß, wie die Straßen sind. Außerdem habe ich morgen ein paar Dinge in Holmbury zu erledigen, dann könnten wir gemeinsam hierherfahren. Alles andere wäre irgendwie sinnlos.«

Sie sah mich auf eine unergründliche Art an. »Ja, du hast recht. Es gibt wirklich kein Argument, das dagegen spricht, außer dass ich dich dann ständig küssen möchte.«

Ich grinste. »Das Opfer bringe ich gerne.«

»Dein oder mein Auto?« Sie deutete auf die beiden nebeneinanderstehenden Wagen.

»Der Toyota ist eher ungeeignet. Wenn wir also auf Nummer sicher gehen wollen, sollten wir mein Auto nehmen.«

»Einverstanden.«

»Komm, lass uns fahren, bevor wir zu Eiszapfen gefrieren.« Ich nahm ihre Hand und half ihr in den Wagen.

Als ich den Motor startete, kuschelte Katie sich wie selbstverständlich an mich. Nichts war mehr von der Zurückhaltung zu spüren, die zu Beginn unseres Ausfluges da gewesen war.

Ich musste mich konzentrieren. Die Straße war mit einer dünnen Schneeschicht überzogen, unter der sich glatte Stellen verbergen konnten. Katie sagte kein Wort, sondern kuschelte sich weiter an mich. Als ich nach unten sah, hatte sie die Augen geschlossen. Ihren regelmäßigen Atemzügen nach zu urteilen, war sie eingeschlafen.

»Schläfst du?«, fragte ich leise.

»Nein, aber es ist gerade so schön.«

Ein glückliches Lächeln breitete sich auf meinem Gesicht aus. Ich strich ihr eine Strähne aus der Stirn. »Das finde ich auch.«

Minuten später signalisierten mir ihre gleichmäßigen Atemzüge, dass sie doch eingeschlafen war.

Der Schneefall hatte kurz vor London aufgehört, und wir waren schneller durchgekommen, als ich zu hoffen gewagt hatte. Mein linker Arm war mittlerweile eingeschlafen, aber ich hatte Katie nicht wecken wollten. Sie hatte so friedlich ausgesehen. Jetzt regte sie sich an meiner Brust.

»Oh Gott. Wo sind wir?« Mit einem Ruck richtete sie sich auf. Ich lächelte. »Kurz hinter Chiswick.«

»Wie lange habe ich denn geschlafen?«

»Knapp eine Stunde.« Mein Arm fing an, zu kribbeln, als das Blut langsam wieder zurückkehrte. Sie nickte stumm. »Ich hätte dich gleich geweckt, da ich deine Adresse nicht weiß.«

Sie nannte mir die Straße. Mit den Händen fuhr sie sich durch die Haare, dabei spreizte sie die Finger, als würde es sich dabei um die Zinken eines Kamms handeln.

»Ach, das ist gleich um die Ecke vom *Heaven's Place*. Kennst du das Café?«

Sie wandte sich zu mir. »Ob ich es kenne? Das ist praktisch mein zweites Zuhause. Hallie und ich hängen häufig dort ab. Chris, der Besitzer, ist ein Freund von uns.«

»Was für ein Zufall. Ich war früher oft dort zu Gast und habe geschrieben. Im *Heaven's Place* ist mein erster Roman entstanden.« Ich lächelte bei dem Gedanken an damals.

»Und warum jetzt nicht mehr?« Neugierde schwang in ihrer Stimme mit.

»Seit ich nach Shoreditch gezogen bin, hat sich mein Schreiben in die Wohnung verlegt.«

Clarissa hatte darauf bestanden, mir ein Arbeitszimmer einzurichten, damit ich in ihrer Nähe war. Sie hatte es geliebt, mir beim Schreiben zuzuschauen. Vielleicht sollte ich es bis zu meinem Umzug mal wieder in einem Café probieren. Mein Zimmer in Garys Wohnung war ohnehin nicht sonderlich gemütlich und dunkel. Nicht, dass ich mich beschwerte. Ich war dankbar, dass Gary mich so kurzfristig aufgenommen hatte.

»Dann stimmen die Klischees also doch. Trinkst du auch Rotwein oder Whisky dazu wie die Schriftsteller in den Filmen oder literweise Kaffee?« Sie klang belustigt.

»Haha. Weder noch. Wenn ich schreibe – also ich meine, *wirklich schreibe* –, dann verliert sich alles um mich herum. Ich habe weder Hunger noch Durst.« Ich setzte den Blinker. »Dann bin ich ein völlig anderer Mensch.«

»Das würde ich gerne mal sehen.« Ich spürte ihre Blicke auf mir ruhen.

Langsam drosselte ich das Tempo, als Katies Haus in Sicht kam. Ihr Griff lockerte sich etwas. Ich fuhr bis vor die Haustür. Das Gebäude war ein typischer Bau für diese Gegend. Weiße Fassade mit dunklen Fensterrahmen und einer kleinen Eingangstreppe. Am Straßenrand wuchsen Bäume, die dem Ganzen den Charakter einer Allee verliehen. »Schöne Gegend!«

Sie schielte durch das Fenster nach draußen. »Ja, und die Nachbarschaft ist auch okay. Ich kann fast alles zu Fuß oder mit der U-Bahn erreichen. Das Riesenmanko hier ist nämlich die Parkplatzsituation.« Sie deutete auf die voll stehenden Seitenflächen. »Nach Feierabend hat man fast keine Chance mehr, einen legalen Parkplatz zu finden. Ansonsten bin ich ganz glücklich, dass ich die Wohnung gefunden habe.« Katie drehte sich zu mir. »Danke für diesen wunderschönen Abend.«

»Du bist wunderschön«, erwiderte ich.

Ich konnte mich gar nicht sattsehen an ihr. Katie war keine Schönheit im klassischen Sinne wie die Models, die man tagtäglich in den Magazinen bewundern konnte. Aber ihre Ausstrahlung war sinnlich und verführerisch.

Ich strich mit den Fingerspitzen über ihre Wange und gab ihr einen Kuss. Unsere Lippen verschmolzen miteinander. Ich schloss die Augen und gab mich dem schönen Gefühl hin. Sie schlang ihre Arme um meinen Hals und presste ihren weichen Körper an meinen, was meine Erregung nur noch anfachte. Wenn ich nicht gleich über sie herfallen wollte, musste ich aufhören.

Behutsam zog ich mich zurück. Katie blinzelte irritiert, so als hätte sie mehr erwartet. Ich führte ihre Hand zu meinen Lippen. »Schlaf gut, süße Katherine.«

»Katherine … So nennt mich nur meine Familie. Wahlweise auch Cookie.«

Ich grinste. »Cookie!«

»Ja, ich liebe Kekse.«

»Das muss ich mir merken.« Im Geiste machte ich mir eine Notiz, für den morgigen Besuch Kekse mitzubringen.

»Untersteh dich!« Wenn sie lächelte, war es, als ob die Sonne aufging. Sie wandte sich zum Gehen. »Ach, wir haben ganz vergessen, zu sagen, wann wir fahren wollen.«

»Ich kann mich ganz nach dir richten.«

»Wie wäre es mit neun Uhr?«

»Klingt gut.«

»Bis dann.« Sie warf mir einen Kuss zu.

Ich blieb sitzen und sah ihr nach, bis sie die Haustür erreicht hatte. Ein winziger Teil in mir hoffte, dass sie sich noch einmal umdrehen würde. Gerade als ich dachte, sie wäre verschwunden, tauchte ihr brauner Haarschopf erneut im Türrahmen auf. »Hunter?«

»Ja?«

Unsere Blicke trafen sich.

»Würdest du mich noch einmal küssen?« Sie grinste schief.

Mein Puls, der sich gerade etwas beruhigt hatte, schaltete einen Gang höher. »Ich wüsste nicht, was ich lieber täte.«

Mit wenigen Schritten war ich bei ihr und nahm sie in den Arm. Sie streckte mir ihr Gesicht entgegen. Ihre Augen waren in stiller Erwartung geschlossen. Ich strich ihr zärtlich über das Gesicht. Dann bedeckte ich ihre Augenlider mit winzigen Küssen und wanderte nach unten, bis sich unsere Lippen berührten. Sacht fuhr ich mit der Zungenspitze über die zarte Haut. Ihr Mund war leicht geöffnet, die Augen geschlossen. Nur allzu gerne folgte ich ihrer stummen Einladung. Auch dieser Kuss war eine Sensation. Noch nie hatte ich es derart genossen, eine Frau zu küssen. Es war besser als der meiste Sex, den ich bisher gehabt hatte. Ich genoss jede Sekunde und saugte ihren verführerischen Duft in mich auf. Ihre Hand fuhr durch meine Haare und krallte sich darin fest. Mein Schwanz pochte. Ich begehrte Katie so sehr, dass es schmerzte.

Sie atmete schwer, als wir uns nach einer Ewigkeit voneinander lösten. Ihr warmer Atem blies mir ins Gesicht. Sie strich sich eine vorwitzige Strähne hinter das Ohr. Eine winzige Geste, die mir so vertraut vorkam, wie mir alles an ihr auf eine seltsame Art vertraut war. Dabei kannten wir uns erst kurze Zeit. Das war schön und verwirrend zugleich.

»Gute Nacht.«

Diesmal ging ich, ohne mich noch einmal umzudrehen. Ich wusste, wenn ich sie noch mal küssen würde, gäbe es kein Zurück mehr.

29

Katie

Nachdem Hunter gefahren war, war ich noch immer völlig aufgewühlt unter die Dusche gesprungen, um meine steifen Glieder aufzutauen. Anschließend hatte ich mich in meinen Pyjama gehüllt und war ins Bett geschlüpft. Langsam beruhigte sich mein Puls. Die Bilder des heutigen Abends wirbelten durch meinen Kopf.

Ob es dem Kater gut ging? Ich würde Hunter bitten, morgen auf dem Weg nach Holmbury bei einem Supermarkt zu halten, um frisches Katzenfutter zu holen.

Hunter ...

Kaum dachte ich an seinen Namen, schnellte mein Puls wieder in die Höhe. Seine Küsse hatten mich fast um den Verstand gebracht und jede Form von rationalem Denken ausgeschaltet.

Wenn ich die Augen schloss, konnte ich noch immer seine warmen Lippen auf meinem Mund spüren. Fühlte seine Finger, die meine Haut zärtlich streichelten und ein Flammenmeer hinterließen, wo sie mich berührt hatten. Allein der Gedanke daran genügte, dass mir heiß wurde. Seine Küsse waren unglaublich gewesen und hatten meine ganze Welt auf den Kopf gestellt. Sie hatten ein Feuer in mir entfacht, das in jeder meiner Zellen brannte.

Eine heiße Lustwelle schoss durch meinen Unterleib. Langsam fuhr ich mit der Hand unter den Bund meiner Hose. Dabei stellte ich mir vor, es wäre seine Hand, die mich liebevoll streichelte. Ich stöhnte leise bei dem Gedanken. Meine Hand wanderte weiter bis zu meiner Scham. Ich war nass vor Lust. Meine Finger massierten meine Klit, bis ich es fast nicht mehr aushielt. Ich stöhnte. Dabei stellte ich mir die ganze Zeit Hunter vor, der mich voller Lust ansah, während ich mehr und mehr die Kontrolle verlor.

Meine Finger glitten in meine feuchte Öffnung, um mir Erleichterung zu verschaffen. Mein Puls raste, und die erste Welle meines Orgasmus kündigte sich an. Ich drückte meinen Kopf ins Kissen und schob meinen Unterleib in die Höhe, während meine Finger immer schneller kreisten. Ich stellte mir vor, wie sein Mund mich liebkoste und seine Hände mich zum Höhepunkt trieben. Ich stöhnte laut. Das Blut raste durch meine Adern. Sekunden später rollte die Lustwelle über mich hinweg und nahm mir die Luft zum Atmen.

Ein Zittern lief durch meinen Körper. Mein Unterleib zuckte in rhythmischen Bewegungen. Ich ließ mich fallen. Mein Atem ging heftig, und mein Herz schlug wie verrückt. Das Einzige, woran ich noch denken konnte, war er – Hunter.

Als es vorbei war, blieb ich schwer atmend liegen und wartete, bis die Nachwehen meines Orgasmus langsam verebbten.

Ich musste gerade eingeschlafen sein, als mich das Klingeln meines Handys hochschrecken ließ.

»Hallie?«, murmelte ich verschlafen. »Ich hoffe für dich, dass es dringend ist.« Ich warf einen Blick auf die Uhr. Es war kurz vor elf. Das war typisch. Hallie war die absolute Nachteule und ging immer weit nach Mitternacht ins Bett.

»Allerdings«, meldete sich ihre Stimme prompt. »Ich stehe nämlich vor deiner Haustür und friere mir gleich den Arsch ab.«

Mit einem Ruck richtete ich mich auf. »Was ist passiert?«

»Nichts. Ich hatte Sehnsucht nach dir.«

Ich lauschte misstrauisch. »Sag mal, bist du betrunken?«

»Katie, quatsch keine Arien und mach endlich die verdammte Tür auf!«

Ich schlüpfte aus dem Bett und tapste auf nackten Füßen durch den Flur zur Haustür.

»Du hast echt Nerven, hier mitten in der Nacht aufzukreuzen«, schimpfte ich.

»Ich hatte Sehnsucht nach dir.« Sie zog den Mantel aus und schmiss ihn in die Ecke.

Ich schnüffelte misstrauisch. »Du hast doch was getrunken!«

»Nur ein winziges Gläschen Sekt …« Sie machte eine kurze Pause. »Vielleicht auch zwei.« Sie hob die Hand und zeigte mit den Fingern einen Abstand. »So viel vielleicht!«

Ich seufzte. »Komm in die Küche. Ich mache uns einen Tee.«

Hallie verzog das Gesicht. »Tee?«

»Was anderes gibt es nicht«, erwiderte ich streng.

»Ja, Mummy.« Sie beugte sich hinab und legte ihren Mund auf meinen Bauch. »Hallo, kleines Alien. Hier ist die liebe Tante Hallie. Deine Mum ist ganz schön spießig, findest du nicht auch?«

»Haha. Sehr witzig.« Ich drehte mich zur Seite.

Grinsend kam Hallie wieder hoch. Ihre Augen glänzten vom Alkohol.

Wir gingen in die Küche. Hallie ließ sich auf einen der Barhocker fallen. Sie stieß sich vom Tisch ab und drehte sich einmal um die eigene Achse. »Und wie war dein Tag?«

Ich lächelte. »Ehrlich gesagt war der Tag – und ganz besonders der Abend – ein Knaller.«

Hallie stoppte abrupt. »Wusste ich es doch! Du hast so ein dämliches Grinsen im Gesicht.«

»Hab ich gar nicht.« Ich goss das heiße Wasser in die Becher und reichte Hallie einen davon.

»Hast du doch. Also erzähl. Ich will alles wissen.«

»Da gibt es nicht viel zu erzählen.« Ich bewegte den Teebeutel im Wasser hin und her.

»Lügnerin.«

Ich seufzte. »Also gut. Wir haben geknutscht, dann hat Hunter mich nach Hause gefahren.«

»Hattet ihr Sex?«

»Du klingst wie Mum.«

»Keine Ablenkungsversuche. Habt ihr oder habt ihr nicht?«

»Nein. Ich sage doch, wir haben nur geknutscht.«

»Aha. Mit Petting oder ohne?«

»Sag mal, könntest du bitte mit deiner Fragestunde aufhören? Ich bin schließlich kein kleines Mädchen mehr.«

»Nein, du bist meine Schwester, um die ich mir Sorgen mache.« Sie sah mich liebevoll an. »In Liebesdingen warst du noch nie besonders geschickt.«

»Oh, danke für die Blumen.« Mit ruhiger Stimme erzählte ich ihr alles.

Als ich fertig war, hatte Hallie ein breites Grinsen auf dem Gesicht. »Meine große Schwester ist verknallt.«

»Ich bin *nicht* verknallt.«

»Das kannst du vielleicht Mum erzählen, aber nicht mir. Hast du dein Gesicht mal gesehen, wenn du seinen Namen erwähnst? Du leuchtest förmlich dabei.«

»Das sind die Schwangerschaftshormone«, wehrte ich ab.

In meinem Kopf rasten die Gedanken. Hatte Hallie wirklich recht? War ich verliebt? Bis zu diesem Moment war ich so mit Hunter-Küssen beschäftigt gewesen, dass ich nicht bewusst über die ganze Situation nachgedacht hatte. Jetzt traf mich die Erkenntnis wie ein Blitzschlag.

»Ach du Scheiße.« Ich stellte den Becher mit einem Ruck auf den Tisch. Heißer Tee schwappte über und brannte mir auf der Haut. »Mist.« Ich wedelte mit der Hand in der Luft.

»Siehst du!«, sagte Hallie triumphierend. Ich starrte sie mit offenem Mund an. »Ich glaube, dir läuft da etwas Sabber über das Kinn.« Hallie wippte fröhlich mit den Beinen.

Mein Mund schnappte zu. »Aber das geht nicht. Ich kann mich nicht verlieben.«

»Wen versuchst du gerade, zu überzeugen – dich oder mich?« Hallie sah mich mit großen Augen an.

Ich schüttelte ungläubig den Kopf. Es war schon so lange her, dass ich verliebt gewesen war, dass ich die Anzeichen nicht erkannt hatte. Ich war so ein Idiot.

Hallie nahm meine Hand. »Hey, das ist doch toll.«

»Nein, ist es nicht. Ich bin schwanger, falls du es vergessen hast.«

Hallie zuckte mit den Achseln. »Na und?«

»Wie dachtest du, dass ich es mache? Einfach hingehen und sagen: ›Du, Hunter, was ich ganz vergessen habe, dir zu erzählen: Ich bin schwanger.‹«

»Warum denn nicht?« Hallie sah mir tief in die Augen.

»Weil das nicht der Plan war. Ich wollte das Baby alleine bekommen. Ich kann mein Leben nicht komplett umstellen. Es ist gut so, wie es ist. Außerdem hat Hunter auch Probleme. Das hat er mir selbst gesagt. Er zieht nach Holmbury, um über seine Ex-Verlobte hinwegzukommen.«

Hallies Grinsen wurde breiter. »Ich würde sagen, das klappt ganz gut.«

»Diese Scheißhormone!«, fluchte ich. »Ich hätte ihn niemals küssen dürfen. Warum muss man den guten Kerlen immer zum falschen Zeitpunkt begegnen?«

»Ich glaube nicht, dass es für die Liebe einen richtigen oder falschen Zeitpunkt gibt. Sie kommt, wann sie will, und nicht, wann es in deinen Zeitplan passt. Du bist doch sonst nicht auf den Mund gefallen. Sag ihm einfach, was los ist und warum du es getan hast, dann wirst du schon sehen, was passiert.«

»Oder ich halte mich von ihm fern und bringe meinen Auftrag zu Ende.«

»Das geht natürlich auch, ist aber nicht so schön.« Hallie gähnte herzhaft. »Ich glaube, ich muss ins Bett. Kann ich bei dir schlafen?«

Ich nickte stumm, noch immer damit beschäftigt, das Chaos in meinem Kopf in Ordnung zu bringen.

Hallie rutschte vom Stuhl und gab mir einen Kuss. »Noch sieht man nichts, und bis es so weit ist, hast du ja noch Zeit. Ich werde dich jedenfalls nicht bei Leo verraten. Nachher wird er noch eifersüchtig.« Sie kicherte.

»Ich bin verknallt«, erwiderte ich mehr zu mir selbst als zu ihr. Vor mir lag eine schlaflose Nacht.

Wie befürchtet hatte ich in der Nacht kein Auge zugetan. Immer wenn ich kurz davor gewesen war, war Hunter hinter meinen geschlossenen Lidern aufgetaucht und hatte mich vom Schlafen abgehalten. Hallie hatte neben mir wie ein betrunkener Seemann geschnarcht.

Dementsprechend gerädert fühlte ich mich. Ich hatte Hallie schlafen lassen und mich leise fertig gemacht. Ich nahm einen letzten Schluck aus meinem Teebecher und stellte die leere Müslischüssel in den Geschirrspüler. Das Wetter hatte sich meiner Stimmung angepasst. Der Himmel war grau verhangen, und es schneite leicht. Dazu blies ein kräftiger Wind, der die Schneeflocken an meinem Fenster vorbeiwirbelte.

»Guten Morgen!« Hallie stand verschlafen im Türrahmen. Sie trug eines meiner alten T-Shirts. Auf ihrer Stirn klebte meine Augenmaske, die sie sich vom Nachttisch stibitzt hatte. Ihre Haare waren zerzaust, was ihrer natürlichen Schönheit keinen Abbruch tat. Wie immer hatte sie ein Lächeln auf dem Gesicht. Sie war der bestgelaunte Mensch, den ich kannte – in allen Lebenslagen.

»Manchmal ist deine gute Laune wirklich nicht zu ertragen«, maulte ich.

»Oh, da hat jemand einen Clown verschluckt«, kommentierte sie und schnappte sich meinen Becher.

Ich hielt ihn fest umklammert. »Hey, das ist mein Tee. Mach dir selbst einen.«

»Ach komm schon. Nur einen Schluck.« Sie sah mich mit ihren großen verschlafenen Augen an. Wortlos reichte ich ihr den Becher.

Im selben Moment klingelte es an der Haustür. Sofort bekam ich Herzklopfen. »Das muss Hunter sein.«

»Hunter, Baby, ich kommeeeee!«, flötete Hallie.

Ich schüttelte den Kopf. »Du bist echt bescheuert.«

»Ach, das war doch nur Spaß.« Sie legte den Arm um mich. »Sei nicht so schrecklich ernst. Verliebt zu sein, ist etwas Schönes. Bei dir könnte man meinen, du wärst auf dem Weg zum Schafott.«

»So komme ich mir auch vor.«

Ich hatte mir die ganze Nacht überlegt, wie ich am besten mit der ganzen Situation umgehen sollte, und war zu dem Ergebnis gekommen, dass es besser war, die Notbremse zu ziehen, bevor es zu spät war und ich mich vollkommen in Hunter verlieren würde. Ich würde nett und zuvorkommend sein, aber mehr nicht. Eines durfte auf keinen Fall passieren: ein Kuss. Ich wusste nicht, ob ich dann noch standhaft bleiben konnte.

Es klingelte erneut.

»Ich muss los.« Ich gab Hallie einen Kuss auf die Wange. »Denkst du daran, die Tür abzuschließen?«

»Wird gemacht, Boss.« Hallie tippte sich mit den Fingern gegen die Stirn. »Sehen wir uns heute noch? Wir könnten zusammen essen gehen, und du erzählst mir, wie dein Tag war.«

»Einverstanden. Ich melde mich später bei dir.« So hatte ich wenigstens einen Grund, mich frühzeitig zu verabschieden. Ich eilte zur Fernsprechanlage. »Greenwood.«

»Hi, Katie.« Seine Stimme alleine genügte, um ein warmes Gefühl in mir auszulösen. *Na super, das kann ja heiter werden!* Wie sollte ich die Autofahrt nach Holmbury in seiner Nähe aushalten, ohne schwach zu werden? Warum hatte ich mich nur darauf eingelassen, mit einem Auto zu fahren? »Soll ich hochkommen?«

»Nein. Ich komme runter«, erwiderte ich hastig.

»Alles klar.« Er klang verwundert.

Ich warf mir meinen Mantel und meinen Schal über und eilte hinaus.

30

Hunter

Die ganze Fahrt von London nach Holmbury hatten wir kaum ein Wort miteinander gesprochen. Lediglich einmal hatte Katie mich gebeten, bei einem Supermarkt zu halten, um Katzenfutter zu kaufen. Nachdem sie wiedergekommen war, hatte sie sich in den Sitz gelümmelt, den Kopf gegen die Scheibe gelehnt und gedöst. Etwas musste passiert sein. So viel war sicher.

Schon die Begrüßung in London war äußerst unterkühlt ausgefallen, im Gegensatz zu unserer Verabschiedung gestern Abend. Keine Spur von Zärtlichkeit hatte in ihren Augen gelegen, und sie hatte meinen Versuch, sie zu küssen, freundlich, aber bestimmt abgewehrt.

Was war passiert? Hatte ich etwas Falsches gesagt oder getan?

Der Scheibenwischer fuhr hektisch über die Windschutzscheibe und schob den Schnee beiseite, der sich innerhalb von Sekunden dort abgelegt hatte. Ich hatte das Licht eingeschaltet. Seit wir in London losgefahren waren, schneite es, und je näher wir Holmbury kamen, desto mehr nahm der Schneefall zu. Die Landschaft sah aus, als hätte jemand eine weiße Decke darübergelegt.

»Hoffentlich schneit es nicht noch mehr«, murmelte ich mehr zu mir selbst.

»Ich finde, es sieht wunderschön aus«, meldete sich Katie zu Wort. »Als hätte man alles mit Puderzucker bestreut.«

Ich schmunzelte. »Du solltest Schriftstellerin werden.«

»Das überlasse ich lieber Menschen wie dir.« Es war das erste Mal, dass sie mich ansah, seit wir losgefahren waren. »Ich liebe meinen Job und möchte mit niemandem auf der Welt tauschen.«

»Du Glückliche. Ich habe durchaus mal den Gedanken, dass ich alles hinschmeißen will«, erwiderte ich nachdenklich. Seit meiner Trennung hatte ich mehr als einmal darüber nachgedacht. Aber ich hatte keine wirkliche Alternative und liebte meinen Beruf viel zu sehr.

»Wirklich? Aber du bist doch sehr erfolgreich mit deiner Schreiberei. Ich dachte eigentlich immer, dass man gerade als Schriftsteller sehr viel positive Rückmeldung von seinen Lesern bekommt.«

»Ja, das ist auch die schöne Seite meines Berufs, aber der Erfolg hat auch seine negativen Aspekte. Der Neid und der Erfolgsdruck wachsen mit jedem Buch.«

»Mum sagt immer, Neid muss man sich erarbeiten«, erwiderte Katie lächelnd. »Ich sehe es immer als Zeichen meines Erfolgs. Nur wer gut ist, wird beneidet.«

Ich seufzte leise. »Ja, aber manchmal ist es schwer, auf Knopfdruck kreativ zu sein.«

»Das klingt gerade so, als hättest du Probleme.« Sie musterte mich von der Seite.

Ich räusperte mich verlegen. Katie hatte den Nagel auf den Kopf getroffen. »Na ja. Sagen wir so: Es läuft nicht gerade gut.«

»Hm. Woran liegt es?«

Sie war der erste Mensch, der sich für meine Schreiberei interessierte – und damit meinte ich echtes Interesse und nicht nur oberflächliche Fragen.

»Schreibblockade.« Endlich hatte ich es offen ausgesprochen. »Ich habe schon seit Wochen keinen vernünftigen Satz mehr zustande gebracht. Aber du hast das geändert.«

Katie runzelte die Stirn.

Ich hatte die halbe Nacht vergeblich versucht, zu schlafen. Irgendwann war ich völlig entnervt aufgestanden und hatte mich an den Laptop gesetzt. Zuerst hatte ich nur ein paar Worte geschrieben. Meine Gedanken waren immer wieder zu Katie gewandert. Ich hatte an ihre wunderbaren Lippen und an ihr lächelndes Gesicht gedacht, und plötzlich waren die Worte aus mir herausgeflossen. Als ich gegen Morgen den Laptop zugeklappt hatte, hatte ich die ersten zehn Seiten geschrieben.

»Wieso ich?«

»Ich habe an dich gedacht und meine Finger sind nur so über die Tastatur geflogen«, gab ich zu.

»Du nimmst mich auf den Arm«, sagte sie ungläubig.

»Keineswegs. Du hast mich inspiriert.« Eigentlich waren es ihre Küsse, die mich inspiriert hatten, aber angesichts der etwas angespannten Stimmung zwischen uns verzichtete ich darauf, das auszusprechen.

»Es freut mich, dass meine Anwesenheit deine kreative Ader beflügeln konnte.«

Ihre Stimme war kaum mehr als ein Flüstern. Sie hatte den Blick wieder fest nach draußen gerichtet. Ich wurde den Eindruck nicht los, dass sie versuchte, mir aus dem Weg zu gehen. Wieder und wieder stellte ich mir die Frage, was passiert war. Wie es aussah, würde ich so schnell keine Antwort bekommen.

Die ersten Häuser von Holmbury kamen in Sicht. Auf die Dächer hatte sich bereits eine beachtliche Schneeschicht gelegt. Die Zweige der Tannen hingen wie Schnurrbärte herab. Die ersten Anwohner waren dabei, ihre Einfahrt freizuräumen.

Wir bogen in den schmalen Weg zum Cottage ein. Auch hier lag der Schnee bereits eine Handbreit hoch. Sicherheitshalber drosselte ich das Tempo auf Schrittgeschwindigkeit herunter.

Katie richtete sich in ihrem Sitz auf. Der Toyota war mit einer dicken Schneeschicht überzogen und verschmolz mit der weißen Landschaft. Ich parkte vor der Haustür.

»Danke für die Fahrt.« Sie schenkte mir ein halbherziges Lächeln.

»Das war doch selbstverständlich«, brummte ich, ein wenig hilflos, wie ich mit der ganzen Situation umgehen sollte.

Alles, was ich wollte, war, Katie in den Arm zu nehmen und ihre süßen Lippen zu spüren. Ich hatte mich die ganze Nacht nach ihr gesehnt und mich auf sie gefreut. Die Katie, die jetzt neben mir saß, war nicht dieselbe Frau von gestern Abend. Sie war blass, und auf ihrer ansonsten makellosen Stirn hatten sich Falten eingegraben, die von Kummer zeugten.

Ich öffnete den Mund, um sie zu fragen, was passiert war, aber dann sah ich ihren verschlossenen Gesichtsausdruck und verzichtete darauf.

Seufzend stieg ich aus. Ich spürte, wie ihr Blick mir folgte, während ich das Auto umrundete, um die Beifahrertür zu öffnen. Der Schnee knirschte unter meinen Schuhen. Ich reichte ihr die Hand. »Vorsicht, es ist leicht rutschig.«

Wortlos packte sie zu, vermied es jedoch, mir in die Augen zu schauen. Dort, wo sie mich berührte, schoss Hitze in meine Haut, als hätte ich mich verbrannt. Ich widerstand nur mit Mühe dem Drang, sie an mich zu reißen und zu küssen. Mein Instinkt riet mir, es nicht zu tun.

»Hast du Lust, später mit mir einen Kaffee zu trinken?«, startete ich einen weiteren Versuch, die kühle Stimmung zwischen uns aufzulockern.

Katie schüttelte den Kopf. »Ich glaube nicht, dass ich es schaffe.«

»Ach komm schon, einen Kaffee und eine Kleinigkeit zu essen.«

»Ich habe mir mein Essen von zu Hause mitgenommen. Außerdem trinke ich nur Tee.«

Der letzte Satz klang wie eine Ohrfeige. Ich zuckte zusammen. »Schade.« Ich nickte ihr zu.

»Außerdem hast du selbst gesagt, dass du so schnell wie möglich einziehen möchtest.«

Sie hatte ganz bewusst den letzten Satz hinterhergeschoben, um mich mit meinen eigenen Worten zu schlagen. Dessen war ich mir sicher.

»Okay. Ich habe es versucht. Dann sehen wir uns vielleicht später noch mal.«

Ich hätte mir ein Lächeln gewünscht, aber stattdessen sah sie mich nur mit diesem unergründlichen Blick an, den ich nicht zu deuten vermochte.

Sie schnappte sich ihre Tasche und stapfte die paar Schritte bis zum Haus.

Nachdenklich sah ich ihr hinterher. Ich wurde aus der Frau einfach nicht schlau. Kopfschüttelnd setzte ich mich wieder ins Auto und fuhr los.

31

Katie

Die letzte Stunde war die reinste Qual für mich gewesen. Neben Hunter zu sitzen, ihn zu riechen, seine Wärme zu spüren und ihn nicht berühren zu dürfen. Dabei hatte ich mir nichts sehnlicher gewünscht, als mich an seine breite Brust zu werfen und ihn zu küssen. Er war so nett zu mir gewesen, obwohl ich ihn mehrfach abgewiesen hatte. Die Verwunderung und die Verletztheit in seinen Augen hatten mir bis ins Mark wehgetan, als ich ihn bei seinem Versuch, mich zu küssen, so schroff abgewiesen hatte. Das Letzte, was ich wollte, war, diesen wunderbaren Mann zu verletzen, aber letztendlich geschah es doch nur zu seinem Wohl. Ich durfte ihn nicht in diese Sache mit der Schwangerschaft hineinziehen. Das wäre einfach nicht fair von mir.

Mit hängenden Schultern öffnete ich die Haustür. Trotz der Kälte draußen war es drinnen angenehm warm. Wie es aussah, tat die neue Heizung zuverlässig ihren Dienst.

Ich zog meine UGG-Boots aus und stellte sie in die Ecke des Flurs, damit sie den frisch geölten Boden nicht ruinierten.

Ein leises Miauen ertönte. Sekunden später kam ein schwarzer Schatten angeflitzt. »Hallo, Streuner. Geht es dir gut?« Ich ging in die Knie, um ihm über das weiche Fell zu streicheln. Seine grünen Katzenaugen musterten mich aufmerksam.

Ich kramte in meiner Tasche und zog das Katzenfutter hervor. »Schau mal, was ich dir mitgebracht habe.« Ich wedelte mit der Dose vor seiner Nase. Streuner näherte sich und schnupperte daran. »Komm. Du hast bestimmt Hunger.«

Ich stand auf und ging in die Küche. Streuner folgte mir wie ein Schatten. Wie schon gestern machte mein Designerherz einen freudigen Hüpfer, als ich das gemütliche Zimmer betrat. Auch hier war es angenehm warm, und in der Luft lag der würzige Duft der Kräuter auf der Fensterbank. Mein Blick fiel auf die leeren Schalen am Boden. Anscheinend hatten dem Kater meine Snacks geschmeckt.

Ich öffnete die Schublade mit dem Besteck und zog einen uralten Dosenöffner hervor. Der Kater war mittlerweile auf den Tresen gesprungen und beobachtete jede meiner Bewegungen aufmerksam. Ich schob ihm das mit Futter gefüllte Schälchen unter die Nase. »Guten Appetit.«

Das ließ sich das ausgehungerte Tier nicht zweimal sagen. Kurze Zeit später waren zufriedene Schmatzgeräusche zu hören. Ich räumte unterdessen die leeren Teller in die Spüle und fegte die Krümel weg.

Der Korb mit Mias Spezialitäten stand unberührt auf dem Küchentisch. Ich würde ihn heute Abend mit nach Hause nehmen. Ich setzte mir einen Tee auf. Der Kater hatte mittlerweile fertig gegessen. Mein Blick fiel auf das Fenster.

Draußen schneite es noch immer wie wild. Ein durchsichtiger Schleier aus Flocken rieselte am Küchenfenster vorbei, immer wieder unterbrochen durch eine Windböe, die den Flockenteppich durcheinanderwirbelte. Es sah wunderschön aus – fast magisch. Im Haus war es mucksmäuschenstill.

Ich schnappte mir den Becher und ging ins Wohnzimmer. Im Türrahmen blieb ich stehen, um mein Werk aus der Distanz zu betrachten und kleine Fehler herauszufiltern. Es kam selten vor, dass ich mich selbst lobte, aber das Zimmer war mir wirklich gelungen. Fehlten nur noch die Bilder, dann wäre es perfekt.

Gut gelaunt machte ich mich daran, die Kissen zu verteilen und letzte Handgriffe zu erledigen. Streuner hatte es sich wieder auf seinem Platz auf dem Sofa gemütlich gemacht und sah mir bei der Arbeit zu. Sein schwarzer Schwanz bewegte ich dazu wie ein Metronom.

Meine Gedanken wanderten wieder zu Hunter. Wo er wohl steckte? Gestern hatte er von einem Termin gesprochen. Um was es sich genau handelte, hatte er nicht erwähnt. Eigentlich war es auch egal. Er war mir schließlich keine Rechenschaft schuldig.

Alleine bei dem Gedanken an ihn blubberte mein Magen nervös. Verdammt, das musste aufhören. Je schneller ich fertig wurde, desto besser.

Nachdem ich den ganzen Vormittag damit zugebracht hatte, die Möbel im oberen Stockwerk auf ihre Position zu rücken und von der Verpackung zu befreien, widmete ich mich nun den kleinen Dingen. Oft vernachlässigt, aber entscheidend für den Gesamteindruck des Zimmers.

Summend faltete ich die Handtücher im Badezimmer zusammen und legte sie in das neue Regal. Ich hatte die Farben des Badezimmers sorgfältig aufeinander abgestimmt. Die Handtücher und die Accessoires waren in einem zarten Grauton gehalten. Die weißen Möbel hatte Hunter nach meinen Vorschlägen anpassen lassen. Nun hatte man deutlich mehr Platz, und der kleine Raum wirkte größer. Ich drapierte die verschiedenen Badezimmer-Utensilien auf der Ablage unter dem Spiegel.

Für die Badewanne hatte ich ein Tablett besorgt, das sich am Rand einhängen ließ, sodass man darauf ein Glas Wein, eine Tasse Tee oder ein Buch ablegen konnte, während man sein Bad genoss. Ich legte eine wohlduftende Seife und eine Bürste, um sich den Rücken zu schrubben, darauf. Auf der Fensterbank oberhalb der Wanne platzierte ich mehrere Windlichter.

Für einen Moment blieb ich stehen und stellte mir vor, wie schön es wäre, dort ein Bad zu nehmen. Mit einem guten Glas Wein in der Hand und einem spannenden Buch dazu. Okay, Wein fiel in meinem Fall erst einmal aus, aber ein schmackhafter Tee wäre durchaus auch eine Option. *Das wird ein Traum bleiben*, rief ich mich selbst zur Räson.

Seufzend wandte ich mich ab. Draußen war es bereits dunkel. Die Zeit war verflogen, und ich hatte nicht gemerkt, wie die Dämmerung eingesetzt hatte.

Es schneite noch immer heftig. Auf der Fensterbank hatte sich bereits eine zehn Zentimeter hohe Schneedecke abgelegt.

Ich runzelte die Stirn. Sollte Hunter mit seiner Prognose recht behalten und wir hatten es mit einem heftigen Wintereinbruch zu tun? In London wäre es mir egal gewesen, aber hier draußen könnte es durchaus zu einem Problem werden.

Vielleicht wäre es vernünftiger, für heute aufzuhören und morgen, wenn sich der Schneefall gelichtet hatte, weiterzumachen. Außerdem war ich müde und fühlte mich erschöpft. Für Außenstehende war die Schwangerschaft zwar noch nicht sichtbar, aber ich konnte die Veränderungen in mir deutlich spüren. Mein Busen war derart angewachsen, dass er wie ein aufgequollener Hefeteig aus meinem BH hervorlugte. Sobald ich etwas Zeit hatte, würde ich mir einen neuen Satz BHs kaufen.

Ich durchquerte das Schlafzimmer. Das Bett sah überaus verlockend aus mit seinen kuscheligen Kissen und dem traumhaften seidigen Überwurf, den ich in einem kleinen Spezialgeschäft in Notting Hill ergattert hatte. Das Dachfenster, das Hunter nachträglich hatte einbauen lassen, war zur Hälfte ebenfalls mit Schnee bedeckt. Ich schaltete das Licht aus und beeilte mich, nach unten zu gehen.

Für einen Laien sah alles ziemlich fertig aus. Schließlich standen die Möbel an ihrem Platz, und Teppiche und Kissen waren ebenfalls schon verteilt. Aber für mein geschultes Auge fehlte noch einiges.

Streuner war mir nach unten gefolgt. Den ganzen Tag war er nicht ein Mal von meiner Seite gewichen.

Ich holte den Korb aus der Küche und kontrollierte ein letztes Mal, ob alle Lichter ausgeschaltet waren. Streuner saß brav im Flur und beobachtete mich aufmerksam. Dabei hatte er diesen *Du-willst-mich-doch-wohl-nicht-alleine-lassen*-Blick drauf. Mein schlechtes Gewissen meldete sich zu Wort. Ich konnte das arme Tier unmöglich bei dem Schneesturm, der draußen herrschte, zurücklassen. Wer wusste schon, wann ich wiederkommen würde? Es lag durchaus im Bereich des Möglichen, dass die Straßen zumindest morgen gesperrt blieben.

Die wunderschönen grünen Augen fixierten mich. Ich seufzte lächelnd.

»Weißt du was?«, murmelte ich. »Hast du Lust auf eine kleine Spritztour mit dem Auto?«

Als ob er mich verstanden hätte, beantwortete Streuner meine Frage mit einem lang gezogenen Miauen.

»Ich werte das Mal als ein *Ja*.« Mit einem Handgriff hatte ich den Kater hochgehoben und unter meinen offenen Mantel geschoben, damit er die paar Schritte bis zum Auto nicht fror. In die andere Hand nahm ich den Korb. Ich öffnete die Tür, und sofort blies mir ein eiskalter Wind entgegen. Ich schloss sie hinter mir und stapfte los. Das Auto war nur ein paar Meter entfernt. Schon bei meinem ersten Schritt versank ich bis zur Mitte der Waden im Schnee. Verdammt!

Das war weit mehr, als ich gedacht hatte. Bisher hatte ich den Toyota noch nie unter solchen Bedingungen gefahren.

Ich öffnete die Beifahrertür und setzte Streuner auf dem Sitz ab. Der Wind blies mir den Schnee peitschend ins Gesicht. Es fühlte sich an wie winzige eiskalte Bisse, die sich in meine Haut fraßen.

Ich war froh, als ich endlich im Auto saß und den Motor startete. Langsam trat ich auf das Gaspedal und der Wagen setzte sich in Bewegung. Es war stockdunkel, und lediglich das Licht der Scheinwerfer half mir, den schmalen Weg zu finden. Dort, wo das Licht auf den Schnee traf, glitzerte der Boden wie ein Diamantteppich. Knirschend rollte der Wagen über die Schneedecke. Ich schaltete den Scheibenwischer ein. Angestrengt starrte ich durch die Windschutzscheibe nach draußen.

Mist, wie hatte ich nur so nachlässig sein können? Ich wäre besser schon vor Stunden gefahren. Jetzt war es dunkel, und ich sah wegen des starken Schneefalls kaum die Hand vor Augen. Mühsam quälte sich der Toyota durch die weiße Pracht. Streuner stand auf dem Beifahrersitz und starrte nach draußen, was nicht gerade zu meiner Entspannung beitrug. Nur noch ein paar Meter und ich hatte die Abzweigung zur Straße erreicht. Dann würde es hoffentlich besser werden.

Wenn ich in diesem Tempo weiterfuhr, würde ich nicht vor morgen früh in London sein. Entschlossen tippte ich mit dem Fuß auf das Gaspedal. Der Wagen machte einen Satz nach vorne, um Sekunden später abrupt zum Stehen zu kommen. Eine Schneewehe, die ich nicht gesehen hatte, war der Grund. Ich gab erneut Gas. Die Räder drehten durch. Ich saß fest. Verdammt.

Um mich herrschte absolute Dunkelheit. Die Scheibenwischer fuhren quietschend über die Windschutzscheibe. Der Schnee fiel noch immer ungehindert.

Entschlossen gab ich langsam Gas. Heulend drehten die Räder durch. Der Wagen ruckelte unruhig, bewegte sich jedoch keinen Meter nach vorne. Dreck spritzte zu den Seiten hoch. Ich saß definitiv fest. Ich nahm den Fuß vom Gaspedal.

Bis zum Cottage waren es gut und gerne zwei Kilometer. Wenn ich mich warm anzog, könnte ich es schaffen. Streuner sah mich mit diesem *Denk-gar-nicht-darüber-nach*-Blick an.

Mein Blick wanderte nach draußen. Es schneite wie verrückt, und dazu heulte der Wind. Schon der Gedanke, alleine durch die eisige Kälte zu laufen, reichte, um die Panik in mir hochkommen zu lassen. Was, wenn ich mich in der Dunkelheit verirrte? Ich hatte zwar mein Handy, aber bei der Kälte würde es nicht lange dauern, bis der Akku seinen Geist aufgab.

»Nein. Nein. Nein!« Ich schlug frustriert auf das Lenkrad ein. Das konnte doch alles nicht wahr sein!

Wo Hunter wohl steckte? Wahrscheinlich war er im Gegensatz zu mir längst in seiner Wohnung in London, wo es warm und kuschelig war.

Entschlossen nahm ich mein Handy zur Hand. In dieser gottverlassenen Gegend würde es hoffentlich einen Abschlepper geben, der mich aus meiner misslichen Lage befreien konnte. Ich wollte den Browser aufrufen, als die Aufforderung auf meinem Display aufpoppte, mich mit dem Internet zu verbinden. Ein Blick auf die Netzanzeige genügte, um zu erkennen, dass ich mich in einem Funkloch befand. Mein Blick fiel auf die Tankanzeige, deren Nadel sich gefährlich nah zur Reserveanzeige befand. Ich hatte auf dem Rückweg tanken wollen.

Hatte sich denn die ganze Welt gegen mich verschworen?

Streuner hatte seine Position auf dem Beifahrersitz aufgegeben und kam zu mir auf den Schoß gekrabbelt. Ich vergrub meinen Kopf in seinem weichen Fell.

»Was machen wir jetzt?«, flüsterte ich. Ich schaltete den Motor aus, um Benzin zu sparen.

Noch war es mollig warm im Auto, aber es würde nicht lange dauern und die Kälte würde ihren Weg nach drinnen finden. Zumindest war ich warm angezogen, und Streuner hatte sein Fell.

Seufzend schaltete ich das Radio ein. Es dauerte eine Weile, bis ich einen Sender gefunden hatte, der nicht total verrauscht war. Leise klassische Musik drang durch die Boxen. Ich lehnte mich zurück und schloss die Augen, um die aufkommende Panik zu unterdrücken. Noch nie in meinem Leben hatte ich irgendwo festgehangen.

Es schneite noch immer unablässig. Die Motorhaube war bereits mit einer Schneeschicht überzogen, und die Kälte kroch langsam zu meinen Füßen. Ich hatte in der letzten Stunde bereits zweimal den Motor angeworfen, um die aufkommende Kälte zu vertreiben. Streuner lag schnurrend auf meinem Schoß. Ihm schien das alles nichts auszumachen. Ganz im Gegensatz zu mir. Ich stand mit meinem Wagen inmitten der Landschaft. Selbst morgen früh standen meine Chancen schlecht, dass sich irgendjemand bei diesem Scheißwetter hierher verirren würde. Wie es aussah, war ich ganz auf mich alleine gestellt. Zumindest könnte ich im Morgengrauen versuchen, mich zum Cottage durchzukämpfen.

Die Musik brach ab, und der Radiomoderator meldete sich.

Ladys und Gentlemen, wie es aussieht, wurden große Teile Großbritanniens von dem Wintereinbruch überrascht. Deswegen raten wir Ihnen dringend, zu Hause im Warmen zu bleiben. Es ist wirklich ungemütlich draußen, und wenn man unseren Meteorologen Glauben schenken darf, wird es auch die ganze Nacht so weitergehen. Vielerorts sind die Straßen bereits gesperrt, und es wird nicht damit gerechnet, dass die Räumdienste vor morgen Mittag durchkommen werden. Für alle, die jetzt unterwegs sind, ist dieser nächste Song. Stay safe.

Ich stöhnte leise auf. Die Aussichten waren noch schlechter, als ich gedacht hatte, und wenn der Moderator recht hatte, hing ich noch eine Weile hier fest.

Müde schloss ich die Augen, und schon kurze Zeit später driftete ich in einen unruhigen Schlaf.

Ein leises Brummen riss mich aus dem Schlaf. Ich blinzelte benommen. Die Lichter eines Scheinwerfers näherten sich. Meine Windschutzscheibe war komplett mit Schnee bedeckt, und ich konnte sonst nichts erkennen. Ich schaltete den Motor an.

Der Scheibenwischer heulte auf und blieb nach zwei Zentimetern im Schnee stecken. Ich versuchte, etwas durch den winzigen Spalt zu erkennen. Alles, was ich sah, war ein Wagen, der im Schritttempo auf meine Position zukam. Streuner, der durch meine Bewegungen geweckt worden war, richtete sich auf.

»Da kommt unsere Rettung«, frohlockte ich. Weiße Atemwölkchen bildeten sich um meinen Mund. Es war eiskalt im Inneren des Wagens. Ungeduldig wartete ich, während die Scheinwerfer immer näher kamen. Innerhalb von Sekunden war der Spalt wieder zugeschneit und ich konnte nichts mehr erkennen.

Ich lauschte dem Motorengeräusch. Der Lautstärke nach zu urteilen, war der fremde Wagen auf unserer Höhe. Das laute

Klappen einer Tür drang zu mir durch. Instinktiv hielt ich die Luft an. Was, wenn der Fremde mir nicht wohlgesonnen war? Immerhin befand ich mich ein paar Kilometer von der nächsten Ortschaft entfernt. Ich schluckte trocken. Der Wind heulte und verschluckte jedes Geräusch von außen.

Lieber Gott, bitte lass es jemanden Nettes sein, flehte ich.

Genau in diesem Moment wurde die Tür des Toyotas aufgerissen. Ich schrie laut auf. Eine dunkle Gestalt beugte sich in den Türrahmen. Das schummrige Licht fiel auf sein Gesicht.

»Hunter! Gott sei Dank, du bist da!« Ich war den Tränen nahe. Ohne zu überlegen, flog ich in seine starken Arme. Sofort hüllte mich sein vertrauter Duft ein. Sein Daumen strich über meine Wange.

»Alles okay mit dir?« Seine Stimme klang besorgt.

Ich nickte, damit beschäftigt, die Tränen zurückzuhalten, die sich in meine Augen geschlichen hatten. Das war alles die Schuld von diesen Scheißhormonen.

Schnee fiel durch den offenen Spalt, und ein eisiger Wind fegte durch den Wagen. Streuner machte einen Satz auf den Beifahrersitz.

»Los, rüber mit dir. Ich kümmere mich um den Rest«, rief er mit lauter Stimme. Er reichte mir die Hand. Dankbar nahm ich sie. Meine Glieder waren steif vom langen Sitzen, und ich hatte Mühe, aufzustehen.

»Der Kater ist noch im Auto, und ein Korb mit Essen«, schrie ich über den Lärm des Windes zurück. Wenn wir hier schon festhingen, hatten wir wenigstens etwas zu knabbern im Haus.

Hunter nickte mit grimmiger Miene. Ich stapfte zum SUV. Eine Welle der Erleichterung spülte über mich hinweg, als ich mich auf das weiche Leder des Beifahrersitzes sinken ließ. Im Inneren des Wagens war es kuschelig warm. Durch das verschneite Fenster beobachtete ich, wie Hunter den Kater und den Korb aus dem Toyota holte.

Sekunden später war er bei mir und reichte mir Streuner durch die Tür. Mit einem Satz war er bei mir und kuschelte sich auf meinen Schoß. Hunter ließ sich neben mir auf den Sitz fallen und zog die Mütze vom Kopf. Auf seinen Schultern hatte sich der Schnee wie ein Umhang abgesetzt. Seine Haare waren zerstrubbelt und seine Wangen gerötet. Er hatte noch nie anziehender ausgesehen als in diesem Moment. Am liebsten wäre ich ihm auf der Stelle um den Hals gefallen. Lediglich meine Vernunft hielt mich noch zurück.

Hunter schüttelte sich wie ein junger Hund. Sein besorgter Blick wanderte zu mir. »Alles okay? Wie konntest du nur so unvorsichtig sein und erst so spät losfahren?!«

»Ich war mit dem Einrichten deines Cottage beschäftigt«, sagte ich kleinlaut.

Er nickte kaum merklich. »Wir können bei diesem Schneesturm unmöglich nach London fahren. Die Straßen sind zum Teil gesperrt, und vor morgen Vormittag kommen die Räumfahrzeuge nicht nach Holmbury durch. Das Beste ist, wir fahren zurück zum Cottage und übernachten dort.« Es war keine Frage, sondern eine Anordnung.

Mein Herz fing an, zu rumpeln. Das bedeutete, dass ich die Nacht mit Hunter in dem winzigen Cottage verbringen würde. Ich schluckte trocken.

Verdammt. Verdammt. Verdammt! Das lief überhaupt nicht nach Plan.

Er startete den Motor. Ich warf ihm einen unauffälligen Seitenblick zu. Seine Augen waren starr geradeaus gerichtet, seine schlanken Finger umklammerten das Lenkrad. Er wirkte angespannt. Um seinen Mund lag ein dunkler Bartschatten.

Herrgott noch mal, warum musste der Mann so unglaublich gut aussehen und noch dazu so nett sein?

»Warum bist du eigentlich hierhergefahren?«, versuchte ich, mich abzulenken.

»Ich wusste, dass du bis spät im Cottage arbeitest, und habe mir Sorgen um dich gemacht. Als du nicht ans Telefon gegangen bist, wusste ich, dass du noch immer in der Gegend bist. Also bin ich losgefahren und habe dich gesucht.«

Ein warmer Kloß breitete sich in meinem Bauch aus. »Danke.« Ich schenkte ihm ein Lächeln. Mein Widerstand gegen ihn schmolz mit jeder Minute, und der Wunsch, ihn zu küssen, wuchs. »Ich habe mich schon darauf eingestellt, die Nacht im Auto zu verbringen.«

»Das dachte ich mir.« Er grinste schief. »Wäre 'ne ziemlich ungemütliche Angelegenheit geworden.«

»Das kannst du wohl laut sagen.« Ich nickte. »Mir ist jetzt schon eiskalt.«

Er warf mir einen kurzen Seitenblick zu. »Gleich sind wir im Warmen.«

Die Umrisse des Cottage kamen in Sicht. Hunter verlangsamte das Tempo und parkte den Wagen direkt vor der Haustür, sodass wir nur wenige Schritte gehen mussten.

Ich schob den Kater unter meinen Mantel. Hunter hatte sich den Korb geschnappt. Als ich ausstieg, schlug mir der Wind eiskalt ins Gesicht. Meine anfängliche Idee, die zwei Kilometer bis zum Cottage zu gehen, kam mir im Nachhinein absolut lächerlich vor. Selbst auf die kurze Distanz war es eiskalt, und ich war froh, als wir endlich im Flur des kleinen Cottage standen.

Hunter setzte den Korb auf dem Holzboden ab und öffnete den Reißverschluss seiner Jacke. »Zumindest ist es schön warm hier.«

»Ja, die Heizung funktioniert eins a.« Ich nestelte unsicher an meinem Mantel. Alleine seine Anwesenheit genügte, um meine Gefühlswelt in Aufruhr zu versetzen.

»Geht es dir wirklich gut?« Seine Augen scannten mich, als hätte er Angst, etwas zu übersehen.

»Ja, wirklich. Ich bin total von dem Wintereinbruch überrascht worden. So etwas habe ich noch nie erlebt. Ich hatte tatsächlich ein bisschen Angst.« Mein Körper kribbelte. »Du warst der Retter in der Not.«

»Ich wollte schon immer mal der Held einer schönen Frau sein.« Seine Mundwinkel zuckten. Machte er sich lustig über mich?

»Das klingt wie in einem deiner Romane.« Ich legte den Mantel über den Haken des Kleiderständers und streifte meine Schuhe von den Füßen. Ich wackelte mit den Zehen.

»Ich dachte, du liest keine Liebesromane«, entgegnete er und zog ebenfalls die Schuhe aus.

Ich hob trotzig das Kinn. »Deine schon.«

»Ach.« Sein Grinsen wurde noch breiter. Er sollte sich bloß nichts einbilden!

»Hallie hat mich dazu gezwungen.«

»Hallie also.« Mit zwei Schritten war er bei mir. Ich war mir seiner Nähe nur allzu bewusst. Ein winziger Schweißtropfen lief mir kitzelnd den Rücken herunter. »Und, hat es dir gefallen?« Sein warmer Atem streifte meine Wange. Ich nickte kaum merklich. »Gut. Ich dachte nämlich schon, du kannst mich nicht mehr leiden. Vor allem nach heute Morgen.«

»Das stimmt nicht«, stotterte ich. »Ich wollte nur nicht …« Ich suchte nach den passenden Worten. Jetzt war die Gelegenheit, ihm reinen Wein einzuschenken. »Du bist mein Auftraggeber«, sagte ich stattdessen.

Oh Mann, ich war so ein Feigling. Am liebsten wäre ich im Erdboden versunken.

»Das ist mir egal.« Er kam noch näher. Unsere Nasenspitzen berührten sich fast. Instinktiv hielt ich die Luft an. Vor mir stand der attraktivste Mann, dem ich jemals begegnet war. Alles, woran ich noch denken konnte, war, ihn zu küssen.

»Immer wenn ich dir begegne, passiert etwas Unvorhergesehenes«, murmelte er.

Er hob die Hand und fuhr mit den Fingerspitzen über meine Wange. Es war kaum mehr als das Flattern eines Schmetterlingsflügels, aber diese winzige Berührung reichte, um ein Feuer in mir zu entfachen.

Den Bruchteil eines Wimpernschlages später fühlte ich seine Lippen auf meinem Mund. All die Gefühle, die ich den ganzen Tag so mühsam zurückgehalten hatte, kamen an die Oberfläche. Ich schlang meine Arme um seinen Hals und presste mich gegen seinen Körper. Es war unglaublich schön. Meine Bedenken waren vergessen. Alles, was ich wollte, war, in den Armen dieses wundervollen Mannes zu liegen. Ihn zu spüren, zu schmecken und zu lieben.

»Das wollte ich schon den ganzen Tag tun«, murmelte er mit rauer Stimme. Er fuhr mit den Fingerspitzen über meine Wange nach unten zum Hals. Ich schauderte unter seiner Berührung.

»Ich auch«, hauchte ich.

Hunters Mundwinkel kräuselten sich. »Das freut mich, zu hören.«

Unsere Lippen fanden sich erneut. Sein Mund schmeckte süß. Ich strich mit der Zungenspitze über seine Unterlippe und neckte ihn, was er mit einem heiseren Lachen quittierte. Eine Strähne war mir ins Gesicht gefallen. Seine Hand schob meine Haare nach hinten. Er wanderte mit dem Mund zu meinem Ohr. Ich stöhnte leise, als er an meinem Ohrläppchen knabberte. Meine Muskeln entspannten sich, und ich wurde zu Wachs in seinen Händen. Er bedeckte meinen Hals mit Küssen und zog eine feuchte Spur mit seiner Zunge nach unten. Ich schauderte vor Lust. Winzige elektrische Schläge zuckten über meine Haut, dort, wo er mich berührte. Noch nie hatte ich etwas Vergleichbares gespürt. Instinktiv bog sich ihm mein Körper entgegen. Wenn er nicht sofort aufhörte, würde ich hier im Flur über ihn herfallen.

Als hätte er meinen Gedanken gehört, schlang er seinen Arm um meine Taille und hob mich hoch.

»Nicht hier«, murmelte er. Unsere Blicke trafen sich, und ich las die stumme Frage darin. Ich nickte im Einverständnis.

Ohne ein Wort trug er mich ins Wohnzimmer. Ich hatte meinen Arm um seinen Hals gelegt und meinen Kopf gegen seine Brust gekuschelt. Sein Duft hüllte mich ein und entfachte meine Lust nur noch mehr. Er schaltete das Licht ein. Im selben Moment entwich ihm ein anerkennendes Pfeifen.

»Wow.« Sein Blick huschte durch den Raum. »Das ist fast so schön wie du. Wie machst du das nur? Der Raum sieht aus wie aus einer Architekturzeitschrift und trotzdem gemütlich.« Seine Augen glänzten.

»Du hast doch schon gestern alles gesehen.« Ich lächelte.

Sein Blick wanderte zu mir. »Nicht alles, was ich gerne sehen würde.«

Ein heißer Strahl schoss durch meinen Unterleib.

»Dann wird es Zeit, das nachzuholen«, entwich es mir. Hatte ich das gerade wirklich gesagt? Hallie wäre stolz auf mich. Ich kannte mich selbst nicht mehr.

»Ich wüsste nicht, was ich lieber täte.« Sein Mund zuckte.

Unsere Lippen fanden sich erneut. Er presste mich an sich, und ich konnte seine stahlharten Muskeln durch den Stoff seines

Hemdes spüren, was meine Lust nur noch mehr entfachte. Mit wenigen Schritten hatte er mich zum Sofa getragen. Sanft entließ er mich aus seinen Armen, bis meine Fußspitzen den weichen Teppich berührten. Unsere Blicke trafen sich, und ich hatte das Gefühl, in seinen Augen zu versinken.

Seine Finger strichen über meinen Hals. »Du bist so wunderschön.«

Ich schluckte. Zum Sprechen reichte es nicht mehr. In meinem Kopf herrschte eine angenehme Leere. Alles, was ich wollte, war, ihn zu spüren.

Er beugte sich zu mir. Mit der Hand schob er meine Haare zur Seite. Seine heißen Lippen trafen auf meinen Hals. Ich sog geräuschvoll die Luft ein. Seine Zunge hinterließ eine brennende Spur bis zu meinem Ohrläppchen. Als er daran saugte, war es um mich geschehen. Der Boden unter meinen Füßen schwankte, und alles um mich herum drehte sich. Ich warf meinen Kopf in den Nacken, den Mund leicht geöffnet, was ihn ermutigte, weiterzumachen. Seine Hand fuhr unter den Saum meines Pullovers. Seine Zunge drang in meinen Mund und kostete von meinem Geschmack. Ich war scharf wie noch nie. Hunter schien es genauso zu gehen. Wie in Zeitlupe schob er den Pullover hoch und zog ihn mir über den Kopf. Mit einer geübten Handbewegung hatte er meine prallen Brüste von ihrem Stoffgefängnis befreit. Meine Brustwarzen richteten sich auf, als hätten sie nur darauf gewartet, von ihm liebkost zu werden. Genüsslich nahm er die feste Knospe zwischen seine Finger und massierte sie. Ich belohnte seine Bemühungen mit einem tiefen Stöhnen. Meine Zehen krallten sich in den weichen Teppich.

»Gefällt dir das?«

Für einen Moment schlug ich die Augen auf. Sein Gesicht schwebte über mir.

»Ja«, seufzte ich. »Bitte hör nicht auf.«

Seine Augen leuchteten lustvoll auf.

Er beugte sich hinab, und sein Mund umschloss meine Brustwarze. Als er daran saugte, musste ich mich festhalten, um nicht umzufallen. Meine Beine fühlten sich an wie aus Pudding.

Es war unglaublich. Die ganze Haut auf meinem Körper prickelte. Während er sich meinen Brüsten widmete, öffnete ich die Knöpfe seines Hemdes. Wie ein welkes Blatt fiel der Stoff zu Boden. Bewundernd glitt mein Blick über seinen nackten Oberkörper. Seine Muskeln zeichneten sich unter seiner olivfarbenen Haut ab wie gemalt. Er sah einfach perfekt aus. Nicht wie einer dieser Bodybuilder, die ihre aufgeblähten Muskelpakete zur Schau stellten, sondern wie ein Athlet. Ich fuhr mit den Fingern über seine glatte Haut. Er fühlte sich noch besser an, als ich es mir in meinen Träumen vorgestellt hatte. Dabei sog ich seinen männlichen Duft in mich auf.

Seine Finger machten sich an meiner Hose zu schaffen. Sekunden später rieselte der feste Stoff auf den Boden. Nur noch im Slip bekleidet stand ich vor ihm.

»Perfekt«, murmelte er. Ich sah, wie sich sein Oberkörper heftig hob und senkte. Mit der Hand umfasste er meine volle Brust.

Ich warf meinen Kopf in den Nacken und beugte mich ihm entgegen. Seine heißen Küsse bedeckten meine Brust. Mit quälender Langsamkeit wanderte sein Mund nach unten. Als er vor mir in die Knie ging, schnappte ich nach Luft. Mit der Zunge fuhr er den Rand meines Slips nach. Ich zuckte unter seinen Berührungen. Er lachte heiser. Seine Finger glitten unter meinen Slip und fanden meine Lustperle.

Ich gab ein lautes Stöhnen von mir. Ich war kurz davor, zu kommen, dabei hatten wir noch nicht einmal richtig angefangen. Es war einfach unglaublich.

Meine Beine gaben nach, und ich ließ mich neben ihn auf den weichen Teppich sinken. Wir küssten uns erneut.

Keine Ahnung, wie er es anstellte, aber Sekunden später lagen wir beide nackt nebeneinander.

32

Hunter

Ihre Bauchdecke bebte, als ich mit der Zunge ihren Bauchnabel umkreiste. Ich war kurz davor, den Verstand zu verlieren. Mein Schwanz war so prall, dass er schmerzte. Es gab nur einen Weg, mich von meinen Qualen zu erlösen. Aber ich wollte mir Zeit lassen, jede Sekunde dieses Abends auskosten, um ihn mir für immer einzuprägen. Noch nie hatte ich solche Gefühle wie mit Katie erlebt. Pure Lust gepaart mit Zärtlichkeit.

Ihre Wangen waren gerötet. Ihre Augen geschlossen. Ihr Mund war halb geöffnet und schimmerte einladend feucht. Sie sah atemberaubend sexy aus.

Aus dem Augenwinkel bemerkte ich einen Schatten, der sich davonbewegte. Streuner hatte genug gesehen und schlich aus dem Zimmer.

Ich fuhr mit den Fingerspitzen über Katies Wange, den schlanken Hals hinunter bis zu ihrem Dekolleté. Ich zog einen Kreis um ihre vollen Brüste, die sich mir förmlich entgegenstreckten. Ein Gänsehautschauer zog über ihre Arme. Wir küssten uns leidenschaftlich.

Ich konnte keinen klaren Gedanken mehr fassen. Ihr Atem ging schwer. Sie schlug die Augen auf, und unsere Blicke trafen sich. Begierde spiegelte sich darin. Es verwirrte mich ein wenig, dass sie heute Morgen so abweisend gewesen war. Aber es spielte keine Rolle mehr. Jetzt lag sie nackt in meinen Armen, und die Blicke, die sie mir zuwarf, sprachen Bände.

»Ich will dich«, formte ihr Mund die Worte.

Mein Puls beschleunigte sich in ungeahnte Höhen. »Bist du sicher?«

Ich wollte keinen Fehler machen. Ich wollte, dass sie es nicht bereute.

»So sicher wie noch nie in meinem Leben.« Ehe ich etwas entgegnen konnte, versiegelte sie meinen Mund mit einem Kuss.

Wie sehr hatte ich in den letzten Tagen diesen Moment herbeigesehnt. Nächtelang hatte ich davon geträumt, ihren perfekten Körper zu lieben.

Meine Augen gingen auf Erkundungsreise. Ich bewunderte ihre festen, vollen Brüste, das kleine Bäuchlein, die runden Hüften und die wohlgeformten Beine. Sie war perfekt – eine Frau durch und durch. Ihre helle Haut schimmerte wie Porzellan im Licht. Ihre Haare lagen wie ein Kranz um ihren Kopf. Ihre Augen waren in der Zwischenzeit auch nicht untätig gewesen. Jetzt klebte ihr Blick auf meinem Schwanz.

»Beeindruckend«, murmelte sie. Eine mädchenhafte Röte bildete sich auf ihren Wangen, die ich zuvor noch nie an ihr bemerkt hatte.

»Nur für dich.«

Meine Finger wanderten über ihren Körper. Sie blieb ganz still liegen. Lediglich ihr Brustkorb hob und senkte sich heftig. Ich küsste ihre Brüste, nahm die festen Knospen zwischen meine Zähne und knabberte vorsichtig daran. Ein leises Seufzen signalisierte mir, dass ihr gefiel, was ich tat. Ich bedeckte ihren Hals mit Küssen, saugte und leckte daran. Ihre Hand fuhr über meine Rücken. Dort, wo sie mich berührte, prickelte meine Haut.

»Jetzt bin ich dran«, forderte sie. In ihrer Stimme schwang ein leichtes Zittern mit.

Ich grinste. Nun waren es ihre Hände, die auf Erkundungstour gingen. Mit den Fingerspitzen fuhr sie die Linien meiner Muskeln nach bis hinunter zu meinem Bauch. Überraschend fest umschloss ihre Hand meinen Schwanz. Ich stöhnte laut auf, als sie ihn kraftvoll zu massieren begann und meine Lust damit ins Unermessliche steigerte. Es kostete mich meine ganze Willenskraft, mich zurückzuhalten und der süßen Qual standzuhalten.

Unsere Lippen fanden sich. Unsere Hände glitten fiebrig über den Körper des anderen. Sie rieb sich an mir. Das war zu viel. Ich konnte nicht mehr länger warten. Sanft schob ich mich zwischen ihre geöffneten Schenkel. Mit einem lauten Stöhnen hieß sie meinen Schwanz in sich willkommen, ohne dass sich unsere Lippen trennten.

Sie schlang ihre Beine um meine Hüfte, um mich noch tiefer in sich aufzunehmen. Mit langsamen, kraftvollen Stößen nahm ich von ihr Besitz. Endlich waren wir vereint.

Sie warf den Kopf in den Nacken und bog mir ihren Oberkörper entgegen, während sich unsere Körper im Gleichklang bewegten. Als ich kam, löste sich die Welt um mich herum in ihre Bestandteile auf. Es gab nur noch uns.

33

Katie

»Das war unglaublich.« Wir lagen nackt nebeneinander. Mein Ohr lag auf seiner Brust, und ich hörte sein Herz schlagen, dessen Rhythmus mir vertraut war wie mein eigener. Sein männlicher Duft vernebelte mir die Sinne.

Der Sex war absolut umwerfend und zugleich anders als mit meinen vorherigen Liebhabern gewesen. Es war, als ob unsere Körper intuitiv gewusst hatten, was sie tun mussten, um die Lust des anderen zu entfachen. Nicht dieses zaghafte, unsichere Herantasten, wie ich es sonst kennengelernt hatte. Wir waren zusammengekommen. Meine Körpermitte pulsierte noch immer von den Nachwehen meines Orgasmus. Es war das erste Mal, dass ich mit einem Mann einen Orgasmus erlebt hatte. Nichts mehr um uns herum hatte existiert. Wir waren zu einer Einheit verschmolzen. Alles war so neu und auf eigenartige Weise doch so vertraut.

Hunter drehte sich zur Seite. Unsere Blicke trafen sich. »Ich liebe deinen Duft.« Er nahm eine Haarsträhne und ließ sie an seiner Nase vorbeigleiten. »Er erinnert mich an eine Wiese voller Wildblumen. Süß und frisch zugleich.«

Ich stupste ihn glücklich mit der Nase an. »Da kommt wohl der Schriftsteller in dir durch.«

»Du inspirierst mich eben.«

»Dann bin ich deine Muse?« Ich kuschelte mich an ihn.

»Das könnte man so sagen.« Er sah mich tiefgründig an. »Ich habe gestern Nacht tatsächlich seit langer Zeit wieder mal geschrieben – also nicht irgendwas, sondern die ersten Seiten meines neuen Romans.«

Ich drehte mich auf den Bauch. »Wirklich?«

»Ja, seit der Trennung von Clarissa …«Ich sah, wie er nach den richtigen Worten suchte. »… habe ich mich irgendwie leer gefühlt. Es war, als ob sie alle Worte mitgenommen hätte. Aber eigentlich möchte ich gar nicht über Clarissa sprechen.«

»Mmm.« Ich sah ihn nachdenklich an. »Wenn du kein Problem damit hast, habe ich auch keins.« Das war nicht ganz ehrlich. Bei der Erwähnung ihres Namens hatte mein Magen einen nervösen Hüpfer gemacht – einen von der unguten Sorte.

Unwillkürlich drängte sich mir die Frage auf, wie es mit uns weitergehen sollte. Ich war im vierten Monat schwanger. Hunter war frisch getrennt und zog nach Holmbury. Ziemlich ungünstige Voraussetzungen für eine Beziehung.

»Ich liebe deine Rundungen«, murmelte er leise. Mit dem Finger zog er kleine Kreise über meinen Bauch.

»Hey, bei diesem Satz meldet sich jede normale Frau sofort bei den Weight Watchers an.« Ich schmunzelte.

»Blödsinn. Außerdem bist du keine normale Frau. Ehrlich gesagt bist du ganz anders als alle Frauen, die mir bisher begegnet sind.«

Ich richtete mich auf. »Ist das jetzt gut oder schlecht?«

Er küsste mich. »Das war ein Kompliment.« Sein Blick glitt liebevoll über mich hinweg.

»Puh, dann bin ich ja beruhigt.« Ich schauderte leicht.

»Ist dir kalt?« Er sah mich besorgt an.

»Ein bisschen.« Wir lagen nackt auf dem Teppich vor dem Kamin. Meine Haut war von einem dünnen Schweißfilm überzogen.

»Warte.« Hunter stand auf und holte die Kaschmirdecke vom Sofa, die ich wenige Stunden zuvor dort hingelegt hatte. Niemals hätte ich gedacht, dass ich sie so bald benutzen würde, und schon gar nicht, warum. Unwillkürlich musste ich grinsen.

Hunter breitete die Decke über mir aus. »Besser?«

»Viel besser. Aber noch besser wäre es, wenn du neben mir liegen würdest.« Ich bewunderte im Stillen seinen – im Gegensatz zu meinem perfekt durchtrainierten – Körper.

»Aber vorher mache ich den Kamin an. Ein wenig zusätzliche Wärme kann nicht schaden.«

Ich nickte in stummem Einverständnis und rollte mich auf die Seite, von wo aus ich Hunter beobachtete, der vor mir das Holz aus dem Korb nahm und es sorgfältig im Kamin schichtete.

Der Kater kam maunzend um die Ecke. Ich richtete mich auf. »Wo hast du denn gesteckt?«

»Ich bin ein anständiger Kater. Ich weiß, wann es sich gehört, das Zimmer zu verlassen«, erwiderte Hunter gespielt. Er nahm die Streichhölzer zur Hand.

Ich musste unwillkürlich lachen. Noch etwas, das mir an Hunter gefiel – er hatte Humor.

Streuner pflanzte sich unbeeindruckt auf seinen Lieblingsplatz auf dem Sofa. Ich hätte schwören können, dass er mir von oben herab vorwurfsvolle Blicke zuwarf.

Hunter war fertig, und das brennende Holz fing leise an zu knistern. Eine mollige Wärme waberte zu mir herüber. Ich seufzte glücklich, als er sich neben mich unter die Decke legte.

»Geht es dir gut?« Er sah mir direkt ins Gesicht.

»Wenn du mich küsst, geht es mir besser«, lockte ich. Sein nackter Körper hatte meine Lust erneut zum Leben erweckt.

»Soso.« Er beugte sich zu mir. »Du bist wohl unersättlich.«

Entschlossen schlang ich meine Arme um seinen Hals und zog ihn zu mir. »Immer.«

»Du machst mich fertig!« Hunter lachte heiser.

Wir hatten uns ein zweites Mal geliebt. Sanfter als beim ersten Mal und bewusster. Wir hatten unsere Körper wie eine Landkarte studiert. Bei dem Gedanken, was wir alles gemacht hatten, trieb es mir die Röte ins Gesicht. Der Orgasmus war wie ein Tsunami über mich hinweggerollt. Wie hatte ich nur all die Jahre auf dieses Gefühl verzichten können?

Jetzt lag ich nass geschwitzt in Hunters Armen, damit beschäftigt, meinen Herzschlag zu beruhigen. Um uns herum herrschte schummriges Licht. Es war dank des Kamins herrlich warm. Draußen tobte noch immer der Schneesturm, und wie es aussah, würde er so schnell nicht nachlassen. Im Stillen wünschte ich mir, dass diese Nacht niemals enden würde. Nur Hunter und ich. Keine Schwangerschaft. Keine Verpflichtungen. Keine Ex-Freundin. Einfach nur wir beide. Ich war hoffnungslos verknallt, und das machte mir Sorgen, denn ich wusste, dass ich auf kurz oder lang Farbe bekennen und ihm erzählen musste, was mit mir los war.

Die ganze Zeit geisterte eine Frage durch meinen Kopf, die nur Hunter beantworten konnte. War er genauso verliebt in mich wie ich in ihn? Oder war ich die Lückenfüllerin nach der Trennung? Er hatte zwar ein paarmal gesagt, wie schön er mich fand, aber über seine Gefühle zu mir hatte er nicht gesprochen.

Schläfrig strich er mir mit der Hand über den Rücken und holte mich zurück aus meinen Gedanken. »Was hältst du von einem schönen heißen Bad in meinem fantastischen neuen Badezimmer?«

»Warst du denn heimlich oben?« Ich sah ihn vorwurfsvoll an.

»Nein, natürlich nicht. Aber ich habe einen Profi engagiert, der sich darum kümmern wollte.« Er zwinkerte mir zu. »Und die Entwürfe, die ich gesehen habe, waren genial.«

»Da hast du aber Glück gehabt, denn der Profi war tatsächlich fleißig und hat alles fertig bis auf ein paar Kleinigkeiten.«

»Ich denke, unter den Umständen kann ich darüber hinwegsehen.«

»Wie überaus großzügig von dir.«

»Irgendwie schon.« Er reichte mir die Hand. »Was hältst du von einer kleinen Führung?«

»Jetzt?« Mein Blick wanderte zu meinen nackten Brüsten. »So?«

»Warum nicht? Hier ist keine Menschenseele weit und breit.«

Er stand auf und reichte mir die Hand. Selbst in nicht erregtem Zustand war sein Schwanz durchaus beeindruckend. Vor allem, weil er keine zehn Zentimeter entfernt vor mir baumelte. Darüber war ein beeindruckendes Sixpack zu sehen.

Ich musste grinsen. »Okay. Auf deine Verantwortung. Ich kann dir nicht versprechen, dass ich dir nicht in den Hintern beiße, wenn du vor mir die Treppe hochgehst.«

Hunter seufzte gespielt. »Ein Risiko, mit dem ich leben muss.«

Wir lachten.

Ich stand auf und griff nach der Decke, um mich darin einzuwickeln. Ich hatte zwar kein Problem mit meinem Körper, aber neben einem Mann wie Hunter konnte man schon Komplexe entwickeln.

Er packte meine Hand. »Das brauchst du nicht. Du bist wunderschön, so wie du bist.« Hatte er meine Gedanken erraten? Ich nickte stumm. Sein Blick fiel auf das Sofa. »Woher wusstest du, dass ich mir schon immer genau so ein Sofa kaufen wollte, es aber nie getan habe?«

»Okay, jetzt kann ich es dir verraten. Ich kann Gedanken lesen.« Ich lachte ihn spitzbübisch an.

»Ist das so?« Er baute sich vor mir auf. »Was denke ich jetzt?«

»Dass du dringend einen Kuss möchtest.« Ich stellte mich auf die Zehenspitzen und küsste ihn.

Er grinste. »Woher wusstest du das?«

Ich zuckte mit den Schultern. »Wie ich schon sagte, ich kann Gedanken lesen. Und jetzt denkst du, dass du Hunger hast.«

»Du machst mir Angst.«

Ich lachte vergnügt über unser kleines Spiel. »Gut so. Also sei vorsichtig, was du denkst.«

»Ich werde es mir merken.« Er nickte.

»Was hältst du davon, wenn ich uns was zu essen besorge und du solange das Badewasser einlässt?«, schlug ich vor. Der Gedanke an ein heißes Bad war äußerst verlockend, und noch dazu mit Hunter war er kaum noch zu toppen.

»Eine deiner besten Ideen.« Wie es aussah, waren wir der gleichen Meinung.

»Gut.« Ich nickte und drehte mich um in Richtung Küche.

»Beeil dich lieber. Ich habe jetzt schon Sehnsucht nach dir«, rief er mir hinterher. Zeitgleich landete ein sanfter Klaps auf meinem Po. »Du hast übrigens den absoluten Wahnsinnshintern.«

Lächelnd tapste ich in die Küche.

Das Licht der Kerzen fiel flackernd auf Hunters Gesicht, der mir gegenüber in der Badewanne saß. Die neue Wanne war nicht nur äußerst dekorativ, sondern auch groß genug, um zwei Erwachsene zu beherbergen. Über unseren Köpfen rieselte der Schnee unablässig auf das schräge Dachfenster. Es roch herrlich nach grünem Tee, was der Duftkerze geschuldet war, die ich in die kleine Nische unterhalb des Fensters gestellt hatte.

»Ich hätte mir keine schönere Einweihung meines neuen Badezimmers vorstellen können.« Hunter grinste frech. Seine Finger glitten zu meinem Hals und weiter entlang der Kinnlinie. Er strich eine nasse Strähne hinter mein Ohr.

»Ich habe eben keine Kosten und Mühen gescheut, um dich zufriedenzustellen.« Ich nahm einen Schluck aus meinem Teebecher und stellte ihn anschließend auf die Ablage neben der Wanne.

»Das merkt man. Deine Mühen haben sich gelohnt«, witzelte er. »Ich bin äußerst zufrieden mit deiner *Arbeit*.«

Ich wischte mir spielerisch mit dem Handrücken über die Stirn. »Gott sei Dank. Das freut mich, zu hören. Es wäre absolut super, wenn du mir bei Google eine Rezension schreiben würdest.«

»Das erledige ich gerne.« Er überlegte einen kurzen Moment, als würde er nach den passenden Worten suchen. »Würde es dir so passen: *Ms Greenwood hat ein sicheres Gespür für Form und Farben und meinen Geschmack bezüglich der Einrichtung perfekt getroffen, wenn nicht sogar übertroffen. Am meisten gefallen hat mir jedoch die persönliche Zuwendung. Denn auch hier ist Ms Greenwood eine Meisterin ihres Fachs und hat mich mit gezielten Bewegungen zu einem Orgasmus der Extraklasse gebracht.*«

»Untersteh dich.« Ich spritzte ihm eine Ladung Wasser ins Gesicht. Schaum tropfte von seiner Nase, und ich musste unwillkürlich lachen.

Er grinste. »Ich sage nur, wie es ist.«

»Das freut mich, zu hören. Ich kann tatsächlich auch nicht klagen. Du hast deine *Arbeit* ebenfalls gut gemacht, um bei deiner Wortwahl zu bleiben.« Ich schmunzelte.

»Ms Greenwood, ich stehe jederzeit zu Ihrer Verfügung.« Seine Augen blitzten vergnügt.

Ich sah ihn herausfordernd an. »Ist das so?«

»Unbedingt.« Er beugte sich zu mir. Wasser schwappte aus der Wanne auf den Boden. Unsere Lippen berührten sich. Er schmeckte leicht nach dem Rotwein, den er sich eingeschenkt hatte.

»Das war nicht schlecht. Ich glaube, ich muss was essen.« Mein Blick fiel auf das Tablett, das wir neben der Badewanne auf einen Stuhl gestellt hatten. Ich hatte den Inhalt von Mias Korb darauf verteilt. Weintrauben, Käse, Marmelade, Pasteten und Gebäck hatten sich in dem Korb versteckt. Sogar ein selbst gebackenes Brot hatte in ein Tuch gewickelt darin gelegen. Dazu noch eine Flasche Rotwein, die ich für Hunter geöffnet hatte. Es reichte, wenn einer von uns Tee trank.

»Mund auf«, kommandierte er. »Augen zu.« Schmunzelnd folgte ich seinen Anweisungen. »Das hier ist eine von Mias Spezialitäten«, erklärte er. Etwas Weiches berührte meine Lippen. Erst dachte ich, es wäre Hunters Mund, aber dann hatte ich den süßen Geschmack von reifen Orangen im Mund.

»Mmm.« Ich leckte mir über die Lippen. »Köstlich.«

»Selbst gemachte Orangenmarmelade. Mia behauptet immer, es wäre ein Rezept von ihrer Großmutter. Ich glaube ihr kein Wort. Ich glaube, das hat sie sich nur ausgedacht, um es interessanter zu machen.«

»Das würde absolut zu ihr passen«, stimmte ich ihm zu. Wir lachten beide.

Hunter reichte mir ein Stück Brot, das er mit einer Pastete bestrichen hatte. Ich nahm einen Biss.

»So lecker«, quetschte ich zwischen zwei Bissen hervor.

»Da bin ich ganz deiner Meinung. Mia konnte schon immer gut kochen. Als ich noch in Holmbury gewohnt habe, hat sie mich immer mit zu sich nach Hause genommen. Ihre Mutter war eine tolle Köchin, und wir haben ihr beide immer völlig fasziniert dabei zugeschaut. Und das Beste daran war, dass wir naschen durften.« Ein Lächeln huschte über sein Gesicht.

»War es nicht schrecklich für dich, als du ins Internat musstest?«

»Am Anfang war es furchtbar. Ich war schrecklich einsam und habe meine Freunde zu Hause vermisst. Alles war neu, und ich kannte niemanden. Außerdem hatte ich Sehnsucht nach meinen Großeltern.« Sein Blick wanderte zum Fenster. »Aber letztendlich haben mir meine Großeltern so ein *besseres*«, er machte mit den Fingern Gänsefüßchen in der Luft, »Leben ermöglicht.«

Ich nickte stumm. In Gedanken dankte ich meinen Eltern für die unbeschwerte Kindheit, die ich genossen hatte. Hunter nahm einen Schluck aus seinem Glas.

»Mein Highlight durch all die Jahre war meine Freundschaft zu Mia. Immer wenn ich meine Großeltern besucht habe, haben wir uns getroffen.« Er machte eine kurze Pause. »Zu meiner Schande muss ich gestehen, dass ich im letzten Jahr viel zu wenig hier war.« Er sah mich mit traurigen Augen an. »Nicht, dass ich Clarissa die Schuld dafür geben würde, aber durch unsere Beziehung und meinen Erfolg war ich derart mit mir selbst beschäftigt, dass ich meinen Großvater ziemlich vernachlässigt habe.«

»Wie war Clarissa denn so?« In meinem Kopf hatte sich das Bild einer unnahbaren, unterkühlten Frau gebildet, die ihrem Verlobten kurz vor der Hochzeit die kalte Schulter gezeigt hatte.

»Willst du das wirklich wissen?« Sein Kiefer malmte unablässig. Die entspannte Stimmung zwischen uns war mit einem Schlag verflogen.

Ich richtete mich auf. »Nein, eigentlich nicht.«

»Gut.« Er atmete erleichtert aus. »Ich würde nämlich viel lieber über uns sprechen.«

Ich zwang mich zu einem Lächeln. »Soso.«

Sein Blick ruhte auf mir. »Ich bin froh, dass ich dich gefunden habe.« Seine Stimme war einladend warm.

»Das sagst du doch nur wegen des Cottage«, scherzte ich.

»Erwischt.« Er spritzte mir eine Ladung Wasser ins Gesicht.

Ich lachte auf. »Ey!«

Hunter rutschte ein Stück näher. Unsere Blicke verfingen sich ineinander. »Ich meine es ernst, Katie. Du bist eine wundervolle Frau, und ich begehre dich.«

Ein Flattern breitete sich in meinem Bauch aus. »Dann geht es dir wie mir.«

Er nickte, und ich hob den Kopf. Unsere Lippen berührten sich. Warm und weich. Seine Zungenspitze drang in meinen Mund. Bittend und fordernd zugleich. Nur allzu gerne gewährte ich ihm Einlass. Ich schlang meine Arme um seinen Hals und zog ihn dichter zu mir. Wasser schwappte über, aber das war mir egal. Seine Zunge tauchte tief in mich ein, und ich schnappte nach Luft. Ich liebte seinen Geschmack, genau wie seinen Duft. Ich war hoffnungslos verliebt.

Mist!

Egal ...

Langsam fuhr er mit den Fingerspitzen über meinen Arm hoch zu meinen Schultern. Meine Haut prickelte. Mein Körper, der alte Verräter, erwachte zu neuem Leben. Hunter lag schwer auf mir. Ich spürte seine Hand auf meinem Oberschenkel.

»Katie, du bringst mich noch um meinen Verstand.« Er knabberte an meiner Unterlippe und neckte mich. Seine Hand umfasste meine Brust und knetete sie. Ich stöhnte, als er meine Brustwarzen zwischen seine Finger nahm. Ich fuhr mit der Hand durch seine kräftigen Haare.

»Hör nicht auf«, keuchte ich und bog mich ihm entgegen.

Seine Haut glänzte goldbraun im Schein der Kerzen. Er sah unglaublich sexy aus. Ich bedeckte seinen Oberkörper mit Küssen. Meine Finger bohrten sich in seinen Rücken. Er widmete sich noch immer meinen Brustwarzen. Ich stieß einen tiefen Seufzer aus und legte meinen Kopf in den Nacken. Sein Mund umschloss meine Brustwarze und saugte daran. Erst vorsichtig, dann immer fordernder. Mein Unterleib zog sich zusammen. Mein Atem ging stoßweise. Unsere Blicke fanden sich. In seinen Wimpern hingen winzige Wassertropfen, die im Kerzenlicht wie Kristalle schimmerten. Ich konnte meine Lust in seinen Augen sehen. Mein Herz trommelte gegen meine Brust. Alles um uns herum verschwamm.

Seine Hand wanderte nach unten, um gleich darauf meine Lustperle zu verwöhnen. Noch immer waren unsere Blicke ineinander verhakt. Seine Finger massierten mich genau an den richtigen Stellen. Er wusste, was er tat. Ich keuchte laut auf, als sich die erste Lustwelle ankündigte. Noch immer hielt ich den Blickkontakt.

Es war der Wahnsinn, was ich hier tat. Je länger ich in seinen Armen lag, desto mehr wollte ich ihn. Vergessen waren meine Pläne, ihm die Wahrheit zu sagen. Ich wollte jeden Moment auskosten, solange es ging.

Als sein harter Schwanz in mich stieß, nahm ich ihn gierig in mir auf. Gemeinsam flogen wir unserem Orgasmus entgegen.

34

Katie

Blinzelnd öffnete ich die Augen. Sonnenlicht blendete mich. Ich hatte keine Ahnung, wie spät es war. Hunters Arm lag schwer über meinem Bauch. Ich drehte meinen Kopf zur Seite. Selbst im Schlaf sah er unverschämt gut aus. Die Haare lagen wirr um seinen Kopf. Sein Mund war leicht geöffnet, und es sah aus, als ob er lächelte. Leises Atmen war zu hören, begleitet durch das Heben und Senken seines Oberkörpers. Hinter seinen dunkelblonden Wimpern bewegten sich seine Augäpfel hin und her. Er träumte. Von mir?

Nach unserem Bad waren wir müde und angenehm erschöpft ins Bett gekrochen. Mit leiser Stimme hatte Hunter mir von seinem Buchprojekt erzählt, bis ich in seinen Armen eingeschlafen war. Es hatte sich so gut angefühlt, neben ihm zu liegen und seinen warmen Körper zu spüren.

Nachdenklich betrachtete ich sein schlafendes Gesicht. Wie sollte es mit uns beiden weitergehen? Dieser Gedanke beschäftigte mich schon seit gestern.

Würde er mir verzeihen, wenn ich ihm von der Schwangerschaft erzählte?

Ich versuchte, mich in seine Lage zu versetzen, und kam zu dem Ergebnis, dass es eher unwahrscheinlich war. Er würde mir vorwerfen, dass ich ihn unter falschen Bedingungen in die Beziehung getrickst hätte. Wenn ich ganz ehrlich war, hätte er nicht mal unrecht.

Ich knabberte an meiner Unterlippe. Auf der anderen Seite waren die letzten vierundzwanzig Stunden die schönsten in meinem Leben gewesen. Noch nie hatte ich mich einem Mann so nahe gefühlt. Warum ausgerechnet jetzt? Warum hatte er nicht ein halbes Jahr früher in mein Leben treten können – bevor ich den Entschluss gefasst hatte, schwanger zu werden?

In Zeitlupe, um Hunter nicht zu wecken, schlüpfte ich unter der Bettdecke hervor. Meine nackten Füße versanken in dem weichen Teppich. Es war verhältnismäßig kühl im Schlafzimmer, und ich fröstelte. Mein Blick fiel auf die Decke, die über dem Bettrahmen hing. Vorsichtig schnappte ich sie mir und wickelte mich darin ein. Hunter schmatzte leise im Schlaf.

Ich ging die paar Schritte bis zum Fenster. Neugierig sah ich nach draußen. Genau in diesem Augenblick brach die Sonne durch die Wolkendecke. Der Anblick, der sich mir bot, raubte mir fast den Atem.

Die ganze Landschaft war über Nacht von einer weißen Decke überzogen worden. Der Garten glitzerte, als hätte jemand Diamantsplitter darüber gestreut. Die Äste der Bäume hingen unter der Last des Schnees schwer nach unten. Ein Vogel flog am Fenster vorbei. Ich folgte ihm mit dem Blick, bis er am Horizont verschwunden war. Es war mucksmäuschenstill. Für einen winzigen Moment erlaubte ich mir die Vorstellung, wie es wäre, hier zu wohnen und diesen Anblick für immer zu haben. Der Gedanke war durchaus reizvoll, aber gleichzeitig musste ich mir eingestehen, dass mir London fehlen würde. Ich mochte diese quirlige lebhafte Stadt mit ihren Menschen. Selbst die Autos störten mich nicht. Ich liebte die Annehmlichkeiten, die London mir bot. Mal eben essen gehen in einem Restaurant meiner Wahl und nicht nur auf einen Pub angewiesen sein. Ich liebte es, zusammen mit Hallie durch die Straßen zu ziehen und mir dabei die Schaufenster anzuschauen. Oder abends ins Theater oder ins Kino zu gehen, wenn einem der Sinn danach stand.

Hunter regte sich im Bett. Seine wunderschönen Augen blickten mich verschlafen an. »Hey. Bist du schon lange wach?«

»Nein, ich bin auch gerade aufgewacht.« Ich ging zurück. »Mmm. Du fühlst dich gut an.« Ich kuschelte mich an seinen herrlich warmen Körper.

»Du dich auch.« Er gab mir einen Kuss auf den Scheitel. »Hast du gut geschlafen?«

»Fantastisch«, antwortete ich wahrheitsgemäß. »Und du?«

»Ich war völlig am Ende, nach dem, was du alles mit mir gemacht hast.« Ein unverschämtes Lächeln spielte um seinen Mund. Ich spürte eine verräterische Hitze meinen Hals hochkriechen bei dem Gedanken an das, was mir miteinander getan hatten. Er zog mich zu sich. »Komm her und gib mir einen Kuss.«

Nur allzu gerne kam ich seiner Bitte nach. Er fühlte sich genauso gut an wie letzte Nacht. Gierig nahm ich seinen verschlafenen Geschmack in mir auf, als wir uns küssten. Als er sich von mir löste, ließ er mich atemlos zurück. Ich blinzelte.

»Was sind deine Pläne für heute?« Er fuhr mit der Fingerspitze die Konturen meines Mundes nach.

»Eigentlich wollte ich das Cottage zur Übergabe fertig machen.«

Hunter grinste. »Ich würde sagen, die Übergabe hat bereits stattgefunden.«

Womit er auch wieder recht hatte.

»Mmm, vielleicht. Aber es gibt noch ein paar Sachen, die ich gerne machen würde, damit es perfekt ist.«

»Und das wäre?«

»Lass dich einfach überraschen«, erwiderte ich lachend.

»Einverstanden, wenn du dafür mit mir essen gehst.«

Ich runzelte die Stirn. »Hier?«

»Nein, in London. Wir könnten ins *Heaven's Place* gehen. Ich war seit einer Ewigkeit nicht mehr da und würde gerne sehen, was sich seit dem letzten Mal alles verändert hat.«

Der Gedanke, den Abend mit Hunter dort zu verbringen, war durchaus verlockend. Ich zögerte einen Moment. Mein schlechtes Gewissen meldete sich wieder zu Wort.

»Ist der Gedanke, mit mir essen zu gehen, so schlimm, dass du überlegen musst?«, fragte er prompt.

Ich schüttelte den Kopf. »Natürlich nicht. Ich habe nur überlegt, ob wir es vielleicht ein wenig langsamer angehen sollten.«

Eine tiefe Falte bohrte sich zwischen seinen Augenbrauen ein. »Ich würde sagen, dass wir das nach dieser Nacht getrost vergessen können. Oder soll ich deinem Gedächtnis ein wenig auf die Sprünge helfen?« Er rutschte runter und platzierte einen Kuss auf meinem Bauch. Gefolgt von einem zweiten darunter und einem dritten in gefährlicher Nähe meines Lustzentrums.

»Schon gut.« Ich hob lachend die Hand. »Überzeugt.«

»Ich glaube, noch nicht wirklich.« Seine warmen Hände legten sich auf meinen Bauch, während er seinen Kopf zwischen meine Schenkel schob.

Ich stöhnte laut auf. Das war zu viel. Mit einem Schlag war mein Widerstand gebrochen und ich gab mich ganz dem wunderbaren Gefühl hin, das sich in mir regte. Ich war eben nur eine schwache Frau.

35

Hunter

»Bist du so weit?« Fragend sah ich zu Katie, die dabei war, die letzten Handgriffe in der Küche zu erledigen. Sie sah zum Anbeißen süß aus in ihrem Pullover und der Jeans. Sie hatte ihre Haare zu einem Pferdeschwanz zusammengebunden, der bei jeder Bewegung fröhlich auf und ab wippte.

»Absolut. Von mir aus können wir los.« Ihr Gesicht strahlte. Hatte sie heute Morgen etwas zurückhaltend gewirkt, so war sie jetzt gelöst und entspannt. »Und du bist dir sicher, dass die Straßen wieder frei sind?«

Ich lächelte. »Du willst wohl lieber hierbleiben.«

»Der Gedanke ist durchaus verlockend.« Sie stellte sich auf die Zehenspitzen und gab mir einen Kuss. »Aber ich glaube, meine Familie hat schon eine Vermisstenanzeige erstellt.«

Wie mein Handy war auch Katies tot. Der Schneesturm hatte nicht nur die Straßen, sondern auch die Mobilnetze lahmgelegt. Zumindest gab es von Holmbury und Umgebung keine Verbindung nach draußen.

»Ich habe deinen Wagen freigeschaufelt, und so weit ist alles in Ordnung«, teilte ich ihr mit.

Auf meinem Weg nach Holmbury hatte ich den Toyota unter einer Schneewehe gefunden. Mit Zachs Hilfe hatte ich den

Wagen freigeschaufelt, damit Katie damit nach London fahren konnte. Wir hatten uns darauf geeinigt, dass wir im Konvoi fahren würden, falls etwas Unvorhergesehenes passieren sollte. Im Verkehrsfunk hatten sie gemeldet, dass die Straßen wieder frei und befahrbar waren.

»Hat sich eigentlich jemand wegen des Katers gemeldet?« Katies Blick wanderte zu Besagtem.

Ich schüttelte den Kopf. »Nein. Ich war kurz bei Mia, um Zach zu holen, und die hat nichts gehört.«

»Mm, was hältst du davon, wenn wir Streuner mitnehmen? Zumindest, bis du umgezogen bist?« Sie sah mich mit ihren rehbraunen Augen an.

»Klar. Ich denke, Streuner hätte auch nichts dagegen.« Wie zur Antwort gab der Kater ein leises Miauen von sich. »Dachte ich mir.«

»Gut, dann ist alles klar.« Katie lächelte zufrieden. Ihr Blick wanderte durch die Küche. »Ich werde das Cottage vermissen.« Wehmut schwang in ihrer Stimme mit.

Ich hob überrascht die Augenbrauen. »Aber du kommst doch wieder.«

Sie sah mich mit diesem unergründlichen Blick an, sagte jedoch nichts, sondern schnappte sich Streuner und klemmte ihn sich unter den Arm.

Ein ungutes Gefühl beschlich mich. Ich konnte nicht genau sagen, was es war, aber irgendetwas stimmte nicht. Etwas, das mir schon ein paarmal in den letzten gemeinsamen Stunden aufgefallen war.

Für einen Moment überlegte ich, nachzufragen, aber angesichts der Tatsache, dass ich die Stimmung zwischen uns so kurz vor der Abfahrt nicht belasten wollte, verzichtete ich darauf und folgte ihr nach draußen.

Der schmale Weg zum Cottage war noch immer dick verschneit. Mit dem Toyota hätte Katie auch jetzt noch keine Chance gehabt, durchzukommen. Die Landschaft sah aus wie in einem Wintermärchen. Alles war von einer dicken Schneeschicht überzogen.

»Das ist wunderschön«, murmelte Katie, den Blick nach draußen gerichtet.

»Ja, jetzt am Tag ist es tatsächlich schön«, stimmte ich zu.

Streuner hatte es sich wie immer auf Katies Schoß gemütlich gemacht und schnurrte leise, während sie ihm sanft über das Fell strich.

Mein Handy brummte auf der Fahrerkonsole. Zeitgleich leuchtete das Display auf.

»Ah, wir haben wieder Empfang.« Katies Augen leuchteten erfreut auf. Sie fummelte in ihrer Tasche, um Sekunden später ihr Handy herauszuziehen. Ich warf ihr einen kurzen Seitenblick zu. Sie runzelte die Stirn, während sie die Nachrichten las.

»Alles okay?«, fragte ich.

»Elf Anrufe von Hallie und von meiner Mutter.« Sie blickte zu mir hoch. »Die machen sich total Sorgen, weil sie mich nicht erreicht haben. Wenn du nichts dagegen hast, rufe ich sie kurz an.«

»Absolut.« Ich griff nach meinem Handy.

»Hi, Mum«, hörte ich Katie neben mir sagen.

Neugierig blickte ich auf das Display meines Handys. Eine Nachricht mit Clarissas Namen poppte auf. Ich schluckte, und mein Herz setzte einen Schlag aus.

Clarissa.

Seit Wochen hatte ich nichts von ihr gehört. Ich sah kurz zu Katie, die dabei war, ihre Mutter zu beruhigen. Mein Finger zitterte, als ich auf die Nachricht tippte, um sie aufzurufen.

Hi Hunter, ich wollte mich nur erkundigen, ob es dir gut geht. Gary hat gesagt, du bist in Holmbury. Ich hoffe, du bist nicht vom Schnee überrascht worden. In Surrey muss ja ordentlich was runtergekommen sein. Können wir telefonieren? Ich vermisse dich. Clarissa

Ich runzelte überrascht die Stirn. *Ich vermisse dich.* Woher diese plötzliche Besorgtheit, nachdem sie sich seit unserer Trennung nicht mehr bei mir gemeldet hatte? Das war völlig untypisch für sie. Vermisste sie mich wirklich? Im ersten Moment fühlte ich mich auf eine eigenartige Weise geschmeichelt. Ich war ihr also doch nicht ganz egal.

»Alles okay bei dir?«, riss Katie mich aus meinen Gedanken. Sie hatte ihr Gespräch beendet und sah zu mir rüber. »Du bist ganz blass im Gesicht.«

Ich räusperte mich unbehaglich. »Clarissa hat mir geschrieben.«

Eine unangenehme Stille legte sich wie ein Mantel über uns. Der Wagen fuhr durch ein Schlagloch, das ich wegen des Schnees nicht gesehen hatte. Ich machte einen Hüpfer in meinem Sitz.

»Sorry«, murmelte ich und richtete meine volle Aufmerksamkeit wieder auf die Straße. Es waren nur noch wenige Meter bis zu der Stelle, wo Katies Toyota stand.

»Und wie geht es dir dabei?«, fragte sie. Ich konnte ihren Blick auf mir spüren.

Ich räusperte mich erneut. »Ich weiß es nicht«, gestand ich ihr schließlich. »Es ist das erste Mal, dass sie sich … du weißt schon, seit unserer Trennung gemeldet hat.«

»Hmm.« Weiter sagte sie nichts.

»Sie will mit mir telefonieren.« Ich wusste auch nicht, warum ich das erzählte. Aber es wäre mir unehrlich vorgekommen, es ihr zu verschweigen.

»Und du?« Ihre Augen fixierten mich. Ich blickte schwermütig nach draußen. »Hunter?«

»Ich weiß es nicht. Ich muss darüber nachdenken.«

Wir hatten den Toyota erreicht. Ich stoppte den Wagen. Unsere Blicke kreuzten sich. Ich hatte das Gefühl, in dem Honig ihrer Augen zu versinken. Am liebsten hätte ich den Wagen gewendet und wäre zurück zum Cottage gefahren. Die letzten vierundzwanzig Stunden waren die unglaublichsten in meinem Leben gewesen.

»Liebst du sie noch?«

Ich raufte mir die Haare. »Ich weiß es nicht. Die letzten Monate war ich damit beschäftigt, sie zu vergessen … und dann kamst du.«

Katie lehnte sich zurück. »Ist sie es wert, dass du so leidest?«

Es schmerzte mich, ihr bekümmertes Gesicht zu sehen. Es wäre ein Leichtes für mich gewesen, ihr die Sorge zu nehmen und zu behaupten, dass ich keine Gefühle mehr für Clarissa hatte, aber ich wollte nicht unehrlich zu ihr sein. Ich wusste ja selbst nicht, was ich von der ganzen Sache halten sollte.

Ich füllte meine Lungen mit Luft. »Clarissa war meine erste große Liebe. Ich wollte mein Leben mit ihr verbringen. Das wischt man nicht einfach so vom Tisch.«

Katies Augen flackerten. »Das kann ich verstehen.«

Warum war sie nur so verdammt verständnisvoll? Eine Welle der Zuneigung kam in mir hoch, und mit ihr das Bedürfnis, Katie in den Arm zu nehmen.

»Sehen wir uns trotzdem?«, fragte sie mit leiser Stimme.

Ich zwang mich zu einem Lächeln. »Natürlich. Wann passt es dir?«

»Ich muss heute noch mal ins Büro. Da ist die letzten Tage bestimmt einiges liegen geblieben. Was hältst du davon, wenn du mich morgen zum Mittagessen abholst? Das *Heaven's Place* hat eine exzellente Mittagskarte.« Sie beugte sich zu mir. Ich konnte ihren warmen Atem auf meinem Gesicht spüren.

»Das klingt perfekt.«

»Gut, dann um ein Uhr.«

»Alles klar. Bitte fahr vorsichtig. Die Straßen sind noch immer ziemlich glatt. Ich fahre hinter dir bis kurz vor London, dann biege ich ab.« Ich wollte Gramps besuchen, nachdem ich die letzten Tage nicht dazu gekommen war. Außerdem würde es mir guttun, in dem ganzen Chaos Gramps' ruhige Stimme zu hören.

»Okay.« Sie lächelte, und ich hatte das Gefühl, die Sonne würde aufgehen.

Ich gab ihr einen Kuss. Ihre herrlich weichen Lippen verschmolzen mit meinen. Ich tauchte mit der Zunge in sie ein, um ihren Geschmack in mich aufzunehmen. Unsere Hände waren ineinander verschlungen, als hätten wir Angst, den anderen zu verlieren.

Seufzend löste sie sich von mir. »Bis später.«

Sie nahm Streuner unter den Arm und öffnete die Tür.

»Warte, ich helfe dir.« Ich beeilte mich, auszusteigen.

»Nicht nötig«, hielt sie mich zurück. Ehe ich reagieren konnte, war sie zum Auto gelaufen.

Nachdenklich sah ich zu, wie sie ihre Sachen und den Kater verstaute. Bevor sie einstieg, hob sie den Kopf. Ein kleines Lächeln lag auf ihrem Gesicht. Ich erwiderte es.

Sie warf mir einen Flugkuss zu, dann stieg sie ein.

36

Katie

Die ganze Fahrt nach London hatte ich nur an Hunter gedacht. Ich konnte noch immer seine Küsse auf meiner Haut spüren. Die wunde Stelle zwischen meinen Beinen erinnerte mich bei jeder Bewegung daran, wie wir uns geliebt hatten. Die letzten vierundzwanzig Stunden hatten mein Leben komplett auf den Kopf gestellt. Ich war derart verliebt, dass es wehtat. Noch nie in meinem ganzen Leben war ich so glücklich und traurig zugleich gewesen wie auf der Rückfahrt nach London. Dabei hatte ich sein Gesicht im Rückspiegel gesehen und die Sorge, die darin lag.

Ich hatte die Erschütterung in Hunters Innerem bemerkt, als er die Nachricht seiner Ex gelesen hatte. Sämtliche Farbe war aus seinem Gesicht gewichen, und er hatte kaum noch geatmet. Liebte er sie noch? Ich nahm es an, warum sonst würde er so heftig reagieren?

Langsam schwenkte ich auf die Straße nach Notting Hill ein. Hunters SUV war bereits vor einiger Zeit abgebogen. Wo er wohl hinfuhr? Traf er sich mit Clarissa?

Wieder einmal wurde mir bewusst, wie wenig ich über den Mann wusste, mit dem ich den fantastischsten Sex meines Lebens gehabt hatte. Noch dazu war ich komplett durcheinander. Alle meine Vorsätze waren über den Haufen geworfen worden.

Mein schöner Plan, sang- und klanglos aus Hunters Leben zu verschwinden, ebenfalls. Und jetzt auch noch die Ex-Verlobte, die wie aus dem Nichts auftauchte.

Ich fluchte leise. Streuner sah mit vorwurfsvollem Blick zu mir hoch. »Du hast es gut«, murmelte ich. »Du bist ein Kater. Deine größte Sorge ist, ob du was zu essen bekommst.« Streuners Augen sahen stumm zu mir. »Okay, vielleicht hast du auch Sorgen, von denen ich nichts weiß, aber du kannst immer mit mir reden. Hörst du?«

Ich streichelte die Stelle zwischen seinen Ohren. Sofort gab Streuner ein versöhnliches Schnurren von sich. Ich musste an Mum denken. Wenn sich jemand mit Herzangelegenheiten auskannte, dann sie. Kurz entschlossen setzte ich den Blinker.

»Cookie, was machst du denn hier?«, empfing Mum mich mit ausgebreiteten Armen. Sofort hüllte mich ihr Maiglöckchenduft ein wie ein tröstlicher Kokon.

»Ach, ich dachte mir, ich schaue mal bei euch vorbei.« Ich schielte den Hausflur entlang. »Wo ist Dad?«

»Der treibt sich wieder auf dem Golfplatz herum.« Mum schürzte die Lippen. »Ist seine neue Leidenschaft. Vielleicht ist es aber auch Mary, die ebenfalls dort ist.«

Ich stutzte. »Du glaubst doch nicht im Ernst, dass Dad eine Affäre hat.«

Mum winkte fröhlich ab. »Dein Dad hat dauerhaft irgendwelche Affären, wenn du es so siehst.«

Sämtliche Farbe wich aus meinem Gesicht. Meine Eltern waren zeitlebens eine Einheit gewesen, ohne größere Krisen oder Dramen. »Wie meinst du das?«

»Dein Vater genießt es, wenn andere Frauen ihm schöne Augen machen. Das hebt sein Selbstwertgefühl.« Mum zuckte mit den Achseln.

Das waren ja ganz neue Erkenntnisse. »Und du hast kein Problem damit?«

»Appetit holen darf er sich gerne, aber gegessen wird zu Hause.« Sie lächelte wie die Queen bei der Weihnachtsrede.

Es gab Momente, da war ich mir sicher, dass Mum den richtigen Beruf ergriffen hatte – dieser war einer davon. Keine andere Frau wäre mit den Flirtversuchen ihres Mannes derart entspannt umgegangen wie Mum.

»Wo wir gerade über Paarprobleme sprechen …«Ich leckte mir nervös über die Lippen.

»Dein Vater und ich haben kein Problem«, betonte Mum noch einmal.

»Ja, okay. Ich kann es zwar nicht nachvollziehen, aber wenn es für dich funktioniert, ist es doch prima«, versicherte ich ihr.

»Jedes Paar muss für sich herausfinden, was am besten passt. Was meinst du, warum viele Paare Swingerclubs aufsuchen und durchaus glücklich damit sind, es sogar als Bereicherung ihrer Beziehung empfinden, wenn sie dem Partner beim Sex zuschauen können?« Mum verschränkte zufrieden die Arme vor der Brust. Ganz die Therapeutin.

»Ähm, so tief wollte ich in die ganze Sache gar nicht einsteigen«, versicherte ich ihr. »Aber ich hätte gerne mal deinen Rat in einer Sache.«

»Dafür müssen wir uns setzen.« Sie deutete auf die Wohnzimmersitzecke. »Ich kann nur Rat im Sitzen geben. Das ist so eine Angewohnheit von mir, aus der ich nicht mehr rauskann.« Sie seufzte. »Dreißig Jahre Therapiesitzungen hinterlassen eben so ihre Spuren.«

»Okay.« Ich ließ mich auf das Sofa fallen.

»Du siehst ein bisschen angespannt aus, Liebling«, kommentierte Mum mein etwas zerrupftes Aussehen.

»Nein, alles gut. Ich habe nur ein bisschen wenig geschlafen«, erwiderte ich wahrheitsgemäß. Dabei huschte ein Lächeln über mein Gesicht.

»In deinem Zustand solltest du unbedingt auf ausreichend Schlaf achten.«

Ich seufzte leise. »Keine Sorge, Mum, es geht mit gut.«

Ihre mütterlichen Röntgenaugen scannten mein Gesicht. »Bist du sicher? Du bist auch ein bisschen blass und hast Augenringe.«

Ja, weil ich die ganze Nacht fantastischen Sex hatte und kaum noch laufen kann! Aber das konnte ich ihr schlecht sagen.

»Absolut sicher«, versicherte ich stattdessen.

»Hast du was von deinem Leo gehört?«

»Ja, er ist in London und möchte mit mir reden.« Ich wollte diese Leo-Sache ein für alle Mal aus meinem Leben schaffen.

»Aber Schätzchen, das sind doch großartige Neuigkeiten.«

»Wie man es nimmt.« Ich zuckte betont gleichgültig mit den Achseln. »Mum, das mit Leo und mir war eine einmalige Sache.« Das entsprach zumindest der Wahrheit. »Ich möchte ihn nicht in meinem Leben haben und er mich nicht. Wir sind zu verschieden, aber er hat gute Gene, und das reicht mir. Mehr möchte ich gar nicht von ihm.«

»Mmm. Das ist aber eine ziemlich moderne Einstellung. Das sieht dir irgendwie gar nicht ähnlich.« Sie runzelte die Stirn, zumindest sah es so aus. Dank Botox passierte nicht mehr viel, außer dass sich die rechte Augenbraue wie bei Mephisto nach oben zog.

Ich seufzte. »Ich bin Mitte dreißig. Warum sollte ich das Geschenk eines Babys nicht annehmen, auch wenn ich den Vater nicht heiraten möchte? Ich liebe mein Leben so, wie es ist. Ich liebe mein Apartment, meinen Job und alles, was dazugehört.« Das war nicht ganz die Wahrheit, seit Hunter in mein Leben getreten war. In den letzten Tagen hatte ich mich ein paarmal dabei erwischt, wie ich darüber nachgedacht hatte, wie es wohl wäre, mit Hunter zusammenzuleben. Das war natürlich Blödsinn, denn wir kannten uns kaum. Aber trotzdem war der Gedanke da.

»Ich möchte nur, dass du glücklich bist, ob mit dem Vater deines Kindes oder ohne.« Sie streichelte meine Hand. »Dann erzähl mal, was das Problem ist, weshalb du mich sprechen wolltest.«

»Ich habe einen Freund, der ein Problem hat, und ich weiß nicht, was ich ihm raten soll …« Ich schilderte ihr Hunters Situation mit seiner Ex.

Als ich fertig war, sah Mum mich mit nachdenklicher Miene an. »Also, wenn es so ist, wie du sagst«, fing sie schließlich an, »sollte sich dieser Freund überlegen, ob es nicht sinnvoll wäre, eine Paartherapie zu machen. Eine Trennung ohne triftigen Grund ist immer besonders schwer zu akzeptieren, und so wie du es mir geschildert hast, klingt es, als ob die Verlobte deines Bekannten Bindungsängste hat. Eine Sache, die meist aus der Kindheit rührt und mit einer Gesprächstherapie gut behoben werden kann.«

Ihr letzter Satz versetzte mir einen Stich. Ich wollte Hunter nicht an seine Ex verlieren. Auf der anderen Seite wäre es nur fair von mir, ihn freizugeben, schließlich hatte ich nicht mit offenen Karten gespielt. Eine Beziehung, die auf einer Lüge aufbaute, war in meinen Augen zum Scheitern verurteilt.

»Ist es jemand aus deinem Bekanntenkreis, den ich kenne?«, erkundigte sich Mum.

Ich schüttelte den Kopf. »Nein. Aber du hast ihnen mit Sicherheit sehr geholfen.«

»Das freut mich sehr. Du weißt, deine Freunde sind mir immer willkommen.«

Ich gab ihr einen Kuss auf die faltige Wange. »Ich hab dich lieb.«

»Ich dich auch, mein Engel.« Sie strich mir über die Haare wie früher, als ich noch ein kleines Mädchen war.

Für einen Moment war ich versucht, mich ihr an den Hals zu werfen und ihr von meinem Kummer zu erzählen. Aber dann hätte ich die Lüge aufdecken müssen, und das wäre mehr gewesen, als Mum in diesem Moment verkraften würde. Wer einmal ihren Zusammenbrüchen beigewohnt hatte, wusste, wovon ich sprach.

»Was hat es eigentlich mit diesem Cottage auf sich, das du gerade betreust?«, erkundigte sie sich beiläufig.

»Damit bin ich heute fertig geworden«, murmelte ich.

»Zum Glück. Dann musst du bei diesem scheußlichen Wetter nicht mehr diese weite Strecke fahren. Dein Vater und ich waren außer uns vor Sorge, als Hallie uns erzählt hat, dass du in Surrey bist.«

»Ich bin ja wieder da«, versuchte ich, sie zu beruhigen.

»Wann hast du den nächsten Arzttermin?«, fuhr Mum mit ihrer kleinen Fragestunde fort.

»Morgen.«

Sie strich mit der Hand über meinen Bauch. »Ich bin gespannt, wie dein Baby aussieht. Vielleicht hat es ja Ähnlichkeit mit seiner Oma.« Mum grinste breit.

»Und ich erst!« Ich legte meinen Kopf gegen ihre Schulter. »Hoffentlich werde ich eine so gute Mum wie du. Manchmal habe ich Angst, ich könnte das Baby vielleicht nicht lieben oder mache alles falsch.«

»Du wirst eine fantastische Mutter werden, meine Süße.«

»Auch wenn ich weiterarbeiten möchte? Ich habe Angst, dass ich mir zu viel vorgenommen habe und zu egoistisch bin.«

»Cookie, hattest du das Gefühl, dass ich euch weniger geliebt habe, nur weil ich arbeiten gegangen und nicht zu Hause geblieben bin wie Tante Luisa?« Luisa war Mums Schwester und eine Vollbluthausfrau, die ihren Kindern mit ihrer überbehütenden und fürsorglichen Art ordentlich auf den Wecker ging.

»Nein. Hallie und ich hatten eine wunderschöne Kindheit mit einer herrlich verrückten Mutter«, sagte ich lachend.

»Siehst du. Und das wirst du auch sein, mein Schatz.« Mum gab mir einen Kuss auf den Scheitel.

Hoffentlich. Aber vorher musste ich ein paar Dinge klären.

37

Hunter

»Wie geht es meinem Großvater heute?«, erkundigte ich mich bei der diensthabenden Schwester.

»Nicht so gut, wenn ich ehrlich bin. Seine Gicht macht ihm schwer zu schaffen, und er hatte in den letzten zwei Tagen ein paarmal Herzrhythmusstörungen«, erklärte sie mir mit ernster Miene.

»Aber warum haben Sie mich nicht angerufen?«, fragte ich besorgt.

»Ihr Großvater hat darauf bestanden, dass wir Sie in Ruhe lassen, Mr Reed.« Die graublauen Augen der Schwester musterten mich.

Ich seufzte. »Würden Sie mich in Zukunft bitte informieren, wenn es ihm nicht gut geht? Ich wäre gerne bei ihm. Dank meiner Arbeit als Schriftsteller kann ich mir meine Zeit flexibel einteilen. Sie müssen sich also keine Sorgen machen, dass Sie mich stören könnten. Dem ist nicht so. Außerdem hat mein Großvater absolute Priorität.«

»Selbstverständlich, Mr Reed. Ich bin übrigens ein großer Fan Ihrer Bücher.« Die hagere Frau schenkte mir ein Lächeln.

»Das freut mich. Ich hatte mir schon überlegt, ob Sie vielleicht Interesse daran hätten, wenn ich eine kleine Lesung abhalten würde, so kurz vor Weihnachten. Das wäre vielleicht eine willkommene Abwechslung für die älteren Herrschaften.«

Die Schwester strahlte. »Das würden Sie tun?«

»Selbstverständlich. Es wäre mir eine große Freude«, versicherte ich ihr.

»Wunderbar. Ich werde gleich mal schauen, wann es am besten passt, und melde mich bei Ihnen. Sie sind ja noch einen Moment hier.« Freudig eilte sie davon.

Die Tür von Gramps' Zimmer stand offen. Anders als sonst lag Gramps komplett angezogen auf dem Bett. Sein Gesicht war grau, und er sah müde aus.

»Hallo, alter Mann«, begrüßte ich ihn mit einem Kuss auf die Wange.

»Du brauchst nicht frech werden.« Gramps kniff mich in den Arm.

»Entschuldige, ich wollte dich nur ein wenig aufheitern. Wie geht es dir?« Ich setzte mich auf den Stuhl neben seinem Bett.

»Ging schon mal besser.«

»Das hat mir die Oberschwester bereits erzählt. Warum hast du mich nicht rufen lassen?« Ich funkelte ihn vorwurfsvoll an.

»Ach, die Schwestern machen mehr daraus, als wirklich ist. Ich bin nur ein bisschen müde.« Er blickte liebevoll zu mir. »Wie geht es dir, Junge? Kommst du gut mit dem Cottage voran?«

Ich erzählte ihm von den Fortschritten und von meiner Nacht mit Katie, ohne dabei ins Detail zu gehen. Lediglich, dass wir vom Schneesturm überrascht worden waren und dort übernachtet hatten. Gramps hörte mir aufmerksam zu.

»Du magst sie«, lautete sein abschließender Kommentar.

»Ich mag sie sogar sehr.« Es war das erste Mal, dass ich es offen zugab. »Ich glaube, ich habe mich in sie verliebt.« Jetzt war es raus, und es fühlte sich gut an.

»Aber das ist doch schön, mein Junge.« Gramps klopfte mir auf die Schulter.

»Eigentlich schon, aber ich habe keine Ahnung, ob sie die gleichen Gefühle für mich hegt. Mal ist sie lustig und offen, dann zieht sie sich wieder völlig von mir zurück.« Ich dachte an die letzte Nacht, als Katie sich hemmungslos in meinen Armen fallen gelassen hatte. Noch nie hatte mir eine Frau während ihres Orgasmus in die Augen gesehen. Es war unglaublich gewesen.

»Hm.« Gramps strich sich übers Kinn. »Deine Granny war auch nicht immer ganz leicht. Sie hat mich ganz schön zappeln lassen, bis ich sie endlich küssen durfte.«

»Über dieses Stadium sind wir schon hinweg.«

Gramps grinste. »Oh.«

»Ja, und trotzdem ist sie zurückhaltend. Heute Mittag hatte ich schon den Eindruck, sie würde mit mir Schluss machen.«

»Hast du etwas gesagt oder getan, was sie verärgert haben könnte?«

»Sie hat mitbekommen, dass Clarissa mir geschrieben hat.« Ich dachte an Katies Gesicht, wie sie mich angesehen hatte, als sie mich gefragt hatte, was ich für Clarissa empfand.

»Aber ich dachte, zwischen euch ist es aus.«

»Ist es auch. Das war das erste Mal, dass sie sich seit der Trennung bei mir gemeldet und um ein Gespräch gebeten hat. Ich habe keine Ahnung, was sie von mir will.«

»Liebst du sie denn noch?«

Die gleiche Frage hatte mir Katie auch gestellt. Ich schüttelte den Kopf. »Ich weiß es ehrlich gesagt nicht.«

»Junge, ich kann dir nur raten, deine Gefühlswelt so schnell wie möglich in Ordnung zu bringen, sonst verlierst du am Ende noch beide Frauen.« Gramps tätschelte meine Hand. »Man kann nicht auf zwei Hochzeiten zur gleichen Zeit tanzen.«

»Ich weiß, und das will ich auch gar nicht.«

»Gut. Dann weißt du ja, was du zu tun hast«, sagte er zufrieden.

Hoffentlich. Ich würde noch heute Clarissa anrufen und fragen, was der Grund für ihren plötzlichen Sinneswandel war.

38

Katie

Draußen war es bitterkalt. Instinktiv zog ich meinen Mantel enger. Es hatte wieder angefangen, zu schneien. Die Gehwege waren von einer dünnen Schneeschicht bedeckt, und die ersten Ladenbesitzer machten sich mit Besen an die Arbeit, um den Platz vor ihren Schaufenstern von der weißen Pracht zu befreien. Geschäftsleute in ihren grauen Mänteln, mit Aktentaschen bewaffnet, eilten über die Gehwege. Eine Mutter trieb ihre beiden Kinder an, sich schneller zu bewegen. Jeder um mich herum schien es eilig zu haben.

Ein Umstand, der mir unter normalen Bedingungen niemals aufgefallen wäre, aber nach der Ruhe in Holmbury kam mir alles noch hektischer vor als sonst. Nicht, dass es mich störte. Ich liebte die Quirligkeit der Großstadt, aber das Leben auf dem Land hatte durchaus an Reiz für mich gewonnen. Ich dachte an das kleine Fest auf dem Marktplatz vor zwei Tagen. Die Harmonie, die dort zwischen den Bewohnern geherrscht hatte, würde man in der Stadt nicht finden, wo sich jeder selbst der Nächste war. Einmal mehr bedauerte ich es, dass Mia nicht in meiner Nähe wohnte. Mit ihrer geradlinigen und direkten Art wäre sie sofort in die Riege meiner Freundinnen aufgestiegen. Ich hatte in den letzten Jahren sehr darauf geachtet, mir einen kleinen, aber feinen Freundeskreis aufzubauen, mit Menschen, die mir wirklich wichtig waren.

Ich bog in die kleine Seitenstraße ab, wo sich die Praxis von Dr. Stevens befand. Hallie und ich hatten ausgemacht, dass wir uns davor treffen würden. Als ich das helle Gebäude erreichte, war von Hallie keine Spur. Es schneite noch immer unablässig, und das brachte den Verkehr fast zum Erliegen. Mühsam quälten sich die Autos durch die Straßen und verwandelten den Schnee in eine graue Masse. Ich war froh, dass ich nicht auf meinen Wagen angewiesen war und alles zu Fuß erledigen konnte.

Ein Windhauch fegte über den Gehsteig und wirbelte meine Haare durcheinander. Ich fröstelte. Ich warf einen kurzen Blick auf meine Armbanduhr. Es war schon zehn Minuten nach der verabredeten Zeit. Ich würde nach drinnen gehen und dort auf Hallie warten. Sie war noch nie besonders pünktlich gewesen.

Die Praxis war gut besetzt. Mehrere Schwangere hatten bereits auf den Stühlen Platz genommen. Der Geruch nach Desinfektionsmittel hing in der Luft und verursachte mir eine leichte Übelkeit.

Ich meldete mich bei der Sprechstundenhilfe und nahm im Wartezimmer Platz. Mein Handy vibrierte in der Tasche. Hastig zog ich es heraus. Hallies Gesicht lachte mir vom Display entgegen.

»Hey, wo steckst du? Ich bin gleich dran«, flüsterte ich.

»Deswegen rufe ich an. Ich stecke fest. Gerade als ich gehen wollte, kam ein gewisser Mr Styles mit seiner Frau in den Laden, um sich meine Fotografien anzuschauen. Die beiden haben gesagt, dass sie auf deine Empfehlung gekommen sind und bereits ein Bild von mir erworben haben.«

»Das ist das Ehepaar, das dein Strandbild gekauft hat. Die beiden sind absolut entzückend.«

»Ja, und sie wollen noch ein paar meiner Bilder kaufen. Ich kann unmöglich weg.« Hallie klang gestresst. »Wäre es schlimm, wenn ich bleibe?«

»Du wärst bescheuert, wenn du gehen würdest. Das heute ist ein ganz normaler Routinetermin. Nichts Besonderes. Dein Geschäft geht vor.«

»Danke für dein Verständnis. Ich wäre wirklich gerne bei dir.«

»Ich weiß.« Wieder einmal spürte ich das starke Band der Verbundenheit zwischen uns.

»Hast du Lust, heute Abend in der Stadt einen kleinen Bummel durch die Geschäfte zu machen?«

»Nein, das geht nicht. Hunter kommt nachher vorbei.«

»Ach du Schande, davon hast du mir noch gar nichts erzählt.«

Die Sprechstundenhilfe rief meinen Namen auf.

»Du, ich bin dran. Ich erzähl dir alles morgen.« Ich legte auf.

»Ms Greenwood, bevor ich es vergesse, wir müssen heute Ihren Mutterpass anlegen. Das hätten wir eigentlich schon bei Ihrem letzten Besuch machen müssen«, teilte mir die Sprechstundenhilfe mit.

Bei dem Wort ›Mutterpass‹ erhöhte sich mein Pulsschlag abrupt. Ich nickte. »Ja, alles klar.«

»Gut, wenn Sie mir bitte folgen würden.« Sie deutete den Flur entlang.

Ich steckte das Handy zurück in die Tasche. Ich würde morgen in Ruhe noch einmal mit Hallie telefonieren.

Zufrieden betrachtete ich mich ein letztes Mal im Spiegel. Der schwarze Rock fiel locker bis zu meinen Knien. Als Oberteil hatte ich den beigefarbenen Kaschmirpullover ausgesucht, den

Hallie mir zu meinem Geburtstag geschenkt hatte. Fehlten nur noch die schwarzen Wollstrümpfe, und mein Outfit für heute Abend war perfekt.

Streuner saß auf dem Bett und beäugte mich mit unverhohlener Neugier.

»Gefalle ich dir?« Ich drehte mich zu dem Kater um. Er gab keinen Laut von sich, sondern fing an, sich genüsslich über das Fell zu lecken. »Okay! Du willst dich nicht dazu äußern.«

Ich wandte mich lächelnd ab, um die Strumpfhose zu holen. Es klingelte an der Haustür.

Hunter. Er war zu früh!

Mein Herz hämmerte wie verrückt gegen meine Brust. Ich eilte auf nackten Füßen zur Tür und warf einen kurzen Blick durch den Türspion. Hunter stand lässig davor. Selbst durch das schmale Guckloch sah er einfach unglaublich aus in seinen schwarzen Klamotten und der Lederjacke. Ich schloss auf.

»Hi.« Ehe ich antworten konnte, beugte er sich zu mir. Seine wunderbar weichen Lippen pressten sich auf meine. Verdammt. Es war einfach zu schön. Wie sollte ich da vernünftig bleiben? Ich seufzte leise, und Hunter grinste. »Deine Küsse sind noch heißer, als ich sie in Erinnerung hatte.«

»So schnell vergisst du also«, neckte ich ihn atemlos.

»Ja, schrecklich. Ich glaube, ich brauche noch einen Kuss, damit meine Erinnerung wieder voll da ist.« Sein wunderbarer Mund lächelte. Er sah unverschämt gut aus. Seine blonden Haare waren mit Gel in Form gebracht und fielen locker zur Seite. Der Dreitagebart war frisch gestutzt. Hatte er sich für mich in Schale geworfen?

»Darf ich reinkommen?« Seine Mundwinkel kräuselten sich. »Oder möchtest du deinen Nachbarn eine kleine Showeinlage gönnen?« Er machte eine unauffällige Kopfbewegung zur Tür des gegenüberliegenden Apartments. Ich schielte an ihm vorbei und erkannte den lauernden Schatten hinter der Milchglastür.

»Untersteh dich.« Ich packte ihn am Arm und zog ihn in die Wohnung.

Sein Blick glitt über mich hinweg. »Du siehst toll aus.«

Eine verräterische Hitze stieg mir in den Kopf. »Danke. Du bist auch nicht von schlechten Eltern, und wenn ich es nicht besser wüsste, würde ich dich für einen Stripper halten.« Ich versuchte, meine Verlegenheit mit einem breiten Grinsen zu überspielen.

Er zauberte ein Geschenk hinter seinem Rücken hervor, um das er ein rotes Band gewickelt hatte. »Für dich.«

»Für mich?«, fragte ich baff. Damit hatte ich nicht gerechnet.

Er nickte. »Das habe ich gestern bei meinem Besuch im Dorf entdeckt und musste sofort an dich denken. Aber du darfst es erst an Weihnachten aufmachen.«

»Was? Das ist gemein.« Ich nahm das Geschenk entgegen. Es war überraschend schwer.

Er zuckte schmunzelnd mit den Achseln. »Okay, diese Antwort habe ich nicht erwartet.«

»Du weißt genau, wie ich es gemeint habe.« Ich stellte mich auf die Zehenspitzen und gab ihm einen flüchtigen Kuss.

»Hey, nicht so schnell.« Er legte seinen Arm um meine Taille und zog mich an sich. »Ich habe den ganzen Tag davon geträumt. So schnell lasse ich dich nicht gehen.«

Sein Gesicht war kaum eine Handbreit von meinem entfernt. Unsere Blicke trafen sich, und ich hatte das Gefühl, in den blauen Seen seiner Augen zu ertrinken. Ein warmes Kribbeln breitete sich in meinem Unterleib aus, seine Hand fuhr zärtlich über meinen Rücken und blieb warm auf meiner Taille liegen. Spätestens jetzt hätte ich ihn stoppen müssen. Aber ich konnte nicht. Stattdessen presste ich mich sehnsüchtig an ihn und streifte die Jacke über seine Schultern. Seine Hand glitt unter den Saum meiner Bluse. Als er meine nackte Haut berührte, entwich mir ein leises Stöhnen. Ich musste ihn stoppen!

»Wir sollten nicht …«, startete ich einen schwachen Versuch. Weiter kam ich nicht.

Mit einem Ruck hatte Hunter mich hochgehoben, und ich landete mit den Beinen auf seiner Hüfte.

»Schschschsch«, stoppte er mich.

Verdammt. Unsere Lippen fanden sich erneut. Er schmeckte herrlich nach sich selbst. Ich wurde zu Wachs in seinen Armen, und all die Worte, die ich mir den ganzen Tag zurechtgelegt hatte, waren mit dem Kuss aus meinem Kopf verschwunden. Alles, was geblieben war, war der Wunsch, mit Hunter zu schlafen.

»Wo ist dein Schlafzimmer?«, fragte er mit rauer Stimme.

Ich deutete schwach mit der Hand in die Richtung. Ohne seinen Kuss zu unterbrechen, trug er mich zum Bett, wo er mich sanft absetzte.

»Du bist so unglaublich«, flüsterte er heiser. Das Verlangen in seinen Augen nahm mir fast den Atem. Mit einer eleganten Bewegung zog er sich das schwarze Hemd über den Kopf und ließ es achtlos auf den Boden fallen. Sein nackter Oberkörper schimmerte hell im schummrigen Licht meines Schlafzimmers. Mein Blick folgte den feinen Linien seiner Muskeln. Er sah aus wie gemalt. Wie sollte man da als Frau stark bleiben?

Er ging vor mir in die Knie. Seine Hände lagen heiß auf meinen Oberschenkeln. »Ich will dich.«

Die Art, wie er es sagte, ließ mich aufhorchen.

»Ich dich auch«, krächzte ich heiser.

Unsere Lippen berührten sich. Seine Zungenspitze stieß in meinen Mund. Zeitgleich öffnete er den obersten Knopf meiner

Bluse. In wilder Vorfreude richteten sich meine Brustwarzen auf und drückten gegen die zarte Spitze meines BHs.

Wir lösten uns voneinander. Seine Augen hielten mich weiter gefangen, während er einen Knopf nach dem anderen öffnete, bis der zarte Stoff über meine Arme glitt.

»Du bist so sexy. Unglaublich«, flüsterte er rau. »Ich habe den ganzen Tag nur an dich gedacht.«

»Und ich an dich.« Ich fuhr mit der Hand durch seine dicken Haare. Er fuhr mit der Zunge die runden Ansätze meiner Brüste nach. »Mmm. Hör nicht auf.«

Ich schloss genießerisch die Augen. Ein leises Klicken verkündete, dass er meinen BH geöffnet hatte. Sein Mund legte sich über meine Brust und begann, daran zu saugen. Es war unglaublich. Mein Unterleib zog sich lustvoll zusammen.

Ein Zittern lief durch meinen Körper, als er mit dem Handrücken die empfindliche Innenseite entlangfuhr und den Rocksaum dabei nach oben schob. Ich warf den Kopf in den Nacken. Meine langen Haare kitzelten auf meinem Rücken. Alle meine Sinne waren zum Zerreißen gespannt. Sein Mund wanderte nach unten, während seine Hände meine Schenkel liebkosten. Mein Gott, hatte der Mann acht Arme? Fast war ich versucht, hinter seinen Rücken zu schielen. Stattdessen hielt ich die Augen geschlossen und konzentrierte mich auf das, was ich fühlte.

Hunters warmer Atem streifte die Haut meines Oberschenkels. Ich schnappte nach Luft, als er meinen Slip nach unten zog. Alles um mich herum war vergessen.

»Geht es dir gut? Du bist so still.« Hunter küsste mich zärtlich auf den Scheitel. Wir gingen dicht aneinander gekuschelt durch das abendliche Notting Hill. In den Schaufenstern der Läden glitzerte und leuchtete die Weihnachtsdekoration, begleitet von leiser Musik, die von überallher zu hören war. Menschen huschten über die Straßen, auf der Suche nach einem geeigneten Weihnachtsgeschenk für ihre Liebsten. In den Pubs und Restaurants herrschte bereits Hochbetrieb. Schneeflocken rieselten leise auf uns herab und legten sich auf die Dächer der Stadt. Selbst auf den Straßenlaternen lag mittlerweile eine dicke Schicht Schnee.

Hunter hatte seinen Arm um meine Taille gelegt.

»Ich bin einfach ein bisschen müde.« Ich kuschelte mich noch dichter an ihn. Selbst durch seine Klamotten konnte ich die Hitze spüren, die von seinem Körper ausging. Ich würde jede Sekunde in seiner Nähe auskosten, bis zum letzten Augenblick.

»Kein Wunder!« Er grinste frech zu mir runter. »Du hast ja auch Leistungssport betrieben.«

Ich lachte nervös.

Wir hatten uns geliebt und dabei Raum und Zeit um uns herum vergessen. Jetzt, wo uns die Realität wiederhatte, meldete sich mein schlechtes Gewissen, und sosehr ich mich bemühte, es wollte einfach nicht verschwinden.

»Da wären wir.« Hunter blieb stehen und betrachtete das *Heaven's Place.*

Chris hatte wie jedes Jahr eine blinkende Lichterkette in das Schaufenster gehängt und einen kleinen Kunst-Weihnachtsbaum reingestellt, aus dessen Spitze unablässig Kunstschnee auf die Zweige rieselte, der wiederum von einem umgedrehten Regenschirm am Boden aufgefangen und durch den Stamm wieder nach oben transportiert wurde. An den Ästen glitzerten bunte Kugeln. Neben dem Baum lag ein Plüschkissen, auf dem es sich Chris' Dackel gemütlich gemacht hatte und Teil der Deko war. Zumindest den Großteil des Tages.

Für die Touristen und Kinder der Gegend war das Schaufenster ein absolutes Highlight. Im Hintergrund waren die Umrisse der Einrichtung zu erkennen.

»Sieht aus wie früher«, kommentierte Hunter lächelnd.

»Ja, aber das Essen ist besser, seit Chris seine neue Köchin hat. Zoey ist eine Meisterin ihres Fachs«, erzählte ich.

»Na, dann bin ich mal gespannt.« Wir gingen die wenigen Schritte bis zum Eingang. Schon von draußen waren die Stimmen der Besucher zu hören.

Hunter stieß die Tür auf. Leises Klingeln kündigte uns an. Ein leichter Kaffeegeruch hing in der Luft, der sich mit dem Duft von Frischgebratenem mischte. Hunter blieb stehen und deutete auf den Mistelzweig über unseren Köpfen, den Chris über den Eingang gehängt hatte.

»Ah, der Mann weiß, was gut ist.« Hunter legte seine Hand in meinen Rücken und bog mich nach hinten, sodass ich in seinen Armen zum Liegen kam, um mich dann leidenschaftlich zu küssen. Ich stieß einen überraschten Seufzer aus.

Leise Pfiffe ertönten. Anscheinend hatten einige der Gäste die kleine Showeinlage beobachtet. Hunter machte eine gespielte Verbeugung.

Ich grinste verlegen, während Chris siegessicher lächelte. Er schien sichtlich Spaß zu haben.

Die Bedienung, eine junge Frau in Jeans und T-Shirt, kam auf uns zu. »Seid ihr zu zweit?« Ich nickte. In Gedanken war ich damit beschäftigt, mir die Worte zurechtzulegen, um Hunter endlich die Wahrheit zu sagen. Ich wollte nicht länger lügen, auch wenn ich damit Gefahr lief, ihn zu verlieren. »Ihr habt Glück, ich habe genau noch einen Tisch frei.«

»Sehr schön.« Hunter strahlte die junge Frau an und wurde mit einem Lächeln ihrerseits belohnt.

Wir schlängelten uns an den Tischen der anderen Gäste vorbei zum Fenster.

Die Bedienung lächelte. »Einer unserer schönsten Plätze. Ich komme gleich wieder und nehme die Bestellung auf. Die aktuelle Karte findet ihr auf der Tafel dort.« Sie deutete über den Tresen, wo eine graue Schiefertafel hing, auf die jemand mit weißer Kreide die verschiedenen Tagesgerichte geschrieben hatte. Entgegen anderer Restaurants gab es im *Heaven's Place* kein festes Menü. »Möchtet ihr schon mal was zu trinken bestellen?«

»Ich nehme eine Rhabarberschorle«, sagte ich.

»Für mich ein Pint.« Er blickte fragend zu mir rüber. »Wenn das für dich okay ist.«

»Ja klar. Tu dir keinen Zwang an.«

Hunter half mir aus dem Mantel. Wir setzten uns, und die Bedienung eilte davon.

Ich ließ meinen Blick durch den Raum schweifen. Die roten Plüschsessel rund um den Kamin waren alle besetzt. An dem langen Tisch saß eine Gruppe Frauen, die sich angeregt miteinander unterhielten. Eine davon war die bekannte Modejournalistin Holly Summers. Ich hatte ihr Foto in der *Startouch* gesehen, in der ein Bericht über sie gestanden hatte. Darin hatte man erwähnt, dass sie zusammen mit drei Freundinnen in einer WG in Portobello lebte. Ich hatte sie schon ein paarmal hier gesehen. Eben kam eine kurvige Frau zu ihr an den Tisch. Sie hatte sich eine schwarze Schürze umgebunden und ihre lockigen kurzen Haare mit einem roten Tuch gebändigt.

»Das da drüben sind die Portobello Girls«, flüsterte ich Hunter zu. Er folgte meinem Blick.

»Portobello Girls?«

»Ja, so nennen sie sich. Das sind vier Frauen, die zusammen in einer WG gleich hier um die Ecke wohnen. In der *Startouch* war gerade ein Bericht darüber. Meine Güte, die vier sehen absolut granatenmäßig gut aus.«

»Du bist die hübscheste Frau von allen.« Bewundernde Zuneigung strahlte aus seinen Augen.

»Quatsch, die vier sind viel hübscher als ich, aber danke für das Kompliment. Die Rundliche ist übrigens die Köchin.«

»Siehst zumindest schon mal sympathisch aus«, lautete seine Meinung. »Wenn sie jetzt noch kochen kann, bin ich glücklich.«

»Finde ich auch.«

»Hast du dich schon entschlossen, was du nimmst?«, fragte er, den Blick auf die Tafel gerichtet.

»Mhm. Ich glaube, ich nehme die Linguine in Zitronen-Mascarpone-Soße und Kräutersaitlingen«, teilte ich ihm mit. Eigentlich hatte ich keinen Hunger. Allein bei dem Gedanken an mein Vorhaben machte mein Magen Purzelbäume. Leider keine von der guten Sorte.

»Das hört sich gut an. Das nehme ich auch.« Hunter schnappte sich meine Hand. »Du hast ja ganz kalte Finger.«

»Das ist mein niedriger Blutdruck. Ich gehöre zu den Frauen, die auch immer mit Socken schlafen«, sagte ich leichthin. Ein nervöses Flattern breitete sich in meinem Magen aus.

Die Bedienung kam vorbei und brachte die Getränke. Mit jeder Minute in seiner Nähe wurde ich nervöser. Gedankenverloren sah ich zu, wie Hunter einen Schluck aus seinem Bierglas nahm.

»Ist wirklich alles in Ordnung?« Seine Stirn lag in Falten. »Du wirkst auf einmal so abwesend.« Er musterte mich skeptisch.

»Hast du mit Clarissa gesprochen?«, platzte es aus mir heraus.

Das Lächeln aus seinem Gesicht verschwand. »Wir haben vorhin kurz miteinander telefoniert.« Er machte eine Pause. Unbewusst hielt ich die Luft an. »Sie hat gefragt, ob ich mich mit ihr treffen könnte.«

»Und was hast du gesagt?« Ich spielte nervös mit einer Haarlocke.

»Dass ich kein Treffen möchte.« Unsicherheit schwang in seiner Stimme mit. Zumindest glaubte ich das.

»Bist du sicher?« Ich blickte ihm direkt ins Gesicht.

»Warum fragst du? Du müsstest doch eigentlich froh darüber sein.« Er hielt meinem Blick stand.

»Weil ich gestern den Eindruck hatte, dass du noch Gefühle für sie hast. Ich meine, ihr wart wie lange zusammen?«

»Fünf Jahre.« Ich hatte angenommen, dass die beiden nur ein oder maximal zwei Jahre zusammen gewesen waren. »Das ist eine verdammt lange Zeit.«

Er stieß einen tonnenschweren Seufzer aus. »Ja, das war es. Natürlich habe ich noch Gefühle für sie. Clarissa ist die Frau, die mich am meisten verletzt hat auf dieser Welt.«

»Aber auch die Frau, die du am meisten geliebt hast«, fügte ich leise hinzu. »Sonst hättest du sie schließlich nicht heiraten wollen.«

»Sie war meine Familie, mein Leben. Als sie wenige Wochen vor der Hochzeit vor mir stand und mir mitgeteilt hat, dass sie mich nicht heiraten möchte, ist meine Welt zusammengebrochen. Das steckt man nicht so einfach weg. Vor allem, weil ich den Grund nie wirklich verstanden habe.« Ein dumpfes Schweigen legte sich zwischen uns. Sein Zögern bestätigte meine Vermutung. Er liebte Clarissa noch immer.

Sanft entzog ich ihm meine Hand. »Meinst du nicht, es wäre besser, ihr würdet noch einmal miteinander sprechen?«

Hunter fuhr sich mit den Fingern durch die Haare. »Katie, ich verstehe dich nicht. Wie kannst du wollen, dass ich mich mit meiner Ex treffe, nachdem wir beide …« Er machte eine kurze Pause. Seine Augen verhakten sich in meine. »Du weißt schon.«

Ich knabberte an meiner Unterlippe. Das war so viel schwerer, als ich es mir vorgestellt hatte. »Weil ich nicht schuld daran sein möchte, dass ihr nicht mehr zusammenkommt. Ihr könntet eine Paartherapie machen und euch aussprechen.«

Es klingelte, und die nächsten Gäste traten ein.

»Das kannst du unmöglich ernst meinen.« In seinen Augen spiegelte sich das Chaos seiner Gedanken wider.

Es kostete mich meine ganze Kraft, ihm nicht auszuweichen. »Doch, ich meine es todernst. Denn ich kann nicht mit dir zusammen sein.«

Jetzt war es raus. Für einen Wimpernschlag setzte mein Herz aus, um dann mit ungebremster Kraft und doppeltem Tempo gegen meine Brust zu hämmern.

Hunters Augen zogen sich zusammen. »Wir hatten wundervolle Tage miteinander, und jetzt bist du auf einmal so komisch. Habe ich etwas gesagt oder getan, dass du so zu mir bist? «

Es brach mir das Herz, die Zweifel und die Angst in seinen Augen zu sehen.

»Nein, das ist alles meine Schuld«, sagte ich mit brüchiger Stimme.

»Deine Schuld!« Er schüttelte verständnislos den Kopf. »Wie kann Clarissas Trennung von mir deine Schuld sein? Und was ist mit der Tatsache, dass ich mich in dich verliebt habe?«

Ich schnappte nach Luft. Der letzte Satz hallte in meinen Ohren. Mein Herz jubelte. *Er hat sich in dich verliebt. Alles wird gut. Erklär es ihm.*

Meine Hand tastete nach dem Mutterpass, den ich vorsorglich in die Handtasche neben meinem Stuhl gelegt hatte.

»Katie!« Mums Stimme schepperte über die Köpfe der Gäste hinweg. Ich zuckte zusammen. Mum hatte schon immer ein Talent gehabt, zu den ungünstigsten Momenten aufzutauchen.

Ich drehte meinen Kopf irritiert zur Seite. Sie kam in Begleitung von Hallie auf uns zu. Ihr Gesicht strahlte. Mist, das hatte mir gerade noch gefehlt. Ausgerechnet in diesem Augenblick. Ich ließ den Mutterpass zurück in die Tasche fallen.

Hunter atmete hörbar durch.

Mum baute sich neben unserem Tisch auf. »Das nenne ich mal eine Überraschung.«

»Allerdings. Hi, Mum. Hi, Hallie.« Ich stand auf, um Mum einen Kuss zu geben. Ihre veilchenblauen Augen musterten Hunter freudig.

»Und du bist also Leo«, stellte Mum mit einem begeisterten Lächeln fest.

»Leo?« Hunter blinzelte irritiert.

»Ähm …« Ich öffnete den Mund, um zu widersprechen. Leider zu spät. Mum hatte sich bereits neben Hunter gestellt und ihm die Hand auf die Schulter gelegt.

»Ich kann dir gar nicht sagen, wie froh ich bin, den Vater meines Enkelkindes persönlich kennenzulernen. Als Katie mir gestern erzählt hat, dass du zurück bist, habe ich ihr gleich gesagt, dass ich es gut fände, wenn ihr euch bezüglich eurer zukünftigen Beziehung aussprechen würdet. Nicht, dass es mich etwas angeht, aber als Paartherapeutin kann ich einfach manchmal nicht aus meiner Haut.«

»Mum.« Hallie zupfte an ihrem Arm. »Hör auf. Bitte.«

Mum sah Hallie mit genervter Miene an. »Lass das, Hallie. Ich darf doch wohl den Vater meines Enkelkindes begrüßen.«

Hunter sagte die ganze Zeit kein Wort. Seine Augen waren starr auf mich gerichtet. Sämtliche Farbe war aus seinem Gesicht gewichen.

Der Boden unter meinen Füßen schwankte, und ich musste mich an der Stuhllehne festhalten, um nicht zu fallen.

»Wer ist Leo?« Hunters Stimme war zum Zerreißen gespannt. Mum blinzelte. »Du bist nicht Leo?«

»Halt die Klappe, Mum«, fuhr Hallie sie von der Seite an.

»Katie?« Hunters Augen fixierten mich wie ein Jäger seine Beute.

Mein Herz, das eben noch gejubelt hatte, stolperte hilflos aus dem Takt.

»Leo ist der Samenspender meines Babys«, stieß ich in einem Atemzug hervor.

Hunters Augen zogen sich zusammen.

»Samenspender! Ach du meine Güte.« Mum fasste sich theatralisch an die Brust.

»Du bist schwanger.« Seine Stimme war kaum mehr als ein Flüstern. Ich nickte. Tränen schlichen sich in meine Augen. »Seit wann weißt du davon?« Um seinen Mund hatte sich ein harter Zug gelegt, den ich zuvor noch nie bei ihm bemerkt hatte.

»Seit vier Monaten«, erwiderte ich kleinlaut.

»Vier Monate.« Ich hätte schwören können, dass sein Gesicht noch eine Nuance blasser wurde, wenn das überhaupt noch möglich war. Ich nickte stumm. »Und wann hattest du vor, es mir zu sagen?« Seine Stimme schnitt durch die Stille zwischen uns.

»Ich wollte es dir eben sagen, als meine Mutter uns unterbrochen hat.«

»Jetzt bin ich also schuld«, murmelte Mum. Aus dem Augenwinkel nahm ich wahr, wie Hallie ihr einen Stoß in die Seite versetzte.

»Wie konntest du mir nur verschweigen, dass du schwanger bist?« Fassungslosigkeit sprach aus seinem Gesicht. »War das der Grund, warum du wolltest, dass ich noch mal mit Clarissa rede? War das deine Idee, um dich aus der Affäre zu ziehen?« Seine Hände waren zu Fäusten geballt. Ich schüttelte den Kopf.

»Hören Sie zu, junger Mann.« Mum war nahtlos in den Löwenmutter-Verteidigungsstatus übergegangen. »Meine Tochter war gestern bei mir und hat mich um Rat für – wie sie es nannte – einen Freund gefragt. Sie hat sich große Sorgen um diesen Freund gemacht, der die Liebe seines Lebens verloren hat und bei dem sie das Gefühl hat, dass er noch immer um sie trauert.«

»Hat sie auch erzählt, dass sie mit diesem Freund schläft, obwohl sie weiß, dass sie schwanger ist?«, schoss Hunter zurück. Obwohl ich wusste, dass er zutiefst verletzt war, traf mich die Kälte, die dabei aus seinen Worten quoll.

Mum nickte mit kühlem Gesichtsausdruck. »Das hat sie. Sie kennen meine Tochter erst ein paar Wochen. Ich kenne sie seit ihrer Geburt, und ich kann Ihnen versichern, dass Katie der geradlinigste, einfühlsamste und liebenswerteste Mensch ist, den ich jemals getroffen habe. Sie mag ihre Fehler haben, aber sie würde niemals jemandem mit Absicht wehtun. Dass sie Sie angelogen hat, geschah aus Liebe. Katie liebt Sie.« Mum schnaubte entrüstet, die Arme vor der Brust gekreuzt.

Tränen kullerten mir die Wangen herunter und tropften auf den Tisch.

»Trotzdem hat sie verschwiegen, dass sie schwanger ist.« Sein Blick war auf mich gerichtet.

»Ich habe ihr dazu geraten«, meldete sich Hallie zu Wort. »Ich habe ihr gesagt, sie soll den Sex mit dir genießen und keine Hemmungen haben.«

»Hallie.« Ich gab ihr ein Zeichen aufzuhören. Sie verstummte.

Hunters Blick wanderte von Hallie zu Mum und zurück zu mir. »Die Greenwood-Frauen halten zusammen.«

»Ja, das tun wir.« Mum stellte sich hinter mich. Hallie folgte ihrem Beispiel. Voller Dankbarkeit nahm ich ihre warmen Hände auf meinen Schultern wahr.

»Es tut mir so leid. Ich wollte dich nicht belügen«, startete ich einen weiteren Versuch, mich zu erklären.

Er legte eine Hand auf den Tisch. »Dennoch hast du es getan.«

»Ja, aber nur weil ich dachte, dass es zwischen uns nur ein Flirt ist. Irgendwann hat sich alles verselbstständigt, und ich habe mich in dich verliebt, aber da war es schon zu spät.« Er sah mich mit einem unergründlichen Blick an, sagte jedoch kein Wort. »Es tut mir so leid. Das Letzte, was ich wollte, war, dich zu verletzen. Als ich zur Samenbank gegangen bin, dachte ich nicht, dass ich einen Mann wie dich treffen würde. Ich bin keine fünfundzwanzig mehr, und ich wollte nicht eine von diesen alten Müttern sein. Mein Leben war perfekt, wie es war. Alles, was zu meinem Glück gefehlt hat, war ein Baby.«

Er nickte stumm, und ich schluckte schwer. In meinem Hals hatte sich ein Kloß gebildet, der nicht verschwinden wollte. Alles um mich herum war verschwommen.

Er räusperte sich. Dabei fuhr er sich mit der Hand über das Kinn. »Ich glaube nicht, dass ich das kann.« Er stand auf.

»Niemand hat gesagt, dass das Leben leicht ist«, meldete sich Mum zu Wort.

»Nein, das ist absolut richtig. Aber das ist alles ein bisschen viel für mich.« Er nahm seine Jacke vom Stuhl. »Ich wünschte, ich könnte etwas anderes sagen, aber ich kann es nicht. Es tut mir leid.« Sein Blick suchte meinen. Für den Bruchteil eines Wimpernschlags gab es nur uns beide. Ich versuchte, all meine Gefühle für ihn in diesen kurzen Blickwechsel zu legen. Zwecklos. Hunter wandte sich mit einem Ruck ab.

Er nickte Hallie und Mum zu, dann machte er auf den Hacken kehrt und ging mit schnellen Schritten in Richtung Ausgang. Ich sah, wie er Chris einen Schein über den Tresen reichte und das Restaurant verließ, ohne sich noch einmal umzudrehen.

Als ich ihn durch die Tür verschwinden sah, hatte ich das Gefühl, mein Herz würde in Stücke brechen. Schluchzend sackte ich in mir zusammen. Hände packten mich an den Schultern und zogen mich hoch.

»Cookie, meine Kleine.« Mums tröstlicher Maiglöckchenduft umgab mich. Tränen kullerten mir über das Gesicht. Hallie half mir in den Mantel. Mum legte mir ihren Arm um die Schultern. »Lass uns gehen.«

39

Hunter

Blinzelnd öffnete ich die Augen. Mein Schädel brummte, und ich hatte das Gefühl, ein Bergwerk hatte über Nacht in meinem Kopf seine Tore geöffnet. Gleißend helles Licht traf auf meine Augäpfel und verschmorte sie wie Hähnchenhaut. Stöhnend schloss ich die Augen und drehte mich zur Seite. Wirre Bilder der vergangenen Nacht wirbelten durch meinen Kopf. Das meiste davon war in eine Nebelschicht gehüllt.

Nachdem ich das *Heaven's Place* verlassen hatte, war ich ziellos durch die Straßen von Notting Hill gewandert. Irgendwann hatte ich Gary angerufen und gefragt, ob er mich abholen und mit mir einen trinken gehen würde. Ich erinnerte mich noch daran, wie wir in einen Pub gleich um die Ecke von Garys Apartment gegangen waren. Der Rest meiner Erinnerung war verschwommen. Ich hatte keine Ahnung, wann und wie ich nach Hause gekommen war. Ich konnte nur annehmen, dass Gary mich hierher und ins Bett verfrachtet hatte.

Katie.

Allein der Name genügte, um mein Herz schneller schlagen zu lassen. Ich hatte die ganze Nacht so sehr versucht, sie aus meinem Gedächtnis zu löschen, und doch hatte sie sich fest eingebrannt. Je mehr ich es versuchte, umso mehr musste ich an sie denken. Eigentlich hatte ich mir nach der Trennung von Clarissa geschworen, nie wieder wegen einer Frau so zu leiden, und doch … Hier war ich und litt wie ein Hund.

Eine leichte Übelkeit breitete sich in meinem Magen aus und stieg mir mit zunehmender Geschwindigkeit die Speiseröhre hoch. Ich schwang meine Beine aus dem Bett und hätte mich fast auf die Schnauze gelegt. Ein plötzlicher Schwindel ließ mich zurück aufs Bett fallen, was gar nicht gut war, denn meine Übelkeit war nach wie vor da.

Ich drückte mich erneut von der Matratze meines Bettes ab und hangelte mich vom Bettende zum Schrank und schließlich zur Tür bis in den Flur. Gary kam mir entgegen. Im Gegensatz zu mir sah er frisch und ausgeschlafen aus.

»Ey, ich wollte gerade kommen und schauen, ob du wieder unter den Lebenden bist.« Seine Augen scannten mein Gesicht. »Mein Gott, siehst du scheiße aus, Alter. Wie geht es dir?«

Statt zu antworten, beugte ich mich würgend vor und kotzte meinem besten Freund vor die Füße. Als ich wieder hochsah, stand Gary mit angeekeltem Gesichtsausdruck vor mir.

»Okay, das ist auch eine Art, mir zu antworten«, kommentierte er trocken und schüttelte die Bröckchen von seinem rechten Fuß.

»Sorry.« Stöhnend wischte ich mir über den Mund. »War wohl ein bisschen viel Alkohol.«

»Jep.« Gary trat einen Schritt zur Seite. »Ich würde sagen, wenn du fertig mit Kotzen bist, findest du einen Eimer und Wischmopp in der Abstellkammer. Ich gehe jetzt ins Bad und wasche mir dein Abendessen von den Füßen. Anschließend mache ich uns einen Kaffee und warte auf dich in der Küche.« Mit diesen Worten ließ er mich stehen.

Ich seufzte schwer. Vielleicht wäre ich doch besser im Bett geblieben oder einfach gestorben, statt in meiner eigenen Kotze zu

stehen und mir blöde Sprüche von meinem besten Freund anzu-
hören. Mit hängenden Schultern schlurfte ich zur Abseite, um die
Kotze wegzuwischen.

Keine halbe Stunde später saß ich in der kleinen Küche und
klammerte mich an den Kaffeebecher wie ein Ertrinkender an einen Rettungsring.

»Mann, Alter, du hast es gestern Nacht aber auch ordentlich
krachen lassen«, kommentierte Gary meinen bemitleidenswerten
Zustand. »Ich habe alles versucht, um dich zu stoppen, aber gegen dich hatte ich keine Chance. Du warst derart in Fahrt, wie ich
dich noch nie erlebt habe.«

Ich nickte stumm, noch immer damit beschäftigt, das Chaos in
meinem Kopf zu sortieren. Leider ohne Erfolg. Alles, woran ich
denken konnte, war Katie.

»Dich hat's voll erwischt.« Gary nahm laut schlürfend einen
Schluck aus seinem Becher. »Frauen sind echt nicht dein Ding.«

»Wie meinst du das?«, brummte ich.

»Wie ich es sage: Frauen und du sind keine gute Kombination.« Er schüttelte den Kopf. »Ich habe dich ja damals mit Clarissa erlebt, das war ja schon eine Nummer für sich – aber gestern
…« Er machte eine andächtige Pause. »Die Show gestern war
auch nicht von schlechten Eltern.«

»Mmm.« Ich nahm einen kräftigen Schluck. »Scheiße, ist der
heiß!« Fluchend stellte ich den Becher auf den Tisch.

»Das hat Kaffee so an sich«, kommentierte Gary grinsend.
»Und wie soll es jetzt weitergehen?«

Ich zuckte mit den Schultern. »Keine Ahnung. Ich fahre morgen nach Holmbury. Alles andere wird sich schon zeigen.«

»Dann ziehst du die Sache wirklich durch?«

»Was dachtest du denn? Ich habe schließlich nicht alles umgebaut, um es dann nicht zu tun.« Vorsichtig nippte ich an meinem Becher. »Wird nicht leicht, aber da muss ich durch. Außerdem habe ich noch Mia und Zach. So ganz alleine bin ich also nicht.«

»Mhm, du weißt, du hast bei uns immer ein Zimmer frei.« Gary klopfte mir auf die Schulter.

»Danke, aber ich habe eure Gastfreundschaft wirklich schon mehr als überstrapaziert. Ich würde mich freuen, wenn ihr mich mal besuchen würdet.« Ich zwang mich gequält zu einem Lächeln. »Ist nur etwas über eine Stunde Fahrt, und die Gegend ist wirklich wunderschön. Rachel wird es lieben.«

»Nicht, dass sie auch auf die Idee kommt, nach Holmbury zu ziehen. Die macht in letzter Zeit schon so komische Andeutungen von wegen Baby und so.« Gary grinste schief. »Quatscht ständig davon, dass ihre biologische Uhr ticken würde.«

»Du wärst ein toller Dad«, murmelte ich. In meinem Schädel hämmerte es noch immer. Katies traurige Augen geisterten durch meinen Kopf. Verdammt.

»Und Katie ist wirklich schwanger?« Gary blickte nachdenklich zu mir.

»Ja, das hat sie gesagt. Vierter Monat. Samenspende.«

»Alter, das ist echt 'ne Nummer. Samenspende. Das hätte sie wirklich billiger von dir haben können.«

»Gary, halt die Klappe. Das ist nicht witzig«, knurrte ich.

»Sorry, Bro, war nicht so gemeint.«

Ich nickte. Meine Finger spielten mit dem Becher, während ich das Wirrwarr an Gedanken in meinem Kopf aufzulösen versuchte.

»Aber eine Sache musst du mir noch erklären«, holte Gary mich aus meinen Gedanken. Ich sah zu ihm hoch. »Würdest du

Clarissa wieder zurückwollen, wenn sie dich bitten würde? Ich hatte den Eindruck, dass du ziemlich verschossen in Katie bist.«

Ich überlegte. Genau diese Frage beschäftigte mich, seit Clarissa wieder in mein Leben getreten war, zu einem Zeitpunkt, wo ich dachte, alles im Griff zu haben. Katies Analyse gestern zu Clarissa hatte mich ziemlich umgehauen, abgesehen von der Neuigkeit, dass Katie schwanger war. War es wirklich so, dass ich noch Gefühle für meine Ex hatte? Ich schüttelte unbewusst den Kopf.

»Ich kann es dir nicht sagen. Ich bin komplett durcheinander. Alles, was ich weiß, ist, dass ich ein paar Tage für mich brauche. Ich kann in diesem Zustand keine Entscheidung treffen.«

»Das kann ich verstehen. War auch ein ziemliches Brett, was Katie dir da vor den Kopf gehauen hat.«

Ich nickte. »Clarissa will mich in den nächsten Tagen in Holmbury besuchen.«

Sie hatte förmlich darauf gedrängt, was mich gewundert hatte, nachdem sie bei unserem letzten Treffen ziemlich unterkühlt gewesen war.

»Und sie hat nicht gesagt, was sie von dir will?«

Ich zuckte mit den Schultern. »Sie hat nur ein paar Andeutungen gemacht, mehr nicht. Aber es klang so, als wollte sie sich mit mir aussprechen.«

Ich dachte zurück an mein Gespräch mit Katie. Ich hatte Clarissa als meine Familie bezeichnet. Eines wusste ich sicher: Clarissa war eine Zeit lang der wichtigste Mensch in meinem Leben gewesen – jetzt war sie es nicht mehr. Ich hatte mich in den letzten Wochen freigeschwommen, und Katie hatte einen nicht zu verachtenden Anteil an meiner neu gefundenen Freiheit. Wenn ich an Katie dachte, kamen sofort Gefühle in mir hoch, wie ich sie nie für Clarissa empfunden hatte, zumindest nicht in dieser

Intensität. Ich sehnte mich nach ihr, nach ihren Berührungen, ihren Zärtlichkeiten und ihrem wundervollen Lachen. Bei Clarissa waren es verletzte Gefühle und mein Ego, die aus mir sprachen.

»Na dann, viel Glück, mein Lieber.« Gary klopfte mir auf die Schulter. »Du wirst schon das Richtige tun.«

Ich nahm einen tiefen Atemzug. »Hoffentlich.«

40

Katie

»Wie geht es dir?«, erkundigte Hallie sich besorgt aus dem Flur.

Ich saß auf dem Sofa. Um mich herum herrschte leichtes Chaos. Leere Chipstüten. Schokoladenpapier, ein leerer Eisbecher, in dem noch die Reste des *Salted-Caramel*-Eises schwammen, eine Flasche alkoholfreier Sekt und ein Glas, an dessen Rand Krümel klebten.

»Gut.« Ich versuchte, meiner Stimme die nötige Leichtigkeit zu verleihen, was mir leider nur mäßig gelang.

Ihre Schritte näherten sich.

»Ach du Scheiße, wie sieht es denn hier aus?« Hallie blieb im Türrahmen meines Wohnzimmers stehen.

»Ich hatte keine Lust, aufzuräumen«, brummte ich und verkroch mich tiefer unter der Decke.

»Das sehe ich.« Mit wenigen Schritten war Hallie bei mir. Ihr Blick wanderte über den Tisch zu mir. »Das Zimmer sieht scheiße aus, und du auch.«

»Danke. Ich habe dich auch lieb.« Ich rutschte noch ein Stück tiefer, damit sie mein bekleckertes T-Shirt nicht sah, das ich seit zwei Tagen nicht gewechselt hatte.

Hallie rümpfte die Nase. »Außerdem stinkt es hier, als ob ein Tier unter deinem Sofa gestorben ist.« Sie beugte sich zu mir runter und schnüffelte wie ein Hund an mir. »Ach nein. Halt. Das bist ja du.«

»Haha. Sehr witzig.«

»Das war kein Witz.« Hallie hob mit spitzen Fingern den leeren Eisbecher auf. Prompt tropfte eine milchige klebrige Masse auf den Tisch. »Iiih. In dem Becher haben sich ja schon neue Lebensformen gebildet. Wie lange steht das Zeug denn schon rum?«

»Keine Ahnung.« Seit jenem Abend im *Heaven's Place* vor zwei Tagen hatte ich mich in meinem Apartment verkrochen und meinem Kummer freien Lauf gelassen. Mum hatte ein paar Mal angerufen, aber ich hatte sie stets weggedrückt oder so getan, als ob ich in Eile wäre. Dabei hatte ich auf dem Sofa gelegen und nichts getan, außer zu essen.

»Alkoholfreier Sekt.« Hallie deutete auf die halb leere Flasche und schüttelte sich.

»Weißt du, wie scheiße das ist, wenn man seinen Kummer in Alkohol ertränken möchte und nicht kann?« Ich verzog das Gesicht. »Schwanger zu sein, ist überhaupt nicht witzig. Ich hatte es mir so schön vorgestellt, aber es ist einfach nur furchtbar. Man kann sich nicht mal betrinken, wenn einem danach ist.«

Hallie ließ sich neben mir auf das Sofa fallen. »Du könnest darüber mit mir reden.«

»Über Alkohol?« Ich schüttelte den Kopf. »Nein danke.«

»Über deinen Kummer mit Hunter, du Dummerchen«, sagte Hallie mit einladend weicher Stimme.

Sofort schlichen sich Tränen in meine Augen. »Es tut so furchtbar weh.«

Hallie legte den Arm um mich und zog mich an sich. »Ich weiß, aber es geht vorbei. Hörst du?«

»Nein, tut es nicht. Ich habe es voll verkackt.« Nie würde ich den Blick vergessen, den er mir zum Abschied zugeworfen hatte.

Es hatte so viel Verzweiflung und Verletztheit darin gelegen, aber auch etwas anderes. Zueignung.

»Hat Hunter sich denn bei dir gemeldet?«

Ich schüttelte betrübt den Kopf. »Nichts. Kein Wort. Absolut nichts.«

»Hm.« Hallie knabberte an ihrer Unterlippe. »Vielleicht braucht er noch etwas Zeit. Ich meine, das war schon ein ziemlicher Schlag für ihn.« Streuner kam um die Ecke getapst. »Hallo, Tiger«, begrüßte Hallie den Kater.

Mit einem Satz war er bei ihr und kuschelte sich an sie. Mich hatte er die letzten Tage ziemlich verschmäht, als ob er es mir übel nahm, dass ich Hunter vergrault hatte.

»Du riechst wenigstens gut, im Gegensatz zu deinem Frauchen.« Sie kraulte ihn zwischen den Ohren.

»Haha. Sehr witzig.«

»Für dich vielleicht«, erwiderte Hallie, »ich muss nämlich die ganze Zeit deinen Gestank aushalten, und wie ich feststellen muss, bringt die Mundatmung gar nichts. Dein Gestank geht durch jede Pore.«

Ich hob den Arm und schnupperte an meinen Achseln. Okay, Hallie hatte recht. Ein leicht würziger Geruch hatte sich dort festgesetzt, den ich nicht an mir kannte. Selbst nicht, als ich meinen ersten und einzige Schulmarathon gelaufen war.

»Merkst du selbst«, kommentierte Hallie meinen Gesichtsausdruck. Es klingelte an der Haustür. Sofort beschleunigte sich mein Puls. »Du bleibst sitzen«, kommandierte Hallie. »So kannst du dich unmöglich zeigen.« Sie stand auf und eilte zur Tür.

»Mum«, hörte ich ihre Stimme.

Mist. Das hatte mir gerade noch gefehlt. Ich zog die Decke über meinen Kopf und blieb starr liegen. Eine kuschlige Dunkelheit hüllte mich ein. Schritte ertönten.

»Katherine Emilia Greenwood«, ertönte Mums strenge Stimme durch die Decke. »Du kommst jetzt sofort unter der Decke hervor, oder ich muss andere Maßnahmen ergreifen. Du bist doch kein kleines Kind mehr.« Das hatte gesessen. Ich schlug die Decke zurück. »Meine Güte, wie siehst du denn aus?!« Mum schlug die Hände vor dem Gesicht zusammen. »Los, raus aus dem Sofa.« Energisch zog sie mir die Decke weg.

»Hey, du bist meine Mutter. Du könntest ruhig ein bisschen einfühlsamer sein«, protestierte ich.

»Das bin ich, wenn es angebracht ist. Aber nicht, wenn meine Tochter in Selbstmitleid zerfließt, anstatt zu kämpfen, so wie ich sie erzogen habe.« Sie baute sich wie ein Mahnmal vor mir auf. »Du allein bist an der ganzen Situation schuld, und ich erwarte …« Sie machte eine Pause. »Ich *verlange* von dir, dass du dich zusammenreißt und die Sache wieder in Ordnung bringst. Das bist du deinem kleinen Krümel«, sie deutete auf meinen Bauch, »und Hunter schuldig. Der arme Mann kann schließlich nichts dafür, dass du so eine Emanze bist, die in eines dieser Samenspende-Dingsda geht und sich ein Kind andrehen lässt, wo du die Sache doch viel günstiger und vor allem natürlicher hättest haben können.« Sie verschränkte ihre Arme vor der Brust.

»Auf wessen Seite stehst du eigentlich?«, maulte ich.

»Auf deiner! Aber das hält mich nicht davon ab, dir einen ordentlichen Tritt in den Hintern zu geben, wenn du Mist baust, und glaub mir, du hast ordentlich Mist gebaut.«

Ich schluckte trocken. Wenn Mum so vor einem stand, konnte man es richtig mit der Angst zu tun bekommen.

»Beantworte mir nur zwei Fragen, dann lasse ich dich in Ruhe.« Ihre Augen funkelten angriffslustig. Ich nickte gespannt. »Frage Nummer eins: Liebst du diesen Mann?« Ihr Blick bohrte sich in mein Gesicht.

»Ja«, krächzte ich.

»Lauter, ich kann dich nicht verstehen.« Mum legte die Hand an ihr Ohr.

»Ja. Ich liebe Hunter.« Sofort stiegen mir wieder die Tränen in die Augen.

»Frage Nummer zwei und gleichzeitig meine letzte: Warum liegst du dann hier, anstatt dich ins Auto zu setzen und zu ihm zu fahren?« Darauf hatte ich tatsächlich keine Antwort. »Dachte ich es mir doch!« Erst jetzt wurde mir bewusst, wie ähnlich sich Mum und Hallie manchmal waren. »Ich sage dir, was du jetzt machst. Du stehst auf, duschst dich und ziehst dir was Ordentliches an. Manchmal muss man für die Dinge kämpfen, die einem wichtig sind.«

Ich sah Mum minutenlang an. Dann stand ich auf und ging ins Badezimmer.

41

Hunter

Ich öffnete die Tür.

»Hallo, Hunter.« Clarissas weiche Stimme hüllte mich ein wie eine Wolke. Sie gab mir einen Kuss auf die Wange.

»Hallo, Clary.« Sie sah genauso aus, wie ich sie in Erinnerung hatte. Groß, schlank und perfekt geschminkt. Sogar ihr Outfit war perfekt auf die Umgebung abgestimmt. In ihrer cremefarbenen Hose und der beigefarbenen Teddyfell-Jacke sah sie aus wie aus einem Modemagazin gehüpft.

»Schön hast du es hier.« Ihr Blick huschte durch den Flur. Ich konnte keine Spur von Ironie in ihrer Stimme entdecken.

»Ja, ich bin auch zufrieden. Aber bitte komm doch rein.« Ich machte eine einladende Handbewegung. Clarissa reichte mir ihren Mantel.

»Bist du gut durchgekommen?«, eröffnete ich die Smalltalk-Runde zwischen uns.

»Ja, ganz wunderbar. Nach dem Schneechaos vor dem Wochenende waren die Straßen jetzt Gott sei Dank frei.«

Ich führte sie in die Küche. »Möchtest du etwas trinken? Wasser, Tee, Kaffee?«

»Ein Wasser wäre wundervoll.« Ich nickte und machte mich am Kühlschrank zu schaffen. »Das Cottage ist absolut umwerfend. Nicht wiederzuerkennen. Hast du das alles gemacht?« Sie strich andächtig mit den Fingerspitzen über den Holztisch.

Ich schüttelte den Kopf. »Nein, das war Katie.« Im selben Moment bereute ich es, ihren Namen gesagt zu haben.

Clarissas Augenbraue schnellte nach oben. »Katie?«

»Meine Innendesignerin. Sukie hat sie mir empfohlen«, sagte ich betont gleichgültig.

»Ach, Sukie. Wie geht es ihr? Was macht dein neuer Roman?«, erkundigte sie sich.

»Es geht ihr gut. Sie hat nach dir gefragt und wollte wissen, wie es dir geht.« Ich goss das Wasser in ein Glas.

Clarissas Blick ruhte auf mir. »Und was hast du ihr gesagt?«

»Dass ich keinen Kontakt mehr zu dir habe.« Unsere Blicke verhakten sich ineinander. Clarissa nahm einen tiefen Atemzug. »Nach unserer Trennung war es nicht ganz einfach für mich, aber ich habe endlich wieder angefangen«, fuhr ich unbeirrt fort.

Erst heute Morgen hatte ich mehrere Seiten zu Papier gebracht. Es war, als ob die Worte aus mir herausfließen würden, seit ich Katie kennengelernt hatte.

Katie. Mit ihrem Namen breitete sich ein warmes Gefühl in meinem Bauch aus. Ich blickte zu Clarissa. Alles, was ich sah, war eine gut aussehende Frau, mit der mich eine lange Vergangenheit verband. Keine Schmetterlinge oder Herzklopfen wie bei Katie.

»Kommst du voran?«, holte sie mich aus meinen Gedanken.

»Ja, es läuft ganz gut«, bestätigte ich mit einem Kopfnicken. »Komm, soll ich dir den Rest des Cottage zeigen?«

Es fühlte sich an, als ob eine alte Freundin zu Besuch wäre. Eigenartig fremd und doch vertraut.

»Gerne. Ich bin schon sehr gespannt, was diese Katie aus dem alten Kasten gemacht hat.«

Wir gingen in den Flur.

»Katie hat wahre Wunder vollbracht. Du wirst staunen. Sie hat es geschafft, den Charakter des Cottage zu erhalten und gleichzeitig ein modernes Wohngefühl zu schaffen.«

Clarissa sah mir forschend ins Gesicht. »Du hältst viel von ihr?«

»Sie ist die Beste in ihrem Fach«, teilte ich voller Stolz mit. Sofort hatte ich Katies wunderschönes Gesicht vor Augen.

»Das scheint mir auch so.« Wir hatten das Wohnzimmer erreicht. »Wow!« Clarissa pfiff anerkennend durch die Zähne. »Das nenne ich mal eine spektakuläre Veränderung. Die Frau ist ein Genie.« Sie ging mit eleganten Bewegungen zum Kamin und betrachtete die Bilder. »Wie geht es deinem Großvater?« Clarissa und er hatten nie ein besonders herzliches Verhältnis gehabt.

»Ganz okay. Er ist eben alt und gebrechlich. Ich glaube, es fehlt ihm einfach der Lebenswille und eine Aufgabe, für die es sich lohnt, weiterzumachen.«

»Mhm.« Das war alles, was sie dazu sagte.

»Clary, weshalb bist du hier?«, platzte es aus mir heraus.

Sie hielt einen Moment inne. In Zeitlupe drehte sie sich zu mir, den Blick fest auf mein Gesicht gerichtet. »Ich bin hier, weil ich mich bei dir entschuldigen möchte.« Ich stieß hörbar die Luft aus. »Ich war nicht ehrlich zu dir und habe dich damals ziemlich verletzt.« Sie kam mit wenigen Schritten auf mich zu.

»Das hast du.« Unsere Schuhspitzen berührten sich fast. Ich blickte in ihre Augen. Tiefes Blau, nicht das wunderschöne warme Goldbraun von Katie. Ich hielt für einen Moment inne und lauschte auf mein Herz. Aber da war nichts außer Freundschaft.

»Das tut mir leid. Ich hätte viel früher die Reißleine ziehen müssen, aber ich war nicht mutig genug«, gestand sie mir. Ich bemerkte ein leichtes Zittern in ihrer Stimme. »Nicht nur du hast dich verändert – sondern auch ich.«

»Ich habe keine Ahnung, worauf du hinauswillst.«

Clarissa seufzte leise. »Ich dachte, es würde mir leichter fallen. Ich …«

»Halt«, stoppte ich sie. »Bevor du etwas sagst, was wir beide bereuen könnten, möchte ich dir erst etwas sagen.« Clarissa nickte. »Ich habe mich verliebt. Total verliebt wie noch nie in meinem Leben, und zwar in Katie. Sie ist im vierten Monat schwanger, allerdings nicht von mir. Samenspende. Aber das tut nichts zur Sache. Ich liebe diese Frau. Das ist mir eben klar geworden.« Ich atmete tief durch. Es war, als ob ein tonnenschweres Gewicht von meiner Brust gefallen wäre. »Das bedeutet, egal was du sagen willst – du hast mir mit unserer Trennung quasi dazu verholfen, die Liebe meines Lebens zu finden.«

Clarissas Augen flatterten für den Bruchteil einer Sekunde, dann hatte sie sich wieder im Griff. »Wow, und ich dachte, ich hätte Neuigkeiten für dich.«

»Falls du dir Hoffnungen gemacht hast, tut es mir leid. Mein Herz ist bereits vergeben.«

Ihre Mundwinkel kräuselten sich. »Du hast wirklich geglaubt, ich bin hier, weil ich dich zurückhaben möchte?«

»Was sonst?«

»Das ist mal wieder typisch männlich.« Sie schüttelte den Kopf. »Nein, ich bin hier, weil ich dir mitteilen wollte, dass ich mich verliebt habe. Sie heißt Marie und ist der Grund, warum ich die Hochzeit abgesagt habe.« In meinem Kopf herrschte ein komplettes Vakuum. Clarissa sah mich lange stumm an. »Hunter?«

»Ich glaube, ich brauche jetzt einen Schluck Whisky. Du auch?« Sie verneinte. »Ich habe mit allem Möglichen gerechnet, aber nicht damit«, gestand ich ihr.

»Ich weiß. Niemand hat davon gewusst. Ich selbst nicht. Bis ich Marie begegnet bin.«

»Marie?« Ich überlegte einen kurzen Moment. »Die kleine dunkelhaarige Reporterin, mit der du das Interview über Gewaltverbrecher hattest?«

»Genau die.«

Das Bild der Reporterin baute sich in meinem Kopf zusammen. Ich hatte sie nur einmal gesehen, als sie zu uns nach Hause gekommen war, um das Interview aufzuzeichnen. Clarissa war danach eigenartig aufgekratzt gewesen, was ich der Aufregung zugeschrieben hatte. Anscheinend hatte ich mich getäuscht.

»Es war Liebe auf den ersten Blick«, fuhr Clarissa fort. »Ich konnte nicht mehr aufhören, an sie zu denken, und als sie mich angerufen hat, ob wir uns treffen können, war ich sofort dabei. Ich …« Clarissa nahm meine Hand, »wollte dich nie hintergehen. Du warst mein bester Freund. Aber ich konnte dir auch nicht sagen, was mit mir los ist – ich wusste es ja selbst nicht. Ich war komplett verwirrt.« Sie machte einen gequälten Gesichtsausdruck.

»Clary.« Ich strich ihr über die Wange. »Warum hast du mir das nicht gesagt? Ich hätte es verstanden. Alles, was ich wollte, war, dich glücklich zu machen.«

Eine Träne kullerte über ihre Wange. »Ich war so schrecklich alleine und auch verzweifelt. Ich meine – ich, die erfolgreiche Anwältin, lesbisch. Das passte nicht in mein Weltbild, aber ich konnte auch nicht gegen meine Gefühle an. Es hat eine Weile gedauert, bis ich mich getraut habe.« Sie holte tief Luft. »Ich habe dich nie betrogen – auch nicht mit Marie. Wir sind erst später zusammengekommen. Sie meinte, es wäre besser, wenn ich mir erst einmal über meine Gefühle klar werden würde.« Sie lächelte gequält. »Du weißt schon, wegen Torschlusspanik und so.«

»Bist du glücklich?« Ich sah ihr tief in diese vertrauten Augen – die Augen einer Freundin, die ich schon sehr lange kannte. So ganz unrecht hatte Katie nicht gehabt, als sie behauptet hatte, dass Clary ein Teil Familie für mich war.

»Es ist alles noch sehr neu und aufregend. Aber ich bin glücklich.« Sie lächelte. »Und du?«

Ich erzählte ihr von den Ereignissen der letzten Tage.

»Klingt nach einer selbstbewussten Frau, die ihr Schicksal selbst in die Hand nimmt«, sagte Clarissa, als ich fertig war. »Und du klingst nach einem typischen Mann, der die beleidigte Leberwurst spielt. Woher hätte sie wissen sollen, dass sie dich trifft? Ich finde ihre Reaktion völlig nachvollziehbar. Noch dazu, weil du dich nicht klar positioniert hast. Sie wollte dich nicht verletzen. Wenn ich an deiner Stelle wäre, dann würde ich ihr verzeihen und sagen, dass du sie liebst. Und zwar so schnell wie möglich.« Sie gab mir einen unsanften Stoß.

»Ich wollte heute Abend zu ihr fahren. Gestern konnte ich nicht, da war der Umzug und die Leute vom Kabelunternehmen waren da.«

»Du wirst das schon machen.« Sie klopfte mir auf die Schulter. »Oh Gott, ich bin so froh, dass wir miteinander geredet haben.«

»Ich auch.« In Gedanken war ich schon bei Katie.

»Hunter?«

»Ja?«

»Meinst du, wir könnten wieder Freunde werden? Ich vermisse nämlich meinen besten Freund.« Ihre blauen Augen blickten mich traurig an.

»Ich wüsste nicht, was dagegen spricht.«

Mit einer fließenden Bewegung warf sich Clarissa an meine Brust. Tränen kullerten über ihre Wangen. »Jetzt wird doch noch alles gut.«

»Ja, das wird es«, murmelte ich.

»Bis bald!« Clarissas Gesicht tauchte im Fensterrahmen des Porsches auf.

Ich winkte ihr zu. »Bis bald, und fahr vorsichtig!«

Erleichtert ließ ich den Motor des SUV an. Ich fühlte mich beschwingt. Der Nachmittag mit Clary hatte einige Überraschungen bereitgehalten, aber ich war unendlich froh, dass wir uns ausgesprochen hatten. Nun würde alles gut werden.

Es war noch früh am Nachmittag. Wenn alles gut lief, würde ich spätestens gegen vier in London sein. Ich löste die Handbremse und fuhr los. Der Schnee knirschte unter den Rädern. Es hatte zwar nicht mehr geschneit, aber hier draußen gab es keinen Räumungsdienst. Das kleine Cottage verschwand langsam im Rückspiegel. Um mich herum herrschte noch immer tiefer Winter. Der Himmel war klar, und der Schnee glitzerte im Sonnenlicht. Ich setzte den Blinker und bog auf die Hauptstraße ab. Dank der klaren Sicht konnte man die Dächer von Holmbury selbst aus der Entfernung erkennen.

Mein Handy brummte vom Beifahrersitz. Ich runzelte die Stirn. Eine unbekannte Nummer.

»Hunter Reed«, meldete ich mich.

»Mr Reed. Gut, dass ich Sie erreiche«, ertönte eine weibliche Stimme. »Mein Name ist Schwester Susan. Wir haben uns letzte Woche gesprochen.«

»Richtig. Ich erinnere mich. Was gibt es? Wie kann ich Ihnen behilflich sein?«

»Sie baten mich, Sie zu benachrichtigen, wenn es Ihrem Großvater nicht gut geht.« Mein Magen zog sich zusammen. »Er klagte über Fieber, und seine Entzündungswerte sind ziemlich hoch. Es geht ihm gar nicht gut, und ich denke, es wäre besser, wenn Sie kommen würden.« Ihre Stimme klang ernst.

»Natürlich.« Mein Mund war mit einem Mal schrecklich trocken, und ich leckte mir über die Lippen. Ich warf einen Blick auf die Uhr im Armaturenbrett. »Ich bin gerade in Holmbury und kann in ungefähr einer Stunde da sein.«

»Gut. Ich sage Ihrem Großvater Bescheid. Bis später.« Eilig verabschiedete sich die Schwester.

Verdammt. Gramps war all die Monate nie ernsthaft krank gewesen. Alt und von Schmerzen geplagt, aber nicht krank. Angst schnürte sich um mein Herz. Gramps war mein Anker. Mein Ruhepol. Gramps war Familie. Ihm durfte nichts passieren. Erst jetzt wurde mir bewusst, wie sehr ich ihn in meinem Leben brauchte. Für einen Moment war ich versucht, Katie anzurufen, aber dann verwarf ich den Gedanken wieder. Das, was ich ihr sagen wollte, konnte ich nicht am Telefon tun. Es würde warten müssen, bis ich wusste, was mit Gramps los war. Ich trat auf das Gaspedal. Sofort machte der Wagen einen Satz nach vorne.

42

Katie

Mum nickte zufrieden. »Jetzt siehst du wieder aus wie ein Mensch.«

»Und nicht wie ein stinkendes Meerschweinchen«, ergänzte Hallie grinsend, die neben Mum am Küchentisch saß.

»Danke für das nette Kompliment«, knurrte ich.

»Immer gerne. Dafür sind Schwestern doch da.«

»Schau mal, was ich im Flur gefunden habe.« Mum deutete auf Hunters Päckchen auf dem Küchentisch. »Von wem ist das?«

»Das hat Hunter mir geschenkt, für Weihnachten«, sagte ich leise. Sofort verspürte ich wieder einen Kloß im Hals.

»Bist du nicht neugierig, was da drinnen ist?«, fragte Mum.

»Ich musste ihm versprechen, es erst an Weihnachten zu öffnen.« Ich trat zu ihnen an den Tisch.

Mum schürzte die Lippen. »Ich würde sagen, angesichts der Umstände kannst du diesen Wunsch getrost ignorieren.«

»Eigentlich auch wieder wahr.« Entschlossen nahm ich das Päckchen in die Hand. Das weiße Papier schimmerte wie Elfenbein im Licht. Goldene Punkte wie Sommersprossen waren darauf verteilt. Die Schleife leuchtete in einem satten Rotton. Es war erstaunlich schwer. Ich schüttelte es vorsichtig. Etwas gluckerte leise.

»Ein Goldfisch!« Hallie kicherte albern. »Wie süß von ihm.«

»Du bist echt 'ne blöde Kuh.« Meine Augen schossen Pfeile in Hallies Richtung.

»Schön eingepackt ist es ja«, kommentierte Mum.

»Fast zu schade zum Öffnen.« Ich zog mit zwei Fingern am Ende der Schleife, bis sich der Knoten löste und das Band abfiel. Mit Bedacht entfernte ich die Klebestreifen seitlich des Geschenks und schlug das Papier zurück. Ein weißes Kästchen mit Weihnachtsornamenten darauf kam zum Vorschein.

Mum und Hallie waren in der Zwischenzeit aufgestanden und lehnten über meine Schultern.

»Los, mach schon auf!« Mums warmer Atem streifte meine Haut.

»Ist das dein Geschenk oder meins?« Mum schwieg. Vorsichtig nahm ich den Deckel des Kästchens ab. »Oh«, war alles, was ich zustande brachte. Auf blauem Samt gebettet lag eine Schneekugel. Ich hob sie aus ihrem Samtbett und hielt sie vor mein Gesicht, damit ich die Details darin besser erkennen konnte.

In der Mitte der Kugel befand sich ein Häuschen, für das Primrose Cottage als Vorlage gedient haben musste. Selbst der schiefe Schornstein sah aus wie das Original. Sogar an die Trockensteinmauer rund um das Cottage hatte der Künstler gedacht. Vor dem Eingang des Cottage stand ein Pärchen, das sich an den Händen hielt.

»Ist das süß«, hauchte Mum.

Ich nickte stumm. Tränen brannten in meinen Augen, und ich blinzelte heftig, um sie zu verscheuchen. Die Schneekugel war eine Liebeserklärung, so viel war sicher. Es konnte kein Zufall sein, dass er sich genau diese Kugel ausgesucht hatte.

»Ist das das Cottage?«, fragte Hallie.

Ich schniefte leise. »Ja, das ist Primrose.«

»Ich muss sagen, dein Hunter sieht nicht nur ziemlich gut aus, er ist auch ein verdammt lieber Kerl«, meinte Mum und strich mir über die Haare. »Er hat es verdient, dass du um ihn kämpfst.«

»Das hat er.« Ein zaghaftes Lächeln huschte über mein Gesicht.

Ich drehte die Kugel zwischen meinen Händen. Dann schüttelte ich sie. Weiße Flöckchen rieselten auf das Dach und die Köpfe des Paares. Sofort hatte ich die Bilder unserer gemeinsamen Nacht wieder vor Augen, und mit ihnen kam die Angst, dass ich ihn verloren haben könnte. Mein Herz krampfte sich zusammen.

Mum legte die Hand auf meine Schulter. »Wenn er dich wirklich liebt, wird er dir verzeihen.«

Manchmal war mir Mum mit ihrer Gabe, meine Gedanken zu erraten, wirklich unheimlich.

»Meinst du wirklich?«

»Ich bin davon überzeugt«, versicherte sie mir. »Alles, was du tun musst, ist, ihn zu finden.«

Glücklich betrachtete ich das Paar in der Kugel, und mit einem Mal wusste ich, was ich tun musste.

43

Hunter

Der Geruch von Desinfektionsmittel hing in der Luft wie schlechter Mundgeruch. Gramps sah in seinem Bett winzig klein und sehr blass aus. Aus seinen Armen kamen mehrere Schläuche, und im Hintergrund blinkte und piepste der Überwachungsmonitor. Als ich gekommen war, hatte man ihn bereits in den Krankenflügel verlegt, wo sich ein Ärzte-und-Schwestern-Team um die zumeist älteren Patienten kümmerte.

»Hunter.« Gramps' Stimme klang brüchig. Seine Hand tastete nach mir.

»Ich bin hier, Gramps.« Ich nahm seine heiße Hand in meine. Er hatte Fieber, das seinem ohnehin stark geschwächten Körper noch zusätzlich zusetzte.

Wie sich herausgestellt hatte, hatte er eine Entzündung unter dem Fuß, die er vernachlässigt hatte. Der Fuß und das Bein waren unnatürlich angeschwollen und bläulich verfärbt. Die Ärztin, die ihn betreute, hatte sorgenvoll geklungen, als ich mit ihr gesprochen hatte.

Gramps drehte den Kopf in meine Richtung. Seine Augen lagen in dunklen Höhlen, und sein Gesicht war trotz der Blässe unnatürlich gerötet. »Wieso bist du hier? Du musst doch schreiben.«

»Darüber mach dir keine Sorgen. Ich möchte bei dir sein. Dafür ist Familie doch da.«

»Du bist ein guter Junge.« Immer wieder fielen ihm die Augen vor Erschöpfung zu.

»Gramps. Pssst. Du sollst dich schonen«, bat ich ihn. »Versuch lieber, zu schlafen, damit du wieder gesund wirst.«

»Mein Junge, ich hatte ein schönes Leben. Die Welt kommt auch ohne mich klar.« Seine Unterlippe zitterte.

»Aber ich nicht.« Tränen hatten sich in meine Augen geschlichen. Hastig wischte ich mir mit dem Handrücken über das Gesicht, damit er sie nicht bemerkte.

»Was ist mit der jungen Frau, von der du gesprochen hast?« Seine Augen fielen zu. »Katie.«

Ich wartete einen kurzen Moment, aber er hielt die Augen geschlossen. Beunruhigt sah ich zum Monitor. Zu meiner Erleichterung zeichnete sich auf dem grauen Untergrund die typische Kurve des Herzschlags ab. Ich sah wieder zu Gramps. Das gleichmäßige Heben und Senken seines Brustkorbes signalisierte mir, dass er eingeschlafen war.

Leise erhob ich mich von meinem Stuhl. Meine Beine waren vom langen Sitzen ganz steif, und ich musste ein paar Schritte gehen. Außerdem wollte ich Mia anrufen. Ich gab der diensthabenden Schwester ein Zeichen, dass ich gleich wiederkommen würde. Die junge Frau nickte.

Auf dem Flur herrschte absolute Stille. Nur das Quietschen meiner Schuhe auf dem Linoleumboden war zu hören. Ich ging zu dem Aufenthaltsraum, um mir dort einen frischen Kaffee zu holen. Wie es aussah, lag eine lange Nacht vor mir.

Ich stellte den Plastikbecher unter den Füllstutzen der Maschine und drücke den Knopf. Dampfend heißer Kaffee lief in den Becher.

Außer mir war kein Mensch zu sehen. Lediglich eine Schwester huschte auf ihren weißen Birkenstockschuhen vorbei.

Ich nahm einen Schluck Kaffee und verzog das Gesicht. Das Zeug schmeckte wie Spülwasser, aber zumindest war es warm. Mein Blick fiel auf die Uhr. Es war erst fünf Uhr. Vor mir lagen noch viele Stunden ohne Schlaf. Ich gähnte herzhaft, um die Müdigkeit zu verscheuchen, die sich durch das lange Warten bemerkbar machte. Ich hatte schlecht geschlafen. Wenn ich zumindest meinen Laptop hätte, könnte ich ein wenig schreiben und mir so die Zeit etwas vertreiben.

Ich zog das Handy aus der Hosentasche und wählte Mias Nummer.

44

Katie

Mein Herz schlug wie verrückt, als ich die Einfahrt zum Cottage hochfuhr. Die Sonne stand schon tief und warf lange Schatten auf den Weg. Zu meiner Enttäuschung fand ich die Einfahrt leer vor. Von Hunters Wagen keine Spur. Ich hatte ihn nicht angerufen, aus Furcht, eine Abfuhr zu kassieren, bevor ich eine Chance bekam, mich ihm zu erklären. Ein Fehler, wie sich jetzt herausstellte.

Vielleicht war er nur kurz einkaufen?

Ich parkte den Toyota vor der Haustür, in der Hoffnung, dass Hunter bald auftauchen würde. Meine Schlüssel für das Haus hatte ich bei meinem letzten Besuch liegen gelassen, sodass ich dazu verdammt war, draußen zu warten.

Ich schlenderte zum Fenster, um einen Blick ins Innere des Cottage zu werfen. Alles sah so aus wie bei meinem letzten Besuch. Beim Anblick des Kamins und der Sitzecke breitete sich ein warmes Gefühl in meinem Bauch aus. Dort hatten wir uns das erste Mal geliebt. Die Bilder jener Nacht tauchten in meinem Kopf auf. Mit ihnen kam die Sehnsucht nach Hunter. Wie leichtsinnig hatte ich mein Glück aufs Spiel gesetzt! Ich schüttelte den Kopf über mich selbst.

In der Zwischenzeit war so viel passiert, obwohl es nur wenige Tage her war. Wahnsinn.

Leises Motorbrummen war zu hören. Sofort schnellte mein Puls nach oben. Ein schwarzes Auto kam die Einfahrt entlanggefahren. Enttäuschung breitete sich in mir aus, als ich erkannte, dass es nicht Hunters SUV, sondern ein anderer Geländewagen war. Durch die getönten Scheiben konnte ich nicht erkennen, wer am Steuer saß. Ich wartete geduldig, bis der Wagen neben dem Toyota zum Stehen kam.

»Mia!«, rief ich überrascht, als sich die Tür des Jeeps öffnete und der flachsblonde Haarschopf vor mir auftauchte.

»Katie, was machst du denn hier?«, fragte sie ebenso verwundert und nahm mich in den Arm. »Ich dachte, du und Hunter …« Sie schwieg.

Ich nickte stumm. »Ich bin hier, weil ich ihn liebe und möchte, dass er mich anhört. Ich habe einen Fehler gemacht, aber nicht, um ihm zu schaden.«

»Er hat mir erzählt, was passiert ist.« Mia legte ihre Hand auf meinen Arm. »Ich kann dich verstehen, das habe ich ihm auch gesagt.«

»Und was hat er geantwortet?«

Mia sah mir tief in die Augen. »Nicht viel. Viel entscheidender war, was er nicht gesagt hat. Er liebt dich. Das weiß ich so sicher, wie ich weiß, dass Zach mich liebt.«

»Danke.« Ich zwang mich zu einem Lächeln. »Aber das glaube ich erst, wenn er es mir ins Gesicht sagt.«

»Kann ich verstehen.« Sie schüttelte den Kopf. »Männer sind manchmal solche Idioten.«

»In diesem Fall war ich der Idiot«, sagte ich betrübt.

»Jeder macht mal Fehler.« Mia hielt mir den Hausschlüssel entgegen. »Hast du Lust, mit reinzukommen?«

»Ich weiß nicht, ob es Hunter recht wäre. Wo steckt er überhaupt?«

»Im Krankenhaus.«

Mein Herz setzte einen Schlag aus. »Was ist passiert? Geht es ihm gut? Ist er verletzt?«

»Nicht er ist krank, sondern Gramps.« Mia schloss die Tür auf.

Ich runzelte die Stirn. »Hunters Großvater?« Er hatte ein paarmal über seinen Großvater gesprochen wie von einem Heiligen. Die beiden hatten eine enge Bindung, und ich konnte nur ahnen, welche Sorgen sich Hunter machte.

»Ja. Soweit ich es verstanden habe, hat der alte Mann eine Entzündung am Fuß, die ihm zu schaffen macht. Er hat ziemlich hohes Fieber, und sein Allgemeinzustand ist schlecht. Hunter meint, dass ihm der Lebenswille fehlt, seit seine Frau gestorben ist und er in Pflege musste.«

»Und weshalb hat er dich angerufen?«

»Er hat mich gebeten, ihm seinen Laptop und ein paar andere Sachen vorbeizubringen. Wie es sich anhörte, wird er die Nacht im Krankenhaus verbringen.« Wir traten in den Flur.

In meinem Kopf wirbelten die Gedanken. Hunter war im Krankenhaus. Ich hatte so gehofft, ihn zu treffen. Mia würde zu ihm fahren. Vielleicht …

»Kann ich Hunter die Sachen ins Krankenhaus bringen?«, platzte ich mit meiner Idee heraus.

Mia stockte einen Augenblick. Ein Lächeln zog sich über ihr Gesicht. »Gar keine schlechte Idee. Da kann er dir wenigstens nicht ausweichen.«

»Ja, ich kann nur hoffen, dass er nicht sauer wird, wenn ich ihn da überfalle. Ist ja eine ziemlich private Angelegenheit.«

»Das stimmt, aber auf der anderen Seite geht es ja auch um eine ziemlich private Angelegenheit.«

Ich liebte Mia und ihre praktische Ader. »Wenn man es so sieht, warum eigentlich nicht?« Ich grinste schief.

»Na also. Dann haben wir das zumindest geklärt. Jetzt müssen wir nur die Sachen und den blöden Laptop finden, und dann kannst du los.«

»Ich weiß, wo alles ist«, sagte ich triumphierend. »Schließlich habe ich das Cottage eingerichtet.«

»Na dann. Worauf wartest du noch? Los.« Mia stürmte in Richtung Wohnzimmer.

Es war bereits dunkel, als ich das Pflegeheim erreichte. Zu meiner Überraschung handelte es sich nicht um einen dieser schmucklosen Bauten, wie man sie nur allzu häufig sah, sondern um ein altes Herrenhaus, das von einem weitläufigen parkähnlichen Grundstück umgeben war. Der Aufenthalt dort musste Hunter ein Vermögen kosten.

Der Laptop und eine Tasche mit Hunters persönlichen Dingen lagen neben mir auf dem Beifahrersitz. Mia hatte mich zum Abschied noch einmal fest in die Arme genommen und mir viel Glück gewünscht. Als ich davonfuhr, hatte ich das Gefühl, eine Freundin fürs Leben gefunden zu haben.

Der Kies knirsche unter den Rädern, als ich die Einfahrt zum Pflegeheim hochfuhr. Gelbes Licht fiel aus den Fenstern auf den Vorhof, wo sich der Parkplatz für die Besucher befand. Ich parkte den Wagen am Ende der Reihe. Bevor ich ausstieg, warf ich einen kurzen Kontrollblick in den Rückspiegel. Ich sah müde aus, und auf meinen Wangen hatten sich hektische rote Flecken gebildet, die ich immer bekam, wenn ich gestresst war. Ich seufzte. In der allgemeinen Hektik hatte ich vergessen, mir meine Make-up-Tasche einzupacken. Ich zupfte meine Haare zurecht. Nicht toll, aber ich hatte keine andere Wahl.

Ich schnappte mir den Laptop und die Tasche, die Mia mir mitgegeben hatte. Dabei fiel mein Blick auf die Schneekugel, die ich aus keinem speziellen Grund mitgenommen hatte. Einem spontanen Impuls folgend, steckte ich sie in meine Handtasche. Dann stieg ich aus.

Meine Beine zitterten vor Aufregung, als ich die paar Treppen zum Eingang hochging. Die Stunde der Wahrheit lag in greifbarer Nähe, und genau das machte mir Angst. Was, wenn Hunter mich abwies? Für einen winzigen Moment war ich versucht, mich wieder ins Auto zu setzen und abzuhauen. *Feigling*, schimpfte mich meine innere Stimme. Ich schüttelte mich, in der Hoffnung, die negativen Gedanken zu verscheuchen. Dann setzte ich mich langsam wieder in Bewegung.

Als ich durch den Eingang trat, wurde ich von dem typischen Geruch nach Krankenhaus und von einem grellen Neonlicht empfangen. Zwei Dinge, die bei mir auf der Stelle ein Unwohlsein hervorriefen und dazu einen Fluchtreflex, den ich nur mit Mühe unterdrücken konnte. Jetzt war ich so weit gekommen, nun würde ich nicht mehr kneifen.

Ich ging zur Aufnahme, hinter deren Tresen eine Frau in ungefähr meinem Alter in Schwesterntracht saß. Als ich vor die Glasscheibe trat, lächelte sie mich freundlich an. »Guten Abend, wie kann ich Ihnen behilflich sein?«

»Ich suche einen Freund, Hunter Reed. Sein Großvater liegt hier, und ich soll ihm ein paar Sachen vorbeibringen.« Wie zum Beweis hob ich die Tasche an, sodass sie sie sehen konnte.

»Einen Moment bitte.« Der Blick der Schwester wanderte zum Display ihres Computers. »Ah, da haben wir ihn ja. William Reed, Station 3A. Wenn Sie einfach den Gang runtergehen bis zum Fahrstuhl, dort dann den dritten Stock drücken. Das Schwesternzimmer liegt zur linken Hand.«

»Vielen Dank. Einen schönen Abend noch«, verabschiedete ich mich. Ich eilte den Flur entlang. Die Absätze meiner Schuhe quietschten auf dem Linoleumboden. Ein schreckliches Geräusch, das mir eine Gänsehaut auf die Arme zauberte. Ich war froh, als ich endlich in dem Fahrstuhl stand und nach oben fuhr.

Die Fahrstuhltür sprang auf. Mit schnellen Schritten ging ich zum Schwesternzimmer. Eine ältere Dame kam mithilfe eines Rollators über den Flur geschlichen. Als sie mich sah, lächelte sie mich freundlich an. Ich erwiderte ihr Lächeln. Ansonsten war kein Mensch zu sehen.

Mehrere Zimmer standen offen, aus denen das leise Piepsen von Überwachungsmonitoren zu hören war. Ein beklemmendes Gefühl beschlich mich. Ich klopfte zaghaft an die Tür des Schwesternzimmers. Sofort bat mich eine weibliche Stimme, einzutreten.

»Entschuldigen Sie bitte die späte Störung«, fing ich an.

Die Schwester winkte freundlich ab. »Kein Problem. Bei uns sind die Angehörigen stets willkommen. Wie kann ich Ihnen behilflich sein?«

Ich nickte. »Danke. Ich suche das Zimmer von Mr William Reed.«

»Mr Reed. Sind Sie eine direkte Verwandte?«

»Nein«, erwiderte ich ehrlich. »Sein Enkel hat mich gebeten, ihm ein paar Sachen von zu Hause zu bringen. Mr Hunter Reed.«

Ein Lächeln huschte über das Gesicht der Frau.« Der Schriftsteller.«

»Ja, genau der. Ich bin …«, ich räusperte mich, »Hunters Freundin.«

»Alles klar.« Ein Lächeln spielte um den Mund der Frau. »Es ist wirklich herzergreifend mit anzuschauen, wie liebevoll sich Mr Reed um seinen Großvater kümmert.«

»Ja, die beiden sind eng miteinander verbunden. Ich möchte auch nicht stören. Wenn es Ihnen lieber ist, warte ich hier draußen.«

»Nein, das ist schon okay.« Sie stand auf. »Kommen Sie, ich bringe Sie zu den beiden.«

»Vielen Dank.« Ich folgte der Schwester nach draußen auf den Flur. Nach wenigen Schritten hatten wir eines der Zimmer erreicht. Leises Piepsen war von drinnen zu hören. Ansonsten war es still.

Die Schwester klopfte zaghaft an die Tür, um sich anzukündigen. Ich wartete mit klopfendem Herzen einen Schritt hinter ihr.

Die Schwester deutete mit einer Kopfbewegung an, einzutreten. Das Blut rauschte in meinen Ohren. Ich holte tief Luft. *Showtime, Baby.*

Das Erste, was ich sah, als ich eintrat, war Hunters Großvater, der blass in seinem Bett lag und die Hand eines Mannes hielt, der mit dem Rücken zum Eingang auf einem Stuhl saß. Bei Hunters Anblick setzte mein Herz einen Schlag aus. Allein an seiner aufrechten Körperhaltung und den hochgezogenen Schultern war die Anspannung zu erkennen. Ich schluckte beim Anblick der unzähligen Apparate, die am Kopfende aufgestellt waren und den alten Mann in seinem Bett überwachten.

Langsam näherte ich mich den beiden. Keiner der Männer schien meine Anwesenheit und die der Schwester bemerkt zu haben. Ich hörte den Großvater schwer atmen. Hunter hatte seinen Blick fest auf den alten Mann gerichtet.

»Mr Reed«, meldete sich die Schwester zu Wort. »Sie haben Besuch.«

Langsam fuhr sein Kopf herum. Er sah schlecht aus. Tiefe Sorgenfalten hatten sich in seine Stirn und um seinen Mund herum eingegraben. Seine blauen Augen schimmerten dunkel wie das

Meer an einem stürmischen Tag. Er sagte kein Wort, sondern starrte mich einfach nur an. Schmerz, Verwunderung, aber auch Liebe sprachen aus seinen Augen.

»Ich habe Mia getroffen«, erklärte ich ihm. »Sie hat mir von deinem Großvater erzählt und ich habe sie gebeten, ob ich dir die Sachen bringen kann.« Ich hob die Tasche mit den Sachen wie zum Beweis.

Hunter nickte, sagte jedoch kein Wort, die Augen starr auf mich gerichtet.

Es kostete mich meine ganze Kraft, seinem Blick standzuhalten, ohne ihm gleich um den Hals zu fallen.

»Wenn Sie mich nicht mehr brauchen, würde ich zurück zum Standpunkt gehen?« Die Krankenschwester sah fragend zu Hunter. Gramps lag regungslos daneben. Nur das Heben und Senken seines Brustkorbs zeugte davon, dass er noch lebte.

»Nein, vielen Dank. So weit ist alles in Ordnung.« Hunter schüttelte den Kopf, ohne den Blick von mir zu nehmen. Die Krankenschwester entfernte sich geräuschlos. Lediglich das leise Klicken der Tür verkündete, dass sie gegangen war.

Mit zitternder Hand zog ich die Schneekugel aus meiner Tasche. Das Licht fiel von oben auf das Glas und ließ den Schnee glitzern. Ich holte tief Luft und straffte meinen Rücken.

»Hunter, ich liebe dich von ganzem Herzen. Die Tage mit dir in Primrose Cottage waren die schönsten meines Lebens. Das Letzte, was ich wollte, war, dich zu verletzen.« Tränen traten mir in die Augen, und ich hatte Mühe, weiterzusprechen. »In den letzten Tagen ist mir bewusst geworden, wie sehr ich dich liebe. Am Anfang dachte ich, es wäre nur ein heißer Flirt zwischen uns. Aber mit jeder Stunde in deiner Nähe habe ich mich mehr und mehr in dich verliebt.« Meine Hand zitterte wie verrückt, als ich sie hochhielt, und die Schneeflocken im Glas tobten wild herum.

Mit einem Satz war Hunter auf die Füße gesprungen und bei mir. »Katie.« Seine Finger strichen über meinen Lippen. »Wundervolle Katie. Ich liebe dich auch.«

»Was?«, hauchte ich. Eine Träne kullerte über meine Wange.

»Ich liebe dich von ganzem Herzen, so wie du mich. Ich wäre heute zu dir gefahren, um dir meine Liebe zu gestehen, aber dann kam der Anruf aus dem Krankenhaus und ich musste hierher.«

In meinem Kopf jubelte es. *Er liebt mich. Er liebt mich. Er liebt mich.* Alles um mich herum drehte sich. Ich schwankte. Hunters Arme hielten mich fest und zogen mich an seine Brust. Ich sah zu ihm hoch. Unsere Blicke verhakten sich ineinander. Pure Liebe und Glück sprachen aus seinen Augen.

Er beugte sich zu mir und küsste meine Augenlider. »Ich habe dich so vermisst.« Er küsste meine tränennassen Wangen. »Nie wieder lasse ich dich alleine. Hörst du?«

Ich schluchzte glücklich auf. Unsere Lippen fanden sich. Ich schlang meinen Arm um seinen Hals und hielt ihn fest.

Sekundenlang standen wir ineinander verschlungen. Irgendwann löste er sich sanft von mir. Mein Blick war tränenverschleiert, als ich die Augen aufschlug.

Jemand räusperte sich.

»Könntest du mir die junge Dame vielleicht mal vorstellen?«, meldete sich Hunters Großvater mit brüchiger Stimme.

Wir drehten uns beide um, den Blick auf den alten Mann gerichtet. William Reed sah interessiert zu uns rüber.

»Gramps.« Hunter nahm meine Hand. Unsere Finger verflochten sich miteinander. »Darf ich vorstellen: Das ist Katie, die Mutter deines Urenkels.« Ein breites Lächeln lag auf seinem Gesicht.

Ich stieß einen überraschten Laut aus. In meinem Kopf drehte sich alles. Mein Herz bummerte vor Glück wie wild gegen meine Brust, sodass ich Angst hatte, es könnte rausspringen.

Auf dem Gesicht von Hunters Großvater breitete sich das breiteste Lächeln aus, das ich jemals bei einem Menschen beobachtet hatte. Seine Augen quollen förmlich über vor Liebe.

»Katie, endlich. Ich hatte gehofft, dass wir uns kennenlernen würden«, flüsterte William. Er streckte seine Arme nach mir aus.

Ich sah fragend zu Hunter, der nickte. Ich trat an das Bett und nahm die Hand des alten Mannes in meine. Seine Haut war rau und er hatte einen erstaunlich festen Griff. Seine Augen musterten mich.

»Genau so habe ich mir immer die Frau vorgestellt, die meinen Hunter glücklich machen wird«, lautete sein abschließendes Urteil. Ich nickte unter Tränen. »Willkommen in der Familie.« Seine Augen strahlten trotz des Fiebers.

»Danke, Mr Reed« Ich drückte vorsichtig die Hand als Bekräftigung meiner Worte.

Er lachte heiser auf. »Dann musst du mich aber Gramps nennen, wie alle in der Familie.«

»Gramps.« Ich gab ihm einen Kuss auf die Wange.

»Siehst du, Junge? Ich habe es dir doch immer gesagt. Wenn das Glück an deine Tür klopft, musst du aufmachen, egal wie es drinnen aussieht.« Gramps lächelte uns an.

»Ja, ein Glück namens Katie.« Hunter trat hinter mich und legte seine Arme um meine Taille, sodass seine Hände auf meinem Bauch liegen blieben.

Mein ganzer Körper, jede Zelle war angefüllt mit Liebe. Ich kam mir vor wie unter Drogen. Alles schien plötzlich so leicht und wunderschön.

»Dann kann ich ja jetzt endlich beruhigt schlafen«, murmelte Gramps. Seine Augen flatterten vor Erschöpfung. »Bis morgen, Katie.«

»Bis morgen. Schlaf gut, Gramps.«

»Bist du sicher, auch wenn es nicht dein Baby ist?« Ich lag mit dem Kopf gegen Hunters nackte Brust. Seine Arme hielten mich fest umschlungen. Es war dunkel im Zimmer. Lediglich das Feuer im Kamin gab sein schwaches Licht an die Umgebung ab. Schatten tanzten über den Boden. Über unseren Köpfen breitete sich der Sternenhimmel hinter dem Fenster aus. Es war mucksmäuschenstill. Nur das Knistern und Knacken der Flammen war zu hören.

Wir hatten die letzten vierundzwanzig Stunden im Krankenhaus verbracht, bis endlich die erlösende Nachricht gekommen war, dass Hunters Großvater über den Berg war. Zusammen hatten wir am Bett des alten Mannes gesessen und seine Hand gehalten. Die Nachricht, dass Hunter und ich ein Paar waren, hatte wie eine Wundermedizin auf Gramps gewirkt. Mit jeder Stunde, die wir bei ihm verbracht hatten, war es ihm besser gegangen. Selbst die Ärzte waren über die schnelle Besserung überrascht gewesen. Hunter und ich hatten die Stunden im Krankenhaus genutzt und uns ausgesprochen. Hunter hatte mir von seiner Aussprache mit Clarissa erzählt. Eine gewisse Erleichterung hatte sich in mir breitgemacht, nachdem ich wusste, dass ich nicht länger mit seiner Vergangenheit kämpfen musste und er endgültig seinen Frieden mit Clarissa gefunden hatte.

Im Gegenzug hatte ich ihm von *Leo* erzählt und wie es dazu gekommen war. Hunter hatte still zugehört und mich nicht ein Mal unterbrochen. Als ich fertig gewesen war, hatte er meine Hand genommen und gesagt: »Ich bin für euch beide da.«

Noch immer konnte ich mein Glück nicht fassen.

»So sicher, wie ich noch nie in meinem Leben war.« Er strich mir liebevoll über meinen Bauch. »Ich liebe dich, Katie

Greenwood, und ich möchte mein Leben mit dir verbringen. Du hast mein Herz im Sturm erobert, vom ersten Moment an, als ich dich getroffen habe.«

»Ja, aber das Baby …«

»Mein Herz, du hattest die Entscheidung bereits getroffen, bevor wir uns begegnet sind. Ich liebe das gesamte Katie-Paket, und dazu gehört auch das Baby.« Er legte seine Hand auf die sanfte Wölbung unterhalb meines Bauchnabels. »Unser Baby. Das Kind gehört zu dir, wie dein wundervolles Lachen und deine sture Art. Ich möchte auf keines von all dem verzichten, denn das bist du.«

Ich drehte mich zu ihm, sodass ich ihm ins Gesicht schauen konnte. Tränen hatten sich in meine Augen geschlichen. Ich schluckte. »Wenn du nicht gleich aufhörst, fange ich an, zu plärren.«

»Küss mich lieber.« Seine Fingerspitzen strichen über meine Lippen.

»Es gibt nichts, was ich lieber täte.« Mit diesen Worten beugte ich mich zu ihm und versiegelte seinen Mund mit meinen Lippen.

45

Hunter

»Oh mein Gott, ist das schön.« Katie wirbelte herum. Sie sah absolut entzückend aus in ihrer engen schwarzen Hose, dem dicken weißen Strickpullover und der Beanie auf dem Kopf, unter der ihre langen braunen Locken hervorlugten. Ihre Füße steckten in dicken Fellstiefeln. Sie hatte sich eine rote Daunenjacke übergeworfen. Ihre Augen glitzerten im Schein der unzähligen Lichter, als hätte sie die Sterne darin eingefangen.

»Es geht doch nichts über den guten alten Weihnachtszauber«, sagte Gramps grinsend. Seine Augen glänzten vor Aufregung, und auf seinen faltigen Wangen hatten sich rote Flecken gebildet.

Ich reichte ihm die Hand, um ihm beim Aussteigen aus dem Auto behilflich zu sein. Mit erstaunlicher Kraft für einen Achtzigjährigen packte er zu und stieg leichtfüßig aus. Es freute mein Herz, zu sehen, welche Wandlung Gramps in den letzten zwei Wochen vollzogen hatte. Nach Katies Besuch im Krankenhaus und der Offenbarung, bald Urgroßvater zu werden, war das Fieber über Nacht gesunken und er war wie der Phönix aus der Asche aufgestiegen. Mit jedem Tag schien es ihm besser zu gehen. Er überraschte uns täglich mit Fortschritten und war ein Ausbund an guter Laune. Das letzte Mal, dass ich Gramps so erlebte hatte, war vor Grannys Tod gewesen.

Es war, als ob mit Katie und dem Baby Gramps' Lebensfreude zurückgekehrt war. Katie und der alte Herr hatten sich angefreundet, und es war auch Katies Idee gewesen, ihn über die Feiertage zu uns in Cottage zu holen. Als ich ihm den Vorschlag unterbreitet hatte, war er vor Freude in Tränen ausgebrochen. Seitdem hatte er noch mehr an Energie zugelegt.

»Aber das hier ist einfach unglaublich.« Katies kindliche Freude wirkte ansteckend. Ich musste einfach mitlächeln. »Die ganzen Geschenke unter dem Baum und der Chor – so sollte Weihnachten sein.«

Schon den ganzen Tag war Katie wie ein aufgescheuchtes Huhn durch das Cottage gewirbelt und hatte dekoriert. Bis zur letzten Minute vor der Abfahrt hatte sie den Weihnachtsbaum geschmückt, damit alles perfekt für den heutigen Abend war. Es war schließlich das erste Mal, dass ihre Familie zu Besuch bei uns sein würde, noch dazu am Heiligen Abend. Aber bevor es so weit war, wollten wir das traditionelle Fest mit den Dorfbewohnern von Holmbury feiern.

Katie hatte sich so darauf gefreut. Sie und Mia planten schon seit Tagen diesen Abend. Man hatte unzählige Päckchen gepackt und mit glitzernden Bändern und Namensschildern versehen. Ein Teil davon lag zu Hause unter dem Weihnachtsbaum und wartete darauf, nach unserer Rückkehr ausgepackt zu werden, der Rest würde an die Bedürftigen der Umgebung gehen.

Ich ließ meinen Blick über den Dorfplatz gleiten. Die meisten Einwohner von Holmbury hatten bereits auf den Bänken rund um den Weihnachtsbaum Platz genommen. Aber noch strömten immer mehr dazu. Junge, Alte, Wohlhabende und Arme saßen einträchtig nebeneinander und freuten sich über den glitzernden Weihnachtsbaum. Es roch nach Braten und süßen Mandeln. Man trank Glühwein und naschte dabei von den Keksen, die sich auf jedem Tisch befanden. Es herrschte eine ausgelassene Stimmung, die durch die Gesänge des Weihnachtschores von Holmbury begleitet wurden.

»Hallie hat mir geschrieben; sie müssten auch jeden Moment da sein.« Katie nahm den Korb mit den Geschenken zur Hand. Sie hatte es nicht nur geschafft, Gramps dazu zu bewegen, mit uns zu feiern, sondern auch noch ihre ganze Familie.

Alle würden hier sein, um gemeinsam mit uns den Abend zu begehen. Bei dem Gedanken spürte ich ein nervöses Flattern im Bauch. Ich hatte Katies Eltern zwar schon kennengelernt, aber noch nie in einem Leben hatte ich mit so vielen Menschen Weihnachten gefeiert.

»Da sind sie!« Katie deutete auf den silbernen Rover, der langsam um die Ecke gebogen kam. Sie winkte Hallie zu, die hinterm Steuer saß. Die Eltern hatten auf der Rückbank Platz genommen.

Ich bot Gramps meinen Arm, damit er sich unterhaken konnte. Überall lag Schnee, und ich wollte vermeiden, dass er ausrutschte und sich verletzte. Langsam gingen wir zum Auto. Die Tür sprang auf, und Hallie kam als Erste zum Vorschein, dicht gefolgt von Katies Eltern.

Ihre Mutter war wie immer perfekt geschminkt. Ihr Mann hatte den Arm um sie gelegt. Beide hatten ein seliges Lächeln auf dem Gesicht, als sie Katie erblickten. Die bedingungslose Liebe, mit der sie ihre Töchter bedachten, war schön mit anzusehen.

»Hallo, Mum. Hallo, Dad.« Katie drückte ihren Eltern einen Kuss auf die Wange. »Hi, Sis.« Die beiden Schwestern umarmten sich herzlich.

»Hallo, Hunter«, begrüßten mich ihre Eltern. Die Augen von Katies Mum strahlten bei Gramps' Anblick an meiner Seite. »Sie müssen der berühmte Gramps sein.«

Gramps grinste spitzbübisch. »Ho. Ich weiß nicht, ob ›berühmt‹ der richtige Ausdruck ist.«

»In unserer Familie schon. Katie redet von niemand anderem«, mischte sich Katies Dad in die Unterhaltung ein.

»Wie es aussieht, läufst du mir meinen Rang in der Familie ab«, neckte ich Gramps, der mit einem breiten Grinsen reagierte.

»Das ist ja der absolute Wahnsinn«, rief Hallie dazwischen. Sie hatte sich bei Katie untergehakt. Obwohl beide verschiedene Haarfarben hatten, war die Ähnlichkeit zwischen den beiden Schwestern nicht zu übersehen. Beide Frauen hatten diese leuchtenden Augen und die hohen Wangenknochen. Ein Erbe ihrer Mutter. Katie hatte den breiten Mund ihres Vaters geerbt, Hallie hingegen den etwas schmaleren der Mutter.

»Habe ich es nicht gesagt?« Katies Augen leuchteten. »Der Weihnachtsmarkt ist der absolute Hammer.«

»Es ist wirklich entzückend hier«, stimmte Katies Mutter der Begeisterung ihrer Töchter zu.

»Was haltet ihr davon, wenn wir uns einen Tisch suchen?« Katie hob den Arm. »Der Korb wird nämlich langsam schwer.«

»Gute Idee«, stimmte Gramps ihr zu. »Ich hätte nämlich nichts gegen einen Schluck Glühwein einzuwenden.«

»Ich weiß nicht, ob das so eine gute Idee ist«, sagte ich besorgt.

»Junge, ich bin wieder kerngesund.« Gramps sah Hilfe suchend zu Katie.

»Ach, ein Gläschen Glühwein hat noch niemandem geschadet«, kam sie ihm augenzwinkernd zu Hilfe.

Ich seufzte theatralisch. »Gegen euch zwei Dickköpfe komme ich einfach nicht an.«

Katie grinste.

Langsam gingen wir zu den Tischen. Von allen Seiten schenkte man uns neugierige Blicke, gepaart mit Wohlwollen.

Gramps wurde wie ein Held nach seiner Rückkehr begrüßt, und wir mussten ständig stehen bleiben.

»Da ist unser Name drauf.« Katie deutete auf einen Tisch in der Nähe des Christbaums. Im selben Moment kam Mia auf uns zugeschossen. Sie trug ein Elfenkostüm und hatte ihre Haare zu Zöpfen geflochten. Sie sah aus wie ein Teil der Dekoration. Mein Blick wanderte zum Glühweinstand, wo Zach stand. Er trug ebenfalls ein Elfenkostüm und war das perfekte Pendant zu Mia.

»Da seid ihr ja! Ich hatte schon Angst, ihr kommt zu spät.« Mia fiel Katie um den Hals.

»Danke für die Tischreservierung. Du bist ein Schatz.« Katie drückte ihr einen Schmatz auf die Wange.

»Na klar! Ich habe euch den schönsten Tisch frei gehalten. War gar nicht so einfach, aber letztendlich waren alle einverstanden. Gramps ist schließlich einer der ältesten Dorfbewohner.«

Gramps strahlte, als ich ihn zu seinem Platz führte. Seine Augen schimmerten feucht. »Junge, dass ich das noch erleben darf.«

»Ich freue mich auch, Gramps.« Ich klopfte ihm auf die Schulter. Katies Mum setzte sich neben ihn. Hallie nahm gegenüber Platz. Ich setzte mich neben sie. Zu meiner Überraschung waren noch drei Plätze frei. Ich runzelte die Stirn.

Katie hatte in der Zwischenzeit die Geschenke unter den Baum gelegt und kam zurück.

»Mia muss sich verzählt haben«, teilte ich ihr mit. »Wir haben zwei Plätze zu viel.« Ich deutete auf die freien Sitze.

»Nein, hat sie nicht.« Katie kuschelte sich an mich. »Wir erwarten noch zwei Besucher.«

Ich überlegte einen kurzen Moment. »Ich bin so ein Trottel! Mia und Zach. Wie konnte ich die beiden nur vergessen?«

»Nein, die sind nicht für Mia und Zach«, erwiderte sie geheimnisvoll lächelnd.

»Sind sie nicht?« Ich schüttelte irritiert den Kopf.

»Nein. Aber sieh selbst.« Katie deutete mit dem Kopf hinter mich.

Ich drehte mich um. Zeitgleich blieb mir fast die Spucke weg, und ich blinzelte, aus Angst, ich könnte eine Fata Morgana sehen.

Ich hätte die schlanke Gestalt unter Tausenden erkannt. Sie war nicht alleine. Eine zweite Frau ging dicht neben ihr.

»Du hast Clarissa eingeladen?« Ich sah Katie verwundert an.

Nach unserer Versöhnung hatte ich ihr alles von meinem Gespräch mit meiner Ex-Verlobten erzählt. Katie hatte sehr verständnisvoll reagiert und mehrfach betont, wie schade sie es fände, Clarissa nicht persönlich zu kennen. Wie es aussah, würde sich das gleich ändern. Die Blicke aller am Tisch waren auf die beiden Frauen gerichtet. Ich stand auf. Katie folgte mir.

»Hallo, Hunter«, begrüßte Clarissa mich mit ihrer tiefen, warmen Stimme, die ich schon immer gemocht hatte. Ihr Blick wanderte zu Katie. »Hallo, Katie. Danke für die Einladung. Das ist Marie, meine Freundin«, stellte Clarissa die herbe Schönheit an ihrer Seite vor.

»Ich freue mich, dass ihr gekommen seid.« Katie umarmte die beiden Frauen herzlich.

»Aber ich verstehe nicht, warum …«, stotterte ich, noch immer damit beschäftigt, alles zu verarbeiten. Das letzte Weihnachten hatten Clarissa und ich zusammen als Frischverlobte in London verbracht, und jetzt standen wir hier, mit jeweils neuen Partnern an unserer Seite.

Katie schmiegte sich an mich. Ihre Augen glänzten, und ihre Wangen leuchteten rot vor Aufregung.

»Clarissa ist zusammen mit Mia deine beste und älteste Freundin. Wieso sollte ich sie nicht einladen?«, erwiderte Katie, als wäre es die selbstverständlichste Sache der Welt.

»Du bist einfach unglaublich«, murmelte ich, ergriffen von so viel Großmut und Liebe.

»Nur wenn du bei mir bist.« Sie küsste mich, und obwohl ich sie schon Hunderte Male geküsst hatte, fühlte es sich noch immer an wie bei unserem ersten Kuss vor ein paar Wochen.

»Genug geknutscht!«, unterbrach uns Mias Stimme. Alle lachten. Mia kam schwer beladen mit einem Tablett mit Glühwein zu uns an den Tisch. »Mit liebem Gruß von meinem Mann. Für Katie gibt es heiße Schokolade.«

Wieder ernteten wir lautes Gelächter. Ich legte meine Hand auf Katies Bauch, wo sich eine kleine Wölbung abzeichnete.

»Auf Hunter und Katie«, ergriff Katies Dad das Wort.

»Auf Hunter und Katie.« Alle prosteten uns zu. Gramps, Katies Eltern, Hallie, Clarissa, Marie und Mia.

Katies und meine Augen fanden sich. Alles, was ich daran fand, war Liebe.

»Auf uns und den Krümel«, flüsterte ich ihr leise zu. Der Chor hatte angefangen, zu singen.

»Und auf das schönste Weihnachtsfest der Welt.« Katie gab mir einen Kuss, und mein Herz machte Purzelbäume vor Glück.

Epilog

Katie

»Hast du alles?« Ich sah zu Gramps, der auf dem Sofa saß. Im Kamin prasselte ein Feuer, und es war angenehm warm. Charly hatte es sich auf dem Schoß seines Großvaters gemütlich gemacht. Seine kleine Patschehand lag auf Gramps' Wange, ungeachtet der Bananenreste, die daran klebten.

»Mach dir um uns zwei keine Sorgen. Klein-Charly und ich kommen klar.« Er sah liebevoll zu seinem Enkel. »Nicht wahr?«

Charlys Patschehand fuhr über Gramps' Wange. »Gramps, spielen!«

Ein glückliches Lächeln breitete sich auf dem Gesicht des alten Mannes aus. »Da hörst du es.«

Ich beugte mich zu Charly und gab ihm einen Kuss. Sofort hatte ich diesen wunderbaren Duft von Kleinkind mit einem Hauch Banane in der Nase. Manchmal lachte ich über mich selbst, wie sehr ich mich durch Charlys Geburt verändert hatte. Früher hatte ich auf so viele Äußerlichkeiten wert gelegt, die jetzt, da ich Mutter war, keine Rolle mehr spielten. Alles, was zählte, war, dass es meiner Familie gut ging.

Meine Familie.

Für mich war es immer noch eine Sensation, wie sehr sich mein Leben in den letzten zwei Jahren gewandelt hatte.

Hunter kam um die Ecke. »Wie ich sehe, bist du startklar.« Sein Blick ruhte liebevoll auf mir.

»Ja. Das Meeting ist zwar erst in drei Stunden, aber ich möchte mich noch in Ruhe vorbereiten.« Ich schmiegte mich an ihn.

»Ganz der Profi. Dafür gibt es auch etwas Leckeres zu essen, wenn du wiederkommst.«

»Das sind ja gute Aussichten. Ich sehe zu, dass ich pünktlich bin.«

»Mir ist es lieber, du fährst vorsichtig.« Hunter legte die Hand auf meinen Bauch, der noch verborgen unter der Bluse lag, aber schon deutlich zu spüren war. Meine Hebamme hatte mich bereits gewarnt, dass die zweite Schwangerschaft deutlich schneller sichtbar sein würde als bei Charly. »Geht es dem Krümel gut?«

»Dem Krümel geht es prima, und mir auch. Ich habe schreckliche Gelüste auf Karamell-Eis. Wahrscheinlich falle ich bei meinem ersten Tank-Stopp über die Eistruhe her.« Ich lachte. Zum Glück hatte ich dieses Mal nicht mit der Morgenübelkeit zu kämpfen. Dafür wurde ich von Gelüsten heimgesucht. Schon jetzt hatte ich drei Kilo mehr zugenommen als bei Charly.

»Du weißt doch, ich liebe jedes einzelne Gramm an dir.« Hunter drückte mich an sich.

Ich stellte mich auf die Zehenspitzen und küsste ihn. »Und ich liebe dich.«

»Mmm.« Sein Blick versenkte sich in mein Gesicht. »Wenn du so weitermachst, lasse ich dich nicht los, und du verpasst deinen Termin.«

»Das ist ein durchaus verlockender Gedanke, aber ich glaube, das fände Mr Hartworth überhaupt nicht komisch, nachdem ich ihn schon ein paarmal vertrösten musste.«

Seit ich wieder angefangen hatte, zu arbeiten, stand das Telefon nicht mehr still. Schon jetzt konnte ich mich vor Aufträgen nicht mehr retten und musste sogar welche ablehnen, da ich es zeitlich einfach nicht schaffte. Deshalb hatte Hunter erst gestern Abend vorgeschlagen, mir einen Assistenten zuzulegen, der mich entlasten sollte. Vor allem jetzt, wo das zweite Baby auf dem Weg war.

Hunter seufzte gespielt. »Ich sehe schon, gegen Mr Hartworth habe ich keine Chance.«

»Oh, Mr Reed, Sie sind immer meine Nummer eins.« Ich klapperte mit den Augendeckeln.

Hunter grinste schief. »Das freut mich, zu hören, Ms Greenwood.«

»Wie läuft das Schreiben?« Abends, wenn Charly im Bett lag und langsam Ruhe einkehrte, zog Hunter sich zurück und arbeitete an seinem neuen Roman. Das letzte Buch war ein voller Erfolg gewesen, und schon jetzt lauerten die Leser auf den zweiten Band seiner Familiengeschichte.

»Gut. Ich habe das Kapitel zu Ende gebracht. Wenn es weiter so läuft, bin ich pünktlich fertig.«

»Da wird sich Sukie freuen.« Ich grinste. »Denkst du daran, bei Mia vorbeizufahren und das Schaukelpferd abzuholen?«

»Ja klar, mache ich.« Mia hatte ihr altes Schaukelpferd ausgegraben und es an Charly vermacht. »Sonst noch irgendwelche Wünsche?«

»Ach ja, bevor ich es vergesse: Ich habe mit Hallie telefoniert. Sie und ihr neuer Freund würden gerne morgen Abend zum Essen vorbeikommen. Würde dir das passen?«

»Natürlich.« Hunter drückte mich ein letztes Mal zum Abschied. »Los, bevor du zu spät bist und dich hetzen musst. Du weißt doch, wie voll es in London um diese Zeit ist.«

»Ja, du hast recht.« Ich warf einen Blick zu Gramps, der gerade Grimassen zog. Charly quietschte vor Vergnügen.

»Das war die beste Entscheidung unseres Lebens, Gramps zu uns zu holen«, sagte ich leise.

Nachdem der Anbau für das Cottage im letzten Winter endlich fertig geworden war, war Gramps zu uns gezogen. Wir hatten es beide nicht übers Herz gebracht, den alten Mann im Pflegeheim zu lassen, vor allem jetzt, wo es ihm wieder besser ging. Gramps' Einzug in Primrose Cottage hatte sich als echte Entlastung herausgestellt. Er wurde nie müde, mit Charly zu spielen, und Charly liebte seinen Urgroßvater über alles.

Hunter nickte. »Ja. Die beiden verstehen sich blind, und Charly scheint zu spüren, dass er Gramps nicht zu sehr fordern darf.«

»Die beiden sind eben ein gutes Team, so wie wir beide.«

»Wir sind also ein Team.« Hunters Augenbraue schnellte belustigt nach oben.

»Allerdings, außerdem bist du noch mein bester Freund, der tollste Mann und ein absoluter Sexgott für mich.«

»Sexgott.« Seine Augen blitzten vergnügt. »Damit kann ich leben.«

»Das dachte ich mir. Vielleicht kannst du deine Künste heute Abend mal wieder unter Beweis stellen.«

»Nichts lieber als das.«

Wir küssten uns, und mein Herz lief über vor Glück.

Danksagung

Während ich dieses Buch geschrieben habe, ist in meinem Leben wahnsinnig viel passiert. Es gibt Ereignisse im Leben, die so angefüllt sind mit Gefühlen, dass es (selbst mir) schwerfällt, sie in Worte zu fassen.

Mein Enkelkind Hannah Antonia wurde geboren, und mein Herz läuft vor Glück und Liebe über. Ein Teil dieser Emotionen ist in dieses Buch geflossen.

Für mich ist Weihnachten die schönste Zeit des Jahres. Ich liebe den Duft von Tannenzweigen, Glühwein und Keksen. Wenn die Schaufenster in festlicher Dekoration zum Shoppen einladen und die Lichterketten die Straßen in ihr magisches Licht tauchen. Das gemeinsame Zusammensitzen mit der Familie unterm Weihnachtsbaum, das Auspacken der Geschenke und das anschließende Essen sind jedes Jahr wieder ein Erlebnis, auf das ich nicht verzichten möchte. Natürlich hat jede Familie ihre kleinen besonderen Rituale, die sich ein wenig von den der anderen unterscheiden. Aber genau das macht Weihnachten so besonders.

Deshalb habe ich auch die Tradition der Dorfbewohner mit dem Verteilen der Geschenke für Bedürftige unter dem Weihnachtsbaum in Holmbury eingebaut. Weihnachten sollte eine Zeit der Besinnlichkeit und des Friedens miteinander sein.

Damit meine Version von Weihnachten, Glück und Liebe das Licht der Welt erblicken konnte, hatte ich wie immer fleißige Helfer an meiner Seite.

Catrin Sommer, meine geniale Coverdesignerin. Obwohl wir

uns nie persönlich kennengelernt haben, habe ich immer das Gefühl, mit einer Freundin zu quatschen, wenn wir uns über das Design der Cover austauschen.

Sandra, meine Lektorin, die mich durch viele Jahre begleitet hat und mir immer mit Rat zur Seite stand. Du hast mir so viel beigebracht und geholfen. Dafür werde ich dir ewig dankbar sein. Ich werde unsere stundenlangen Telefonate vermissen. Aber gleichzeitig wünsche ich dir auf deinem neuen beruflichen Weg alles Gute. Du wirst die Hütte rocken!

Meine neuen Fanpage-Mädels Carolin Fischer und Gabriele Mayer. Ihr seid so ein tolles Team, und es macht Spaß, eure Postings zu lesen. Danke, dass ihr mich so fleißig und mit Herzblut unterstützt.

Aber auch wichtig sind die vielen fleißigen Testleser im Hintergrund, die ihre Zeit für mich opfern und mir helfen, die letzten Fehler und Ungereimtheiten zu finden, bevor das Buch das Licht der Welt erblickt.

Nicole, Anja, Karin, Mone, Julia, Christiane, Roswitha und Susi.

Und dann ist da noch Christiane Schäfer, die mich mit viel Engagement unterstützt und mir hilft, das Buch in den sozialen Medien zu verbreiten. Vielen Dank für alles. Du bist klasse.

Ein großes Dankeschön auch an Andrea Salzberger für die Hilfe in der Testlesegruppe.

Danke an alle, die mein Buch gekauft und gelesen haben. Ihr seid es, die es mir ermöglichen, dass ich meinen Traum vom Schreiben leben darf.

Ich wünsche euch allen ein wunderschönes, friedliches Weihnachtsfest. Lasst uns gemeinsam neue Traditionen schaffen und die Alten pflegen.